좀비 서바이벌 가이드

THE ZOMBIE SURVIVAL GUIDE

: Complete Protection from the Living Dead

by Max Brooks

좀비 서바이벌 가이드
살아있는 시체들 속에서 살아남기 완벽 공략

맥스 브룩스 지음 | 장성주 옮김

황금가지

| 차례 |

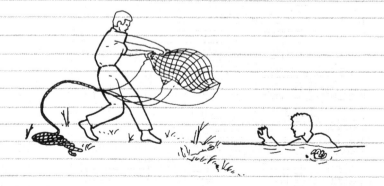

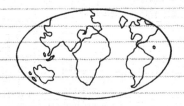

1975년, 이집트의 알마르크

1979년, 미국 앨라배마 주의 스페리

1980년 10월, 브라질의 마리셀라

1980년 12월, 브라질의 주루티

1984년, 미국 애리조나 주의 카브리오

1987년, 중국의 허톈

1992년 12월, 미국 캘리포니아 주의 조슈아트
리 국립공원

1993년 1월, 캘리포니아 주 로스앤젤레스 상업
지구

1993년 2월, 캘리포니아 주 로스앤젤레스 동부

1994년 3월, 미국 캘리포니아 주의 산페드로

1994년 4월, 미국 캘리포니아 주의 산타모니카

1996년, 인도 스리나가르의 국경 지대

1998년, 시베리아의 자브로프스트

2001년, 모로코의 시디무사

2002년, 미국령 버진아일랜드의 세인트토머스

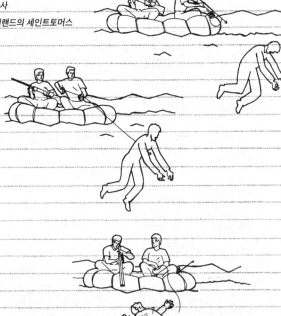

죽은 것들이 우리 가운데 돌아다닌다. 좀비, 식인귀…… 이름이 뭐든 간에, 인간들 스스로를 제외하면 이 몽유병자들은 인류의 가장 큰 위협이다. 어쩌면 그들을 포식자로 보고 우리를 먹잇감으로 보는 것은 잘못인지도 모른다. 그들은 전염병이고, 인류는 그 숙주이다. 운 좋은 희생자는 그들에게 잡아먹혀 뼈가 깨끗이 발리고 살은 소화된다. 별로 운이 없는 희생자는 자신을 덮친 무리에 합류하여 썩은 내를 풍기는 육식 괴물로 변신한다. 통상적인 전투 방식은 통상적인 관념과 마찬가지로 이들에게 통하지 않는다. 우리 인류가 처음 등장했을 때부터 발전시켜 이미 완성의 경지에 이른 살육 기술은, 끊을 '목숨' 자체가 없는 적들 앞에서 우리를 지켜주지 못한다. 그렇다면 살아있는 시체들은 무적일까? 아니다. 이 미지의 생물들을 멈추기란 가능한 일일까? 그렇다. 살아있는 시체들에게 무지는 가장 강력한 아군이

11

요, 지식은 가장 치명적인 적군이다. 그것이 바로 이 책을 쓴 이유이다. 인간 이하의 짐승들에 맞서 살아남는 데 필요한 지식을 제공하는 것 말이다.

명심해야 할 키워드는 **생존**이다. 승리도 정복도 아니다. 오로지 생존이다. 좀비 사냥 전문가가 되는 비결은 이 책에 없다. 혹시라도 그런 직업에 일생을 바치고 싶은 사람이 있거든 다른 데 가서 수련을 쌓도록 하라. 경찰이나 군인은 물론 그 어떤 정부 기관 종사자도 이 책의 대상 독자가 아니다. 이러한 조직들은 일단 좀비의 위협을 인지하고 대비하기로 마음만 먹으면 일반인 한 사람 한 사람보다 훨씬 풍부한 자원을 이용할 수 있기 때문이다. 이 생존 지침서는 후자를 위해 만들어졌다. 일반인 한 사람 한 사람, 시간도 자원도 부족하지만 그럼에도 먹잇감이 되기를 분연히 거부한 사람들 말이다.

당연한 얘기지만, 살아있는 시체와 마주쳤을 때에는 야외 생존 기술이나 리더십, 기본적인 응급처치 같은 기술도 필요하다. 그러나 케케묵은 참고서들과 달리 이 책에는 그런 기술들이 실려 있지 않다. 이 지침서의 결점을 채우려면 무엇을 더 공부해야 하는지는 상식이 가르쳐줄 것이다. 따라서 이 책에는 오로지 살아있는 시체와 직접 관련된 주제들만 실었다.

여러분은 이 책에서 적을 알아보는 법과 적합한 무기를 택하는 법과 살상 기술을 배울 것이다. 방어 및 대피, 공격 등의 상황에 대비하고 임기응변하는 법도 배울 것이다. 또한 살아있는 시체들이 인류를 대신하여 우리 별의 지배자로 등극하는 종말 시나리오가 실현될 가능성에 대해서도 논할 것이다.

이 책의 단락 하나조차도 지어낸 이야기로 낮춰보아서는 안 된다. 여기 실린 지식들은 모두 힘들여 조사하고 체험하여 축적한 것들이다. 역사 자료와 실험, 현지 조사, 생생한 목격담(지은이의 경험을 포함하여) 모두 이 책을 쓰는 데 이바지했다. 종말 시나리오 또한 실제 사건들을 토대로 가정한 것이다. 수많은 실제 사례들은 **기록에 남은 좀비 공격 사례** 편에 연대순으로 정리되어 있다. 그 기록들을 유심히 살펴보면 이 책의 교훈들이 모두 역사적 사실에 뿌리박고 있음을 깨달을 것이다.

그럼에도, 생존을 위한 싸움에서 지식은 일부분에 지나지 않는다. 나머지는 당신 스스로에게 달렸다. 시체들이 깨어나기 시작할 때에는 당신 개인의 선택, 즉 살고자 하는 의지가 극점에 이르러야 한다. 그 의지가 없으면 무엇도 당신을 지켜주지 못할 것이다. 책의 마지막 장에 이르면 스스로에게 이렇게 물어보라. 무엇을 할 것인가? 풀 죽은 채 순순히 삶을 끝낼 것인가, 아니면 이렇게 외칠 것인가? "놈들의 먹잇감이 될 순 없어! 난 살아남을 거야!"

선택은 당신의 몫이다.

좀비 서바이벌 가이드

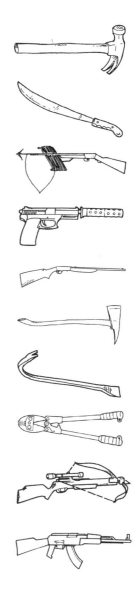

살아있는 시체: 미신과 진실

그는 무덤으로부터 오나니, 육신이 벌레와 오물의 둥우리로다. 눈에는 생기가 없고 살갗에는 온기가 없으며 가슴도 뛰지 아니한다. 혼은 밤하늘처럼 공허하고 어둡도다. 칼날을 비웃고 화살에 침을 뱉나니, 이는 결코 그 육신을 해할 수 없기 때문이다. 영원토록 지상을 헤매며 산 자의 달콤한 피 냄새를 좇고 저주받은 이들의 뼈로 잔치를 벌일진저. 조심하라, 그는 살아 있는 송장이니.

— 제목을 알 수 없는 힌두교 경전, 기원전 1000년경

좀비: 명사. ①산 사람의 살을 먹으며 돌아다니는 시체. ②죽은 자를 깨우는 부두교 주술. ③부두교의 뱀 신(神). ④'좀비처럼' 흐리멍덩한 상태로 움직이거나 행동하는 사람.[서아프리카어에서 유래.]

좀비란 무엇인가? 어떻게 생겨나는가? 그들의 강점은 무엇이고 약점은 무엇인가? 그들에게 필요한 것은, 또 그들이 갈망하는 것은 무엇인가? 그들은 어째서 인류에게 적대적인가? 당신은 살아남는 기술을 살펴보기 전에 우선 극복해야 할 대상에 대해 배워야 한다.

먼저 사실과 허구를 구분하는 데서 시작해야 한다. 살아있는 시체는 흑마술의 산물도, 그 밖의 어떤 초자연적인 힘의 결과물도 아니다.

그들은 맨 처음 바이러스에서 시작되었으며, 이 질병을 처음 '발견'한 얀 반데르하벤은 그 바이러스에 솔라눔이라는 라틴어 이름을 붙였다.

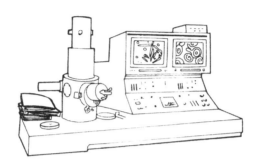

솔라눔 바이러스

솔라눔은 맨 처음 감염될 때부터 두뇌에 침투할 때까지 혈류를 타고 움직이며 활동한다. 이 바이러스는 아직 완전히 밝혀지지 않은 작동 방식에 따라 대뇌 전두엽의 세포를 이용하여 번식하며, 그 과정에서 전두엽을 파괴한다. 그러는 동안 인체 기능은 완전히 정지한다. 감염된 개체는 심장 박동이 정지하면서 '사망' 판정을 받는다. 그러나 두뇌는 여전히 살아 있으며, 바이러스에 의해 뇌세포가 복제되어 완전히 다른 기관으로 탈바꿈하는 동안 휴면 상태에 놓인다. 이 새 기관의 결정적인 특징은 산소에 의존하지 않는 점이다. 가장 중요한 자원인 산소가 필요하지 않기 때문에 살아있는 시체의 두뇌는 복합적인 신체 기능을 이용하면서도 육체에 전혀 의존하지 않는다. 일단 전환이 끝나고 나면 이 새 기관은 자신이 지배하는 육체를 원래 시체와 (외형상) 닮은 구석이 거의 없는 형태로 재생한다. 신체 기능 중에는 그대로 유지되는 것도 있고 약해지는 것도 있지만 이들을 제외한 나머지는 완전히 정지된다. 이렇게 새로 만들어진 생물이 바로 좀비, 즉 살아있는 시체 집단의 일원이다.

1. 원인

대대적인 학술 조사에도 불구하고 자연계에 독립 상태로 존재하는 솔라눔 표본은 불행히도 아직 발견되지 않았다. 전 세계의 모든 생태계에서 채취한 물과 공기, 흙, 또 거기에 서식하는 동식물 모두 음성 반응을 보였다. 이 글을 쓰는 지금도 연구는 진행 중이다.

2. 증상

감염자의 발병 과정은 아래 시간표에 적힌 바와 같다.(사람에 따라 약 수 시간의 차이를 보인다.)

1시간 경과 | 통증 및 감염 부위 변색(갈색을 띤 자주색). 상처의 피는 즉시 응고됨(상처를 통해 바이러스에 감염된 경우.)
5시간 경과 | 발열(섭씨 37도에서 39도 사이), 오한, 경미한 치매, 구토, 심한 관절통.
8시간 경과 | 팔다리 및 감염 부위 감각 상실, 고열(섭씨 39도에서 40도 사이), 중증 치매, 근육 조정 능력 상실.
11시간 경과 | 하반신 마비, 전신 무감각, 심장 박동 수 저하.
16시간 경과 | 혼수상태.
20시간 경과 | 심장 정지. 뇌 활동 전무.
23시간 경과 | 좀비로 소생.

3. 전염 경로

솔라눔은 전염률 100퍼센트에 치사율 또한 100퍼센트이다. 인류에게는 다행스럽게도 이 바이러스는 물이나 공기를 통해 전염되지 않는다. 인간이 자연 상태에 존재하는 솔라눔 바이러스에 감염된 사례는 알려진 바 없다. 감염은 체액이 직접 유입될 경우에만 일어난다. 좀비에게 물리는 것은 지금까지 가장 잘 알려진 전염 수단이지만, 유일한 전염 경로는 아니다. 아물지 않은 상처를 좀비 몸에 난 상처에 비비거나 좀비의 몸뚱이가 폭발하면서 튀긴 분비물을 뒤집어쓰고 감염된 사람도 있다. 그러나 감염된 살을 먹고 소화시켰을 때에는(먹은 사람의 입 안에 상처가 없을 경우) 감염 대신 사망에 이른다. 감염된 살은 독성이 매우 높은 것으로 판명되었다.

살아있는 시체와 성교한 결과에 대한 정보는 역사 기록과 실험 자료 어디에도 남아 있지 않지만, 앞서 살펴본 솔라눔 바이러스의 성격상 감염 위험이 매우 높으리라 추정된다. 이러한 행위를 저지를 만큼 정신이 나간 사람이라면 어차피 자기 안전에 별 관심이 없을 터이므로 아무리 경고해 봤자 소용이 없을 것이다. 좀비의 체액은 응고된 상태이기 때문에 물리는 경우를 제외하면 접촉해도 감염될 위험이 낮다고 주장한 이들이 적지 않았다. 그러나 단 한 단위의 생체 조직이라도 일단 유입되면 변이를 일으키기에 충분하다는 점을 명심해야 할 것이다.

4. 이종간 감염

솔라눔 바이러스는 크기와 종, 생태계와 상관없이 모든 생물에 치명적이다. 그러나 죽은 후에 다시 깨어나는 것은 오직 인간뿐이다. 연구 결과를 보면 인간이 아닌 동물의 두뇌에 침투한 솔라눔 바이러스는 숙주가 죽은 지 몇 시간 만에 소멸하기 때문에 사체에 손을 대도

안전하다. 감염된 동물은 바이러스가 체내에
서 활발하게 증식하기 전에 이미 숨을 거둔
다. 모기 같은 곤충에 물려 감염될 확률은 무시해
도 좋다. 실험 결과 모든 기생 곤충은 감염된 숙주를
100퍼센트 확률로 알아보고 회피한다.

5. 치료법

일단 감염되고 나면 살릴 방법은 없다. 솔라눔은 박테리아가 아니
라 바이러스이므로 항생제도 전혀 듣지 않는다. 바이러스를 극히 적
은 양만 투여해도 완전히 감염되기 때문에 이에 대항하는 유일한 방
법인 면역 생성 요법 또한 쓸 수 없다. 이에 대해서는 현재 유전학적
으로 연구하는 중이다. 연구 목표는 더 강력한 인간 항체, 저항력을
지닌 세포 구조, 솔라눔을 식별하고 파괴하는 대항 바이러스 등을 만
드는 것이다. 그 밖에 한층 더 급진적인 치료법들이 개발 초기 단계에
있지만, 가까운 장래에 성공을 거두리라는 전망은 없다. 전투 경험을
통해 (좀비에게 물려) 감염된 팔다리를 즉시 절단하는 요법이 등장했
지만 이는 생존율이 기껏해야 10퍼센트도 안 될 만큼 불확실하다. 어
쩌면 감염자는 바이러스가 체내에 침투한 순간 사망한 것이나 다름없
을지도 모른다. 자살을 택한 감염자는 반드시 뇌를 먼저 제거해야 한
다는 것을 명심할 필요가 있다. 최근 감염된 이들 가운데 바이러스가
아니라 다른 이유로 사망했는데도 소생한 사례가 보고되었다. 이러한
사례는 보통 감염된 지 5시간 후에 사망한 이들 가운데 나타난다. 어
쨌거나 좀비에게 물려 사망한 사람이나 다른 경로로 감염된 사람은

즉시 처리해야 한다(43쪽의 '처리 방법' 항목을 참조).

6. 사후 감염으로 인한 소생

갓 사망한 시체의 경우 사후에 솔라눔 바이러스가 침투하면 되살
아난다는 견해가 제기된 바 있다. 이는 오류이다. 좀비는 부패한 인육
을 쳐다보지도 않기 때문에 바이러스가 옮길 일이 없다. 제2차 세계
대전 기간과 이후에 실행한 실험에서(265쪽의 '기록에 남은 공격 사례'
항목 참조) 시체에 솔라눔 바이러스를 주입하면 아무 효과가 없음이
입증되었는데 이는 혈류가 정지한 탓에 바이러스가 뇌까지 이동하지
못하기 때문이다. 시체의 뇌에 직접 주입한다고 해도 이미 죽은 세포
가 바이러스에 반응하지 않기 때문에 마찬가지로 소용이 없다. 솔라
눔 바이러스는 생명을 창조하지 않는다. 다만 변화시킬 뿐이다.

좀비의 특성

1. 신체 능력

살아있는 시체는 비범한 힘, 눈부신 속도, 텔레파시 등등 초인적
인 힘을 지녔다는 설이 빈번하게 제기된다. 하늘을 나는 좀비부터 수
직면을 거미처럼 기어오르는 좀비에 이르기까지 갖가지 설이 난무한
다. 멋진 드라마에는 어울릴지도 모르는 특징들이지만, 좀비 자체는
신비롭고 전능한 악마와 동떨어진 존재이다. 반드시 명심해야 할 것
은, 좀비의 몸뚱이가 어디까지나 인간의 육체였다는 점이다. 좀비가
된 후 실제로 변하는 것은 감염된 뇌가 되살아난 이 몸뚱이를 이용하

는 방식뿐이다. 몸의 원래 주인인 인간이 날지 못했다면 좀비도 날 수 없다. 이는 좀비의 특징으로 알려진 여러 황당한 능력들, 즉 투명 방어막 치기, 순간이동, 단단한 물체 통과하기, 늑대로 변신하기, 입에서 불 뿜기 등도 마찬가지이다. 인간의 몸을 공구 상자로 가정해 보라. 그것이 바로 좀비의 뇌가 가진 도구이며, 쓸 수 있는 도구 또한 그것이 전부이다. 새 도구를 뚝딱 만들어낼 수는 없다는 뜻이다. 그러나 여러분이 앞으로 보게 될 사례들처럼 이 도구들을 파격적인 방식으로 사용하거나, 평범한 인간이라면 결코 버티지 못할 만큼 거칠게 다루는 것은 가능하다.

(1) 시각

좀비의 눈은 보통 인간의 눈과 조금도 다르지 않다. 시각 신호를 뇌에 전달하는 기능은 여전히 작동하지만(이는 부패 정도에 따라 다르다.), 뇌가 그 신호를 해석할 수 있느냐는 별개의 문제이다. 좀비의 시력에 관한 연구는 아직 명확한 성과를 거두지 못했다. 좀비는 먼 거리에서도 인간과 비슷한 형태의 먹이를 포착할 수 있지만, 좀비가 인간과 자기 동족을 구분할 수 있는지는 아직도 논의의 대상이다. 일설에 따르면 인간은 좀비에 비해 움직임이 더 빠르고 부드럽기 때문에 좀비의 눈에 잘 띈다고 한다. 좀비의 움직임을 흉내 내어 부자연스럽게 비틀거림으로써 접근하는 좀비들을 혼란에 빠뜨리는 실험이 수차례 진행된 바 있다. 그러한 실험은 이때껏 한 번도 성공한 적이 없다. 좀비는 어둠 속에서도 볼 수 있기 때문에 야간 사냥에 능하다는 설 또한 제기된 바 있다. 이 가설은 눈이 없는 좀비조차도 훌륭한 야행성 사냥꾼이라는 사실이 밝혀지자 폐기되었다.

(2) 청각

좀비는 의심할 여지 없이 우수한 청력을 지녔다. 그들은 소리를 감지할 뿐 아니라 소리가 들려온 방향 또한 판단할 수 있다. 좀비의 가청 범위는 인간과 비슷하다고 추정된다. 극히 높거나 낮은 주파수를 사용한 실험에서는 부정적인 결과가 나왔다. 또 좀비는 살아 있는 생물이 내는 소리뿐 아니라 모든 소리에 이끌린다는 실험 결과도 있다. 역사 자료를 보면 식인 괴물은 인간이 듣지 못하는 소리도 알아차린다는 기록이 남아 있다. 이에 관해 입증되지는 않았지만 가장 타당한 설명은, 좀비가 모든 감각 기관에 동등하게 의존한다는 가설이다. 인간은 날 때부터 시각을 집중적으로 사용하며 이 1차 감각기관을 잃었을 경우에만 다른 감각에 의지한다. 어쩌면 좀비는 이러한 약점을 인간과 공유하지 않는지도 모른다. 이 가설이 사실이라면 칠흑 같은 어둠 속에서도 사냥하고 싸우고 잡아먹는 좀비의 능력을 설명할 수 있다.

(3) 후각

좀비의 후각은 청각과 달리 극도로 예민하다. 좀비가 살아 있는 먹이의 냄새와 다른 사물의 냄새를 구별할 수 있다는 사실은 전투 결과 및 병리 검사에서 모두 입증되었다. 바람이 적절한 방향에서 불 경우에는 1킬로미터가 훌쩍 넘게 떨어진 거리에서도 갓 죽은 시체의 냄새를 알아차린 사례가 많다고 한다. 그럼에도, 이는 좀비가 인간보다 우월한 후각을 지녔다는 뜻이 아니라 다만 후각에 더 많이 의지한다는 뜻이다. 땀, 페로몬, 피 같은 특정 분비물이 좀비에게 먹이의 위치를 알려주는지 어떤지는 정확히 밝혀지지 않았다. 과거에 좀비가 창궐한 지역에서 들키지 않고 이동하고자 한 사람들은 향수, 탈취제, 강한 향을 풍기는 화학물질 등으로 체취를 뒤덮으려 했다. 이러한 시도는 성공한 적이 없다. 현재는 살아 있는 여러 생물의 체취를 합성하여 좀비를 유인하거나 쫓는 물질을 개발하는 연구가 진행 중이다. 성공적인 결과물이 나올 때까지는 수년이 걸릴 전망이다.

(4) 미각

좀비의 변형된 미각에 관해서는 알려진 바가 거의 없다. 좀비는 인육과 다른 짐승의 고기를 구별하는 능력만큼은 확실히 지녔으며, 둘 중에 전자를 선호한다. 또한 갓 죽은 시체를 선호하기 때문에 썩은 고기를 알아보는 능력도 탁월하다. 사후 12시간에서 18시간이 지난 인간의 시체는 먹으려 하지 않는다. 방부 처리 또는 다른 방식으로 보존 처리한 시신도 마찬가지이다. 이러한 행위가 미각과 관련이 있는지 여부는 확실치 않다. 어쩌면 냄새 때문이거나 아직 밝혀지지 않은 본능 때문인지도 모른다. 그렇다면 좀비는 어째서 인육을 선호하는가? 이 당황스럽고 절망적이며 소름 끼치는 질문에 대하여 과학자들은 아직 답을 찾지 못했다.

(5) 촉각

좀비의 몸뚱이는 말 그대로 어떤 감각도 느끼지 못한다. 몸이 소생한 후에도 전신의 신경 수용체는 죽은 상태 그대로 남아 있기 때문이다. 이것이야말로 좀비가 인간에 대하여 지닌 강점들 가운데 가장 강력하고 두려운 점이다. 인간은 육체적 고통을 몸이 상할지도 모른다는 신호로 받아들이는 능력이 있다. 우리 뇌는 이러한 고통을 종류에 따라 분류하고, 그 원인이 된 특정 경험과 짝을 지은 다음, 미래에 닥칠 위험에 대한 경고로 사용하고자 차곡차곡 저장해 둔다. 이러한 생리적 본능을 타고난 덕분에 살아남아 하나의 종(種)을 이룰 수 있었던 것이다. 인간이 위험을 무릅쓰고 행동에 나서는 용기를 미덕으로 칭송하는 이유 또한 여기에서 비롯된다. 좀비가 가공스러운 존재인 이유는 이처럼 고통을 인지하고 회피하는 능력이 없기 때문이다. 좀비는 부상을 입어도 알아차리지 못하기 때문에 공격을 늦추지 않는다. 심지어 몸뚱이가 심각하게 훼손된 경우에도 산산조각이 날 때까지 계속 공격한다.

(6) 육감

사료 조사와 과학 실험, 현장 관찰을 병행한 연구에 따르면 좀비는 감각기관이 모두 파괴되거나 완전히 부패한 후에도 적을 계속 공격한다고 알려져 있다. 이는 곧 좀비에게 육감이 있다는 뜻일까? 어쩌면 그럴지도 모른다. 살아 있는 인간은 뇌의 전체 용량 가운데 5퍼센트밖에 사용하지 못한다. 진화 단계에서 잊어버린 또 다른 지각 능력이 솔라눔 바이러스에 자극받을 가능성도 있다. 좀비 전쟁 기간 동안 가장 뜨겁게 논의된 것이 바로 이 가설이었다. 그러나 찬성 측도 반대 측도 주장을 뒷받침할 과학적 증거는 아직 발견하지 못했다.

(7) 회복 능력

전설이나 옛 민담이 전하는 바와 달리 살아있는 시체는 회복을 담당하는 생리 기능이 없는 것으로 밝혀졌다. 손상된 세포는 손상된 상태 그대로 남는다. 좀비가 입은 상처는 원인과 크기에 상관없이 몸뚱이가 멈출 때까지 내내 그 상태를 유지한다. 과학자들은 이제껏 생포한 좀비를 대상으로 여러 가지 회복 촉진용 약물을 투여했다. 성공한 적은 한 번도 없다. 이처럼 살아 있는 사람이라면 당연히 지닌 자기 치유 능력이 없는 것은 좀비의 지독한 약점이다. 예를 들어, 우리 근육은 열심히 운동하면 손상을 입는다. 이 근육은 시간이 지나면 전보다 더 튼튼해진다. 그러나 좀비의 근육 조직은 손상된 상태로 남아 쓰면 쓸수록 효율성이 떨어진다.

(8) 부패

좀비의 평균 수명, 즉 완전히 썩어 문드러질 때까지 움직이는 기간은 대략 3년에서 5년이다. 인간의 시체가 부패라는 자연 현상을 이토록 오랫동안 저지할 수 있다니 실로 환상적인 이야기이지만, 그 원인은 기초적인 생물학에 있다. 인간의 육체는 사망하자마자 수십억 단위의 미생물에 점령당한다. 이들은 외부 환경과 인체 내에 이미 존재하던 것들이다. 인간이 살아 있는 동안에는 체내 면역계가 이들과 표적 사이에서 방어벽 기능을 한다. 숨을 거두면 그 방어벽도 함께 무너진다. 미생물들은 시체를 세포 단위부터 먹어치우는 동시에 파괴하면서 기하급수적으로 증식하기 시작한다. 부패 중인 고기의 변색과 악취는 바로 이 미생물들의 생물학적 작업과 관련이 있다. 그러므로 식당에서 '숙성' 스테이크를 주문할 때 당신은 이미 썩기 시작한 고기, 즉 전에는 퍽퍽한 살이었지만 미생물들이 질긴 근섬유를 파괴해준 덕분에 부드러워진 고기를 주문하는 셈이다. 그 스테이크는 인간의 시체가 그러하듯이 머지않아 형체 없이 녹아버린다. 남는 것이라고는 뼈나 치아, 손발톱, 털 등 너무 단단하거나 영양가가 없어서 미생물이 먹어치우지 않는 것들뿐이다. 이는 생명이 순환하는 일반적인 방식이자 자연이 영양소를 먹이사슬로 끌어들여 재활용하는 방식이기도 하다. 이 과정에 제동을 걸어 이미 죽은 조직을 그대로 보존하려면 박테리아가 살기에 부적합한 환경을 유지해야 한다. 다시 말해 극히 낮은 온도 또는 높은 온도에 보관하거나 포름알데히드 같은 독성 물질에 담가두어야 하는데, 좀비는 이러한 물질 대신 솔라눔 바이러스를 듬뿍 투여한 경우에 해당한다.

사람의 시체를 부패시키는 데 관여하는 거의 모든 미생물이 솔라눔 바이러스에 감염된 시체만은 거부하기 때문에, 좀비는 자동적으로 방부 상태가 된다. 그렇지 않았더라면 살아있는 시체에 맞서 싸우는 일은 식은 죽 먹기였을 것이다. 살이 썩어서 뼈만 남을 때까지 며칠 또는 몇 주만 피해 다니면 되기 때문이다. 이러한 현상의 원인은 아직 밝혀지지 않았다. 솔라눔 바이러스의 저지 효과를 이겨내는 미생물이 몇 종이나마 있는 것만은 확실하다. 그렇지 않다면 좀비들은 영원토록 썩지 않고 완벽한 상태로 남아 있을 것이다. 또한 습기나 온도 같은 자연 조건도 확실히 중요한 역할을 담당한다. 루이지애나 주의 습지대에서 배회하는 좀비는 춥고 건조한 고비 사막의 좀비만큼 오래 버티지 못한다. 좀비 표본을 초저온 냉동고나 방부액 같은 극한 상황에 보관하면 영원토록 보존할 수 있다는 가설도 성립한다. 이러한 방법을 사용하면 수백 년은 무리라고 해도 적어도 수십 년 동안은 활동할 수 있다고 한다(265쪽의 '기록에 남은 공격 사례' 참조). 좀비는 부패했을 경우에도 어느 날 갑자기 풀썩 쓰러지거나 하지는 않는다. 부패 과정이 신체 여러 부위에서 다른 속도로 진행되기 때문이다. 뇌는 온전하지만 몸이 거의 너덜너덜해진 표본도 다수 발견되었다. 뇌가 부분적으로 부패한 표본의 경우, 일부 신체 기능은 조종할 수 있었지만 다른 기능은 완전히 마비된 상태였다. 최근 들어 고대 이집트의 미라야말로 방부 처리한 좀비 표본의 효시라는 통설이 널리 퍼졌다. 보존 기술 덕분에 매장한 지 수천 년이 지나서도 활동할 수 있다는 말이다. 그러나 고대 이집트에 관하여 기초적인 지식만 있어도 코웃음을 치며 이 통설의 오류를 지적할 수 있을 것이다. 파라오의 장례 준비 과정에서 가장 중요하고 복잡한 단계가 바로 뇌를 제거하는 일이 아니던가!

(9) 소화 능력

인육이 좀비의 양식이라는 가설은 근래 발견된 증거들 때문에 무위로 돌아갔다. 좀비의 소화 계통은 완전히 정지된 상태이다. 음식을 분해하고 영양분을 추출하고 노폐물을 배출하는 복잡한 체계는 좀비의 생리 구조에 포함되지 않는다. 무력화된 좀비를 대상으로 한 해부 실험에서 그들의 '음식'은 소화되지 않은 원래 상태 그대로 소화 계통 전체에 분포되어 있었다. 제대로 씹지도 않고 삼킨 인육은 좀비가 희생자를 거듭 먹어치우는 동안 체내에 쌓이며 서서히 썩어가다가 마침내 항문으로 밀려 나오거나, 아니면 복부나 내장 벽을 뚫고 문자 그대로 터져 나온다. 이 정도로 극적인 소화 불량 사례는 드물지만, 배가 불룩 튀어나온 좀비를 직접 목격한 사람은 수백 명이나 된다. 좀비를 생포하여 해부한 어느 실험에서는 뱃속에서 100킬로그램이나 되는 인육이 나온 적도 있다! 배가 안에서부터 터져 나온 후에도 한참 동안 식사하는 좀비를 목격한 사례 또한 드물게 존재한다.

(10) 호흡

살아있는 시체의 폐는 공기를 들이마시고 내뱉는 기능을 계속 수행한다. 좀비의 특징인 신음 소리도 이 때문에 발생한다. 그러나 좀비의 폐와 신체는 산소를 흡수하고 이산화탄소를 배출하지 못한다. 솔라눔 바이러스는 그 두 가지 기능 모두를 제거하기 때문에 좀비의 신체에서 인간의 호흡기는 아무 쓸모도 지니지 못한다. 좀비가 물속에서 걸어 다니거나 인간에게 치명적인 환경에서도 살아남는 것도 바로 이 때문이다. 앞서 말했다시피, 좀비의 뇌는 산소에 의존하지 않는다.

(11) 혈액 순환

좀비에게 심장이 없다는 말은 부정확한 표현이다. 그러나 좀비에게 심장이 필요 없다는 말은 부정확한 표현이 아니다. 좀비의 순환 계통은 굳은 피로 가득 차 아무 쓸모도 없어진 튜브를 얼기설기 이어놓은 것과 다를 바 없다. 림프샘을 비롯한 다른 모든 체액 또한 마찬가지이다. 이 또한 좀비가 인간보다 나은 점처럼 보이지만, 실제로는 하늘이 인류에 내린 은총으로 판명되었다. 체액이 흐르지 않으면 바이러스가 쉽게 퍼지지 못하기 때문이다. 만일 그렇지 않았다면 좀비를 죽일 때 십중팔구 피와 다른 체액을 뒤집어쓰게 되므로, 수세에 몰린 인간과 좀비의 육박전은 거의 불가능할 것이다.

(12) 번식

좀비는 불임 생물이다. 그들의 생식기는 썩어서 제 기능을 다하지 못한다. 좀비 난자와 인간 정자, 또는 좀비 정자와 인간 난자를 수정시키려는 시도가 수차례 있었다. 이제껏 성공한 적은 한 번도 없다. 좀비가 자기 동족 또는 인간에게 성욕을 느끼는 징후는 발견되지 않았다. 이를 뒤집는 연구 결과가 나올 때까지 인류가 가장 두려워하는 것, 즉 좀비를 낳는 좀비는 기우에 지나지 않을 것이다.

(13) 체력

좀비는 인간과 똑같은 힘을 지닌다. 발휘하는 힘의 양은 개별 좀비에 따라 다르다. 죽기 전의 근육량이 좀비가 되었을 때의 체력을 결정한다. 살아 있는 사람과 달리 좀비의 신체는 부신피질 호르몬을 분비하지 못한다고 알려졌으며, 이 때문에 순간적으로 폭발적인 힘을 발휘하는 것 또한 불가능하다. 좀비가 지닌 확실한 강점 한 가지는 바로 놀라운 지구력이다. 근육 운동 또는 모종의 격렬한 신체 활동을 상상해 보라. 아마도 고통과 피로가 당신에게 체력의 한계를 알려줄 것이다. 좀비에게는 이러한 한계가 존재하지 않는다. 그들은 근육이 말 그대로 너덜너덜해질 때까지 같은 동작을 같은 강도로 계속해서 실행할 것이다. 이는 점점 약해지는 좀비들에게 도움이 되는 한편으로, 인간들이 최초의 일격에 전력을 다해야 하는 이유이기도 하다. 끈질긴 좀비 한 마리가 건장한 인간 서너 명이 나가떨어질 장애물을 너끈히 함락한 사례는 여러 번 목격되었다.

(14) 속도

살아있는 시체는 어슬렁어슬렁 걷거나 절뚝거리는 경향이 있다. 부상을 입거나 부패가 진행되기 전에도 걸음걸이가 불안정한 까닭은 여러 근육이 함께 움직이지 못하기 때문이다. 속도는 주로 다리 길이에 따라 결정된다. 키가 큰 좀비는 키가 작은 좀비보다 보폭이 더 넓다. 달리기는 불가능한 듯 보인다. 지금까지 관찰한 좀비 가운데 가장 빠른 놈은 겨우 1.5초당 한 걸음의 속도로 움직였다. 다시 말하지만, 앞서 체력 부분에서도 살펴보았듯이 좀비가 인간보다 나은 점은 바로 불굴의 지구력이다. 쫓아오는 좀비를 너끈히 따돌릴 수 있다고 자신하는 사람은 토끼와 거북이의 우화를 명심하는 편이 좋을 것이다. 물론 이 경우에는 토끼가 산 채로 잡아먹힐 확률이 매우 높다는 것도 함께 기억해야 한다.

(15) 민첩성

평범한 사람과 가장 강한 좀비를 비교해도 사람의 민첩성이 약 1.9배 이상 높다. 괴사한 근육 조직이 전체적으로 딱딱해지는 것이 한 가지 이유이다(좀비의 걸음걸이가 부자연스러운 것도 이 때문이다.). 더 중요한 이유는 좀비의 뇌 기능이 원시적이기 때문이다. 좀비의 가장 큰 약점 가운데 하나는 운동신경이 극도로 둔하다는 점이다. 뜀뛰기 하는 좀비는 한 번도 목격된 적이 없다. 한 곳에서 다른 곳으로 뛰기는 물론 제자리 뛰기도 마찬가지이다. 가느다란 물체 위에서 균형 잡기도 마찬가지로 역부족이다. 수영 또한 사람만이 구사할 수 있는 기술이다. 물속에서 죽은 좀비가 잔뜩 팽창하여 수면 위로 떠오르면 위험 물질이 둥둥 떠다닐지도 모른다고 우려하는 이들이 있었다. 그러나 좀비는 부패하는 속도가 느리기 때문에 부산물로 생겨난 가스가 축적되지 않는다. 깊은 물에 걸어 들어가거나 빠진 좀비의 경우, 물 밑바닥에서 정처 없이 헤매다 결국 분해될 공산이 더 크다. 좀비는 높은 곳에 곧잘 기어오르지만 특정한 상황에서만 그러하다. 만약 높은 곳에 있는 먹이를 발견하면, 예를 들어 2층에 있는 사람이 눈에 띄면, 좀비는 예외 없이 2층으로 기어 올라갈 것이다. 벽이 아무리 가파르다고 해도, 심지어 도저히 올라갈 수 없는 벽이라고 해도 좀비들은 기를 쓰고 기어오르려 할 것이다. 지극히 완만한 오르막을 제외하면 이러한 시도는 모두 실패로 끝난다. 심지어 사다리가 놓여 있어서 두 손으로 번갈아 잡으며 올라가면 그만인 간단한 경우에도 성공하는 좀비는 넷 중 하나뿐이다.

2. 행동 양식

(1) 지능

지금껏 수없이 여러 번 입증되었다시피, 우리 인간이 좀비보다 나은 점 가운데 가장 강력한 장점은 바로 생각하는 힘이다. 평범한 좀비의 사고 능력은 곤충보다 낮은 수준이다. 그들은 추론하거나 논리적으로 사고하는 능력을 보여준 적이 한 번도 없다. 어떤 목표에 도전했다가 실패할 경우 시행착오를 토대로 새 방법을 찾는 것은 동물계의 여러 구성원들이 공유하는 능력이다. 그런데 좀비에게는 이러한 힘이 없다. 그들은 설치류 수준에 맞춘 지능 검사에서도 번번이 낙제했다.

한번은 무너진 다리 한쪽에 사람을 세워놓고 맞은편에 좀비 수십 마리를 풀어놓는 현장 연구를 실시한 적이 있다. 좀비들은 사람에게 접근하려는 헛된 시도를 거듭하며 차례차례 다리 아래로 떨어졌다. 그러는 동안 무슨 일이 일어나는지 알아차리고 전술을 바꾸려고 시도한 놈은 한 마리도 없었다. 사람들의 통념이나 짐작과 달리 도구를 이용하는 좀비는 도구의 종류를 불문하고 한 번도 목격된 적이 없다. 심지어 돌을 집어 무기로 이용하는 일조차 좀비에게는 불가능의 영역에 속한다. 이 간단한 일을 할 수 있다면 돌을 맨손보다 더 쓸 만한 무기로 인식하는 기초적인 사고 과정이 가능하다는 뜻이기 때문이다. 역설적이게도, 우리는 인공지능의 시대에 사는 덕분에 한결 원시적이었던 우리 조상들보다 더 간단히 좀비의 의식 구조를 밝혀낼 수 있다. 드물게 예외가 있기는 하지만 가장 진보한 컴퓨터조차도 스스로 생각할 능력을 갖지 못한다. 컴퓨터는 입력된 프로그램에 따라 작업을 실행하며, 오직 그 작업만 실행한다. 한 가지 기능만 실행하도록 입력된 컴퓨터를 상상해 보라. 그 기능은 멈출 수도, 수정할 수도, 삭제할 수도 없다. 새 데이터를 저장할 수도 없다. 새 명령을 인스톨할 수도 없다. 이 컴퓨터는 전원이 끊어질 때까지 그 한 가지 기능을 몇 번이고 되풀이할 것이다. 이것이 바로 좀비의 뇌이다. 오직 한 가지 목적만을 위해 본능에 따라 움직이는 기계. 어떤 조작에도 아랑곳하지 않는 이 기계를 세우는 방법은 파괴하는 것뿐이다.

(2) 감정

좀비가 느끼는 감정은 어떠한 것도 알려진 바가 없다. 좀비를 상대로 한 심리전은 분노를 촉발하는 것부터 동정심을 유발하는 것까지 모두 재앙으로 끝났다. 기쁨, 슬픔, 자신감, 불안, 사랑, 증오, 공포…… 이 모든 감정을 비롯하여 인간의 마음을 구성하는 수천 가지 요소가 좀비에게는 심장과 마찬가지로 무용지물에 지나지 않는다. 이 것은 인간의 가장 큰 약점일까? 아니면 강점일까? 이를 둘러싼 논의는 지금도 진행 중이다. 아마도 영원토록 그럴 것이다.

(3) 기억

근래 들어 좀비가 살아 있을 때의 기억을 간직한다는 기발한 발상이 제기되었다. 살아있는 시체가 집이나 직장으로 돌아가 가족 행세를 하거나, 사랑하는 이들에게 자비심을 보였다는 풍문도 떠돈다. 이처럼 낙관적인 상상을 뒷받침할 증거는 사실상 아무것도 없다. 좀비는 죽기 전의 기억을 의식적으로도 무의식적으로도 유지하지 못한다. 왜냐하면 의식이고 무의식이고 없으니까! 좀비는 가족이 기르던 애완동물이나 살아 있는 친척들, 익숙한 환경 등에 끌리지 않는다. 살아 있을 때 어떤 사람이었든 간에 그 사람은 사라지고, 먹는 것 말고는 아무 본능도 없는 자동인형이 그 자리를 대신한다. 그래서 다음과 같은 의문이 제기된다. 좀비는 왜 시골보다 시가지를 선호할까? 첫째, 좀비는 시가지를 선호하는 것이 아니라 단지 자신이 소생한 곳에 남아 있을 뿐이다. 둘째, 좀비들이 시골로 퍼지지 않고 도시에 남으려하는 이유는 그곳에 먹잇감이 더 많이 몰려 있기 때문이다.

(4) 신체적 욕구

허기를 제외하면(이에 관해서는 나중에 더 살펴볼 것이다.) 좀비는 살아 있을 때 지녔던 신체적 욕구를 표출한 적이 없다. 좀비들은 어떤 상황에서도 자거나 휴식을 취하는 모습을 보인 적이 없다. 무더위나 추위에도 반응하지 않는다. 악천후 속에서도 피할 곳을 찾지 않는다. 갈증 같이 간단한 욕구를 느끼는지 어떤지도 알려진 바가 없다. 솔라눔 바이러스는 완전히 자급자족할 수 있는 생명체를 만들어냄으로써 모든 과학적 원리를 뒤엎은 셈이다.

(5) 의사소통

좀비는 언어 구사 능력이 전혀 없다. 성대는 말을 할 수 있는 상태이지만 뇌가 그렇지 않기 때문이다. 낼 수 있는 소리라고는 걸걸한 신음 소리가 고작이다. 좀비는 먹잇감을 포착했을 때 이러한 신음 소리를 낸다. 소리는 먹잇감과 직접 접촉할 때까지 낮고 꾸준하게 이어진다. 그러다가 공격을 개시하면 음 높이가 올라가고 소리 자체도 커진다. 좀비의 전형적인 특징으로 여겨지는 이 기괴한 소리는 동족을 끌어 모으는 신호음 역할을 하며, 최근 발견된 바에 따르면 잠재적인 심리전 무기로도 기능한다(103쪽의 '방어 요령' 항목을 참조).

(6) 집단행동

좀비들이 집단행동을 한다는 학설은 수없이 제기되었다. 이는 사탄이 조종하는 군대라는 설에서 곤충처럼 페로몬을 따라 움직이는 무리라는 설에 이르기까지 다양하며, 가장 최근에는 좀비들이 텔레파시로 집단 교감을 한다는 설도 등장했다. 사실 좀비들은 딱히 사회 조직이라고 할 만한 것을 이루지 못한다. 위계질서도, 명령계통도, 집단을 이루고자 하는 충동도 전혀 없기 때문이다. 좀비 무리는 크기와 겉모습을 막론하고 단지 한데 몰린 개체들의 총합일 뿐이다. 희생자가 있는 곳에 좀비 수백 마리가 몰려 있다면 이는 저마다 본능에 이끌렸기 때문이다. 좀비들은 서로의 존재를 알아보지 못한다고 추정된다. 거리와 상관없이 개별 좀비가 서로에게 반응하는 모습은 한 번도 목격된 적이 없다. 이는 좀비의 감각기관에 대한 의문을 또다시 제기한다. 좀비는 같은 거리에 있는 자기 동족과 인간 또는 다른 먹잇감을 어떻게 구별할까? 답은 아직 밝혀지지 않았다. 좀비들은 생명이 없는 물체를 피할 때와 같은 요령으로 서로를 피한다. 서로 부딪혔을 경우에는 친교를 쌓거나 의사소통하려는 시도를 전혀 하지 않는다. 시체 한 구에 들러붙은 좀비 여러 마리는 경쟁자를 쳐내는 대신 눈앞의 고기를 거듭 잡아당길 뿐이다. 악명 높은 몇 차례의 집단 공격에서 드러났듯이, 좀비가 단체 생활을 위해 기울이는 유일한 노력은 근처의 동족을 불러 모으는 신음 소리뿐이다. 다른 좀비들은 일단 울부짖는 소리를 들으면 그 진원지로 모여든다. 좀비 연구 초반에는 이 신음 소리가 정찰병이 동료들에게 공격 개시를 알리는 신호라는 설이 제기되었다. 그러나 우발적 현상임이 이미 밝혀졌다. 먹잇감을 알아본 좀비는 신호를 보내기 위해서가 아니라 순전히 본능적으로 신음 소리를 낸다.

(7) 사냥

좀비는 영역이나 보금자리 같은 개념을 갖지 않고 떠돌아다니는 생명체이다. 먹이를 찾아서라면 멀리까지도 이동하며, 시간만 충분하다면 아마도 대륙간 이동도 불사할 것이다. 사냥은 무작위로 이루어진다. 식사 시간은 밤낮을 가리지 않는다. 한 지역을 샅샅이 뒤지기보다는 정처 없이 유랑한다. 특정 지대나 구조물을 먹잇감이 더 풍부한 곳으로 선호하지도 않는다. 예를 들어 어떤 좀비들은 농가와 주변 건물을 보면 들어가서 뒤지지만, 함께 이동하는 다른 좀비들은 이를 거들떠도 안 보고 지나친다. 시가지는 뒤지는 데 시간이 더 걸리기 때문에 좀비들이 오래 머물지만, 이곳에서도 특정 구조물을 다른 곳보다 더 선호하지는 않는다. 좀비들은 주변 환경을 전혀 인식하지 못하는 듯하다. 시력을 예로 들면, 좀비들은 새 환경의 정보를 받아들이는 식으로 눈을 움직이지 않는다. 어디에 있든 간에 좀비들은 소리 없이 발을 끌며, 먼 산을 바라보며, 먹잇감을 찾을 때까지 그저 정처 없이 헤맨다. 앞서 살펴보았듯이 좀비는 먹잇감의 정확한 위치를 향해 나아가는 비상한 재주가 있다. 일단 먹잇감을 포착한 좀비는 건망증 걸린 벙어리 자동인형 같던 예전 상태에서 유도 미사일과 꼭 닮은 모습으로 변신한다. 대가리는 즉시 먹잇감이 있는 방향으로 돌아간다. 주둥이는 헤 벌어지고 이가 드러나며, 횡격막 깊숙한 곳에서부터 신음 소리가 흘러나온다. 먹잇감을 포착한 좀비를 막을 방법은 없다. 그들은 먹잇감을 놓치지 않는 한 계속 추적하여 죽이거나, 거꾸로 죽임을 당한다.

(8) 행동 동기

좀비는 어째서 인간을 잡아먹을까? 인육에서 사실상 어떤 영양분도 얻지 못한다면, 좀비의 본능은 어째서 인간을 살해하라고 지시하는 것일까? 그 답은 아직 미지의 영역에 있다. 과거의 역사 자료와 현대의 과학적 연구 결과 모두 좀비의 식단에 살아 있는 인간만 있는 것이 아님을 보여 준다. 좀비가 창궐한 지역에 진입한 구조대들은 하나같이 생명체가 전혀 남지 않았다는 보고를 보내온다. 어떤 생명체든 크기와 종에 상관없이 공격당하여 잡아먹힌다. 그러나 좀비는 언제나 인육을 다른 고기보다 선호한다. 생포한 좀비 표본을 대상으로 크기가 똑같은 고깃덩이 두 개를 놓고 실험한 적이 있었다. 한쪽은 인육, 다른 쪽은 짐승 고기였다. 좀비는 번번이 인육을 택했다. 그 이유는 아직 밝혀지지 않았다. 의심할 여지 없이 명확한 사실 한 가지는, 좀비들은 솔라눔 바이러스가 불러일으킨 본능 때문에 눈에 띄는 생물이라면 무엇이든 죽여 먹어치운다는 점이다. 여기에는 예외가 없는 듯하다.

(9) 처치 방법

좀비를 처치하는 방법은 단순하면서도 결코 쉽지 않다. 앞서 보았듯이 인간이 살아가는 데 필요한 여러 신체 기능이 좀비에게는 전혀 필요하지 않다. 순환 계통이나 소화 계통, 호흡 기관 등을 제거하거나 심하게 손상시켜도 좀비의 뇌는 이러한 기능의 도움을 전혀 받지 않으므로 끄떡도 하지 않는다. 한마디로, 인간을 죽이는 방법은 수천 가지가 있지만 좀비를 죽이는 방법은 한 가지뿐이다. 가능한 수단을 총동원하여 뇌를 제거해야만 한다.

(10) 처리 방법

연구에 따르면 솔라눔 바이러스는 처치당한 좀비의 몸속에 최대 48시간까지 살아남는다고 한다. 그러므로 좀비 시체를 처리할 때에는 매우 주의해야 한다. 특히 좀비의 뇌는 바이러스가 몰려 있기 때문에 가장 위험한 부위이다. 보호 장구 없이 좀비 시체를 다루면 절대 안 된다. 극히 치명적인 독극물을 다루듯이 취급해야 한다. 가장 안전하고 효과적인 처치 방법은 소각이다. 좀비 시체를 쌓아놓고 태우면 솔라눔 바이러스가 연기를 타고 퍼져나갈 거라는 소문이 있다. 그러나 상식적으로 생각하면 어떤 바이러스도 소각로 안의 고온을 견디지 못한다. 불꽃에 그대로 노출된 경우는 말할 것도 없다.

(11) 사육 가능성

다시 말하지만, 이제껏 밝혀진 바에 따르면 좀비의 뇌는 길들여지기를 거부한다. 약물 투여에서 외과 수술, 전자파 노출까지 모든 실험에서 부정적인 결과만이 도출되었다. 좀비를 짐말처럼 훈련시키고자 시도했던 행동 교정 요법 및 비슷한 다른 시도들 역시 실패로 끝났다. 다시 말하지만 좀비라는 기계는 회선을 재배치하기가 불가능하다. 만들어진 대로 존재하거나 아예 존재하지 않거나 둘 중 하나일 뿐이다.

부두교 좀비

좀비가 흑마술이 아닌 바이러스의 산물이라고 치자. 그렇다면 죽은 후에 억지로 되살아나 영원히 노예로 살도록 저주받은 사람, 이른바 '부두교 좀비'로 불리는 존재는 어떻게 설명해야 할까? 좀비가 원래 앙골라 북서부에서 사용하는 킴분두 어로 망자의 넋을 가리키는 '음줌베(nzúmbe)'에서 파생된 단어인 것은 사실이며, 좀비 및 좀비화 과정이 '부두교'로 알려진 카리브해 흑인 종교의 필수 구성 요소인 것 또한 사실이다. 그러나 부두교 좀비와 바이러스성 좀비 사이의 유사점은 오로지 이름의 유래가 비슷한 점뿐이다. 부두교의 웅간(houngan, 사제)들은 마술적 수단을 사용하여 인간을 좀비로 만들 수 있다고 알려졌지만, 이는 어디까지나 과학에 토대를 둔 기술이다. 웅간이 좀비화 과정에서 사용하는 '좀비 가루'에는 매우 강력한 신경독(정확한 성분은 철저한 비밀)이 들어 있다. 이 독은 인체의 신경 계통을 한시적으로 마비시켜 깊은 동면 상태에 빠뜨린다. 심장과 폐를 비롯한 모든 신체 기능이 최저 수준으로 유지되기 때문에 미숙한 장의사의 경우 마비된 사람에게 사망 판정을 내리는 것도 당연하다. 이러한 상태로 땅에 묻힌 수많은 사람들은 관 뚜껑 아래의 칠흑 같은 어둠 속에서 깨어나 경악할 뿐이었다. 그렇다면 이 살아 있는 사람이 좀비로 변하는 까닭은 무엇일까? 답은 간단하다. 바로 뇌손상 때문이다. 생매장당한 사람들은 대개 관 속의 공기를 일찌감치 써 버리게 마련이다. (운이 좋아서) 회복한 사람들도 거의 예외 없이 산소 부족으로 인한 뇌손상에 시달린다. 이 불쌍한 영혼들은 인지능력 또는 말 그대로 '자유의지'가 거의 없는 채로 어슬렁어슬렁 돌아다니다가 살아있는 시체로 곧잘 오인된다. 이러한 부두교 좀비와 진성 좀비를 구분할 방법은 무엇일까? 식별할 수 있는 징후는 다음과 같이 뚜렷하다.

1. 부두교 좀비는 감정을 드러낸다.

좀비 가루 때문에 뇌손상을 입은 사람들은 여전히 일상적인 감정을 표현할 수 있다. 씩 웃기도 하고, 울기도 하고, 다치거나 조롱을 당하면 분해서 으르렁거리기도 한다(진성 좀비는 절대로 그러지 않는다.).

2. 부두교 좀비는 생각을 표현한다.

앞서 살펴보았듯이 진성 좀비는 당신을 발견하자마자 레이저 유도 폭탄처럼 정확히 쫓아올 것이다. 반면에 부두교 좀비는 당신이 누구인지 또는 무엇인지 생각하느라 잠시 뜸을 들일 것이다. 그는 당신 쪽으로 접근할 수도 있고, 꽁무니를 뺄 수도 있고, 망가진 뇌가 정보를 분석하려 애쓰는 동안 가만히 지켜볼 수도 있다. 그러나 양팔을 치켜들고 입을 쩍 벌린 채로 괴성을 지르며 똑바로 달려드는 짓은 하지 않을 것이다.

3. 부두교 좀비는 고통을 느낀다.

발을 헛디뎌 넘어진 부두교 좀비는 틀림없이 멍든 무릎을 싸쥐고 신음할 것이다. 마찬가지로 이미 다른 부상을 입은 부두교 좀비는 상처를 돌보거나 최소한 자신이 다쳤다는 사실을 인지할 것이다. 부두교 좀비는 진성 좀비와 달리 자기 몸에 생긴 깊은 상처를 무시하지 않는다.

4. 부두교 좀비는 불을 알아본다.

이는 노출된 화염을 두려워한다는 뜻이 아니다. 뇌가 심각하게 손상된 이들은 불이 무엇인지 아예 기억을 못할지도 모른다. 이러한 경우에는 불을 살펴보려고 멈춰서거나 어쩌면 손을 뻗어 만져볼 수도 있겠지만, 통증을 느끼면 즉시 물러설 것이다.

5. 부두교 좀비는 주위 환경을 알아본다.

오로지 먹잇감만을 알아보는 진성 좀비와 달리 부두교 좀비는 빛이나 소리, 맛, 냄새 등이 갑자기 변하면 이에 반응을 보일 것이다. 부두교 좀비의 경우 텔레비전 또는 환하게 반짝이는 빛을 바라보거나 음악에 귀를 기울이기도 하고, 천둥소리에 놀라 움찔하기도 하며, 심지어 동족을 알아보는 모습까지 목격된 바 있다. 이 마지막 특징은 그들이 진성 좀비로 오인당한 몇몇 상황에서 살아남을 수 있었던 결정적인 요인이었다. 만약 서로에게 반응하지 않았다면(서로 바라보고 소리를 내고 상대의 얼굴을 쓰다듬지 않았다면) 그들은 즉시 사살당했을 것이다.

6. 부두교 좀비는 초월적인 감각이 없다.

좀비 가루 때문에 쇠약해진 인간은 여전히 시각에 의존한다. 그는 어둠 속에서 자유로이 활동할 수도 없고, 500미터 떨어진 곳의 발소리도 듣지 못하며, 바람에 실려 온 사람 냄새도 맡지 못한다. 실제로 부두교 좀비들은 등 뒤에서 걷는 사람 소리에 놀라기까지 한다. 그러나 겁에 질린 부두교 좀비는 성을 낼 수도 있으므로 이런 짓은 안 하는 것이 좋다.

7. 부두교 좀비는 의사소통을 할 수 있다.

예외가 없는 것은 아니지만 부두교 좀비들은 대개 시청각 신호에 반응을 보인다. 사람 말을 이해하는 개체도 많고 몇몇은 심지어 간단한 문장을 알아듣기까지 한다. 물론 몇 마디뿐이기는 하지만 말을 하는 경우도 흔하며 드물게 긴 문장을 중얼거리기도 한다.

8. 부두교 좀비들은 조종할 수 있다.

늘 그런 것은 아니지만, 뇌가 손상된 인간은 자아실현 욕구를 거의 상실하기 때문에 암시에 매우 취약하다. 부두교 좀비를 쫓아내려면 단지 그 자리에 멈추거나 꺼지라고 소리치는 것만으로도 충분하다. 그러다 보니 어떤 사람들은 진성 좀비를 조종하거나 훈련시킬 수 있다는 위험한 착각에 빠지기도 한다. 일부 고집 센 사람들이 공격해 오는 좀비들에게 멈추라고 명령할 수 있다며 우긴 사례가 몇 건 있었다. 그들은 썩어 문드러진 서늘한 손이 팔다리를 붙잡고 닳아빠진 더러운 이빨이 살을 파고드는 동안 자신의 상대가 누구인지 비로소 깨달았지만, 이미 늦은 후였다.

부두교 좀비와 진성 좀비를 구별하려면 위의 참고 사항을 유념해야 한다. 마지막으로 한마디 덧붙이고 싶다. 부두교 좀비는 거의 예외 없이 아프리카 대륙의 사하라 사막 남쪽 지역, 카리브해 연안, 아메리카 대륙 중남부, 미국 남부에만 출몰한다. 그 밖의 지역에서 웅간에 의해 좀비가 된 사람을 발견하는 것도 아예 불가능한 일은 아닐 테지만, 그럴 가능성은 매우 낮다.

할리우드 좀비

좀비들이 처음 은막에 등장한 순간부터 그들의 가장 위험한 적은 사냥꾼이 아니라 영화 평론가였다. 인문학자, 과학자, 심지어 경각심을 품은 일반인들까지도 좀비 영화는 살아있는 시체를 멋지고 비현실적인 모습으로 묘사한다고 주장했다. 눈이 번쩍 뜨이는 신무기, 물리적으로 불가능한 액션 장면, 실제보다 과장된 인간 등장인물, 그리고 무엇보다 마술 같은 무적의 힘을 자랑하는 동시에 웃기기까지 하는 식인 괴물 등이 한데 모여 '좀비 영화'라는 논쟁의 무지개에 저마다 색을 더했다. 더 나아가 어떤 평론가들은 이처럼 '형식이 내용을 압도하는' 좀비 영화를 감명 깊게 본 인간 관객들이 실제로 좀비와 마주친 상황에서 죽음에 이를 수도 있다고 주장했다. 이런 식의 진지한 비난에는 마찬가지로 진지한 변호가 따른다. 실제 사건을 토대로 만들어진 좀비 영화들*이 있기는 하지만 그러한 영화들도, 아니 사실상 장르를 막론하고 모든 영화의 최우선 목표는, 바로 재미이다. 순수한 다큐멘터리에 관하여 논의하는 경우가 아니라면(물론 다큐멘터리 중에도 '양념'을 첨가한 경우가 있기는 하지) 우리는 영화 제작자에게 관객의 입맛에 맞는 영화를 만들 예술가적 자격을 부여해야만 한다. 실제 사건을 토대로 만든 영화조차도 훌륭한 스토리를 위해서는 있는 그대로의 현실을 희생시킨다. 어떤 등장인물은 실존 인물들의 특징을 혼합하여 재창조된다. 다른 등장인물들은 특정 사실을 설명하거나 줄거리를 전개하거나, 아니면 그저 장면에 재미를 더할 목적으로 아예 지어내기도 한다. 어쩌면 관객을 대상으로 도전하고, 가르치고, 계몽하는 것이야말로 예술가의 역할이라고 주장하는 사람이 있을지도 모른다. 그 말이 옳을 수도 있다. 하지만 영화가 시작한 지 10분 만에 자리를 뜨거나 잠들어 버리는 관객들에게 지식을 전하려고 시도해 보라. 당신은 영화 만들기의 기본 법칙을 받아들여야 한다. 그러면 할리우드 좀비 영화들이 어째서 토대가 되는 현실로부터 멀어지는지(가끔은

---

* 영화 제작자 및 저작권자의 요청에 따라 실제 사건을 토대로 만든 영화들의 제목은 생략했다.

턱없이 동떨어져 있는지)를 이해하게 될 것이다. 한마디로, 오락 영화는 제작자들의 의도대로 받아들이도록 하라. 이는 가벼운 마음으로 잠깐 즐기는 여흥일 뿐 당신이 살아남도록 도와줄 시각 자료가 아니다.

발생 사태 유형

좀비들의 공격은 머릿수와 지형, 일반 대중들의 반응 등에 따라 각각 다른 양상을 보이지만 그 강도는 네 등급으로 뚜렷이 측정할 수 있다.

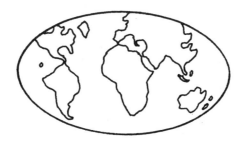

1종

보통 제3세계 국가 또는 제1세계의 시골에서 일어나는 저강도 발생 형태이다. 1종의 범위에 속하는 발생 형태에서 좀비 개체 수는 1마리에서 20마리 사이이다. 희생자 수는 (감염자를 포함하여) 1명에서 총 50명에 이른다. 총 지속 시간은 첫 출현에서 (외부로 알려진) 마지막 출현까지 24시간에서 14일 사이이다. 감염 지역은 반경 30킬로미터 이하의 작은 면적이다. 해당 지역의 경계는 자연 지형에 따라 결정되는 경우가 많다. 사태에 대한 대응은 철저히 민간 차원에서, 또는 지역 경찰력이 일부 돕는 정도로 가볍게 이루어진다. 언론 보도는 단신에 그치는데 그나마도 취재하러 올 경우에 한한다. 취재에 나선 기자들은 자살이나 '사고'처럼 흔한 이야기만을 찾는다. 1종은 가장 흔한 사례이자 알려지지 않고 넘어가기가 가장 쉬운 발생 유형이기도 하다.

2종

시가지 또는 인구가 밀집한 시골 지역에서 일어난다. 좀비의 총 개체 수는 20마리에서 100마리 사이이다. 희생자 수는 최대 수백 명에 이른다. 지속 시간은 아무리 길어도 1종의 경우를 넘지 않는다. 간혹 좀비 수가 많을수록 대응 속도가 빨라지는 경우도 있다. 도심에서는 몇 블록에 걸쳐 일어나는 사태가 인구가 적은 시골 지역에서는 반경 100킬로미터 이상으로 확대될 수도 있기 때문이다. 2종 발생은 거의 예외 없이 조직적으로 진압된다. 이때 민간인 집단 대신 지역 경찰이 나서는데 경우에 따라 연방 사법기관이 개입하는 경우도 있다. 저강도 군사 지원이 추가로 필요할 경우 미국에서는 주 방위군이, 다른 나라에서는 이에 상응하는 군 조직이 지원한다. 이러한 군부대는 대개 소요 사태를 잠재울 목적으로 의료 지원이나 수송 지원 같은 비전투 임무를 맡는다. 언론이 2종 발생 사태를 놓치는 경우는 거의 없다. 지독하게 외진 오지 또는 언론이 철저히 통제되는 지역이 아니라면 사건이 알려질 테지만, 그렇다고 해서 있는 그대로 보도된다는 보장은 없다.

3종

여기서부터는 진정한 위기이다. 좀비의 위협을 가장 극명하게 보여주는 단계가 바로 3종 발생 사태이다. 좀비 개체 수는 반경 수백 킬로미터에 걸쳐 수천 마리에 이른다. 좀비들의 공격 및 이에 대응하기 위한 소탕 작전은 길어질 경우 수개월씩 지속되기도 한다. 보도 관제나 사실 은폐는 아예 불가능하다. 언론이 관심을 보이지 않는다고 해도 공격 자체의 규모가 워낙 크기 때문에 목격자가 수없이 생겨난다. 3종부터는 전면전이기 때문에 사법기관 대신 정규군이 등장한다. 감염 지역뿐 아니라 인근 지역에까지 비상사태가 선포된다. 이때 계엄령, 여행 제한, 배급, 연방 정부의 직접 통제, 엄격한 통신 감청 등에 대비해야 한다. 그러나 이러한 조치를 적용하려면 필연적으로 시간이 걸린다. 위정자들이 사태의 심각성을 파악하는 사이에 발생 초기 단계는 혼돈으로 치닫게 마련이다. 설상가상으로 폭동, 약탈, 광범위한 혼란 상태 등이 겹쳐 효과적으로 대응하기가 더욱 어려울 것이다. 그러는 동안 감염 지역에 사는 사람들의 운명은 좀비 손아귀에 있는 셈이다. 고립되고 방치된 채 좀비 떼에 둘러싸인 이 사람들이 의지할 데라고는 그들 자신뿐이다.

4종

(225쪽의 '좀비 천지에서 살아남기' 참조.)

발생 사태 파악하기

좀비 발생 사태는 등급과 상관없이 시발점이 있게 마련이다. 이제 적의 정체를 알았으니 다음은 조기 경보 요령을 배울 차례이다. 좀비에 대해 잘 안다고 해도 너무 늦기 전에 발생 사태를 알아차리지 못하면 아무 소용도 없기 때문이다. 그렇다고 해서 당신 집 지하실에 '대좀비 전쟁 사령부'를 차려놓고 지도에 핀을 꽂거나 단파 라디오에 철썩 들러붙어 있을 필요는 없다. 단지 모르는 사람이라면 무심코 넘길 징후들을 눈여겨보기만 하면 된다. 그 징후란 다음과 같다.

1. 희생자가 머리에 총을 맞거나 목이 잘려 죽은 살인 사건이 다수 발생한다. 이 징후는 지금껏 여러 번 나타났다. 좀비 발생 사태를 알아차리고 자기 손으로 해결하려 한 사람들이 있었기 때문이다. 이런 사람들은 거의 예외 없이 지역 경찰에 의해 살인자로 몰려 재판에 부쳐졌다.

2. 자연보호 구역 또는 사람이 살지 않는 곳에서 실종 사건이 다수 발생한다. 만약 해당 사건의 수색대에서 추가 실종자가 한 명 이상 발생하면 극도로 주의해야 한다. 사건 소식이 텔레비전 뉴스에 나오거나 사진으로 보도되면 수색대의 무장 수준을 눈여겨봐야 한다. 라이플 소지자가 한 팀에 한 명 이상 있다면 단순한 구조 작전이 아니라는 뜻일 수도 있다.

3. 범인이 친구나 가족에게 무기 없이 맨손으로 '광기 어린 폭력'을 휘두른 사건이 다수 발생한다. 이 경우에는 가해자가 피해자를 물거나 물려고 시도했는지 확인해야 한다. 만약 물었다면, 피해자는 아직 병원에 있는가? 희생자들 가운데 물린

지 며칠 만에 의문의 죽음을 맞은 사람이 있는지 알아볼 필요가 있다.

4. 분노할 만한 원인이나 논리적인 이유가 없는데도 폭동 또는 기타 민간 소요 사태가 발생한다. 상식적으로 생각하면 인종 갈등이나 정치 사안, 재판 결과에 대한 불만 같은 촉매가 없는 한 집단 폭력 사태는 일어나지 않는다. 이른바 '집단 히스테리'조차도 뿌리를 캐 보면 늘 이유가 있게 마련이다. 그 이유를 도저히 찾을 수 없다면 답은 다른 곳에 있을지도 모른다.

5. 원인이 밝혀지지 않은 질병이 유행하거나 그러한 질병에 의해 사망한 것으로 의심되는 희생자가 다수 발생한다. 산업화된 사회에서 전염성 질병으로 인한 사망자가 다수 발생하는 경우는 100년 전과 비교하면 극히 드물다. 따라서 전염병이 발생하면 늘 화제가 된다. 병의 특성이 명확히 알려지지 않았다면 눈여겨보아야 한다. 서부 나일 바이러스나 광우병처럼 미심쩍은 이름이 붙은 병들도 주의해야 한다. 둘 다 좀비 발생 사태를 은폐하려는 수작일 수도 있다.

6. 위의 사항들 가운데 어느 한 가지라도 언론 보도를 통제하는 사태가 발생한다. 미국 같은 나라에서는 모든 언론에 대해 보도 관제를 실시하는 경우가 극히 드물다. 그러한 사태가 실제로 일어난다면 즉시 적신호로 받아들여야 한다. 물론 좀비 공격 외에 다른 이유가 있을 수도 있다. 그럼에도 미국 정부처럼 언론에 민감한 집단이 보도 관제를 실시한다면, 눈을 크게 뜨고 지켜봐야 한다. 원인이 무엇이든 간에 좋은 소식일 리 없기 때문이다.

일단 이상 사태를 감지하면 관심을 갖고 지켜보도록 하라. 발생 장소를 표시해 두고 당신이 사는 곳으로부터 얼마나 떨어져 있는지 기억하라. 최초 발생 장소와 가까운 곳에서 비슷한 사건이 일어나는지 눈여겨보라. 며칠 또는 몇 주 안에 비슷한 사건이 일어난다면 주의 깊게 조사하라. 경찰 및 기타 정부기관이 어떻게 반응하는지 지켜보라. 만약 그들이 개별 사건에 강제력을 동원한다면, 십중팔구 좀비 발생 사태가 일어나는 중이다.

적어도 열다섯, 아니면 스무 놈이었어. 남자, 여자, 애들까지. 한 70, 80미터까지 다가왔을 때 사격을 개시했지. 놈들 몸뚱이에서 살점이 퍽퍽 튀는 게 보이더군. 우리가 제대로 갈긴 거지! 그런데도 계속 기어왔어, 꾸역꾸역! 한 놈을 골라잡고 BXP 기관단총을 연사로 긁어버렸어. 낙엽처럼 풀썩 자빠지는 꼴을 보고 척추가 부러졌구나 했지. 그런데도 다리를 움찔거리면서 내 뒤를 쫓아 질질 기어오는 거야! 20미터 거리까지 닥쳤을 때 벡터 소총을 갈겼어. 아무 소용도 없었어! 내장하고 뼛조각이 등짝으로 터져 나오는 걸 똑똑히 봤는데도, 팔꿈치하고 무릎이 퍽퍽 끊어지는 걸 똑똑히 봤는데도 말이야. SS77은 세계 최고의 기관총이야, 초속 840미터로 날아가는 탄환을 분당 800발씩 쏟아내는 물건이지. 그런데 그것조차 무용지물이었어! 수류탄을 있는 대로 던졌는데도 쓰러진 놈은 한 놈뿐이었어. 고작 한 놈! 그놈은 곤죽이 된 몸뚱이가 축 늘어졌는데도 대가리만은 여전히 꺼떡거리더군! 〔익명 처리〕가 RPG를 발사했어. 망할 놈의 로켓탄, 흐물흐물한 표적을 뚫고 그 뒤의 바위나 날려 버렸지 뭐야! 놈들이 결국 5미터 앞까지 다가오자 우린 화염방사기에 남은 마지막 연료를 다 써 버렸어! 개 같은 것들, 햇불처럼 활활 타면서도 멈추질 않는 거야! 〔익명 처리〕는 목을 물어뜯으려고 덤빈 놈한테서 불이 옮겨붙는 바람에 나란히 통구이가 돼 버렸어. 대원들하고 정글로 뛰어들면서 난 봤어. 다른 놈들이 그 친구를 둘러싸는 모습을, 불타는 시체들이 쭈그려 앉아 인간 불쏘시개를 찢어발기는 꼴을 말이야. 천벌 받아 죽을 마귀 새끼들, 그 앞에서 우리가 뭘 어떻게 할 수 있었겠어?!

— 콩고 내전에 참전한 세르비아계 용병의 증언(1994년)

죽은 좀비 한 무더기를 만들어낼 것인가 아니면 당신 자신이 좀비로 변할 것인가, 이는 무기'들'을 제대로 고르느냐에 달렸다(달랑 하나만 들고 다니면 절대 안 된다.). 좀비와 마주한 상황에서 사람들은 슈퍼 코만도 전술을 신봉하게 마련이다. 최고로 크고 강력한 무기를 골라다 쏠어버리는 전술 말이다. 이는 어리석을 뿐 아니라 자살 행위이기도 하다. 좀비는 포로수용소 탈출을 그린 전쟁 영화에서 최초의 극적인 공격에 허수아비처럼 쓰러지는 경비병이 아니다. 좀비와 맞닥뜨릴 상황에 대비하여 무장을 하려면 냉철하고 주의 깊게 숙고해야 하며, 관련된 모든 사항을 실제 상황에 입각하여 분석해야 한다.

| 일반 규칙 |

1. 법을 준수하라!

총기 및 폭발물 관련 법규는 당신이 어디에 사느냐에 따라 다르다. 법은 철저히 지켜야 한다. 어겼을 때에는 적잖은 벌금부터 투옥에 이르는 처벌을 받을 수도 있다. 어떤 처벌을 받든 간에 전과 기록이 뒤따르게 되며, 당신은 이를 **감당할 능력이 없다!** 좀비들이 들고 일어났을 때 당신은 경찰의 눈에 모범 시민으로 보여야 한다. 믿고 혼자 내버려둬도 될 만한 사람이어야 하지, 소요 사태가 일어나자마자 잡아다 신문해야 할 뒤가 구린 중범죄자로 보여서는 안 된다는 뜻이다. 이 책을 읽다 보면 단순하고 합법적인 무기가 군용 살상무기보다 훨씬 도움이 된다는 것을 깨달을 테니 다행인 줄 알도록.

2. 쉬지 말고 훈련하라.

단순한 마셰티부터 반자동 라이플까지 어떤 무기를 선택하든 그것은 당신 몸의 한 부분이 되어야 한다. 최대한 자주 연습하라. 무기 사용법 강의가 있으면 무슨 수를 쓰든 등록하라. 자격증이 있는 교관에게 배우면 막대한 시간과 기력을 아낄 수 있다. 분해 가능한 무기일 경우 주야간을 막론하고 분해 연습을 하라. 소중한 무기의 핀 한 개부터 스프링 한 개까지 구석구석 분해할 수 있을 때까지 연습을 반복해야 한다. 그렇게 연습하다 보면 경험과 자신감을 함께 얻게 될 텐데 이 둘은 좀비에 맞서 성공적으로 싸우는 데 반드시 필요한 요소들이다. 역사가 입증했다시피 초보자가 놀라운 최신 무기로 무장했을 때보다 잘 훈련받은 사람이 짱돌 한 개로 무장했을 때 생존율이 더 높다.

3. 무기는 철저히 관리하라.

아무리 단순한 무기라고 해도 살아 있는 생물처럼 관리해야 한다. 총기를 다룬 경험이 있는 사람은 누구나 알 테지만, 점검과 청소는 일상의 한 부분이다. 이는 근접전용 무기도 마찬가지이다. 날은 광을 내고 녹이 슬지 않게 관리해야 한다. 손잡이도 확인하고 수리해야 한다. 무기를 함부로 다루거나 쓸데없이 손상시키면 절대 안 된다. 가능하면 노련한 전문가에게 정기적으로 점검을 받도록 하라. 전문가들은 초심자가 미처 알아보지 못하는 사소한 흠집까지 잡아낸다.

4. 전시용 무기에 주의하라.

여러 무기 제조사들이 검이나 활 등의 복제품을 다양하게 생산한다. 무기를 고를 때에는 반드시 꼼꼼하게 조사하고 실제 사용할 목적으로 만든 물건인지 확인하라. 제조사의 홍보 문구를 말 그대로 믿으면 안 된다. '실전용'이라고 써 붙인 무기는 연극 무대나 전투 재연 행사에서라면 몇 차례 공격을 견뎌낼 수 있을지도 모르지만, 막상 생사가 걸린 대치 상황에서는 두 동강 나고 말 것이다. 여유가 있으면 똑같은 무기를 하나 더 구입하여 망가질 때까지 훈련하라. 그래야만 그무기의 성능을 신뢰할 수 있을 것이다.

5. 첫 번째 무기를 단련하라.

인간의 몸은 적절하게 관리하고 훈련하면 지상 최강의 무기가 될수 있다. 미국인들은 형편없는 식습관, 운동 부족, 노동 절약 기술에 집착하는 기질 등으로 악명이 높다. 이들을 가리키는 별명으로는 소파에 누워 감자 칩만 퍼먹는다는 뜻의 '카우치 포테이토(couch potato)'가 가장 잘 알려졌지만, 실은 '가축'이야말로 가장 정확한 표현일 것이다. 뚱뚱하고, 게으르고, 멍하고, 무엇보다 잡아먹힐 준비가되어 있으니 말이다. 첫 번째 무기, 즉 우리 몸이라는 생물학적 무기는 먹잇감에서 포식자로 변신할 수 있고 또 반드시 그렇게 되어야만한다. 식습관을 엄격하게 통제하고 몸을 단련하라. 근력보다는 심폐능력 향상에 집중하라. 사소한 것이나마 만성 질환을 갖고 있는지 확인해야 한다. 가장 심한 병이 알레르기라면 주기적으로 치료제를 챙겨 먹어라! 실제 상황이 터졌을 때 당신은 당신의 몸으로 무엇을 할수 있는지 정확히 알아야만 한다! 무술은 최소한 한 가지는 배우고숙달해야 한다. 주먹을 날리는 기술보다 붙잡혔을 때 빠져나가는 기술에 중점을 둔 무술이어야 한다. 실제 근접전 상황에 처했을 때 가장중요한 것은 좀비 손아귀에서 빠져나가는 기술이다.

근접전

맨손 싸움은 반드시 피해야 한다. 좀비의 느려터진 움직임을 감안하면 버텨 서서 싸우느니 차라리 뛰어서(또는 잰걸음으로) 달아나는 것이 더 편하다. 그러나 근접전에서 좀비를 때려눕히는 기술도 알아둘 필요가 있다. 이러한 상황에서는 순간의 판단이 결정적이다. 한 번 잘못 움직이거나 한순간 멈칫거렸다가는 어느새 서늘한 손에 팔을 붙잡히거나, 아니면 부러진 이빨이 살을 파고들 것이다. 그러므로 이 장에서는 근접전 무기를 고르는 요령이 가장 중요하다.

1. 둔기

둔기를 사용할 때의 목표는 뇌를 파괴하는 것이다(명심하라, 좀비를

죽이는 방법은 오로지 뇌를 파괴하는 것뿐이다.). 이는 말처럼 쉬운 일이 아니다. 인간의 두개골은 자연계에서 가장 단단하고 견고하기 때문이다. 물론 좀비의 두개골도 마찬가지이다. 두개골을 부수는 것은 말할 것도 없고 금만 가게 하는 데에도 엄청난 힘이 필요하다. 그러나 이는 반드시 해야 할 일이며, 그것도 제대로 날린 일격으로 성공시켜야 하는 일이다. 표적을 놓치거나 두개골을 부수는 데 실패하면 두 번째 기회는 없다.

지팡이나 도끼 자루 같은 나무 몽둥이는 좀비를 쓰러뜨리거나 개별 공격을 막아내는 데 유용하다. 이러한 무기에 부족한 것은 바로 중량감, 그리고 결정타를 날리는 데 필요한 위력이다. 납 수도관의 경우 공격 한 번 정도는 거뜬히 막아낼 수 있지만 들고 다니기에는 너무 무겁다. 대형 쇠망치 역시 같은 약점이 있으며, 이동 표적을 맞히려면 오랫동안 연습해야 한다. 알루미늄 배트는 가벼워서 한두 차례 교전하기에 안성맞춤이지만 익히 알려졌다시피 오래 쓰면 휘어진다. 한 손에 들고 쓰는 표준형 목공용 망치는 놀라운 위력이 있지만, 사용 거리가 극히 짧다. 자루가 너무 짧아서 자칫 좀비에게 팔을 붙잡혀 끌려갈 위험이 있다는 말이다. 대개 아세테이트 수지로 만드는 경찰용 곤봉은 어떤 전투에도 어울릴 만큼 강도가 높지만, 한 방에 숨통을 끊기에는 위력이 부족하다(명심하라, 경찰용 곤봉은 원래 이런 용도로 만든 물건이다.).

최고의 둔기는 바로 배척*이다. 배척은 비교적 가
볍고 견고하기 때문에 근접전용으로 오래 사용할 수
있다. 또한 둥그렇게 휜 _끄트머리_의 노루발은 적당히
날카로워서 눈구멍을 찌르면 뇌까지 직접 닿는다. 이
런 식으로 좀비를 죽이고 살아남은 사람이 여럿 있
다. 배척이 지닌 또 한 가지 장점은 원래 목적대로
문을 비틀어 열거나 무거운 물체를 옮기는 등, 다용
도로 쓸 수 있는 점이다. 앞서 말한 둔기들 가운데 어떤
것도 이러한 기능을 수행하지 못한다. 현재 강철 배척보다 훨씬 가볍
고 견고한 티타늄 배척이 동유럽과 구소련 국가에서 서유럽 및 북미
시장으로 흘러 들어오고 있다.

2. 날붙이

날붙이는 어떤 형태이든 간에 둔기와 비교할 때 일장일단이 있다.
두개골을 쪼갤 정도로 예리한 무기는 여러 차례 사용하기에는 내구성
이 떨어진다. 따라서 날붙이의 경우 베기, 특히 목 베기가 두개골 깨
기와 같은 기능을 수행한다(주의: 좀비 대가리는 잘린 후에도 사람을 물 수
있으므로 위협으로 간주해야 한다.). 베기는 좀비를 굳이 죽일 필요가 없
기 때문에 두개골 깨기보다 낫다. 때로는 팔다리 한 짝이나 척추만 절
단해도 공격해 오는 좀비를 충분히 무력화할 수 있다(주의: 팔다리를 절
단할 경우에도 노출된 신체 표면을 통해 바이러스에 감염될 위험이 있다.).

---

* 우리나라 건설 현장에서는 지역을 막론하고 '빠루'로 불린다. 이는 배척을 뜻하는 영어 크로바
[crowbar]의 바를 일본식으로 발음한 파루[バル]에서 비롯되었다고 한다.

민간용 도끼를 사용하면 좀비의 두개골을 쉽게 쪼갤 수 있으며 한 방에 뼈를 가르고 뇌를 박살낼 수도 있다. 목 베기도 이와 마찬가지로 쉽기 때문에 도끼는 수 세기 동안 사형 집행인들이 가장 선호한 연장이었다. 그러나 움직이는 머리를 도끼로 노리기는 힘들지도 모른다. 게다가 일격이 완전히 빗나가면 몸의 균형을 잃을 위험이 있다.

궁여지책으로 택할 만한 좋은 무기가 바로 한 손으로 쓸 수 있는 소형 손도끼이다. 큰 무기가 무용지물이 된 상황에서 궁지에 몰렸을 때 손도끼로 일격을 날리면 공격자를 너끈히 격퇴하고도 남을 것이다.

검은 이상적인 날붙이이지만 개중에는 부적합한 것도 있다. 플뢰레나 레이피어 같은 펜싱용 검은 베기와 어울리지 않는다. 어쩌면 펜싱용 검을 제대로 사용하는 방법은 눈구멍을 똑바로 찌른 다음 뇌를 재빨리 휘젓는 것뿐일지도 모른다. 그러나 이러한 동작이 성공한 적은 단 한 번뿐이었고 그나마도 검술의 달인이 한 일이었으므로 추천할 만한 방법은 아니다.

한 손용 장검을 사용하면 무기를 안 든 손으로 문을 열거나 방패를 드는 등 다른 일을 할 수 있다. 이때 유일한 단점은 휘두르는 힘이 부족한 것이다. 한 팔만으로는 힘이 모자라서 뼈 사이의 두꺼운 연골을 못 벨지도 모르기 때문이다. 또 한 가지 아쉬운 점을 꼽자면, 장검 사용자들은 공격의 정확도가 낮기로 악명이 높다. 살아 있는 상대의 몸을 아무 데

나 베는 것은 쉬운 일이다. 그러나 목을 단칼에 깨끗이 베는 것은 아예 차원이 다른 문제이다.

날붙이 중에서는 양손 검을 최고로 꼽을 수 있다. 목을 완벽하게 자르는 데 필요한 힘과 정확성을 제공하기 때문이다. 이러한 유형의 검 중에서는 일본도를 으뜸으로 친다. 일본도는 보통 1.3킬로그램에서 2.3킬로그램에 이르는 무게 덕분에 오랜 전투에도 버틸 수 있고, 예리한 날 덕분에 아무리 강한 근섬유도 자를 수 있다.

좁은 공간에서 싸울 때에는 단검이 유리하다. 고대 로마 군인이 사용하던 글라디우스도 괜찮은 선택이지만, 이는 실전에 사용할 만한 복제품을 찾기가 힘들다. 닌자들이 사용하던 짧은 검은 두 손으로 잡을 수 있어서 유용할 뿐 아니라 진품일 경우에는 단조 공법으로 만든 날의 강도가 높기로 유명하다. 이 두 가지 장점 덕분에 닌자 검은 훌륭한 무기이다. 흔히 볼 수 있는 마셰티(58쪽 그림)의 경우 크기와 무게가 적당하고 구하기도 쉽기 때문에 아마도 독자로서는 최고의 선택일 것이다. 가능하면 일반 군장 가게에서 파는 군용 마셰티를 사도록 하라. 군용 마셰티는 민간용보다 고급 철로 만들 뿐 아니라 날을 검게 칠해서 밤에도 눈에 잘 띄지 않는다.

3. 기타 휴대용 무기

투창과 장창, 삼지창은 좀비를 꼬치 신세로 만들어 멀리 떼어놓을 수는 있으나 죽이기는 쉽지 않다. 창으로 눈구멍을 찌르는 것은 가능하기는 해도 성공률이 낮다. 창에 도끼날을 결합한 중세 유럽의 미늘창은 베는 용도로 사용할 수 있지만, 이 또한 좀비 목을 날리는 경지에 이르려면 막대한 시간을 들여 훈련해야 한다. 이러한 무기들은 둔기로 사용하거나 적을 멀리 떼어놓는 용도 외에는 별 도움이 되지 않는다.

자루에 쇠공이 달린 형태 또는 뾰족한 돌기가 돋은 쇠공을 자루에 사슬로 연결한 형태의 철퇴는 기본적으로 건설용 배척과 같은 타격을 안겨 주지만 모양새가 한층 더 박진감 넘친다. 사용자가 손에 쥔 자루를 빙 돌려 회전력을 얻으면 쇠공이 이 힘을 받아 적의 두개골을 박살내기 때문이다. 철퇴를 사용하려면 상당한 기술이 필요하므로 여기서는 추천하지 않기로 한다.

중세 유럽의 철퇴는 기능이 가정용 망치와 똑같으면서도 후자와 달리 실용적인 용도로는 사용할 수 없다. 철퇴로는 문이나 창문을 비틀어 열 수도, 끌을 칠 수도, 못을 박을 수도 없다. 이런 용도로 썼다가는 예기치 못한 부상을 입을 수도 있다. 그러므로 중세 시대의 무기는 대안이 전무할 경우에만 휴대하도록 하라.

칼은 다양한 상황에서 여러 가지 용도로 쓸 수 있는 유용한 무기이다. 손도끼와 달리 칼로 좀비를 죽이려면 관자놀이나 눈구멍 또는 두개골 아래쪽에 날을 박아야만 한다. 반면에 칼은 거의 예외 없이 손도끼보다 가볍기 때문에 이동할 때 편리하다. 칼을 고를 때에는 반드시 날 길이가 15센티미터를 넘는지, 또 날이 매끈한지 확인해야 한다. 날이 들쭉날쭉하거나 톱날이 함께 달린 칼은 표적에 박히기 쉬우므로 피해야 한다. 좀비 한 마리의 관자놀이를 칼로 찌른 다음 돌아서서 남은 좀비 세 마리를 상대해야 하는데 칼날이 안 빠지는 상황을 상상해 보라.

소형 무기 가운데 지상 최고의 대좀비 무기는 단연코 백병전용 단검이다. 이 무기는 길이가 18센티미터쯤 되는 뾰족한 강철 송곳을 칼날 대신 달고 손잡이에는 브래스너클(손가락 보호용 쇠 울)이 달린 물건이다. 원래는 제1차 세계대전 당시 좁다란 참호 속에서 처절한 백병전을 벌이며 서로 죽여야 했던 병사들을 위해 만들어진 무기이다. 이 단검의 특징은 아래쪽으로 내리 찔러 적의 철모를 뚫을 목적으로 만들었다는 점이다. 좀비와 맞설 때 이 무기가 얼마나 효과적인지는 쉽게 상상할 수 있다. 사용자는 좀비의 두개골을 손쉽게 뚫고 나서 날을 재빨리 그리고 깔끔하게 뽑은 다음, 돌아서서 다른 좀비의 뇌를 결딴내거나 최소한 좀비 낯짝에 브래스너클로 보강한 주먹을 날릴 수 있다. 이 무기는 진품이 극히 드물어서 박물관이나 개인 소장자의 집에 몇 점 남아 있을 뿐이다. 그러나 정확하고 상세한 설계도를 구할 수만 있다면 실전 대비용으로 튼튼한 복제품 한두 자루를 만들어 두도록 하라. 이는 결코 후회하지 않을 투자가 될 것이다.

월아산(月牙鏟)

월아산은 대좀비 무기들 중에서도 특별히 언급할 만한 물건이다. 이 창의 모양은 어쩌면 파격적으로 보일지도 모른다. 자루 길이는 180센티미터이며 한 쪽 끄트머리에는 종 모양 날이, 반대편에는 바깥쪽으로 휜 초승달 모양 날이 붙어 있다. 기원은 중국 상 왕조 시대(기원전 1766년~기원전 1122년)에 사용하던 청동 날이 붙은 농기구까지 거슬러 올라간다. 불교가 중국에 전파되었을 때 소림사 승려들이 농기구 겸 무기로 사용하기 시작했다. 이 창은 몇 차례 전투에서 놀랄 만큼 효과적인 대좀비 무기임이 입증되었다. 한쪽 날을 겨누고 돌격하면 대번에 좀비의 목을 자를 수 있을 뿐 아니라, 기다란 자루 덕분에 안전거리도 확보할 수 있다. 한편 길이 때문에 실내 전투에서는 실용성이 떨어지므로 이러한 상황에서는 사용을 피해야 한다. 그러나 탁 트인 공간에서는 어떤 무기도 창의 안전성과 일본도의 살상력을 겸비한 월아산을 능가하지 못한다.

세상에는 다양한 개인 무기가 존재하지만 지면이 부족하다 보니 여기에 일일이 소개하기는 힘들다. 만약 무기로 쓸 만하다 싶은 도구나 연장을 발견하면 스스로에게 다음의 질문을 던져보라.

1) 한 방에 두개골을 쪼갤 수 있는가?
2) 1번 항목이 불가능하다면 한 방에 목을 자를 수 있는가?
3) 다루기가 쉬운가?
4) 가벼운가?
5) 견고한가?

3, 4, 5번 질문의 답은 상황에 따라 달라질 수도 있다. 그러나 1번과 2번은 기본 중의 기본이다!

4. 전동 공구

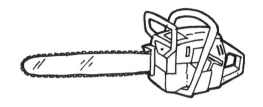

우리는 전기톱의 무시무시한 힘을 영화와 소설에서 이미 확인했다. 눈부신 속도로 회전하는 전기톱의 톱날은 수동 무기와 달리 힘과 기술 없이도 손쉽게 살과 뼈를 자를 수 있다. 우렁찬 소리 또한 사용자에게 간절히 필요한 심리적 상승효과를 준다. 겁에 질린 비참한 상황에서 그 소리를 들으면 힘이 솟기 때문이다. 사람이든 물건이든 닿는 족족 결딴내 버리는 이 산업용 살인 기계를 등장시킨 공포영화가 얼마나 많았던가? 그러나 현실을 보면, 전기톱 및 이와 비슷한 전동 공구들은 실용적인 대좀비 무기 목록에서 가장 낮은 자리를 차지한다. 우선 연료 공급이 제한적이다. 일단 연료가 바닥나면 전기톱의 방어력은 휴대용 스테레오 수준으로 떨어진다. 예비 연료나 배터리를 들고 다니면 자연스레 두 번째 문제점이 발생한다. 바로 중량이다. 1킬로그램도 안 되는 마셰티와 달리 일반 전기톱은 무게가 4.5킬로그램이나 나간다. 무게 때문에 체력이 떨어지는 위험을 감수할 필요가 있을까? 안전성 또한 고려해야 한다. 전기톱을 놓치기라도 했다가는 적의 두개골은 물론 당신의 두개골도 회전하는 톱날에 간단히 갈라질 것이다. 기계가 다 그렇듯이 소음 또한 문제가 된다. 전기톱은 특유의 소음이 워낙 크기 때문에 단 몇 초만 가동해도 주위에 있는 좀비들에게 다음과 같은 방송을 들려주는 것과 같다.

"식사 준비 다 됐습니다!"

투석기와 활

활이나 새총 같은 비화약식 발사 무기를 사용하는 것은 힘과 자원을 낭비하는 짓이라는 통념이 있다. 이 통념은 대개의 경우 사실이다. 그러나 이런 무기를 제대로 쓰기만 하면 원거리에서 소리를 거의 내지 않고 좀비를 죽일 수 있다. 감염 지대를 탈출하려는 상황에서 모퉁이를 돌았을 때 좀비 한 마리가 길을 막고 있다면, 어떻게 해야 할까? 그 좀비는 당신이 손에 든 무기로 해치우기에는 너무 멀리 있다. 가까이 다가가기도 전에 좀비의 신음 소리 때문에 위치가 노출될 판국이다. 총을 쐈다가는 더 큰 소리로 경보를 울리는 셈이다. 자, 어떻게 하겠는가? 이런 상황에서는 무음 무기야말로 유일한 선택지가 될 수도 있다.

1. 무릿매

성서에 나오는 다윗과 골리앗 이야기로 유명해진 무릿매는 일찍이 선사 시대부터 인류 유산의 한 부분이었다. 사용자는 가느다란 가죽 띠 중간의 넓은 부분에 매끈하고 둥그런 돌을 놓고 띠의 양 끄트머리를 손으로 쥔 다음, 빠르게 빙빙 돌리다가 끄트머리 한쪽을 놓아 표적에 돌을 날린다. 이렇게 하면 이론상으로 30보 이내의 거리에서 소리 없이 좀비의 머리에 돌을 날릴 수 있다. 그러나 몇 달을 연습해도 명중률은 기껏해야 10퍼센트 수준이다. 경험이 없는 초보자라면 차라리 돌팔매질을 하는 편이 나을 것이다.

2. 새총

무릿매에 쓰이던 가죽 띠의 후예 격인 현대식 새총은 원형보다 정확도가 최소한 열 배 이상 높다. 부족한 것은 바로 위력이다. 현대식 새총에 조그마한 돌을 장전하여 발사하면 지근거리에서조차도 좀비의 두개골을 뚫지 못한다. 이 무기를 썼다가는 좀비에게 당신의 위치를 알려줄 뿐이다.

3. 독침 대롱

좀비에게는 어떤 독도 통하지 않으므로 깨끗이 잊도록 하라.

4. 수리검

이 작고 뾰족뾰족한 무기는 봉건시대 일본에서 인간의 두개골을 뚫을 목적으로 사용되었다. 중세 유럽의 강철 철퇴를 평면 상태로 본

떠 만든 듯한 생김새 때문에 '유성'이라는 별명이 붙기도 했다. 숙련된 달인이 이를 사용하면 손쉽게 좀비를 쓰러뜨릴 수 있다. 그러나 앞서 말한 여러 무기가 그렇듯이, 수리검 또한 부단히 훈련해야 한다. 만일 당신이 몇 안 되는(그야말로 손에 꼽을 만큼 적은) 수리검술의 명인들 가운데 한 명이 아니라면 이런 색다른 무기는 멀리 하는 것이 좋다.

5. 던지기용 단검

이 단거리용 무기 또한 수리검과 마찬가지로 인간의 몸처럼 큰 표적을 맞히려면 몇 주, 인간의 머리처럼 작은 표적을 맞히려면 몇 달을 연습해야 한다. 평생 동안 수련한 달인조차도 언젠가는 좀비를 마음 놓고 해치우는 경지에 이르겠지 하고 기대하는 것이 고작이다. 차라리 평범한 무기에 시간과 공을 들이는 편이 훨씬 생산적이다. 명심하라, 당신이 배워야 할 기술은 산더미처럼 많지만 주어진 시간은 그리 길지 않다. 비효율적인 무기를 익히는 데 그 소중한 시간을 낭비하지 마라.

6. 장궁 또는 복합궁

솔직히 말해서, 화살로 좀비의 머리를 꿰뚫기는 너무나 어렵다. 현대식 조준기가 붙은 복합궁을 사용한다고 해도 오직 숙련된 궁수만이 단발에 명중시킬 가능성이 있다. 이 무기를 실용적으로 쓰는 방법은 불화살을 날리는 것뿐이다. 원거리에서 소리 없이 불을 지르는 데에는 불화살만 한 무기가 없다. 이 방법을 쓰면 개별 좀비에 불을 붙일 수 있으며 실제로도 그렇게 사용되었다. 표적이 된 좀비는 몸에 박힌 화살을 뽑아낼 정신이 없을 뿐 아니라 잘만 하면 쓰러지기 전에 다른 좀비들에게 불을 옮겨붙일 수도 있다(올바른 사용법은 88쪽의 '불' 항목 참조).

7. 석궁

현대식 석궁은 400미터가 넘게 떨어진 곳에서 발사한 볼트(석궁용 짧은 화살)로 좀비의 두개골을 깨끗이 꿰뚫을 만큼 강력하고 정확하다. 그래서 '최강의 무음 살인 무기'로 불리는 것도 놀랄 일이 아니다. 석궁 역시 사격술이 중요하기는 해도 라이플 사격을 익히는 것보다는 쉽다. 재장전을 하려면 시간과 힘이 들지만 어차피 그러한 상황은 애초에 피해야 한다. 석궁은 군중 진압용이 아니라 저격용 무기이다. 좀비를 쏠 때에도 단 한 마리만 상대해야 한다. 여럿을 상대하다가는 재장전하기도 전에 붙잡혀 갈가리 찢길지도 모른다. 볼트의 촉은 삼각형 또는 탄환형이 좋다. 명중률을 높이려면 망원 조준경을 장착해야 한다. 쓸 만한 석궁은 아쉽게도 무게와 크기가 꽤 나가기 때문에 주무장의 자리를 차지할 것이다. 그러므로 적당한 상황에서만, 즉 단체로 이동할 때나 집을 지킬 때, 또는 소음기를 장착한 총기가 없을 때에만 선택하도록 하라.

8. 소형 석궁

한 손으로 발사하는 소형 석궁은 주무장을 보완하는 부무장으로 사용하기에 적당하다. 필요할 때 언제든 소리 없이 발사할 수 있는 소형 무기를 휴대하는 셈이기 때문이다. 소형 석궁은 명중률과 위력, 사정거리 모두 대형 석궁에 미치지 못한다. 이는 곧 사용할 때 표적에 가까이 다가가야 한다는 뜻이다. 이렇게 되면 위험해질 뿐 아니라 들킬 염려도 커지므로 무음 무기의 효과 자체가 떨어진다. 소형 석궁은 드물게, 조심해서 사용하라.

총기류

이 책에서 다루는 무기들 가운데 당신이 주무장으로 선택한 총기보다 중요한 것은 아무것도 없다. 그 총을 닦고 기름 치고 장전하여 늘 곁에 두도록 하라. 냉정한 머리와 떨림 없는 손과 다량의 탄약으로 무장한 인간 한 명은 좀비 군단을 상대하고도 남는다.

총기는 모든 변수를 고려하여 철저히 과학적으로 선택해야 한다. 당신의 최우선 목표는 무엇인가? 방어인가, 공격인가, 아니면 탈출인가? 당면한 좀비 발생 사태는 몇 종인가? 혹시 집단에 속해 있다면 구성원 수는 몇 명인가? 전투를 벌일 곳의 환경은 어떠한가? 각각의 총은 저마다 다른 기능을 수행한다. 만능 총 같은 것은 없다고 봐야 한다. 즉, 완벽한 대좀비 무기를 고르려면 같은 인간들을 상대로 승승장구했던 종래의 전투 교리를 버려야 한다는 뜻이다. 슬프게도 우리 인간들은 서로를 죽이는 법을 너무나 잘 안다. 그러나 좀비를 죽이는 법은…… 그것은 아예 다른 이야기이다.

1. 중기관총

제1차 세계대전 이후로 인간들의 분쟁 양상을 혁명적으로 바꾸어 놓은 무기이다. 그 구조적 특징 덕분에 기관총 사수는 단 몇 초 동안 탄환을 폭풍처럼 퍼부을 수 있다. 이는 인간들의 전장에서는 더없이 소중한 전술이지만 좀비를 상대할 때에는 무가치한 낭비일 뿐이다. 명심하라, 당신이 노리는 것은 놈들의 대가리이다. 단 한 발을, 정확히 조준해야 한다. 기관총은 집중 사격을 목적으로 만들었기 때문에 결정타 한 발을 위해 수백 발, 심지어 수천 발을 무작위로 퍼붓는다. 그렇다고 소총처럼 조준 사격을 해도 수지맞는 장사는 아니다(이는 미군 특수부대가 사용하는 전술이다.). 좀비 한 마리를 기관총으로 잘 조준하여 다섯 발 연사로 해치울 이유가 뭐란 말인가? 소총으로 잘 조준하면 한 발로 같은 성과를 거둘 수 있지 않은가? 1970년대에 '큰 낫 이론'을 신봉한 무리가 있었다. 이는 좀비 떼의 머리 높이에 기관총 사선을 고정하면 긴 연사 한 번으로 놈들을 추풍낙엽처럼 쓰러뜨릴 수 있다는 이론이었다. 이 주장의 허점은 대번에 드러났다. 인간과 마찬가지로 좀비들의 키가 제각각이기 때문이었다. 몇몇은 쓰러진다고 해도 최소한 절반은 여전히 살아남아 사수에게 다가올 것이다. 하지만 좀비의 몸뚱이에 상당한 피해를 입힌다면 어떻게 될까? 기관총은 놈들의 몸뚱이를 토막 낼 위력이 있다. 그렇다면 굳이 머리를 쏠 필요가 없지 않을까? 이 명제는 참인 동시에 거짓이다. 미 육군이 분대 지원 화기(SAW, Squad Automatic Weapon)에 사용하는 표준형 5.56밀리미터 탄은 인간의 척추를 부러뜨리고 팔다리를 끊을 만한 위력이 있다. 따라서 좀비의 몸뚱이도 동강 낼 수 있다. 그렇다고 해서 좀비의 머리를 쏠 필요가 없다는 뜻은 아니다. 첫째, 기관총으로 좀비를 동강 낼 확률은 매우 낮으며 그렇게 하려면 막대한 양의 탄약이 필요하다. 둘째, 뇌를 파괴하지 않는 한 좀비는 살아 있는 상태이다. 불구가 되었거나 심지어 못 움직이는 상황일지언정 숨은 여전히 붙어 있는 것이다. 잠재적 위험을 품고 움찔거리는 살덩어리 한 무더기를 수고롭게 확인 사살할 이유가 뭐란 말인가?

2. 기관단총

이 무기는 중기관총과 비슷한 문제점이 있다. 바로 발사한 탄환 수대 처치한 좀비 수의 비이다. 그러나 좁은 공간에서 싸울 때에는 기관단총만의 장점이 드러난다. 총신이 짧아서 라이플보다 다루기 쉽고 접철식 개머리판을 펴면 권총보다 안정적이기 때문이다. 이때 조종간이 단발에 놓여 있는지 늘 확인해야 한다. 앞서 살펴보았듯이 연발 사격은 탄환 낭비일 뿐이다. 또한 개머리판을 단단히 견착하고 조준 사격을 해야 한다. 지향 사격을 했다가는 소음만 요란할 뿐 탄은 깨끗이 빗나갈 것이다. 유일한 단점은 원거리 사격 시의 낮은 명중률이다. 기관단총은 원래 근접전 무기로 고안되었기 때문에 소총을 소지했을 때보다 좀비에게 더 가까이 다가가야 한다. 이것 자체는 큰 문제가 아니지만 어떤 경우에는 예외가 된다. 기관단총 역시 자동/ 반자동을 막론하고 모든 총이 지닌 문제점, 즉 발사 도중 송탄 불량 문제가 발생할 수 있기 때문이다. 지근거리에서는 불필요한 위험에 스스로 뛰어드는 꼴이 될지도 모른다. 이는 기관단총을 주무장으로 선택하지 말아야 할 유일한 이유이다.

3. 돌격 소총

돌격 소총은 원래 단발식 소총과 기관단총 사이의 격차를 메우기 위해 고안한 무기로서 긴 사거리와 연발 사격 기능을 함께 제공한다. 이 두 가지 특징이야말로 좀비를 상대할 때 이상적인 기능이 아닐까? 딱히 그렇지는 않다. 사거리와 명중률은 확보해야 하지만 연발 사격 기능은 앞서 살펴보았듯이 별 쓸모가 없다. 돌격 소총도 기관단총처럼 단발로 쏠 수 있지만, 그럼에도 기관단총과 마찬가지로 연발 사격의 유혹은 사라지지 않는다. 목숨이 걸린 싸움에서 소총 조종간을 '전부 쓸어버리는 기능'으로 돌리기란, 어쩌면 너무나 간단한 일인지도 모른다. 그것이 지극히 헤프고 쓸모없는 줄 알면서도 말이다. 만약 돌격 소총을 주무장으로 선택했다면 모든 총기에 적용되는 기본 질문들을 명심하라. 사거리는 얼마인가? 명중률은 어느 정도인가? 사용하는 탄은 제때 구할 수 있는가? 청소 및 관리는 얼마나 쉬운가?

위 질문에 대답하려 할 때 최선의 방법은 극단적인 예 두 가지를 살펴보는 것이다. 많은 사람들이 미 육군 제식소총이었던 M16A1을 사상 최악의 돌격 소총으로 꼽는다. 너무 복잡한 구조 탓에 청소하기가 까다롭고 송탄 불량 문제도 속출하기 때문이다. 표적까지의 사거리가 바뀔 때면 가늠자를 조정해야 하는데 이때에는 못이나 볼펜 같은 도구를 써야만 한다. 만일 비틀거리는 좀비 수십 마리가 꾸역꾸역 몰려오는 판국에 이런 도구가 없다면, 또는 잃어버렸다면, 도대체 어떻게 해야 할까? M16A1은 플라스틱 개머리판의 강도가 약해서 대검을 장착하고 백병전을 벌이기가 힘들며, 억지로 시도했다가는 텅 빈 내부에 완충 스프링이 든 개머리판이 박살날 위험이 있다. 이는 결정적인 단점이다. 좀비 여러 마리를 상대하다가 탄이 걸린 상황에서 마지막 백병전 무기로 사용할 수가 없기 때문이다. M16A1은 1960년대에 공군 기지 경비용으로 개발한 소총이었다(원래 이름은 AR-15이었다.). 그러다가 군산 복합체에서 전형적으로 나타나는 정치적 이유('당신은 우리 무기를 사 주시오, 우리는 당신에게 표와 선거 자금을 주겠소.') 때문에 미 육군의 보병 제식 소총으로 채택되었다. 베트남 전쟁 당시 이

총의 전과가 너무나 형편없었던 탓에 베트콩들조차 미군 병사의 주검 옆에 널브러진 총을 챙겨가지 않았다. 나중에 만들어진 M16A2는 어느 정도 개선이 되었는데도 여전히 2류 취급을 받는다. 만약 당신에게 총을 선택할 여지가 있다면 베트콩을 본받아 M16A1은 철저히 무시하도록 하라.

그 대척점에서 사상 최고의 돌격 소총으로 꼽히는 것이 바로 구소련의 AK-47이다. 이 총은 M16A1보다 무겁고(빈 총 무게로 4.3킬로그램 대 3.5킬로그램) 반동도 상당히 강하지만, 악조건에서도 효율적이고 구조 또한 튼튼하다. 이 총은 노리쇠가 작동하는 공간이 넉넉하기 때문에 흙이나 모래가 들어가도 송탄 불량 문제가 없다. 백병전 상황에서는 대검으로 좀비의 눈구멍을 찌르거나 철판으로 튼튼하게 보강된 나무 개머리판을 이용하여 두개골을 부술 수 있다. 만약 모방이야말로 가장 순수한 형태의 찬사라면, 몇몇 나라들은 그대로 베끼거나(중국제 56식 소총) 변형하여(이스라엘제 갈릴 소총) AK-47에 찬사를 바친 셈이다. 다시 말하지만 돌격 소총은 대좀비 방어에 이상적인 무기가 아니다. 그러나 AK-47 계열의 총은 당신에게 최고의 선택이 될 것이다.

4. 볼트 액션/ 레버 액션 라이플

19세기 중반에 만들어진 이런 유의 총기는 간혹 폐물 취급을 받을 때가 있다. 기관단총을 구할 수 있는 시대에 사냥총이 웬 말이냐는 것이다. 이처럼 근거 없이 오만한 태도는 기술 지상주의와 일천한 실제 경험에서 비롯된다. 잘 만든 볼트 액션 또는 레버 액션 라이플은 제대로 쓰기만 하면 최신 군용 무기에 뒤지지 않는 방어력을 얻을 수 있다. 이런 유의 총은 단발 전용이기 때문에 한 발 한 발 주의를 기울여 쏠 수밖에 없고, 따라서 명중률도 높일 수 있다. 이러한 특징은 총을 난사하는 경향 또한 애초에 방지하므로 사수는 자신의 의사와 상관없이 총알을 아낄 수 있다. 세 번째 이유는 총을 청소하고 운용하기가 비교적 쉽다는 점인데 이는 결코 무시할 수 없는 장점이다. 사냥용 라이플은 민수용으로 만들어진 총기이다. 제조사들은 총의 구조가 너무 복잡하면 안 팔린다는 사실을 잘 안다. 네 번째이자 마지막 이유는 총알을 구하기가 쉽다는 점이다. 미국에는 군 무기고보다 민간 총포상이 더 많기 때문에(이는 전 세계에서 오로지 미국만이 지닌 특색이다.) 돌격 소총이나 기관단총보다는 사냥용 라이플에 사용하는 탄을 구하기가 더 쉽다. 이는 본 지침서에 등장하는 모든 종말 시나리오에서 결정적인 이점으로 작용할 것이다.

볼트 액션 또는 레버 액션 라이플을 고를 때에는 되도록 오래된 군용 모델을 찾아야 한다. 이는 민간용 모델이 군용보다 못하다는 뜻이 아니다. 실은 오히려 그 반대이지만, 군용 볼트 액션 라이플은 거의 예외 없이 백병전을 염두에 두고 만들어졌다. 당신은 백병전 상황에서 총을 어떻게 사용할지에 대해 시간을 두고 생각해 보아야 한다. 몽둥이처럼 휘두르기만 했다가는 군용이든 민간용이든 망가지고 말 것이다. 총을 둔기로 사용하는 법을 가르쳐 주는 교본은 쉽게 구할 수있다. 하다못해 오래된 전쟁영화만 보아도 총알 없는 총을 살상무기로 사용하는 방법을 배울 수 있다. 군용 볼트 액션 소총의 예를 들면 미국의 스프링필드 소총, 영국의 리 엔필드 소총, 독일의 마우저 Kar-98k 등이 있다. 이러한 총들은 지금도 남아 있고 제대로 작동하는 것도 많다. 그러나 선택하기 전에 먼저 총알을 구하기 쉬운 총인지 확인해야 한다. 민간용 총알밖에 안 남은 상황에서는 아무리 멋진 군용 볼트 액션 소총도 무용지물이다.

5. 반자동 라이플

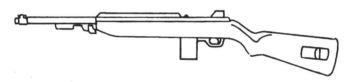

이 무기는 처음 등장했을 때부터 스스로 최고의 좀비 살상무기임을 입증했다. 물론 총알을 낭비할 위험을 생각하면(방아쇠를 당길 때마다 총알이 발사되므로) 상당 기간 훈련을 쌓아야 한다. 그러나 많은 적을 상대할 때에는 이 약점이 축복이 될 수도 있다. 기록에 남은 사례 한 건을 보면(320쪽의 '1947년, 캐나다 브리티시컬럼비아 주의 자비' 항목 참조.), 골목에 갇힌 여인 한 명이 단 12초 만에 좀비 15마리를 쓰러뜨리기도 했다! 반자동 라이플의 잠재력은 바로 여기서 드러난다. 근접전 또는 탈출 시에 반자동 카빈은 총신이 더 긴 소총과 똑같은 위력을 발휘한다. 카빈은 사거리가 짧은 반면 무게가 가벼워 휴대하기 쉽고 탄환도 구경이 작은 것을 사용한다. 소총과 카빈 모두 좋은 무기이므로 상황에 따라 선택하도록 하라. 반자동 총기를 고를 때 현대식 총보다는 제2차 세계대전 당시의 M1 개런드 소총이나 M1 카빈*이 여러 모로 우수하다. 아마도 뜻밖의 말에 놀랐을 테지만, 이 오래된 군용 무기들은 역사상 가장 치열했던 전쟁에서 버티도록 만들어졌다. 이들은 본래의 임무를 훌륭히 완수했을 뿐 아니라 M1 소총의 경우 6 · 25 전쟁에서도 미 육군의 제식 소총이었으며, M1 카빈은 베트남 전쟁 첫해까지도 실전에서 사용되었다. M1 개런드 소총의 또 한 가지 장점은 백병전 무기로 사용할 수 있는 부가 기능이다(총검술은 제2차 세계대전 당시까지도 전투의 중요한 부분이었다.). M1 개런드 소총은 생산이 이미 중단되었지만, 많은 수가 시장에 나와 있고 총알도 구하기 쉽다. M1 카빈은 놀랍게도 아직 생산 중이다. 이 총은 무게도 가볍고 총신도 짧아서 실내 전투 또는 장거리 도보 이동에 더없이 적합하다. 더 현대적인 대안을 찾는다면 루거 미니30, 루거 미니14, 중국제 56식(구소련의 SKS 카빈을 복제한 총. 같은 이름의 소총과 혼동하지 말 것) 등이 있다. 훈련만 제대로 하면 반자동 소총이야말로 최고의 무기일 것이다.

6. 산탄총

가까운 거리에서 인간 공격자를 상대할 때에는 산탄총이야말로 최강의 무기이다. 그러나 좀비를 상대할 때에는 꼭 그렇지만은 않다. 홀

---

* M1 카빈은 대한민국 예비군이라면 누구나 쏴 보았을 바로 그 총이다. 그러므로 우리나라에서 좀비 발생 사태가 일어난다면…… 더 이상의 자세한 설명은 생략한다.

륭한 12게이지 산탄총은 좀비의 대가리를 말 그대로 날려 버릴 수 있다. 그러나 먼 거리에서는 탄알이 흩어지는 정도가 클수록 두개골을 관통할 확률도 낮아진다. 이때 산탄 대신 단일 탄자, 즉 슬러그탄을 발사하면(총신 길이가 충분할 경우에) 먼 거리에서도 라이플과 같은 위력을 발휘할 수 있지만, 그럴 바에야 차라리 라이플을 사용하는 편이 낫지 않을까? 산탄총의 확실한 장점은 저지력이다. 라이플 탄환은 표적을 깨끗이 관통하거나 아예 빗나가는 반면 산탄은 넓게 퍼져 방어벽 역할을 하기 때문이다. 궁지에 몰렸을 때나 대피할 때, 또는 탈출할 시간을 벌어야 할 때 산탄총을 난사하면 좀비 몇 마리쯤은 널브러뜨릴 수 있다. 반면에 탄이 큼지막하기 때문에 이동 시에 부담이 되고 따라서 다른 장비의 자리까지 차지하는 것은 산탄총의 단점이다. 멀리 이동해야 할 상황에서는 이 점을 유념해야 한다.

7. 권총

미국인들은 권총과 특별한 유대관계가 있다. 영화, 드라마, 심지어 소설과 만화까지 권총이 등장하지 않는 것이 없다. 옛 서부의 보안관부터 현대 도시의 억센 경찰관까지, 영화와 소설의 주인공들은 하나같이 권총을 휴대했다. 힙합 가수는 랩으로 권총을 노래하고 진보와 보수는 그 소지 허가를 놓고 싸운다. 부모들은 자녀의 손이 닿지 않도록 막고 제조사들은 아무도 모를 부를 쌓는다. 미국 하면 떠오르는 것은 아마도 차가 아니라 권총일 것이다. 하지만 새로이 등장한 식인종 무리를 상대할 때 이 문화적 상징은 얼마나 효과적일까? 실은 별 효과가 없다. 소설 속 주인공들과 달리 일반인은 좀비 대가리처럼 작은 표적은 고사하고 그 어떤 것도 맞히기가 힘들다. 대좀비 전투처럼 극도로 긴장된 상황에 처했을 때 권총을 제대로 쏘기란, 덤벼드는 좀비와 협상을 벌이기보다 더 힘들다. 연구 결과를 보면 좀비에게 별 효과가 없는 부상을 입힌 총알 가운데 73퍼센트는 권총으로 발사한 것이었다. 레이저 포인터를 달면 명중률은 높아지지만 손목 흔들림을 줄이는 데에는 아무 소용도 없다. 권총은 극단적인 상황에서만 쓸모가 있다. 좀비에게 붙잡혔을 경우에는 권총이 당신의 구명줄이 될 것이다. 총구를 좀비의 이마에 대고 방아쇠를 당기는 것은 확실한 처치법일 뿐 아니라 특별한 기술도 필요치 않기 때문이다. 권총은 작고 가볍고 휴대하기 쉬우므로 어떤 상황에서도 매력적인 부무장이다. 만약 주무장이 카빈이라면 총알을 함께 사용할 수 있으므로 짐이 적어질 가능성이 있다. 따라서 좀비와 싸울 때에는 늘 권총을 휴대해야 하지만, 반드시 부무장으로만 사용해야 한다. 명심하라, 갈가리 찢겨 반쯤 뜯어 먹힌 희생자들 가운데 차디찬 손에 이 멋진 무기를 꾹 움켜쥔 채로 발견된 주검은 수도 없이 많았다.

8. 22구경 림파이어탄 사용 총기

이 총기(라이플 또는 권총)에서 발사하는 탄환은 구경이 몇 밀리미터에 지나지 않으며, 길이도 2.5센티미터가 안 될 만큼 짧다. 따라서 평상시에는 사격 연습이나 시합 또는 작은 동물을 사냥할 때에만 쓰인다. 그러나 좀비들이 공격해 올 때에는 이 조그마한 22구경 림파이어탄이 덩치 큰 다른 탄들을 압도한다. 우선 크기가 작아서 다른 탄의 세 배를 휴대할 수 있다. 총 자체도 가볍기 때문에 감염 지대를 장시간 이동하는 상황에서는 하늘의 은총처럼 느껴질 것이다. 림파이어탄은 제조하기도 쉬워서 미국 전역에 널려 있다. 총알을 파는 상점이라면 어디나 22구경 림파이어탄을 갖추고 있을 것이다. 그러나 막상 22구경 탄환을 사용하려고 보면 두 가지 단점이 눈에 밟힌다. 우선 탄환이 작다 보니 저지력이 아예 없다. 22구경 탄환에 맞은 사람들은 (레이건 전 대통령을 포함하여) 시간이 흐른 후에야 자기가 총에 맞았음을 깨달았다. 이 작은 탄환에 가슴을 맞은 좀비는 멈추기는커녕 걸음조차 느려지지 않을 것이다. 또한 먼 거리에서는 두개골을 관통하기가 힘들다. 22구경 총기를 마음 놓고 쏘려면 상당히 가까운 거리까지 접근해야 하는데 이렇게 하면 사수가 받는 스트레스는 커지고 좀비를 죽일 확률은 낮아진다. 그러다 보니 22구경 총기에서 발사된 힘없는 탄환은 불행의 탈을 쓴 행운으로 불리기도 한다. 좀비의 두개골을 뚫고 뒤통수로 나갈 만큼 강력하지는 않지만, 대신 두개골 안에서 이리저리 튀며 45구경 탄환과 맞먹는 충격을 주기 때문이다. 그러므로 다가오는 좀비 떼의 위협에 맞서 무장할 때에는 장난감처럼 조그마한 22구경 총기의 간편성과 효율성을 무시하면 안 된다.

9. 부가 장비

소음기는 구할 수만 있다면 반드시 총에 달아야 할 장비이다. 총성을 가라앉혀 주는 소음기가 있으면 (이동 시에 필수불가결한) 활이나 무릿매 같은 비화약 무기를 챙길 필요가 없기 때문이다.

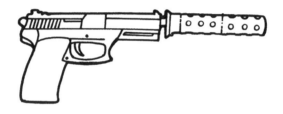

망원 조준경이 있으면 표적을 조준하기가 매우 쉬워지며 먼 거리에서 저격을 할 때 특히 도움이 된다. 겉보기에는 레이저 포인터야말로 최선의 선택처럼 보일 것이다. 어쨌거나 좀비 이마에 빨간 점을 표시하는 일이 어려워 봐야 얼마나 어렵겠는가? 이 장비의 단점은 바로 짧은 배터리 수명이다. 야시 조준경 역시 같은 문제점을 지닌다. 이 장비는 밤에도 먼 거리에서 좀비를 정확히 맞히도록 도와주지만, 배터리가 다 닳으면 그저 시커먼 원통에 지나지 않는다. 따라서 렌즈와 금속 통으로 만든 재래식 조준경이 더 바람직한 장비이다. 이 기본적인 장비는 그리 화려하지도 않고 전자 장비 특유의 멋도 없지만, 당신을 실망시키는 일은 결코 없을 것이다.

사거리 대 명중률

여러 연구 결과에 나타나듯이 전투로 인해 정신적 외상을 입은 사수는 좀비에게 가까이 갈수록 명중률이 낮아진다. 사격 훈련을 할 때에는 명중률이 일정하게 확보되는 최대 사거리를 설정하라. 이상적인(스트레스가 없는) 조건에서 이동 표적을 맞힐 수 있도록 훈련해야 한다. 일단 최대 사거리가 정해지면 절반으로 나누어야 한다. 이 거리가 실제 공격에서 효과적인 살상 공간이 될 것이다. 좀비가 이 거리 안으로 들어오면 스트레스 때문에 명중률이 낮아지므로 주의하라. 좀비 떼와 교전할 때에는 다른 놈들을 처치하기 전에 먼저 이 거리 안에 들어온 놈부터 맞혀야 한다. 당신이 전에 어떤 경험을 했든 간에 이 충고를 무시하면 절대 안 된다. 거리에서 단련된 경찰관도, 훈장을 주렁주렁 단 퇴역 군인도, 심지어 피도 눈물도 없는 살인범들조차도 자신의 '감'을 믿고 훈련을 게을리 하다가 다진 고기가 되었다.

폭발물

질문: 떼로 몰려드는 좀비들에게 수류탄 투척보다 나은 대처법은 무엇일까?

답: 뭘 해도 수류탄 투척보다는 낫다. 대인 폭발물은 주로 금속 파편을 비산시켜 주요 장기를 손상하는 방식으로 표적을 살상한다. 좀비

에게는 이 방식이 안 통할 뿐더러 파편이 두개골을 뚫을 확률도 낮으므로 유탄이나 폭탄, 기타 폭발물 등은 비효율적인 대좀비 무기이다.

그럼에도 이러한 무기들을 아예 무시해서는 안 된다. 문을 터뜨릴 때나 즉석에서 장애물을 만들 때, 심지어 좀비 떼를 흩뜨려 놓을 때에도 폭발물만큼 신통한 도구는 없다.

불

살아있는 시체는 불을 겁내지 않는다. 얼굴에 횃불을 들이댄다 해도 좀비들의 걸음을 늦추거나 진격을 막을 수는 없다. 불이 붙은 좀비는 자기 몸뚱이를 휩싼 불길을 아예 알아보지도 못하므로 어떤 반응도 보이지 않는다. 불로 좀비를 못 막는다는 것을 깨닫지 못하고 비극적 최후를 맞은 사람은 너무나 많다!

그러나 무기로서 불은 여전히 인류의 가장 든든한 아군이다. 좀비를 확실하게 처치하는 최선의 방법은 불로 완전히 태워 버리는 것이다. 불은 좀비의 몸뚱이뿐 아니라 남아 있는 솔라눔 바이러스 또한 깨끗이 제거한다. 하지만 화염방사기나 화염병 몇 개만 있으면 만사형통이라고 생각해서는 안 된다. 실제 전투에서 불은 방어 도구인 동시에 치명적인 위협이기도 하다.

인간이든 좀비든 살을 태우려면 한참이 걸린다. 활활 타는 좀비는 바스러지기 전까지 몇 분 또는 몇 시간 동안 걸어 다니는(아주 정확히 표현하자면 비틀거리는) 횃불이 될 것이다. 기록에 남은 몇몇 사례에서 불타는 좀비들은 손톱과 이빨만 있을 때보다 더 큰 파괴력과 살상력을 보여 주었다.

불 자체는 인간의 부하가 결코 아니다. 주위에 인화성 물질이 있는지, 연기를 들이마실 위험은 없는지, 또 화염이 다른 좀비들을 끌어들이는 신호가 되지는 않을지 잘 생각해야 한다. 불처럼 강력하고 변덕스러운 무기를 사용하려면 먼저 앞서 말한 요인들을 충분히 고려해야 한다.

그러한 까닭에 불은 주로 공격이나 탈출용 무기로 사용되며, 고착 방어 시에는 거의 쓰이지 않는다.

1. 화염병

화염병이란 용기의 형태와 상관없이 가연성 액체를 채우고 간단한 도화선을 부착하여 만든 무기를 가리킨다. 이를 사용하면 적은 비용을 들여 효율적으로 좀비 여러 마리를 단번에 처치할 수 있다. 적당한 상황, 예를 들어 진격해 오는 좀비 떼로부터 달아날 때나 불이 붙을 염려가 없는 건물 내에서 소탕 작전을 벌일 때, 또는 불이 붙기 쉬운 건물 안에 갇힌 좀비 떼를 처치할 때에는 반드시 놈들의 재만 남을 때까지 화염병을 던지도록 하라.

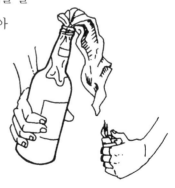

2. 인화 물질

인화 물질 끼얹기는 매우 간단한 공격법이다. 가연성 액체(휘발유나 등유)를 용기에 채우고 좀비를 향해 던진 다음, 불을 붙이고 달아나면 그만이다. 탈출할 여지가 있고 추가 화재의 위험이 없을 경우 이 방법의 유일한 단점은 적을 흠뻑 적실 수 있을 만큼 가까이 다가가야 하는 것뿐이다.

3. 토치

가스통과 노즐로 이루어진 일반형 토치는 가열 능력과 연료 공급량이 모두 부족하기 때문에 좀비의 두개골을 녹이지 못한다. 그러나 눈앞의 좀비가 이미 가연성 액체로 흠뻑 젖어 있는 상황에서는 편리한 점화장치로 사용할 수 있다.

4. 화염방사기

이 무기야말로 최강의 좀비 처리기로 사람들에게 깊은 인상을 심어 줄 것이다. 휘발유를 젤 상태로 분출하여 만든 길이 60미터짜리 화염은 우글대는 좀비 떼를 울부짖는 화장용 장작더미로 바꾸어 놓을 수 있다. 그것이 사실이라면 한 대 마련해야 하지 않을까? 인간이 만들어낸 이 불 뿜는 용이 있으면 다른 무기는 다 갖다 버려도 되지 않을까? 이 질문에 대해서는 갖가지 현실적인 답이 존재한다. 화염방사기는 순전히 군용 무기로 개발되었으며, 미 육군과 해병대에서는 더이상 이 무기를 사용하지 않는다. 따라서 제대로 작동하는 물건은커녕 남아 있는 것을 찾기도 힘들다. 연료는 화염방사기 자체보다 더 구하기 힘들다. 하지만 만약 둘 다 구했다면 효과적으로 사용하는 법을 궁리해야 한다. 좀비가 고작 몇 마리만 돌아다니는 상황에서 무게가 30킬로그램이나 나가는 장비를 메고 다닐 필요가 있을까? 이동 시에는 화염방사기의 무게만으로도 부담이 된다. 한 곳에 계속 머무르거나 이동용 차량을 구할 수 있는 상황이 아니라면, 기운이 빠져 탈진하는 것은 좀비만큼이나 위험한 위협이다. 상

식적으로 생각해 봐도 화염방사기는 압도적으로 몰려오는 좀비 떼, 즉 수천까지는 아니라고 해도 적어도 수백 마리를 상대할 때에나 어울리는 무기이다. 만에 하나라도 그런 상황이 벌어지면 수도 훨씬 많고 잘 무장한 군대에게 맡기고 믿음직한 화염방사기(불법으로 제작한 화염방사기는 말할 것도 없고)를 짊어진 민간인은 뒤로 빠져야 할 것이다.

기타 무기

　좀비와 맞서 싸울 때 상상력과 임기응변은 지극히 소중한 자산이다. 이를 최대한 발휘하여 당신 주위의 사물들을 잠재적인 무기고로 상상해야 한다. 그러나 좀비의 생리 기능을 늘 염두에 두고 당신이 급조한 도구가 무기로서 적합한지 검토하도록 하라.

1. 산성 물질

　불을 제외하면 황산은 최고의 좀비 처치 무기이다. 그러나 실제로 사용할 때에는 사정이 달라진다. 혹시라도 황산을 대량으로 확보하거나 제조한다면 인화성 무기와 마찬가지로 조심스럽게 취급해야 한다. 이 물질은 좀비뿐 아니라 당신에게도 똑같이 위험하며, 좀비의 살과 뼈를 녹이는 데에는 오랜 시간이 걸린다. 그러므로 산성 물질은 전투용 무기보다는 교전 후 뒤처리용으로 사용해야 한다.

2. 독극물

　세상에 존재하는 독극물은 그 종류가 헤아릴 수 없이 많기 때문에 일일이 언급하기란 불가능하다. 대신 좀비의 신체 및 생리 구조를 지배하는 기본 규칙 몇 가지를 살펴보도록 하자. 좀비에게는 진정제나 최루탄 같은 자극 물질이 전혀 통하지 않는다. 육체 기능을 정지시킬 목적으로 만든 어떤 화합물도 그러한 기능이 불필요 한 좀비에게는 마찬가지로 무용지물이다. 좀비는 독극물로 인한 심장 마비, 신경 마비, 질식, 기타 어떤 피해에도 끄떡도 하지 않는다.

3. 생물학 무기

　'바이러스에 감염된 괴물들을 다른 바이 러스로 처치한다.' 낭만적이지 않은가? 불행 히도 이 방법은 아예 선택할 여지조차 없다. 바이러스는 살아 있는 세포만 공격할 뿐, 살 아있는 시체에게는 아무 효과도 없다. 이는 모 든 박테리아 역시 마찬가지이다. 몇 차례 실험에서 네크로타이징 파 스키티스(살을 파먹는 박테리아)를 배양하여 생포한 좀비에게 퍼뜨리고 자 시도한 적이 있었다. 성공한 사례는 한 번도 없다. 지금도 썩은 살 만 파먹는 새로운 계통의 박테리아를 개발하는 실험이 진행 중이다. 전문가들 대다수는 성공 가능성에 대해 회의적이다. 부패를 담당하는 여러 미생물 가운데 어떤 것이 감염된 살까지 꾸역꾸역 먹어치우는지 밝히는 실험도 이루어지고 있다. 이러한 미생물을 분리하고 배양하여 사용자에게 무해한 방법으로 살포할 수 있게 된다면, 이는 인류가 대 좀비 전쟁에서 최초로 손에 넣은 대량 살상 무기가 될 것이다.

4. 동물 무기

　크고 작은 수백 가지 동물들이 썩은 고기를 먹고 산다. 죽은 자들이 산 자들을 잡아먹기 전에 먼저 이런 동물 몇 종을 훈련시켜 그들을 먹어치우도록 하면 이상적인 해법일 것이다. 그러나 불행히도, 하이에나에서 불개미까지 모든 종이 본능적으로 좀비를 피한다. 마치 동물들의 생존 본능에는 솔라눔 바이러스의 맹독성이 입력되어 있는 듯하다. 어쩌면 인간은 솔라눔이 냄새 또는 '낌새'의 형태로 발산하는 신비한 경고 신호를 이미 오래 전에 잊어버렸는지도 모르지만, 동물들에게는 이제껏 알려진 어떠한 물질로도 이를 감출 수 없다(310쪽의 '1911년, 미국 루이지애나 주의 비트레' 항목 참조).

5. 전기

좀비의 근육계는 원래 인간의 것이므로 전류가 통하게 하면 잠시 기절시키거나 마비시킬 수 있다. 전기로 좀비를 끝장내는 데 성공한 사례는 아예 송전선을 끌어다 뇌를 숯덩이로 만드는 식의 극단적인 방법으로만 가능했다. 이는 '혁신적인 무기'가 전혀 아니다. 송전선에 흐르는 전류는 살았든 죽었든 모든 생물의 조직을 까맣게 태워 버릴 만큼 강력하기 때문이다. 좀비를 기절시키려면 인간을 기절시키는 전압의 두 배가 필요하므로 일반적인 테이저 건은 효과가 없다. 지금까지는 좀비들을 잠시 마비시키고 그 동안에 치명적인 2차 공격을 준비할 목적으로 도랑에 물을 채우고 전기를 흘려 임시 방어벽을 만드는 방법을 주로 사용했다. 지난 수년간의 기록에 이러한 사례들이 몇 건 남아 있다.

6. 방사능

현재 극초단파를 비롯한 전자기 신호를 좀
비의 뇌에 쪼여 그 효과를 관찰하는 실험이
진행 중이다. 실험의 전제는 이러한 자극이 좀
비의 뇌에 치명적인 종양을 즉시 또 대량으로 발
생시킨다는 것이다. 연구는 아직 초기 단계이며 그 결과
또한 확정적이지 않다. 좀비가 감마선에 노출된 유일한 사례는 악명
높은 허톈 참사에서 일어났다(335쪽의 '1987년, 중국의 허톈' 항목 참조).
이 사건에서 좀비들은 인간의 치사량에 해당하는 방사능에도 끄떡하
지 않았을뿐더러, 해당 지역에 오염을 퍼뜨릴 위협으로 작용하기까지
했다. 당시 세계인들은 사상 최초로 등장한 한층 더 끔찍한 위협을 감
지했다. 바로 방사능 좀비였다. 얼핏 듣기에는 1950년대의 싸구려 SF
영화 같은 이야기이지만, 이는 실로 현실적이고 역사적으로도 중요한
사실이었다. 기록에 따르면 방사능 좀비들은 신체 기능이 더 강력해
지거나 마법 같은 힘을 얻지는 않았다. 그들이 두려운 까닭은 사물이
든 사람이든 손닿는 곳마다 치명적인 방사선을 퍼뜨리기 때문이었다.
심지어 좀비들이 건드린 취수원에서 물을 마신 사람들조차도 얼마 지
나지 않아 방사선 장애로 사망했다. 다행히 방사능 좀비 떼는 중국 인
민해방군의 압도적인 무력에 절멸당했다. 이로써 새로이 등장한 위협
을 종식시킬 수 있었을 뿐 아니라 허톈 원자로가 위기에 빠지는 사태
도 막을 수 있었다.

7. 유전자 무기

최근 대좀비 전쟁에서 갖가지 유전자 무기를 이용하자는 방안이 제기되었다. 그 첫걸음은 솔라눔의 유전자 지도를 만드는 것이다. 이렇게 하면 솔라눔의 유전자 배열을 바꾸어 바이러스로 하여금 인간 조직 대신 스스로를 공격하거나 자멸하도록 유도하는 병원체를 배양할 수 있다. 말하자면 좀비를 재교육하는 대신 좀비를 조종하는 유전자를 재교육하는 것이다. 성공하기만 하면 이 병원체는 대좀비 전쟁의 혁명적인 타개책이 될 수도 있다. 유전공학의 힘을 빌리면 효과적인 좀비 치료법을 발견할지도 모른다. 그러나 이 타개책의 탄생을 축하하기까지는 한참을 기다려야 한다. 유전 요법은 아직 싹을 틔우는 단계에 머물러 있다. 아직은 존재하지 않는 언론의 관심과 막대한 재정 지원이 있다 하더라도 바이러스를 파괴하는 병원체는 당분간 이론으로만 남을 것이다.

8. 나노 기술

극히 작은 크기의 구조체를 연구하는 나노공학 기술 분야는 아직 미숙한 단계에 있다. 현재로서는 분자 크기의 컴퓨터칩을 만드는 실험이 이루어지는 수준이다. 언젠가는 그 정도로 조그마한 로봇이 사람 몸속에서 작업을 수행하는 날이 올 것이다. 이름이 나노봇이든 뭐든 간에, 언젠가는 이러한 로봇이 암세포를 파괴하고 손상된 조직을 보수하고 심지어 해로운 바이러스를 공격하여 파괴할 날이 올 것이다. 이론상으로는 막 감염된 사람에게 나노봇 수십억 대를 주입하여 신경계의 솔라눔 바이러스를 모조리 박멸하는 일도 얼마든지 가능하다. 이러한 기술이 언제쯤 완성될까? 그 기술이 의료계에까지 진출하려면 얼마나 걸릴까? 솔라눔 바이러스에 맞서 그 기술을 사용할 날은 언제일까? 그 답은 오직 시간만이 알 것이다.

보호 장구

좀비를 상대할 때에는 속도와 민첩성이야말로 최고의 방어력이다. 보호 장구는 당신이 좀비보다 우위에 있는 이 두 가지 장점을 모두 깎아먹을 뿐 아니라, 교전이 길어질 경우 체력까지 갉아먹는다. 거기다 탈수 증상의 위험까지 더하면 보호 장구의 매력은 더욱 감소할 것이다. 끝으로 이보다 잘 드러나지 않는 단점 하나는 신체적인 것이 아니라 심리적인 것이다. 보호 장구를 착용하면 간소하게 차려입었을 때보다 더 자신감을 느끼며, 그 결과 더 큰 위험에 뛰어드는 경향이 있다. 이런 식으로 꾸며낸 용기는 너무나 많은 무모한 죽음을 낳았다. 한마디로, 좀비의 이빨을 막는 최선의 방어책은 바로 거리를 두는 것이다. 만약 모종의 이유로 보호 장구를 착용해야만 한다면 신중히 결정해야 하며, 이때 필요한 정보는 아래에 요약한 내용에서 모두 얻을 수 있을 것이다.

1. 판금 갑옷

고전적인 '갑주'의 정의에 가장 어울리는 보호 장구이다. 용어 자체만으로도 머리끝부터 발끝까지 번쩍거리는 강철판으로 뒤덮어 무적으로 보이는 기사들이 연상되기 때문이다. 그 정도로 꽁꽁 무장하면 반격당할 걱정 없이 좀비 떼를 마음껏 휘저으며 도발하는 것도 가능하지 않을까? 그러나 일반적인 중세 갑옷은 사실 무적과 거리가 멀다. 판금 갑옷의 철판들을 잇는 가죽 또는 금속 연결부는 여러 명커녕 한 명만 힘주어 당겨도 툭 끊어진다. 설령 단단히 잇는다 해도 강철 갑옷은 무겁고 불편하고 숨이 막히며, 땀이 줄줄 흐르는 데다 소리까지 요란하다. 혹시 구할 수 있거든 진짜 갑옷을 걸치고 (미리 말을 맞춰둔) 단 한 명의 공격자를 상대로 싸우는 연습을 해보라. 잘하면 불편한 정도로 끝날 테지만 잘못하면 고문이 될 수도 있다. 자, 이제 좀비 5마리, 10마리, 50마리가 사방에서 몰려와 갑옷을 붙들고 이쪽저쪽으로 잡아당긴다고 상상해 보라. 빠른 발로 따돌리거나 민첩하게 움직여 피하거나 하다못해 넓은 시야로 찾아내어 공격하지 못하면, 당신은 통조림이나 다름없는 신세가 될 것이다.

2. 사슬 갑옷

형태가 한결 단순한 이 갑옷은 머리에서 발끝까지 착용할 경우 좀비에게 물릴 위협을 실제로 조금이나마 줄일 수 있다. 좀비 이빨이 사슬을 뚫지 못하기 때문에 감염을 막을 수 있는 것이다. 사슬 갑옷은 형태가 자유자재로 변하므로 움직이거나 달리기도 편하며, 얼굴 가리

개가 없어서 시야도 더 넓다. (판금 갑옷과 달리) 처음부터 피부 호흡이 가능하게 만들어졌기 때문에 탈수 현상을 일으키거나 과열될 우려도 없다. 그러나 단점 또한 한두 가지가 아니다. 오랜 기간 착용하고 연습한 사람이 아니면 필연적으로 전투 효율이 떨어질 수밖에 없다. 갑옷의 무게 또한 피로에 한몫을 한다. 착용감이 불편하다 보니 생각지 못한 짜증에 시달릴 수도 있는데 이는 전투 중에 반드시 피해야 할 요소이다. 사슬 갑옷을 입으면 감염으로부터는 안전할지 모르지만, 좀비의 무는 힘은 뼈를 부러뜨리고 근육을 뜯어내고 심지어 갑옷 아래의 살마저 찢을 만큼 강력하다. 판금 갑옷이 그러하듯이 수많은 고리가 짤랑거리며 내는 소리는 근처의 좀비들에게 먹잇감 도착을 알리는 신호가 될지도 모른다. 그러므로 당신의 위치를 알리고 싶지 않거든 사슬 갑옷은 깨끗이 잊도록 하라. 좀 더 실용적인 충고를 하자면, 정 사슬 갑옷을 선택하려거든 실전에서 쓸 만한 물건인지 반드시 확인하라! 현대에 제작된 중세식 또는 고대식 갑옷은 대개 장식용이거나 무대의상용이다. 따라서 재료로 사용한 합금도 저렴한 것들이다. 사슬 갑옷을 구입할 때에는 반드시 좀비의 이빨을 막을 수 있는지 세심하게 검사하고 실험해 보아야 한다.

3. 상어 관찰용 잠수복

원래 상어의 공격을 막을 용도로 제작한 이 철망 잠수복은 아무리 강한 좀비의 이빨에도 견딜 수 있다. 고장력강 또는 티타늄으로 만

들어져 무게는 사슬 갑옷의 절반이지만 방어력
은 두 배나 된다. 그러나 일단 입으면 갑옷과 마
찬가지로 소리가 요란하고 착용감도 불편하
며 속도와 민첩성도 떨어진다. 수중에서 좀
비를 사냥할 때에는 도움이 될지도 모른다
(213쪽의 '수중전' 항목 참조).

4. 헬멧

헬멧 같은 보호 장구는 (쓰는 법을 알 정도의
지능만 있으면) 좀비에게는 요긴할지도 모른
다. 그러나 인간에게는 시야를 가리는 방해물
에 지나지 않는다. 안전모를 써야 하는 공사
장에서 전투가 벌어지지 않는 한 이 성
가신 물건은 피하도록 하라.

5. 방탄조끼

전투에 임하는 좀비들은 거의 예외 없이 인간의 팔다리만을 물기
때문에 방탄조끼를 비롯한 모든 몸통 보호 장구는 시간 낭비일 뿐이
다. 따라서 방탄조끼는 인간들끼리 오인 사격을 할 만큼 혼전이 벌어
질 때에만 착용을 고려할 필요가 있다. 그래 봐야 사전 정보가 없는
저격수는 어차피 표적의 머리만 노릴 것이다.

6. 케블라(방탄 섬유) 보호대

경찰관들은 몇 년 전부터 케블라 섬유로 만든 가볍고 매우 견고한 보호 장구를 착용하기 시작했다. 조끼에 들어가는 두껍고 딱딱한 보호판은 총알을 막는 데 쓰이지만, 더 가볍고 유연한 보호대는 칼이나 경비견의 이빨을 막는 용도로 쓰인다. 이 신형 장비로 정강이와 팔뚝을 감싸면 근접전 상황에서 좀비에게 물리는 위험을 줄일 수 있다. 만약 케블라 보호대가 생기면 반드시 전투 시에만 착용하라. 또 착용했다고 해서 무적이 됐다고 착각하면 안 된다! 케블라 보호대와 비슷한 보호 장구를 괜한 위험을 자초해도 되는 백지 위임장으로 여긴 사람들은 예로부터 수없이 많았다. 그 정도로 멍청한 인간을 보호해 줄 장비는 세상에 존재하지 않는다. 앞서 말했듯이 당신의 목표는 살아남는 것, 오로지 살아남는 것뿐이다. 영웅이 되는 것이 아니다. 전투 중에 허세를 부리는 것은 당신과 주위 사람들을 위험에 빠뜨리는 가장 확실한 방법이다!

7. 딱 맞는 옷과 짧은 머리

통계가 엄연히 증명하는 바에 따르면 잘 맞는 평상복과 짧게 자른 머리야말로 어떤 무기보다도 더 많은 생명을 살린 일등 공신이다. 이미 잘 알려졌다시피 좀비들은 손을 뻗어 희생자를 붙잡고 잡아당긴 다음 물어뜯는다. 따라서 논리적으로 생각하면 잡을 곳이 적을수록 빠져나갈 확률이 높아진다. 주머니나 끈 또는 축 늘어지기 쉬운 부분이 많은 펑퍼짐한 옷은 달려드는 좀비에게 유용한 손잡이가 된다. 공장이나 중장비가 많은 작업장에서 일한 경험이 있는 사람은 옷이 덜

렁거리지 않게 단속하는 일이 얼마나 중요한지 알 것이다. 착용했을 때 불편하지 않은 한도 내에서 몸에 딱 맞는 옷을 입으면 이러한 위험이 줄어든다. 머리카락 또한 비슷한 위험을 품고 있다. 수많은 희생자들이 머리채를 붙들린 채 끌려가 끔찍한 최후를 맞았다. 전투 개시 전에 머리를 뒤로 묶는 것은 임시방편일 뿐이다. 반면 3센티미터 이내로 짧게 깎은 머리는 근접전에 이상적이다.

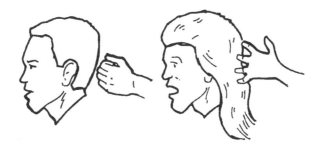

방어 요령

영국으로 이민 온 터키인 야햐 베이의 이야기에는 그의 고향 마을 올투가 어떻게 공격당했는지 잘 나타난다. 베이에 따르면 좀비 떼는 밤을 틈타 마을을 둘러싼 산에서 내려왔다고 한다. 잡아먹히지 않고 살아남은 사람들은 자기 집이나 마을의 모스크, 경찰서 등으로 달아났다. 경찰서 입구에서는 놀란 사람들이 정신없이 몰려드는 바람에 몇 명이 압사당했고, 경찰서 안에서는 우연히 일어난 화재로 전원이 사망했다. 집의 문과 창문을 모조리 막을 시간과 재료가 없어서 수많은 주민들이 좀비에게 잡아먹혔다. 물린 사람들은 도움을 청하러 마을 의사의 집으로 향했다. 그들은 의사에게 치료를 받다가 숨을 거두었고, 이내 좀비가 되어 다시 살아났다. 당시 여섯 살이었던 베이는 가까스로 집 지붕에 기어 올라가 밤새 거기 머물다가, 날이 밝은 후에 이 집 저 집 지붕을 타고 이동한 끝에 마침내 공터를 찾아 내려왔다.

인근 마을 사람들은 아무도 베이의 말을 믿지 않았지만, 그래도 탐색대를 꾸려 식인귀들을 찾아 나섰다. 그들이 도착해서 본 올투는 폐허가 되어 있었다. 건물은 죄다 불에 타거나 부서지거나, 아예 쓰러진 후였다. 엉망이 된 거리에는 반쯤 뜯어먹힌 시체가 즐비했다. 꽤 많은 사람들의 것으로 보이는 질질 끄는 발자국 뒤로 수가 더 적고 보폭도 좁은 발자국들이 산 쪽으로 쭉 이어져 있었다. 두 집단 모두 영영 발견되지 않았다.

• • •

완벽한 대좀비 방어책은 무엇일까? 솔직히 말하면 그런 것은 없다. 방어는 그저 내 한 몸 안전하게 지키는 것처럼 간단한 일이 아니다. 가령 외부의 위협을 막아낼 만한 구조물을 찾거나 짓거나 개조했다고 가정해 보자. 그다음은 어떻게 할 것인가? 좀비들이 그냥 물러갈 리도 없거니와 구조대가 언제 도착할지도 알 수 없다. 어떻게 살아남을 것인가?

허기, 갈증, 질병, 기타 여러 요인들은 좀비 떼에 당한 희생자 수만큼이나 많은 인명을 앗아갔다. 망자들이 되살아나 걷기 시작할 때 당신은 농성전, 즉 성이나 마을이 적군에게 완전히 포위당한 상황에 몰렸던 조상들과 같은 처지가 될 것이다. 몸을 안전하게 건사하는 것은 방어의 한 부분에 지나지 않는다. 방어책을 철저히 준비하려면 한곳에 터를 잡고 혼자 힘으로 살아남는 데 도움이 되는 지식들을 알아야만 한다. 이는 서로 의존하여 살아가는 현대인들이 이미 오래전에 잊어버린 기술이다.

당신의 집을 한번 둘러보라. 10킬로미터, 20킬로미터, 아니 100킬로미터 이내의 지역에서 제조한 물건이 몇 개나 되는가? 세계에서 가장 산업화된 나라에 사는 미국인들은 촘촘한 교통망과 통신망이 있어야 살아남을 수 있다. 이런 연결망이 사라지면 미국인들의 삶은 중세 유럽 수준으로 추락한다. 이 점을 이해하고 미리 대비한 사람은 살아남을 확률이 극히 높다. 이 장에서는 요새를 구축하는 법과 그 경계 안에서 살아가는 법을 다룰 것이다.

개인 주택(자기 집 지키기)

1종 발생 사태에서는 대부분의 집이 적절한 피난처가 된다. 시체들이 걸어 다닌다는 소식을 들었다고 해도 당장 도시나 마을을 탈출할 필요는 없다. 사실 그 반대를 적극 추천한다. 좀비들이 쳐들어온 후약 1시간 동안은 인구 대부분이 탈출하려고 기를 쓸 것이다. 도로는 멈춰 선 차와 우왕좌왕하는 사람들로 꽉 찰 것이며, 이는 폭력 사태가 벌어지기 딱 좋은 상황이다. 사람들이 좀비들을 모두 격퇴하거나 좀비들이 사람들을 싹쓸이하기 전에는 달아나려고 애써 봤자 아수라장에 시체만 더 늘릴 뿐이다. 그러니 총을 장전하고 전투에 대비하되, 한곳에 안전하게 머물며 경계를 늦추지 마라. 이렇게 하는 데 당신 집보다 더 편한 곳이 또 어디 있겠는가?

1. 준비 태세 제1단계: 집

시체들이 일어나 혼돈과 학살을 시작하기 전에 어떤 집주인들은 자신이 이웃들보다 더 안전하다는 사실을 깨닫게 될 것이다. 좀비를 막는 데 특화된 집은 아직 한 채도 없지만, 몇몇 설계 양식은 놀라운 안전성을 이미 입증한 바 있다. 만약 당신 집의 구조가 좀비 공격에 대비하기에 적당하지 않다면 다양한 방법을 동원하여 보강하면 된다.

(1) 예외 사례

바닷가나 강가를 비롯하여 수위가 높은 지대에서 흔히 볼 수 있는 수상가옥은 주로 홍수에 쓸려갈 위험을 피하기 위해 말뚝을 박고 그 위에 지은 집이다. 이처럼 높이 지은 집들은 처음부터 공격 자체가 불가능하다. 이런 집의 문과 창문은 아예 널빤지도 덧대지 않고 열어 놓아도 상관없다. 하나뿐인 출입구와 한두 개 있는 바깥 계단은 좀비 경보가 울린 후에 장애물로 막아도 되고, 아예 부숴 버려도 된다. 이렇게 높이 지은 집에 머물 때에는 집 주인이 식료품을 얼마나 많이 쟁여 두었느냐에 따라 생존 시간이 결정된다.

좀비 떼만큼이나 거대하고 치명적인 위협에 맞설 목적으로 방어력을 극대화한 주택 양식이 한 가지 더 있다. 바로 미국 중부 내륙지방에 건설 중인 토네이도 대비용 '안전 가옥'으로서, 이는 소형 내지 중형 회오리바람에 견디도록 설계한 집이다. 구조를 보면 벽은 콘크리트이고 문은 쇠를 덧댔으며, 평범한 커튼 뒤에는 강철 차양이 숨어 있다. 이러한 집은 외부 원조 없이 1종과 2종 발생 사태 모두 견뎌낼 수 있다.

(2) 단독주택 개조하기

좀비들로부터 집을 지키는 일은 인간들로부터 집을 지킬 때와 비슷하다. 한 가지 차이가 있다면 흔히 다는 도난 경보기이다. 밤이 되면 사람들은 대개 끄떡없이 작동하는 경보기 덕분에 마음 놓고 잠을 잔다. 그러나 사설 경비업체나 경찰에 신호하는 일을 빼면 이 경보기가 실제로 하는 일이 뭐가 있을까? 만약 경비업체나 경찰이 안 온다면? 그들 모두 다른 데서 벌어진 전투에 발이 묶여 있다면? 그들이 당신 집보다 더 중요한 곳을 지키라는 명령을 받았다면? 혹시라도 그들이 삶을 포기하고 좀비 뱃속으로 사라졌다면, 어떻게 해야 할까? 이러한 사태 가운데 어느 하나라도 일어날 경우에는 직접적인 방어 대책이 필요하다.

　문과 창문에 방범창을 달면 제한된 시간이나마 좀비 떼를 막을 수
있다. 전례를 보면 좀비들은 단 세 마리만 모여도 24시간 안에 방범
창을 떼어낼 수 있다.

　강화 안전유리는 부수고 들어오는 좀비를 막을 수 있지만 억지로
떼어내면 창틀에서 떨어질 위험이 있다. 이때 콘크리트나 철근을 덧
대면 간단히 보강할 수 있다. 그러나 일반 주택의 창문을 하나하나 교
체할 돈이 있거든 차라리 앞서 말한 두 가지 주택, 즉 수상 가옥 또는
토네이도 대비용 안전 가옥을 사거나 짓는 편이 낫다.

　1종 발생 사태의 경우 튼튼한 3미터짜리 철망 울타리가 있으면 좀
비 수십 마리를 몇 주, 심지어 몇 달까지도 막아낼 수 있다. 철근으로
보강하고 콘크리트로 속을 채운 3미터짜리 블록 벽은 1종 및 2종 발
생 사태에서 가장 안전한 방어벽이다. 이 정도로 높은 벽은 건축법의

제한을 받을 수도 있지만 그렇다고 지레 포기하면 안 된다(먼저 주거지의 관할 기관과 상담하라.). 좀비들 중에는 (드물게) 1.8미터 높이의 장애물을 넘는 놈도 있다고 알려졌지만 집단으로 그렇게 한 경우는 한 번도 없었다. 무기와 통신 수단만 잘 갖추면 단 몇 명만으로도 1.8미터 높이의 벽을 지킬 수 있으며, 쉽지는 않겠지만 구성원들의 기력이 다할 때까지 안전하게 머물 수 있다.

대문은 강철 또는 단철 재질이어야 하며, 가능하면 통짜로 만들어야 한다. 또한 여닫이 식이 아니라 미닫이 식으로 달아야 한다. 이렇게 하면 차를 문에 대는 것만으로 간단히 보강할 수 있다. 전기 모터를 달면 문을 열고 닫기가 쉽지만 전기가 나가거나 고장 날 경우 꼼짝없이 갇힐 것이다.

앞서 말했듯이 3미터짜리 콘크리트 벽은 1종과 2종 발생 사태에서만 적절한 방어 수단이다. 3종 발생 사태에서는 좀비들이 너무 많이 몰려오기 때문에 서로의 몸뚱이를 사다리처럼 밟고 올라와 벽을 넘고 말 것이다.

(3) 공동주택

아파트를 비롯한 공동주택 건물은 크기와 구조가 다양하므로 방어 능력 또한 저마다 다르다. 그러나 로스앤젤레스의 나지막한 2층짜리 연립주택에서 유리와 콘크리트로 지은 뉴욕의 마천루까지 기본 법칙은 동일하게 적용된다.

1층은 단순히 접근성이 좋다는 이유만으로도 가장 위험한 곳이다. 어떤 공동주택이든 2층 이상에 거주하는 주민들은 거의 예외 없이 1층 주민보다 더 안전하다. 계단을 부수면 위층을 간단히 격리시킬 수 있기 때문이다. 화재 대피용 사다리는 너무 높이 있기 때문에(사다리 높이는 법률로 엄격하게 정해져 있다.) 승강기만 정지시키면 어떤 공동주택이든 순식간에 대좀비 피난처가 될 수 있다.

공동주택의 또 한 가지 장점은 높은 인구 밀도이다. 단독 주택은 집 주인 혼자 힘으로 지켜야 할지도 모르지만, 공동주택 건물의 경우 거주자 전원이 합심하여 방어에 나설 수 있다. 이렇게 하면 목수나 전기 기술자, 구급 요원, 예비역 군인 등 숙련된 전문가를 여러 명 구할 확률이 높아진다(꼭 그런 것은 아니지만 가능성은 늘 존재한다.). 물론 사람이 많으면 그들 사이에 갈등이 벌어질 위험도 크다. 그러나 단독주

주의: 일반적인 가정 방위 지침서는 무시하라!

이 책의 다른 장에서는 종래의 교본(무기, 전술, 생존 기술 등을 가르쳐 주는 책)을 장려하지만, 집 지키는 법을 가르쳐 주는 책만은 추천하지 않는다. 가정 방위 지침서는 인간의 지능과 기술을 이용하여 인간과 싸우는 법을 가르친다. 이러한 책에 실린 전략과 전술, 예를 들어 고성능 경보기나 함정 설치법, 또는 최루가스 스프레이나 못을 박은 카펫처럼 치명적이지는 않지만 고통을 주는 무기 등은 침입해 오는 좀비를 상대할 때 아무 쓸모도 없다.

택과 공동주택 사이에서 선택을 내려야 할 때 이러한 잠재적 위험에 구애받아서는 안 된다. 선택의 순간이 오면 늘 후자를 택하라.

2. 준비 태세 제2단계: 보급

일단 집 자체의 안전을 확보하면 포위 상황에 대비하여 물자를 비축해야 한다. 도움의 손길이 도착할 때까지 얼마나 걸릴지는 아무도 모른다. 실제로 올지 어떨지도 장담할 수 없다. 오랫동안 포위될지도 모르므로 늘 대비해야 한다. 구조대가 대번에 도착할 거라는 생각은 버려라.

(1) 무기

야외에서는 기동성을 유지해야 하므로 홀가분하게 다녀야 하지만 집에 있으면 무기를 산처럼 쌓아두는 혜택을 즐길 수 있다. 그렇다고 해서 기상천외한 무기로 집을 가득 채우라는 말은 아니다. 가정 무기고에는 다음과 같은 무기들이 있어야 한다.

- 소총탄 500발
- 12게이지 산탄 250발
- 45구경 권총탄 250발
- 소총용 소음기
- 권총용 소음기
- 중형 석궁 및 석궁용 화살 150대(소음기 대용)
- 소총용 망원 조준경
- 소총용 야시 조준경

- 소총용 레이저 포인터
- 권총용 레이저 포인터
- 일본도
- 날 길이가 짧은 일본도 또는 일본식 단검
- 날 길이가 15센티미터에서 20센티미터 정도 되는 칼 2자루
- 손도끼

(주의: 위 목록은 1인 분량이므로 집단의 구성원 수에 따라 수량을 조정하라.)

(2) 물자

무기를 다 골랐으면 생활과 생존을 위해 어떤 물자가 필요할지 생각해 보라. 단기간 동안이라면 일반적인 재난 대비용 생존 키트로도 충분할 것이다. 사태가 길어지면 아래 소개한 물자들이 필요할 것이다. 옷이나 두루마리 화장지 같은 일용품은 손닿는 곳에 넉넉히 비축해 두어야 한다.

- 1일 3리터 분량의 물(취사 및 세면용)
- 수동식 정수 필터
- 예비 필터 4개
- 빗물 저장용 수조
- 요오드 정제 또는 알약형 수질 정화제(아쿠아 탭스)
- 1일 3개 분량의 통조림(수분이 있으므로 건조식품보다 좋음)
- 휴대용 전기난로 2개
- 고급형 구급상자(야전 수술 장비 및 항생제를 반드시 구비할 것)
- 자전거 구동식 발전기

- 휘발유 모터가 달린 발전기(위급 상황에서만 사용)

- 휘발유 80리터

- 배터리 충전식 단파 무전기

- 건전지를 쓰는 손전등 2개

- 배터리 충전식 전등 2개

- 배터리 충전식 또는 태양열 충전식 라디오 2개

- 통나무, 벽돌, 모르타르 등의 보강재

- 쇠망치, 도끼, 톱 등을 포함한 전문가용 연장통

- 변소 관리에 사용할 넉넉한 양의 석회 또는 분말 표백제

- 고배율 망원경(80배율 내지 100배율) 1개와 예비 렌즈 및 청소 도구

- 비상용 신호탄 15개

- 야광봉 35개

- 소화기 5개

- 귀마개 2조

- 위에 열거한 모든 장비의 예비 부품 및 사용 설명서

- 일반형 재난 대피 지침을 비롯한 지침서 다수

(**주의**: 무기와 마찬가지로 식량과 물, 약 같은 개인 물품도 구성원 수에 따라 수량을 조정하라.)

3. 공격에서 살아남기

포위가 시작되었다. 좀비들은 당신 집을 둘러싸고 쉴 새 없이 공격하지만 들어오지는 못한다. 그러나 마음을 놓기에는 아직 일러도 한참 이르다. '포위를 견뎌내다'라는 표현은 '가만히 앉아서 빈둥거리다'라는 뜻이 아니다. 감금 상태에서 살아남으려면 갖가지 일들을 거듭 완수해야 한다.

(1) 뒷마당 한 귀퉁이를 변소로 정하라. 생존 지침서에는 대개 변소를 짓고 유지하는 데 필요한 세세한 방법들이 실려 있게 마련이다.

(2) 강우량과 토양이 충분하면 채소밭을 일구도록 하라. 통조림은 위급 상황에 대비하여 아껴두고 밭에서 난 식재료를 먼저 먹어야 한다. 밭은 되도록 변소로부터 먼 곳에 일구어야 하는데 이는 배설물 때문이 아니라 석회나 표백제가 흙을 오염시킬 우려가 있기 때문이다.

(3) 전기는 늘 수동식(자전거 구동식) 발전기를 돌려서 얻어야 한다. 모터가 달린 발전기는 소음이 클 뿐 아니라 연료가 떨어질 위험이 있다. 이는 극한 상황, 예를 들면 밤에 공격당할 때처럼 수동 발전기를 돌리기가 힘들거나 아예 불가능할 때에만 써야 한다.

(4) 방어벽은 늘 순찰하라. 집에 사람이 여럿 있다면 24시간 내내 순찰을 돌도록 하라. 좀비가 침투할 가능성이 낮다고 해도 혹시 모를

상황에 늘 대비해야 한다. 만약 혼자라면 낮에만 순찰을 돌도록 하라. 밤에는 모든 문이 안전한지 확인하라(창문에는 미리 쇠창살을 설치하라.). 잠자리에 들 때에는 손전등과 무기를 가까이 두어야 한다. 잠은 늘 얕게 자라.

(5) 눈에 띄지 않게 생활하라. 혹시 지하실이 있으면 조리와 발전을 비롯한 모든 생존 활동을 그곳에서 해결하라. 라디오는 매일 청취하되 헤드폰을 끼고 들어야 한다. 창문에는 모조리 검은 커튼을 치고 특히 밤에는 절대 걷지 말아야 한다.

(6) 시체는 전부 다 처리하라. 좀비의 것이든 인간의 것이든 시체는 시체이다. 살을 썩게 만드는 박테리아는 당신의 건강을 심각하게 위협한다. 거처 안에 있는 시체는 모조리 태우거나 묻어라. 방어벽 바깥의 시체는 모조리 태워야 한다. 그렇게 하려면 우선 벽 안쪽에 사다리를 놓고 올라선 다음, 갓 죽은 좀비 시체에 휘발유를 뿌리고 성냥을 그어 떨어뜨리기만 하면 된다. 이때 좀비들이 방어벽으로 모여들 수도 있지만, 이미 존재하는 위협을 제거하려면 이 정도 위험은 감수해야 한다.

(7) 날마다 운동하라. 실내 자전거 타기와 유연체조, 맨손 근력 운동 등을 병행하면 어떠한 전투 상황에도 적합한 몸을 유지할 수 있다. 거듭 말하지만, 운동도 소리 없이 해야 한다. 지하실이 없으면 집 한복판에 있는 방을 이용하라. 벽에 매트리스나 담요를 덧대는 식의 초

보적인 방음 설비도 소리를 죽이는 데 도움이 된다.

    (8) 재미있게 살아라. 경계를 늦추면 안 되지만 재충전 또한 반드시 해야 한다. 책과 보드게임을 비롯한 오락거리가 집에 한가득 쌓여 있는지 확인하라(전자 오락기는 너무 시끄럽고 전력도 많이 소모하므로 바람직하지 않다.). 포위 상황이 기약 없이 오래 계속되면 지루함이 악화되어 편집증, 망상, 절망을 불러올 수도 있다. 몸뿐 아니라 정신을 건강하게 유지하는 것도 중요하다.

    (9) 귀마개를 몸에 지니고 자주 사용하라. 포위가 계속되는 한 좀비 떼의 신음 소리가 쉬지 않고 이어질 텐데 이는 치명적인 심리전 무기이다. 튼튼하고 풍족한 집에 살던 사람들도 고작 이 끊임없는 신음 소리 때문에 서로 죽이거나 미쳐 버렸다고 한다.

    (10) 탈출 경로를 준비하고 언제든 떠날 수 있게 짐을 꾸려라. 전황이 불확실할 때에는 집을 버려야 할지도 모른다. 어쩌면 벽이 뚫릴 수도 있고, 불이 날 수도 있고, 구조대가 도착하더라도 너무 멀리 있을지도 모른다. 이럴 때에는 이유가 뭐든 간에 당장 떠나야 한다. 생존 도구가 든 짐과 무기를 손닿기 편한 곳에 두었다가 둘러메고, 장전한 다음, 전투에 뛰어들 준비를 하라.

4. 즉시 방어 요령

시체들이 깨어났다. 매캐한 연기 냄새가 풍기고 사이렌 소리가 들려온다. 사방에 비명 소리와 총소리가 울려 퍼진다. 당신은 집을 지킬 준비를 일부러 안 했거나 미처 하지 못했다. 자, 이제 어떻게 해야할까? 상황은 절망적이지만 그렇다고 꼭 죽으라는 법은 없다. 적절한때에 적절한 조치를 취하면 당신과 당신 가족이 좀비 떼에 합류하는사태를 막을 수 있다.

(1) 이층집 방어 요령

ㄱ. 문과 창문은 모조리 잠가라. 유리 한 장으로 좀비를 막을 수는 없겠지만 창문깨지는 소리는 최고의 경보가 될 것이다.

ㄴ. 2층으로 뛰어 올라간 다음 욕조에 물을 받아라. 멍청한 소리 같겠지만 상수도가 언제 끊길지는 아무도 모른다. 물 없이 며칠을 버티다 보면 갈증이 가장 무서

운 적이 될 것이다.

ㄷ. 있는 것 중에 가장 쓸 만한 무기를 찾아라(앞의 무기 편 참조). 되도록 가볍고 몸에 둘러멜 수 있는 것을 골라야 두 손을 자유로이 쓸 수 있다. 이후 한 시간 동안 당신은 손을 놀릴 틈이 없을 것이다.

ㄹ. 2층에 물자를 쌓기 시작하라. 이 책의 114~115쪽이 지침이 될 것이다. 가정집이라면 대개 목록에 적힌 것들 가운데 절반 정도는 갖추고 있게 마련이다. 집에 뭐가 있는지 재빨리 확인하라. 전부 다 가져가지 말고 무기 한두 점, 식량 조금(물은 욕조에 가득 차 있으므로), 손전등 한 개, 건전지 라디오 한 개 등 꼭 필요한 것만 챙겨야 한다. 보통 가정집은 구급상자를 2층에 보관하므로 이 이상 챙길 필요는 없다. 명심하라, 당신에게 주어진 시간은 짧다. 가장 중요한 일이 아직 남았으니 물건 챙기느라 시간을 다 쓰면 안 된다.

ㅁ. 계단을 부숴라! 좀비는 벽을 못 타므로 이렇게 하면 당신의 안전이 보장된다. 계단을 부수느니 차라리 문과 창문을 모조리 판자로 막는 편이 더 쉬운 해법이라고 주장하는 이들도 많다. 그러나 집에서 만든 장애물은 좀비가 단 몇 마리만 달라붙어도 뚫을 수 있기 때문에 이 방법을 썼다가는 자멸할 뿐이다. 물론 계단을 부수려면 시간도 걸리고 힘도 들지만, 그래도 해야만 한다. 당신의 목숨이 달린

일이기 때문이다. 절대로, 무슨 일이 있어도, 불길을
제어할 수 있으리라는 희망을 품고 계단에 불을 지르
지 마라. 이런 식으로 시간을 아끼려고 한 사람이 몇 명
있었다. 그들 모두 불에 타 죽거나 폭삭 무너진 집에 깔려 죽
었다.

ㅂ. 집에 사다리가 있거든 그것을 이용하여 물건들을 2층으로 계속 옮
겨라. 사다리가 없으면 이미 옮겨 놓은 것들의 목록을 작성한 다음, 개수대
와 그릇을 모두 동원하여 물을 받고 장기 농성에 대비하라.

ㅅ. 눈에 안 띄도록 몸을 숨겨라. 라디오를 들을 때에는 소리를 최소한으로 낮춰
라. 날이 어두워져도 불을 켜면 안 된다. 창가에 다가가지 마라. 집이 텅 빈 것처
럼 보이도록 노력하라. 이렇게 하면 좀비 한두 마리가 우연히 흘러드는 경우는 어
쩔 수 없다 해도 떼거리로 몰려오는 사태는 막을 수 있다.

ㅇ. 전화는 걸지 마라. 재난 시에 으레 그렇듯이 전화 회선은 모두 통화 중일 것이
다. 한 통 더 걸어 봤자 전화망만 마비될 뿐이다. 벨소리는 최소한으로 줄여라. 만
약 전화가 걸려오면 무슨 수를 써서라도 받되 소곤소곤 얘기해야 한다.

ㅈ. 예비 탈출로를 준비하라. 좀비들로부터는 안전하다 해도 화재의 위험이 남아
있다. 만일 가스가 폭발하거나 동네 바보가 화염병을 들고 발광하기라도 하면 집
을 버려야 한다. 가방 또는 다른 운반 도구에 생필품을 채우고 바로 떠날 수 있게
준비하라(143쪽의 '피난 요령' 참조).

(2) 단층집 방어 전략

집에 2층이 없으면 지붕 밑 다락방이 조금 불편하기는 해도 똑같
이 안전한 대안이 될 것이다. 다락방은 대개 접는 사다리를 위로 올리
거나 간이 사다리를 치우기만 해도 안전을 확보할 수 있다. 좀비는 스
스로 사다리를 만들 만한 인지 능력이 없다. 당신이 조용히 있기만 하

면 놈들은 다락이 거기 있는 줄도 모를 것이다.

지하실로 피신하면 **절대** 안 된다. 인기 있는 공포영화를 보면 지하실이 위기 상황에서 좀비로부터 인간들을 지켜 줄 곳처럼 보인다. 이는 위험한 착각이다. 지난 수년간 지하실에서 불에 타 죽거나 질식해 죽거나 굶어죽은 사람의 수는 몇 백 명에 이른다.

만약 다락이 없는 단층집에 산다면 생필품을 손닿는 대로 챙긴 다음 무기를 들고 지붕으로 올라가라. 올라간 다음에 사다리를 걷어차면, 또 (창문이나 들창처럼) 직접 연결된 진입로가 없으면 좀비는 당신에게 닿지 못할 것이다. 좀비들을 끌어들이지 않도록 소리를 죽이고 가만히 있어야 한다. 근처에 있는 좀비들은 당신이 머무는 지붕 아래의 집에 쳐들어와 먹잇감을 찾다가 떠날 것이다. 가진 것이 다 바닥날 때까지, 아니면 구조대가 도착할 때까지 지붕 위에서 가능한 한 오래 버텨야 한다. 아늑한 곳은 아닐지 몰라도 당신에게는 살아남기 위한 최선의 장소이기 때문이다. 결국에는 이 피난처마저도 떠나야 할 때가 올 것이다(자세한 사항은 143쪽의 '피난 요령' 항목 참조).

공공건물

개인 주택과 마찬가지로 공공건물 또는 비주거용 건물에서도 안전을 도모할 수 있다. 이러한 건물들은 그 크기와 구조 덕분에 경우에 따라 가장 안전한 개인 주택보다 더 튼튼한 방어 시설이 되기도 한다. 그러나 정반대의 경우도 존재한다. 개인 주택과 같은 방식으로 요새화하고 물자를 비축해야 하지만, 그 규모가 더욱 크기 때문이다. 이 장에서는 공공건물을 피난처로 삼을 때 최선의 경우와 최악의 경우를 집중적으로 살펴볼 것이다.

1. 사무용 건물

공동주택에서 지켜야 할 규칙들은 대부분 사무용 건물에도 적용된다. 일단 1층을 비운 다음 계단을 부수고 엘리베이터를 세우면 사무용 건물은 안전한 탑으로 변신한다.

2. 학교

공립학교는 구조가 제각각이기 때문에 안전한 피난처인지 아닌지 판단하기 힘들다. 그러므로 방어 시에 지켜야 할 일반 규칙을 명심하라(133쪽의 '일반 규칙' 참조). 사회적 차원에서는 불행이지만 좀비에게 포위당한 상황에서는 다행스럽게도, 도심에 있는 학교들은 애초부터 요새와 비슷한 환경을 갖추고 있다. 건물 자체가 폭동을 견디도록 지어졌을 뿐 아니라 주변은 철망 울타리로 둘러싸여 있기 때문에 도심의 학교는 교육의 전당이라기보다 꼭 군 기지처럼 보인다. 식당, 보건실, 체육 시설 등에서는 식량과 의약품도 즉시 구할 수 있다. 때로는 학교야말로 가장 안전한 선택이다. 교육이 목적이라면 어떨지 모르지만, 달려드는 좀비 떼를 피하는 것이 목적이라면 그야말로 확실한 선택이다.

3. 병원

병원은 좀비 발생 사태가 일어났을 때 가장 안전하고 논리적으로 보이는 피난처이지만, 실은 최악의 장소 가운데 하나이다. 물론 병원에는 식량과 의약품과 전문 의료진이 가득할 것이다. 건물 자체도 여느 사무용 건물이나 공동주택처럼 안전할 것이다. 경비 인력도 있을 테고, 어쩌면 경찰까지 상주할지도 모른다. 다른 재난이 발생했을 때에는 병원이야말로 가장 먼저 찾아가야 할 피난처이다. 그러나 시체들이 일어날 때에는 사정이 다르다. 좀비에 대한 경각심이 커지는 와중에도 솔라눔 바이러스 감염 증세는 여전히 다른 질병으로 오진되기 십상이다. 물린 사람들과 갓 살해당한 시체들은 늘 병원으로 옮겨진다. 맨 처음 발생한 좀비 떼는 대개(경우에 따라 90퍼센트가) 의료진이거나 시신 관리 인력이다. 좀비 발생 사태를 시간순으로 기록한 지도들을 보면 사태의 진원지는 늘 병원이다.

4. 경찰서

병원과 달리 경찰서는 좀비가 아니라 인간 때문에 피해야 할 곳이다. 당신이 사는 도시나 마을의 주민들이 십중팔구 관할 경찰서로 몰려들어 아수라장을 만들고 결국에는 피를 볼 것이기 때문이다. 한번 상상해 보라. 겁에 질려 몸부림치는 사람들, 통제할 수 없을 만큼 거대한 인파가, 가장 안전하다고 여겨지는 건물에 우르르 몰려들어 서로 들어가려고 발버둥을 칠 것이다. 사람들이 서로 두들겨 패고 칼로 찌르고 느닷없이 총을 쏘고 심지어 밟아 죽이는 상황이라면, 좀비에게 물릴 걱정은 할 필요도 없다. 그러니 시체들이 일어섰을 때에는 관할 경찰서의 위치를 파악한 다음, 반대쪽으로 달아나라.

5. 소매상점

1종 발생 사태에서는 갖가지 상점이 적절한 피난처가 될 것이다. 구멍이 뚫린 것이든 통짜이든 가게 셔터 문을 내리면 좀비 열 마리 정도는 며칠 동안 막아낼 수 있다. 포위된 상태가 더 길어지거나 좀비들이 더 몰려오면 상황은 극적으로 변할지도 모른다. 힘없이 휘두르는 썩은 주먹일지라도 수가 많아지면 결국에는 셔터 문이 뚫릴 것이기 때문이다. 그러므로 장애물이 뚫릴 경우에 재빨리 이동할 수 있도록 예비 탈출로를 늘 파악해 두어야 한다. 대안을 마련할 자신이 없거든 상점으로 피할 생각은 안 하는 것이 낫다. 셔터 문이 없는 상점은 아예 거들떠보지도 마라. 상점의 쇼윈도는 당신을 좀비들에게 팔아넘기는 광고판일 뿐이다.

6. 대형 마트

대형 마트는 당신 일행의 몇 년 치 식량이 쌓여 있는 곳이지만, 위험하기는 마찬가지이다. 이곳의 거대한 유리문들은 자물쇠를 걸어 잠가도 방어력이 거의 없다. 이렇게 생긴 입구는 보강하기도 힘들다. 마트의 외벽은 기본적으로 거대한 쇼윈도이므로 안에 있는 신선하고 맛난 먹을거리를 보여주는 것이 목적이다. 따라서 인간이 안에, 좀비가 바깥에 있을 때에는 그 본래의 목적을 충실하게 수행할 것이다.

그러나 마트라고 해서 다 위험한 것은 아니다. 가족끼리 운영하는 작은 슈퍼마켓이나 시내 중심부의 소형 식품점은 임시 피난처로 삼기에 아주 적당하다. 이런 가게들은 절도 및 최근 늘어난 폭동에 대비하여 튼튼한 철문과 통짜 셔터 문이 설치되어 있다. 따라서 소매상점과 마찬가지로 단기간의 저강도 공격을 막아내기에 적절하다. 명심하라, 혹시라도 이런 곳에 갇히면 상하기 쉬운 음식을 먼저 먹어치우고 나머지는 전기가 끊길 경우에 대비하여 남겨두어야 한다.

7. 쇼핑몰

사실상 방어하기가 불가능한 곳이다. 대형 쇼핑몰은 늘 인간과 좀비 모두의 표적이 된다. 원래 소요가 발생하면 그렇게 되게 마련이다. 쇼핑몰에는 값비싼 물건이 즐비하므로 문제가 생길 기미만 보여도 사설 경비업체와 경찰, 심지어 열의가 넘치는 가게 주인들까지 몰려들어 우글거리기 때문이다. 이때 갑자기 위기 상황이라도 벌어지면 수많은 쇼핑객들은 건물 안에 갇혀 북적거리다가 서로 밟아대고 숨이 막혀 죽어가며 좀비들을 불러 모을 것이다. 몇 종 발생 사태이든 간에 쇼핑몰로 향하면 혼돈의 한복판으로 뛰어드는 셈이다.

8. 교회

불경한 표현인지도 모르지만 예배당은 화와 복이 함께 있는 곳이

다. 교회와 유대교 예배당, 모스크, 기타 종교 시설의 주된 장점은 무
단 침입을 막을 수 있다는 점이다. 이런 곳에는 대개 무거운 나무문이
나 철문이 달려 있다. 창문도 지면으로부터 높이 나 있다. 대부분 쇠
울타리로 둘러쳐져 있으며, 이는 아름다움을 표현하는 원래 목적과
달리 부가 방어 시설로 이용할 수 있다. 규모가 비슷한 세속 용도의
여러 건물과 비교하면 예배당은 놀랍도록 안전하다. 그러나 이러한
시설이 지닌 방어력은 발생 사태가 터졌을 때 필연적으로 몰려올 좀
비 떼를 막기에 결코 충분치 않다. 당연한 얘기지만, 나중에 불가피하
게 벌어질 살육은 신앙이라는 초자연적 힘과 무관하다. 좀비들은 하
나님의 집을 침략하러 온 사탄의 군대가 아니기 때문이다. 궁극의 악
이 궁극의 선에 맞서 싸움을 벌이는 것도 아니다. 살아있는 시체들이
교회를 공격하는 이유는 단 하나, 그곳에 먹잇감이 있기 때문이다. 도
시에 사는 미국인들은 배울 만큼 배우고 과학적 지식도 있고 심지어
영적 세계를 공공연히 무시해 왔으면서도, 좀비를 보면 대번에 하나

님을 찾으며 달아난다. 자신을 구해 달라고 소리 높여 기도하는 사람들로 가득한 예배당은 늘 좀비를 불러 모으는 등대 역할을 해왔다. 항공사진을 보면 쉬지 않고 꾸물꾸물 움직이는 좀비들이 점점 수를 늘려가며 향하는 곳이 보이는데 이는 머잖아 문을 열 도살장, 즉 가장 가까이 있는 교회이다.

9. 창고

창문도 없고 출입구를 막기도 쉽고 보통은 탁 트인 공간으로 구성된 창고는 오랜 기간 대피하기에 이상적인 곳이다. 또한 대개는 화장실을 갖춘 경비실이 붙어 있으므로 물을 구하기도 쉽다. 만약 무거운 물건을 크고 단단한 나무 상자에 넣어 보관하는 창고를 발견했다면, 당신은 행운아이다. 이 상자들은 문을 보강하는 데 쓸 수도 있고 개인

공간으로 이용할 수도 있으며, 어릴 적 전쟁놀이를 할 때처럼 중심 공간에 2차 방어선을 쌓거나 요새를 짓는 데 사용할 수도 있다. 또한 가능성이 낮기는 하지만 창고에 보관된 물건 자체가 생존에 도움이 될지도 모른다. 앞서 말한 이유를 모두 감안하면 창고는 은신처 목록의 상단에 올려놓아야 한다. 단, 위치와 관련하여 주의할 점이 한 가지 있다. 전체 창고 건물의 절반은 선적항이나 공장 또는 기타 공업지대 근처에 있다. 이런 곳에서는 경계를 늦추지 말고 늘 달아날 준비를 해야 한다. 또한 썩기 쉬운 먹을거리를 저장하는 냉장창고는 조심해야 한다. 이런 곳에서 전기가 끊기면 건강에 매우 해롭다.

10. 부두 및 독

적당한 곳에 위치한 독이나 부두는 구조를 조금 손보고 물자를 충분히 갖추면 사실상 외부의 접근을 완전히 차단할 수 있다. 좀비들은 수영도 기어오르기도 못하기 때문에 육로로 접근할 수밖에 없다. 따라서 육상 접근로를 파괴하면 당신은 인공 섬에 틀어박히는 셈이다.

11. 선적항

선적항은 산업 폐기물 및 위험 물질 보관소로 자주 악명을 떨치는 장소이지만 피난처로서는 부정할 수 없는 매력을 지닌 곳이기도 하다. 이곳에 있는 컨테이너는 창고의 나무상자처럼 장애물로 변신할 수 있고, 경우에 따라서는 무기가 될 수도 있다(343쪽의 '1994년 3월, 미국 캘리포니아 주의 산페드로' 항목 참조). 또 배와 부두를 잇는 트랩을 치우면 배 자체가 즉석 대피소가 된다. 그러나 이 수상 요새에 발을 들일 때

에는 먼저 감염된 선원이 없는지 확인해야 하며, 특히 레저용 요트를 대는 소형 정박지에서는 더욱 주의해야 한다. 좀비 발생 사태의 초기 단계에 일반 시민들은 보나마나 요트를 타려고(또는 훔치려고) 해안으로 모여들 것이다. 요트 정박지는 비교적 얕은 물에 지은 곳이 많으므로 좀비들이 완전히 물에 잠기지 않는다. 경솔한 아마추어 선원이 자기 배에 올랐다가 물에 흠뻑 젖은 채 입맛을 다시는 좀비 떼와 맞닥뜨린 경우는 한두 번이 아니다.

12. 은행

지상에서 가장 값진 재화를 보관할 목적으로 만든 요새보다 더 안전한 곳이 또 있을까? 방어전을 준비하기에 가장 적합한 곳은 바로 은행이 아닐까? 은행의 보안 설비 정도면 좀비 떼를 격퇴하고도 남지 않을까? 천만의 말씀. 대다수 은행이 갖춘 '보안 설비'는 한눈에 봐도 경찰 또는 외부 경비업체가 출동해야 효과를 발휘하는 것들이다. 좀비 발생 사태가 일어나서 경찰과 기타 특수부대가 한창 교전 중일 때 인육에 굶주린 좀비들이 은행 유리창을 깨고 들이닥치면 무음 경보장 치나 감시 카메라, 허리 높이의 철창 따위는 아무 도움도 안 된다. 물론 금고 안은 안전하다. 이 거대한 구조물은 로켓포로 무장한 좀비도 막아낼 것이다(걱정 마라, 좀비들은 로켓포 사용법을 모른다.). 하지만 금고 안에 들어간 후에는 어떻게 할 것인가? 식량도 없고 물도 없고 귀중한 산소마저 희박한 금고 안에 숨는 사람은 자기 머리에 총을 겨누고 신의 품에서 안식을 찾을 때까지 단지 조금 더 시간을 벌 뿐이다.

13. 묘지

우습게도, 갖가지 통념과 달리 묘지는 시체들이 들고일어났을 때 가장 위험한 곳이 아니다. 실은 잠시 쉬어갈 만한 곳이 될 수도 있다. 앞서 살펴보았듯이 솔라눔에 감염된 시체는 우선 병원이나 시체 안치소로 실려 간 다음, 장례를 위해 묘지로 향하기 한참 전에 되살아나게 마련이다. 혹시라도 기적이 일어나 관 속에 든 시체가 되살아난

다고 해도, 그 시체가 과연 무덤을 뚫고 일어날 수 있을까? 이 질문에 답하려면 먼저 옆 사람에게 이렇게 물어야 할 것이다. '어떻게?' 평범한 인간의 힘을 지닌 시체가, 십중팔구 단단히 밀봉하여 땅속 1.8미터 깊이에 묻은 강철 관을, 무슨 수로 뚫고 나온단 말인가? 일반적인 미국식 매장 절차를 보면 좀비든 아니든 간에 인간의 힘으로 관 뚜껑을 긁어대다가 지면까지 기어 올라오기란 아예 불가능한 일이다. 하지만 강철 관이 아니라면? 단순한 소나무 관도 세상에서 가장 집요한 좀비를 가두기에 충분한 감옥이다. 만일 그 나무 관이 썩었다면? 이 경우에는 시체가 매장된 지 오래되었으므로 뇌도 이미 썩었을 것이다. 명심하라, 시체가 되살아나려면 갓 죽은 상태여야 하고, 형체도 상당히 양호해야 하며, 바이러스에도 감염되어야 한다. 죽은 지 한참 지난 시체가 위의 조건에 해당하는가? 무덤을 뚫고 나오는 좀비는 피를 마시는 흡혈귀나 보름달을 보고 울부짖는 늑대인간처럼 오래된 고정관념이지만, 살아있는 시체가 그럴 수 없다는 것은 엄연한 사실이다.

14. 의사당 및 시청

주정부 청사 및 시청을 비롯한 정부기관 건물은 경찰서와 병원, 교회 등과 같은 원칙을 적용하라. 이들 건물은 대부분 사람들의 활동이 집중된 곳이므로 혼돈의 중심이자 좀비들의 집결지이다. 따라서 정부기관은 되도록 피해야 한다.

도심 빈민가에 있는 건물들은 다른 곳보다 오히려 더 안전하다. 이러한 건물들은 높은 담과 철조망, 방범창 등을 비롯한 방범 설비를 갖추고 있으므로 즉시 방어에 나설 수 있다. 중산층 또는 고소득층 거주 지역은 보기 좋은 외관을 강조하는 경향이 있다. 부유한 시의원 나리들이 자기 동네에 볼품없는 건물이 서 있도록 내버려 둘까? 부자들은 보기 흉하고 심지어 불쾌하기까지 한 방범 설비 대신 경찰과 (이미 무능하다고 판명 난) 사설 경비업체에 전적으로 의존한다. 그러므로 상황이 허락하는 한 교외를 떠나 도심으로 향하라.

'호랑이 굴'은 반드시 피하라. 도시 중심부나 상업 지구에는 폭발물이나 인화 물질을 보관하는 공장 건물이 많다. 이러한 건물에는 발전기나 환경 제어장치처럼 사람이 늘 관리해야 하는 복잡한 기계류가 있을지도 모른다. 이 두 가지를 더하면 재앙은 필연적이다. 허텐 원자력 발전소 참사는 극단적인 예에 지나지 않는다. 2종 및 3종 발생 사태에서 이런 유의 사건은 강도는 낮을지 몰라도 빈도는 더 높게 일어난다. 공단이나 연료 저장 시설, 공항을 비롯하여 위험 지역으로 분류되는 곳으로는 절대 피하면 안 된다.

피난처를 고를 때에는 아래 항목들을 신중하게 살펴야 한다.

1. 담이나 울타리 같은 물리적 경계선이 있는가?
2. 이용 가능한 출입구는 몇 개인가?
3. 일행들은 각자 울타리를 지키다가 탈출할 능력이 있는가?

4. 2차 방어선이나 다락 또는 여러 층이 있는 건물인가?

5. 건물을 완전히 폐쇄할 수 있는가?

6. 예비 탈출로가 있는가?

7. 보급 상황은 어떤가?

8. 물을 얻을 곳이 있는가?

9. 혹시 필요할 경우 무기나 연장을 구할 수 있는가?

10. 입구를 추가로 막을 자재가 있는가?

11. 전화, 무전기, 인터넷 같은 통신수단이 있는가?

12. 포위가 길어질 경우 위의 항목들을 감안하여 당신 또는 당신 일행들이 얼마나 오래 버틸 수 있는가?

버틸 곳을 찾을 때에는 반드시 위의 항목들을 모두 고려하라. 가장 가까운 건물에 뛰어들고 싶겠지만, 그러한 충동은 억눌러야만 한다. 명심하라, 상황이 아무리 절박해 보일지언정 똑바로 생각하는 데 쓴 시간은 낭비한 시간이 아니다.

요새

3종 발생 사태에서는 개인 주택뿐 아니라 공공건물에서도 생명을 유지하기 힘든 것으로 판명되었다. 건물 안에 숨은 사람들은 결국 방어가 무너지거나 보급이 뚝 끊기는 사태에 직면하게 마련이다. 심각한 발생 사태에서는 자급자족할 수 있는 생태 환경을 갖춘 동시에 공략하기가 극히 어려운 장소가 필요하다. 즉, 요새가 필요하다는 말이다. 그렇다고 당장 찾아 나서라는 뜻은 아니다. 3종 발생 사태의 경우

처음 며칠, 길게는 몇 주 동안 극심한 혼란 사태가 벌어지는 것이 특징이다. 이때에는 공황에 빠진 사람들이 무더기로 폭력을 휘두르기 때문에 이동하기가 극히 위험하다. 사태가 잠잠해지면 해당 지역에 있는 사람들은 조직을 만들거나 탈출하거나, 모조리 잡아먹힐 것이다. 바로 이때가 요새를 찾아 나설 기회이다.

1. 군 기지

요새를 찾을 때에는 맨 먼저 육군이나 해병대, 공군 기지를 염두에 두어야 한다. 이들 기지가 위치한 지역은 대개 인구가 적으므로 감염자 수도 적다. 또한 거의 모두 철통같은 경비 체계를 갖추고 있고 개중에는 2차, 심지어 3차 방어선까지 마련한 곳도 있다. 이런 곳의 대피소는 대개 보급과 정비가 잘 이루어지며 작은 도시만 한 시설을 갖춘 곳도 있다. 통신수단 또한 다양하기 때문에 마지막까지 교신에 실패하지 않을 것이다. 그러나 무엇보다 중요한 장점은 물리적인 방벽이 아니라 그 안에 있는 사람들이다. 앞서 말했듯이, 양질의 훈련과 무장과 규율을 갖춘 사람들이야말로 최선의 방어 수단이다. 간혹 탈영병이 나온다고 해도 군인 몇 명만 있으면 오랫동안 방어선을 유지할 수 있다. 따라서 위기 시에 군 기지에 들어가면 숙련된 전문가들의 자급자족 사회에 속하는 셈이다. 군인들은 대개 피부양자(가족)들과 함께 살게 마련인데 이들 역시 자신들의 새 집을 지킬 준비가 되어 있다. 비슷한 사례 가운데 가장 좋은 예는 프랑스령 북아프리카에 위치한 루이필리프 기지의 경우로서(305쪽 참조), 1893년 이곳에 주둔한 프랑스 외인부대는 무려 3년 동안이나 좀비들의 포위를 견디고 살아남았다. 군 기지에서 일어날 법한 문제를 한 가지 꼽자면 발생 사태가 지속되는 동안 기지의 장점만 믿고 인원을 너무 많이 받아들이기가 쉽다는 점이다. 이렇게 되면 보급품이 금세 바닥날 뿐 아니라 경비 수준 또한 낮아질 위험이 있다.

2. 교도소

교정 시설은 어디까지나 인간들을 가둬 둘 목적으로 만든 장소이지만, 좀비들을 막아내는 데에도 매우 효과적이다. 무시무시한 벽 안쪽의 건물과 복도와 감방이 그 자체로 요새이기 때문이다.

물론 교도소는 피난처로 삼기에 문제가 있는 곳이다. 아이러니하게도, 현대식 교도소는 그 설계 방식 때문에 오히려 구식 교도소보다 방어력이 떨어진다. 1965년 이전에 지은 교도소는 높다란 콘크리트 벽이 상징이었다. 이는 오로지 크기만을 위협과 존경의 근거로 중시하던 산업화 시대의 산물이다. 좀비들이야 이런 식의 심리적 위압에도 아랑곳하지 않겠지만, 피난처를 찾는 인간들에게는 오랜 세월 동안 조상들을 사회의 불량 인자들로부터 보호해 준 장벽이야말로 최고의 방어책이다. 그러나 경비 절약과 예산 절감의 시대인 오늘날에는 이처럼 크고 값비싼 건축물의 자리를 과학기술이 대신한다. 감시 카메라와 모션 센서 덕분에 탈출을 막을 물리적 장애물이라고는 고작 철조망 울타리 두 개뿐이다. 이것으로도 좀비 열 마리쯤은 막을 수 있을 것이다. 수백 마리가 몰려들면 조금 망가질지도 모른다. 그러나 좀비 수천 마리가 서로 올라타 꿈틀거리다 보면 덩어리가 점점 커져 바깥쪽 울타리를 넘을 테고, 뒤이어 안쪽 울타리까지 넘고 나면 건물 안으로 꾸역꾸역 몰려들 것이다. 이 맹공격 앞에서 높이가 6미터나 되는 구식 콘크리트 벽을 버리고 최신식 경비장치를 택할 사람이 누가 있을까?

재소자들도 문제이다. 우리 사회의 가장 위험한 구성원들이 교도소 담장 안에 있는 점을 감안하면, 차라리 바깥에서 좀비들과 맞서는 편이 더 낫지 않을까? 대개의 경우 이 질문의 답은 '그렇다'이다. 상식이 있는 사람이라면 누구나 알다시피 악질 범죄자 한 명은 좀비 열 마리보다 더 위험하다. 그러나 감염 사태가 널리 퍼져 오랫동안 지속되면 재소자들은 틀림없이 풀려날 것이다. 그중 일부는 자신의 안전을 지키고자 교도소에 남아 싸울 테고(324쪽의 '1960년, 소련의 비엘고란스크' 항목 참조), 일부는 자유를 찾을 생각으로 또는 가까운 시골 동네를 털 작정으로 위험을 무릅쓰고 바깥으로 나갈 것이다. 따라서 교도소에 접근할 때에는 단단히 주의해야 한다. 먼저 재소자들이 안을 점령하지는 않았는지 확인하라. 만약 교도관 측과 재소자 측이 내부 권력을 나누어 가졌다면 조심해야 한다. 다시 말해 버려진 곳이거나 민간인과 교도관이 사는 곳이 아니라면, 늘 긴장해야 한다.

일단 교도소 문 안에 들어서면 교정 시설을 자급자족할 수 있는 마을로 바꾸는 데 필요한 몇 단계 주요 조치를 취해야 한다. 버려진 교도소를 찾았을 때 점검해야 할 생존 규칙 목록은 다음과 같다.

(1) 담장 안에 있는 물자를 모두 찾아서 분류하라. 무기, 식량, 연장, 이불, 의약품을 비롯한 기타 유용한 물품들이 이에 해당한다. 교도소는 약탈당할 확률이 낮다. 필요한 물자는 거의 모두 구할 수 있을 것이다.

(2) 지속적인 물 공급원을 확보하라. 상수도가 끊겼을 때에는 우물을 찾거나 갖가지 용기를 동원하여 빗물을 받으면 된다. 이렇게 되기 전에 큰 통을 모두 찾아 물을 채우고 덮개를 씌워야 한다. 물은 마시고 씻는 용도뿐 아니라 작물을 키울 용도로도 반드시 필요하다.

(3) 채소를 심고 가능하면 밀이나 호밀밭도 일구도록 하라. 위기 상황이 길어지면 계절이 바뀔 수도 있는데 이는 몇 가지 작물을 수확하여 먹기에 충분한 기간이다. 어쩌면 씨앗을 못 구할 수도 있으므로 인근 지역을 꾸준히 뒤지도록 하라. 이는 위험하지만 반드시 해야 할 일이다. 장기간 버티는 길은 농사를 짓는 것뿐이다.

(4) 동력원을 마련하라. 전기가 끊겼을 때 휘발유로 비상용 발전기를 돌리면 며칠, 잘하면 몇 주 동안 버틸 수 있을 것이다. 기존 발전기는 손쉽게 수동식 발전기로 개조할 수 있다. 이렇게 개조한 발전기를 인력으로 돌리면 굳이 운동을 할 필요도 없다. 전기가 끊어지기 전과 비교하면 전력량이 부족할지도 모르지만 당신이 속한 집단이 작거나 중간 정도 규모라면 충분히 쓰고도 남을 것이다.

(5) 방어가 뚫릴 경우에 대비하라. 만약 문이 갑자기 무너지기라도 하면 어떻게 할 것인가? 벽에 생긴 금이 벌어지기라도 하면? 예상하지 못한 이유 때문에 좀비들이 교도소 안으로 몰려들면? 방어선이 아무리 튼튼해 보일지라도 제2안을 늘 마련해 두어야 한다. 어느 건물을 퇴각 지점으로 삼을지 미리 정한 다음, 그곳을 꾸준히 보강하고 무기를 설치하고 관리하라. 교도소를 좀비들로부터 되찾거나 탈출에 성공할 때까지 중심 생활공간으로 삼아야 하므로 일행이 모두 들어갈 만큼 넓은 곳을 택해야 한다.

(6) 재미있게 지내라! 자기 집 지키기 편에서 살펴보았듯이 긍정적인 마음 자세를 유지하는 것은 필수 사항이다. 일행들 가운데 타고난 오락부장을 찾아 정기적으로 놀자 판을 벌여라. 사람들이 장기자랑을 하며 경쟁하도록 장려하라. 음악, 춤, 이야기, 코미디 등 무엇이라도 좋고 아무리 서툴러도 좋다. 어쩌면 주책없고 황당한 소리로 들릴지도 모른다. 좀비들이 문을 긁어대는 와중에 과연 누가 장기

자랑을 하려고 할까? 어떤 위기에서든 사람들의 사기가 중요하다는 사실을 아는 사람은, 기꺼이 하려고 할 것이다. 포위당한 상황에서 받는 심리적 부담이 얼마나 큰지 아는 사람도 하려고 할 것이다. 불안과 분노와 좌절에 빠진 인간 집단은 문을 긁어대는 좀비 수백 마리만큼이나 위험하다는 것을 아는 사람 역시 하려고 할 것이다.

(7) 공부하라! 미국의 모든 교도소에는 부속 도서관이 있다. 남는 시간을 이용하여(어차피 남는 것이라고는 시간뿐일 테니) 쓸모 있는 책을 모조리 읽어라. 약학과 공학, 건축학, 원예학, 정신분석학 등등 배워야 할 것은 너무나 많다. 일행들을 저마다 한 분야의 전문가로 만들어라. 강의를 꾸려 서로 가르치도록 하라. 그들 중 어느 전문가가 죽고 누가 그 자리를 대신할지는 아무도 모른다. 교도소 도서관에서 배운 지식은 이 목록의 모든 항목을 실천하는 데 도움이 될 것이다.

3. 해양 석유 시추 시설

오로지 안전만을 염두에 두고 요새를 찾는다면 이 인공 섬만 한 곳은 지구상 어디에도 없다. 이곳은 해안으로부터 완전히 격리된 데다 생활 및 작업 공간이 해수면으로부터 한참 위에 있기 때문에 통통 분채 떠내려 온 좀비조차 기어 올라가지 못한다. 따라서 안전 문제는 신경 쓸 필요도 없이 오로지 살아남는 데에만 집중할 수 있다.

해양 석유 시추 시설은 자급자족 능력도 뛰어나며, 특히 단기간에 더욱 그렇다. 배와 마찬가지로 이곳에는 생활공간과 의료 장비가 갖추어져 있다. 물자 또한 길게는 6개월 동안 모든 작업 인력을 지원할 만큼 풍족하다. 모든 시설에 해수 탈염 설비가 있기 때문에 식수도 문제가 안 된다. 석유 또는 천연가스를 파내는 시설이므로 전력도 무제한 사용할 수 있다.

게다가 바다에는 영양이 풍부한(혹자에 따르면 가장 우월한) 생선과 해조류, 해양 포유류 등이 있으므로 식량도 넉넉하다. 육지에 아주 가까운 시설이 아니라면 산업 재해의 위험도 없다. 이곳에서는 바다의 혜택을 온전히, 무제한으로 누리며 살 수 있다.

이처럼 '완전히 격리된 곳'이라고 하면 매력적으로 들릴 테지만, 그만큼 곤란한 구석도 있다.

소금기를 머금은 공기가 얼마나 위험한지는 바닷가에 사는 사람이라면 누구나 알 것이다. 이곳에서 당신의 주적은 바로 부식 작용이며, 이를 막기 위해 갖가지 대책을 세운다고 해도 결국에는 모두 수포로 돌아갈 것이다. 필수 기계류는 수리하면 된다. 주전자와 구리 관으로 만든 조잡한 증류장치도 최신식 해수 탈염 설비와 맞먹는 성능을 발휘할 것이다. 풍력 또는 조력 발전기를 이용하면 화석 연료 발전기 생산량의 절반이 넘는 전력을 얻을 수 있다. 그러나 컴퓨터와 무전기, 의료 설비처럼 민감한 전자 장비들은 가장 먼저 망가지고 대체하기도

어렵다. 결국에는 시설 전체가 쇠퇴할 것이다. 이는 곧 한때 경이로웠던 최신 산업 시설이 조잡하고 녹슨 채 간신히 돌아가는 쇳덩어리로 전락한다는 뜻이다.

교도소나 군 기지와 달리 해양 석유 시추 시설은 가장 먼저 버림받을 것이다. 발생 사태 초기의 며칠 동안 작업 인원들은 틀림없이 귀가 조치를 요구할 것이며, 이로써 시설은 숙련된 직원 없이 방치될 것이다. 만일 당신 일행 가운데 기계류에 익숙한 사람이 없다면 조작법을 배우기조차 힘들 것이다. 이런 시설은 교도소와 달리 지침서를 잘 구비한 도서관이 없기 때문이다. 상황이 이렇다면 최신 장비의 조작법을 모조리 익힐 때까지 쓸 줄 아는 기계만 이용하며 임기응변으로 버티는 수밖에 없다.

저장된 가스나 석유가 폭발하는 등의 대형 참사는 육지에서도 끔찍한 사건이다. 이런 일이 바다 한복판에서 일어날 경우에는 역사상 가장 끔찍한 재앙으로 남는다. 세상이 제대로 돌아갈 때, 즉 진화 및 구조 기능이 제대로 작동할 때에도 이런 시설에 불이 나면 작업 인원들은 모조리 사망했다. 도움을 청할 사람이 아무도 없는 상황에서 불이 난다면 어떻게 될까? 그렇다고 이러한 시설들이 터지기만 기다리는 바다의 시한폭탄이라는 말은 아니다. 오직 무모한 사람들만이 이런 곳을 택한다는 말도 아니다. 그럼에도, 시추공은 막아두는 것을 추천한다. 이렇게 하면 석유를 얻을 기회는 사라지지만 당신의 수명은 놀랄 만큼 길어질 것이다. 발전기에는 이미 저장된 석유만 사용하라. 앞서 말했듯이 주발전기만큼의 전력은 얻기 힘들 테지만, 시추공을 막고 기계 설비도 모두 끈 상황에서 전기가 얼마나 많이 필요하겠는가?

바다는 생명의 원천이지만 한편으로는 무자비한 살인자이기도 하다. 육지에서 보기 드물 정도로 강력한 해상 폭풍이 불어 닥치면 아무리 튼튼한 시추 시설도 무너진다. 시추 시설이 완전히 뒤집혀서 산산조각 난 채 파도 아래로 가라앉는 북해 유전 사고의 뉴스 영상을 보면 누구나 바다로 나갈 생각을 고쳐먹게 마련이다. 불행히도 이런 유의 사고는 인력으로 수습할 수 있는 것이 아니다. 대자연이 이러한 시설을 바다에서 제거하기로 마음먹었을 때 살아남는 방법은 이 책뿐 아니라 다른 어떤 책에도 없다.

피난 요령

오늘날 흔히 '1965년 로슨 필름'으로 불리는 영상은 몬태나 주 로슨에서 감염 사태가 벌어졌을 당시 이곳을 탈출하려 한 다섯 명의 모습을 가정용 8밀리미터 영화 카메라로 찍은 것이다. 심하게 흔들리고 소리도 안 들리는 이 짧은 영상에서 등장인물들은 스쿨버스로 달려가 시동을 걸고 마을을 벗어나려 한다. 버스는 고작 두 블록을 달리고 나서 실수로 부서진 차들을 들이받고 후진하다가, 어느 건물에 부딪혀 뒤 차축이 부서진다. 일행 가운데 두 명이 차 앞유리를 부수고 냅다 뛰어 도망가려 한다. 카메라를 든 사람은 그 둘 중 한 명이 좀비 여섯 마리에게 붙잡혀 갈가리 찢기는 광경을 영상에 담았다. 남은 한 명은 죽기 살기로 달아나 모퉁이 저편으로 사라졌다. 잠시 후, 좀비 일곱 마리가 버스를 포위했다. 다행히 놈들은 버스를 뒤집거나 옆문 유리창을 부수지 못했다. 영상이 몇 분 후에 끝나는 바람에 생존자들에 관해 알려진 바는 거의 없다. 버스는 결국 문이 안쪽으로 뚫린 채 발견되었다. 차 안에는 온통 피가 말라붙어 있었다.

발생 사태가 지속되는 동안 당신은 해당 지역에서 달아나야 할 상황에 처할지도 모른다. 어쩌면 요새가 함락당할지도 모른다. 물자가 다 떨어질 수도 있다. 중상을 입거나 병에 걸려 의료 전문가의 도움이 필요해질 수도 있다. 화학 물질 때문이든 원전 사고 때문이든, 화재가 일어나 급속히 퍼질 수도 있다. 이때 감염 지대를 건너는 것은 당신이 할 수 있는 일 가운데 가장 위험한 짓이다. 당신은 결코 안전하게 머무를 수 없고, 마음을 놓을 수도 없다. 이처럼 늘 불리한 환경에 노출된 채로 살다 보면 먹잇감으로 사는 기분이 어떤지 깨닫게 될 것이다.

| 일반 규칙 |

1. 목표는 단 하나이다.
요새화된 거처에 쭉 숨어 살다 보면 처음처럼 안전하다고 방심하게 되는 경우가 너무나 많다. 이런 사람들은 대개 끝까지 살아남지 못한다. 쓸데없이 희생자 통계에 잡히지 마라. 당신의 임무는 탈출, 그 이상도 이하도 아니다. 버려진 귀중품에 한눈팔지 마라. 이따금 마주치는 좀비를 사냥할 생각도 버려라. 멀리서 이상한 소리가 들리거나 빛이 보여도 살피러 가면 안 된다. 그냥 달아나라. 이동 중에 잠깐 경로를 벗어나거나 잠시 휴식을 취할 때마다 좀비에게 들켜 잡아먹힐 위험이 커지기 때문이다. 어쩌다 도움이 필요한 사람들을 만나면 무

슨 일이 있어도 멈춰서 도와라(가끔은 논리가 자비심에게 져줄 때도 있어야 한다.). 이런 경우가 아니라면 계속 움직여라!

2. 목적지를 정하라.

정확히 어디로 향할 것인가? 요새를 버리고 떠난 사람들 중에는 좀비가 우글거리는 지역에서 딱히 갈 곳도 모른 채 속절없이 헤매는 이들이 너무나 많다. 머릿속에 정해진 목적지가 없으면 이동 중에 살아남을 확률은 희박하다. 라디오를 이용하여 가장 가까운 대피소를 찾아라. 가능하면 바깥세상과 계속 교신하며 그곳이 정말로 안전한지 확인하라. 1차 목적지가 당했을 경우에 대비하여 늘 2차 목적지를 선정하라. 목적지에 기다리는 사람이 없다면, 또는 교신이 중간에 끊긴다면, 마침내 결승선에 도착했을 때 당신을 기다리는 것은 좀비 떼일지도 모른다.

3. 정보를 모으고 경로를 설정하라.

당신과 목적지 사이에 버티고 있는 좀비 수는 (대략) 얼마나 되는가? 산이나 강 같은 자연 지형은 파악했는가? 화재나 화학물질 유출 같은 위험한 사고는 없었는가? 가장 안전한 경로는 어디인가? 가장 위험한 경로는? 발생 사태 이후 폐쇄된 경로는 어디인가? 기상 조건이 문제가 될 위험은 없는가? 예상 경로에 이용할 만한 자산이 있는가? 그 자산이 지금도 남아 있다고 확신하는가? 출발 전에 파악해야겠다 싶은 정보가 있는가? 일단 요새에 숨고 나면 정보 수집은 당연히 어려워진다. 그 안에서 바깥에 좀비가 얼마나 많이 있는지, 혹시

다리가 무너지지는 않았는지, 정박지의 배가 모두 떠나버리지는 않았는지 확인하기란 불가능하다. 따라서 주변 지형을 숙지해야 한다. 좀비 발생 사태가 터진다고 해도 지형만은 변하지 않고 그대로일 것이다. 날이 저물 무렵 어디쯤 가 있을지 매일 미리 계산해야 한다. 그 예상 도착 지점이 최소한 지도상으로나마 방어하기 쉬운 곳인지, 엄폐하기 쉬운 곳인지, 또한 도주로가 여러 개 있는 곳인지 확인하라. 경로를 선택하면 장비 또한 그에 맞게 챙겨야 한다. 등반용 로프가 필요할까? 자연 하천이 전혀 없는 경로라면 여분의 물도 챙겨야 할까?

위의 사항들을 빠짐없이 고려하고 나면 보이지 않는 변수와 이에 대처할 보완책을 마련하라. 화재나 화학물질 유출 사고로 길이 막히면 어떻게 할 것인가? 좀비 수가 예상보다 훨씬 더 많다면 어디로 갈 것인가? 일행 가운데 부상자가 나오면 어떻게 대처할 것인가? 일어날 법한 상황을 모두 고려하고 있는 힘껏 대책을 마련하라. '에이, 일단 출발한 다음에 일이 터지면 그때그때 처리하자고.' 혹시라도 이렇

게 지껄이는 사람이 있거든 총알을 한 발 장전한 권총을 건네고 그것이 더 쉬운 자살법이라고 일러주도록 하라.

4. 살을 빼라.

앞서 말한 지시들을 충실히 따랐다면 당신의 몸은 이미 장거리 이동에 적합한 조건을 갖추고 있을 것이다. 혹시 그렇지 않다면 철저한 심폐능력 향상 운동을 시작하라. 그럴 시간이 없으면 이미 택한 경로를 당신의 체력으로 주파할 수 있는지 확인하라.

5. 인원수를 줄여라.

방어전에서는 수가 많은 편이 더 유리하다. 그러나 좀비 출몰 지역을 지나갈 때에는 그 반대가 참이다. 집단의 규모가 크면 들킬 위험도 커진다. 변수를 엄격하게 통제한다고 해도 사고는 일어나게 마련이다. 큰 집단은 기동성이 떨어지는데 이는 가장 느린 사람의 경우 가장 빠른 사람을 따라잡으려고 기를 써야 하고, 가장 빠른 사람은 뒤처지는 사람에게 속도를 맞춰야 하기 때문이다. 물론 혼자 이동할 때에도 문제는 생긴다. 혼자서 길을 떠나면 안전 보장과 정찰은 물론 잠조차 편히 해결할 수 없다. 이상적인 실력 발휘를 위하여 일행 수는 세 명으로 유지하라. 네 명에서 열 명까지는 그래도 양호하다. 그 이상은 반드시 문제가 생긴다. 세 명이 있으면 육박전에서 서로를 지켜줄 수 있고 불침번도 나눠 설 수 있으며, 한 명이 다칠 경우 남은 두 명이 잠깐 동안이나마 부축할 수도 있다.

6. 일행을 훈련시켜라.

팀 구성원들이 저마다 어떤 능력을 갖추었는지 확인하고 상황에 맞게 활용하라. 짐을 가장 많이 질 수 있는 사람은 누구인가? 발이 가장 빠른 사람은? 육박전을 가장 가뿐하게 치러내는 사람은? 전투 및 일상생활에서 구성원 각자에게 개별 임무를 지정하라. 출발할 때가 오면 저마다 맡은 바를 숙지하고 있어야 한다. 협업이야말로 최우선 사항이다. 전투 기술뿐 아니라 생존 기술도 함께 연습하라. 예를 들어, 좀비들이 급습했을 때 장비를 모두 챙겨 탈출하는 데 시간이 얼마나 걸리는지 측정하라. 길을 나설 때에는 무엇보다 시간이 관건이다. 이상적인 상황은 당신 일행이 하나가 되어 이동하고 행동하고 싸우는 것이다.

7. 기동력을 유지하라.

좀비 떼는 당신 일행을 발견하자마자 사방에서 몰려들 것이다. 이때 당신이 지닌 최선의 방어력은 화력이 아니라 기동력이다. 좀비를 보면 곧바로 달아날 준비를 하라. 들고 뛸 수 없을 만큼 무거운 짐은 챙기지 마라. 안전이 철저히 보장된 상황이 아니라면 신발은 **절대로** 벗지 마라! 페이스를 일정하게 유지하라. 빨리 달리면 소중한 기력을 소모하게 되므로 필요할 때에만 속도를 높여라. 휴식은 짧게, 자주 취하라. 몸을 너무 편하게 하지 마라. 쉴 때마다 잊지 말고 근육의 긴장을 풀어라. 쓸데없이 만용을 부리면 절대 안 된다. 뛰기나 기어오르기처럼 부상을 초래할 위험이 있는 활동은 되도록 피하라. 좀비 출몰 지대에서는 발목만 삐어도 끝장이다.

8. 눈에 띄지 마라.

빠른 발을 제외하면 당신의 가장 가까운 동맹군은 바로 은신 능력이다. 마치 뱀 굴을 지나는 생쥐처럼 들키지 않도록 온 힘을 기울여야 한다. 휴대용 무전기를 비롯한 전자 장비는 모두 꺼라. 전자시계를 찼다면 알람 기능이 해제되었는지 확인하라. 몸에 걸친 장비의 끈을 단단히 조여 걸을 때 소리가 나지 않도록 하라. 물통은 (출렁거리는 소리가 나지 않게) 되도록 가득 찬 상태를 유지하라. 집단에 속해 있을 경우에는 대화를 삼가라. 의사소통은 귓속말이나 시각 신호를 이용하라. 은폐하기 쉬운 지형을 고집하라. 탁 트인 곳에는 피치 못할 경우에만 나가야 한다. 밤에는 불이나 손전등처럼 빛이 나오는 장비를 쓰지 않도록 주의하라. 이렇게 하면 해가 떠 있는 동안에만 이동하며 찬 음식만 먹게 될 테지만, 이 정도 희생은 감수해야 한다. 여러 연구 결과를 보면 눈이 멀쩡한 좀비는 약 1킬로미터 거리에서도 담뱃불을 알아볼 수 있다고 한다(불빛 때문에 인간을 찾아 나서는지는 아직 밝혀지지 않았지만, 굳이 위험을 무릅쓸 필요가 있을까?).

전투는 꼭 필요할 때에만 벌여라. 전투가 벌어져서 걸음이 늦어지면 좀비만 더 불러 모을 뿐이다. 잘 알려졌다시피 어떤 사람들은 고작 좀비 한 마리를 잡으려다 수십 마리한테 포위당하기도 한다. 전투를 피할 수 없다 하더라도 총은 극도로 다급한 상황에서만 발사하라. 총을 발사하는 것은 신호탄을 쏘아 올리는 것과 마찬가지이다. 그 소리를 들으면 수 킬로미터 떨어진 곳의 좀비들까지 몰려올 것이다. 튼튼하고 빠른 탈출 수단이 없다면, 또 소음기가 달린 총기가 없다면 칼이나 둔기 같은 부무장을 사용하라. 여의치 않을 경우에는 탈출로를 미리 설정해 두고 총을 쏜 다음 곧바로 달아나라.

9. 잘 보고 잘 들어라.

당신은 몸을 숨기는 데 만족하지 말고 잠재적 위협 또한 간파하려고 노력해야 한다. 어떠한 움직임도 눈여겨보라. 그림자 하나, 멀리 있는 인간 형상 하나도 무시하면 안 된다. 쉬는 동안에도 행군하는 동안에도 잠시 멈춰 서서 주위의 소리에 귀를 기울여라. 발소리나 부스럭대는 소리가 들리는가? 좀비의 신음인가, 아니면 그저 바람소리인가? 물론 이렇게 하면 편집증에 빠진 나머지 보이는 모퉁이마다 좀비가 숨어 있으리라고 믿게 되기 쉽다. 그게 그렇게 나쁜 일인가? 이 경우에는 아니다. 모두가 당신을 붙잡으려 한다는 생각은 대개 망상이지만, 만약 현실이 그렇다면 이야기는 달라진다.

10. 푹 자라!

당신과 당신 일행들은 오로지 혼자 힘으로 소리를 죽이고 경계를 서느라 안간힘을 쓸 것이다. 좀비들은 어디에나 숨어 있을 테고, 언제든 인간 사냥에 나설 것이다. 언제 수십 마리가 들이닥칠지 모르는데 도움의 손길은 아득히 먼 곳에 있다. 자, 이런 상황에서 과연 잠이 올까? 미친 소리 같겠지만, 말도 안 되는 소리 같겠지만, 그래도 이 고난을 견디고 살아남으려면 반드시 자야 한다. 휴식을 취하지 않으면 근육은 쇠퇴하고 감각은 둔해지며 시간이 흐를수록 운동능력도 줄어든다. 무모한 사람들은 카페인을 섭취하면 걸음을 서두를 수 있다고 믿지만, 대개는 그러한 어리석음의 결과를 너무나 늦게 깨닫는다. 낮에만 이동할 때의 장점은 바로 좋든 싫든 최소한 어둠이 깔린 몇 시간 동안은 아무 데도 갈 수 없다는 점이다. 어둠을 저주하지 말고 이용하라. 작은 집단을 이루어 이동하면 혼자 있을 때와 달리 한 명씩 불침 번을 설 수 있으므로 더 안전하게 잘 수 있다. 물론 불침번이 있다고 해도 잠을 이루기란 쉽지 않을 것이다. 이때 수면제의 유혹에 맞서 싸워야 한다. 수면제를 먹으면 밤에 좀비가 덮쳤을 때 움직이지 못한다. 발생 사태가 지속되는 동안에는 약이나 정신 수련을 제외하면 곧장 잠드는 방법 따위는 없다고 생각하라.

11. 너무 튀는 신호는 보내지 마라.

당신은 비행기를 보자마자 조종사의 주의를 끌려고 총을 발사하거나 신호탄을 쏘아 올리거나 신호용 불을 피우는 등, 온갖 극단적인 수단을 동원할 것이다. 이렇게 하면 조종사가 신호를 발견하고 헬리콥터나 지상의 구조대에게 당신이 있는 곳으로 가라고 연락할 수도 있다. 다만, 인근의 좀비들도 함께 몰려들 것이다. 헬리콥터가 몇 분 거리에 있다면 모르지만 그렇지 않다면 틀림없이 좀비들이 먼저 당신을 발견할 것이다. 항공기를 발견하더라도 즉시 착륙할 수 있는 기체가 아니라면 신호는 무전기나 거울을 이용하여 보내는 선에 그쳐야 한다. 이러한 조건을 충족할 수 없는 경우에는 그냥 가던 길이나 가도록 하라.

12. 시가지를 피하라.

발생 사태가 지속되는 동안 당신이 살아남을 확률이 얼마인지는 중요치 않다. 시가지를 통과할 때에는 그 얼마 안 되는 확률마저 4분의 1까지는 아니라도 틀림없이 절반으로는 떨어질 것이다. 사람이 많이 사는 곳에 좀비도 많다는 것은 명백한 사실이다. 건물이 많을수록 매복할 곳도 많다. 이러한 건물들은 당신의 시야까지 가린다. 무른 땅바닥에서와 달리 단단한 시멘트 바닥에서는 발소리를 죽일 방법도 없다. 거기에 무언가 건드려서 떨어뜨리거나 잔해에 발이 걸려 넘어지거나 깨진 유리를 밟는 등의 위험까지 더해지면, 당신의 이동 과정은 소음으로 가득할 것이다.

게다가 앞서 살펴보았고 나중에도 또 다룰 테지만, 시가지에서 함정에 빠지거나 구석에 몰리거나 포위당하면 야외에서보다 훨씬 더 위험하다. 시가지에서는 좀비 때문에 곤경에 처했다는 생각은 잠시 잊도록 하라. 혹시라도 건물에 매복한 인간들이나 무장한 사냥 집단에게 오인 사격을 당하면 어떻게 할 것인가? 우연한 화재이든 좀비 사냥꾼들이 지른 불이든 간에, 화재가 일어나기라도 하면 어떻게 할 것인가? 화학 물질 누출 사고 또는 독성이 강한 연기, 시가전에 사용한 각종 위험 물질에 노출되기라도 하면? 질병은 또 어떤가? 명심하라, 시가지에는 죽은 인간과 처치당한 좀비들의 시체가 장기간 방치되어 있을지도 모른다. 시체에 사는 치명적인 미생물이 바람에 실려 날아오면 시가지에서 마주치는 다른 위험 요소들만큼이나 당신의 건강을 위협할 수 있다. 합당한 이유(이는 구조를 시도하거나 진로와 퇴로 모두 꽉 막힌 경우를 가리킬 뿐, 약탈하기에 좋은 기회라는 뜻은 아니다.)가 없으면 무슨 수를 써서든 시가지에서 멀어져라!

장비

가벼운 짐은 이동 시에 지켜야 할 필수 사항이다. 짐을 싸기 전에 이렇게 자문하라. '이게 정말로 필요할까?' 장비를 모두 모으면 쭉 훑어보고 앞의 질문을 반복하라. 그리고 나서 한 번 더 반복하라. 물론, 짐을 가볍게 싸라고 해서 45구경 권총 한 정과 육포 몇 조각, 물병 한 개만 달랑 챙기고 길을 나서라는 뜻은 아니다. 물자가 풍부한 곳, 즉 교도소나 학교 또는 당신 집 같은 곳에 숨을 때와 달리 이동 시에는 장비가 절대적으로 중요하다. 어쩌면 당신이 사용할 수 있는 장비는 몸에 지닌 것뿐일지도 모른다. 이를 테면 당신은 병원, 창고, 무기고를 등에 지고 다니는 셈이다. 성공적으로 대피하는 데 필요한 표준 장비 목록은 아래와 같다. 환경에 따라 산악용 스키 세트나 선크림, 모기장 같은 장비를 더하도록 하라.

- 배낭
- 편한 등산화(적당히 낡은 것)
- 양말 두 켤레
- 주둥이가 넓은 1리터들이 물병
- 알약형 수질 정화제*
- 방풍/ 방수 성냥
- 머릿수건
- 지도**
- 나침반**
- 코팅 렌즈가 달린 소형 손전등(AAA 배터리 사용)

- 판초 우의
- 신호용 손거울
- 캠핑용 요 또는 침낭(둘 중 하나만 있으면 됨)
- 선글라스(편광 렌즈가 달린 것)
- 소형 구급상자*
- 스위스아미 칼 또는 다용도 공구
- 이어폰이 달린 휴대용 무전기**
- 칼
- 쌍안경**
- 주무장(반자동 카빈을 권장함)
- 소총탄 50발(집단 이동 시 1인당 30발)
- 총기 청소 키트**
- 부무장(22구경 림파이어탄 권총을 권장함)*
- 권총탄 25발*
- 직접 타격 무기(마셰티 추천)
- 신호탄**

(*: 많은 양을 챙길 필요는 없음, **: 집단 이동 시 한 명만 챙길 것)

이에 더하여 아래 항목은 모든 집단이 꼭 갖추어야 한다.

- 무음 원격 무기(소음기를 장착한 총 또는 석궁)
- 좀비 15마리를 죽일 만한 양의 예비 탄약(소지한 총기의 구경이 일반 총기와 다를 경우)
- 망원 조준경
- 중형 구급상자
- 헤드폰이 달린 쌍방향 무전기

- 배척(직접 타격 무기가 없을 경우)
- 정수 기능이 있는 펌프

일단 장비를 선택하면 모두 제대로 작동하는지 점검하라. 하나도 빼놓지 말고 거듭 확인하라. 배낭은 하루 날을 잡아 종일 매어 보아야 한다. 만일 편한 요새에서 맬 때에도 너무 무겁게 느껴진다면 종일 산길을 걸은 후에는 어떨지 상상해 보라. 이때 여러 도구가 결합된 용품(라디오가 달린 손전등, 나침반이 달린 다용도 칼 등)을 선택하면 이러한 문제를 조금은 줄일 수 있다. 무기를 고를 때에도 이러한 공간 절약 정신을 발휘하라. 이미 있는 총에 소음기를 달면 석궁이나 여분의 화살 같은 새 무기를 챙길 필요가 없다. 배낭을 하루 종일 매어 보면 살이 쏠리는 곳이 어디인지, 끈을 조절할 곳은 어디인지, 또 장비를 어떻게 달아야 가장 편한지 등을 알 수 있다.

이동 수단

탈것이 있는데 왜 굳이 걸으려 하는가? 미국인들은 힘 들이지 않고 일하는 기계를 만드는 데 늘 목숨을 걸었다. 기업들은 삶의 전반에 걸쳐 하루하루 생겨나는 잡일들을 빠르고 쉽고 더 효과적으로 처리하는 기계를 발명하고 완성하기 위하여 끊임없이 경쟁했다. 이렇게 기술을 신처럼 떠받드는 미국에서 자동차보다 더 성스러운 것이 또 있을까? 나이와 성별, 인종, 경제적 지위, 거주지 등을 막론하고 미국인들은 이 전능한 기계야말로 자신의 기도에 대한 완전하고도 놀라운 답이라고 배워 왔다. 좀비 발생 사태에서도 그러지 말라는 법은 없지 않을까? 차를 타고 위험 지대를 가로질러 질주하면 그만 아닌가? 이렇게 하면 이동 시간이 며칠에서 몇 시간으로 줄 수도 있다. 장비를 실을 공간도 더는 문제가 안 된다. 더욱이 좀비가 덤벼도 차로 깔아 버리면 되니 위험할 것이 없다. 자동차는 이처럼 강력한 장점을 지니지만, 동시에 그 장점만큼이나 심각한 문제의 근원이기도 하다.

연료 소비 문제를 생각해 보자. 남은 주유소는 수도 적고 서로 멀리 떨어져 있을지도 모른다. 설령 주유소를 찾는다고 해도 이미 오래전에 기름이 바닥났을지도 모른다. 차의 연비를 제대로 알고 예비 연료를 챙겨 정확한 경로로 달린다고 해도 기름이 떨어지면 끝장이다.

어떤 길이 안전한지 어떻게 안단 말인가? 발생 사태 이후를 다룬 연구 결과에 따르면 사태 발생 직후 사람들이 버린 차 때문에 거의 모든 도로가 꽉 막히게 되며, 이러한 현상은 북아메리카 대륙에서 특히 두드러진다. 무너진 다리나 잔해 더미, 마지막 방어 세력이 버려두고 간 방벽 등은 부수적인 장애물에 포함된다. 비포장도로 역시 위험하기로 치면 결코 뒤지지 않는다(165쪽의 '각종 지형' 항목 참조). 자유를 향하여 뻥 뚫린 길을 찾아 시골을 누비는 것은 기름을 낭비하기에 가장 좋은 방법이다. 기름 탱크는 바닥나고 차 안은 피 칠갑이 된 채 들판에서 발견된 차는 한두 대가 아니다.

차가 고장 난 상황을 상상해 보라. 제3세계로 자동차 여행을 떠나는 서양인들은 대개 예비 부품을 빠짐없이 챙겨 간다. 그 이유는 명백하다. 자동차가 세상에서 가장 복잡한 기계 가운데 하나이기 때문이다. 정비소를 쉽게 이용할 수 없는 곳에서 험한 길을 달리면 차가 대번에 고철이 될 수도 있다.

게다가 소음도 문제이다. 일이 잘 풀리는 동안에는 차를 타고 감염 지대를 질주하는 것도 매력적으로 보일지 모른다. 그러나 아무리 성능 좋은 머플러를 단다고 해도 엔진이 내는 소리는 인간의 발소리보다 훨씬 더 요란하다. 만일 타고 가던 차가 완전히 정지하면 즉시 장비를 챙겨 달아나라! 당신은 지금껏 근처의 모든 좀비들에게 여기 인간이 왔다고 광고하며 달려왔다. 자, 이제 타고 갈 차는 없다. 부디 놈들을 피하고 살아남도록 행운을 빈다.

이런 식의 경고에도 불구하고 탈것의 유혹을 뿌리치지 못할 수도 있다. 갖가지 유형의 차량과 각각의 장단점을 아래에 간략히 소개한다.

1. 세단

세단은 자동차의 가장 기본적인 형태로 알려졌지만 실은 그 속에 수없이 많은 변형이 존재한다. 때문에 장단점을 일반화하기도 어렵다. 세단을 고를 때에는 연비와 적재 공간과 내구성을 잘 살펴야 한다. 세단의 가장 큰 단점을 꼽자면, 지형에 따라 주행 능력에 제약을

받는 점이다. 앞서 말했듯이 도로는 대부분 막혔거나 차로 붐비거나 파괴된 상태일 것이다. 만일 당신의 차가 세단이라면 들판을 달릴 때 어떤 성능을 발휘할지 한번 상상해 보라. 이제 거기에 눈과 진흙탕, 돌투성이 길, 나무 그루터기, 도랑, 강바닥, 녹슨 채 버려진 갖가지 쓰레기 등을 더해 보라. 아마도 당신의 세단은 그리 멀리 가지 못할 것이다. 감염 지대 근처에서는 망가진 채로 버려진 세단이 줄줄이 처박혀 있는 광경이 빈번하게 눈에 띈다.

2. SUV

1990년대에는 경제 호황과 싼 기름 값 덕분에 SUV 차량이 폭발적으로 늘어났다. '큰 것이 좋은 것'이라던 1950년대의 자동차 황금기에나 볼 법한 기름 먹는 괴물들이 다시 도로를 누비기 시작한 것이다. SUV는 얼핏 보면 이상적인 탈출 수단으로 보인다. 좀비들로부터 달아날 때 과연 군용 차량의 험지 주행 능력과 세단의 편안함을 겸비한 SUV보다 더 나은 차가 있을까? 답은 '얼마든지 있다'이다. 겉보기와 달리 모든 SUV가 험한 지형을 달릴 수 있는 것은 아니다. 동네 바깥에는 나갈 생각도 안 하는 고객들을 위하여 만들어진 SUV도 많다. 그렇다면 안전성은 어떨까? 커다란 덩치만으로도 다른 차보다 더 방어력이 뛰어나지 않을까? 답은 이번에도 '아니요'이다. 소비자 조사 결과에 거듭 나타나듯이, 중형 세단보다 안전 기준이 한참 떨어지는 SUV도 많다. 그럼에도 어떤 SUV는 겉과 속이 일치한다. 즉, 가혹한 환경에서도 튼튼하고 믿음직스러운 짐말 노릇을 할 수 있다는 뜻이다. 그러므로 연비도 낮은 주제에 겉만 번지르르하게 만들어 비싼

값에 무책임하게 팔아치운 엉터리 SUV와 진짜배기 SUV를 구별할 수 있도록 차의 옵션을 주의 깊게 살펴야 한다.

3. 트럭

밴과 배달 트럭, 캠핑카 같은 중형 화물 운송 차량이 이 범주에 속한다. 이러한 차량은 연비가 낮고 (모델에 따라) 험지 주행 능력에 한계가 있으며, 차체도 둔중하기 때문에 이동 수단으로서는 최악의 선택이라고 할 수 있다. 꼼짝 않고 멈춰 서서 안에 있는 사람들을 통조림으로 만들어 버린 트럭은 시가지에서도 야외에서도 숱하게 눈에 띈다.

4. 버스

이 도로 위의 괴물은 앞서 살펴본 트럭과 마찬가지로 좀비뿐 아니라 운전자에게도 위험이 될 소지가 있다. 버스를 선택하면 속도와 기동성, 연비, 험지 주행 능력, 은신 능력을 비롯하여 감염 지대에서 벗어나는 데 필요한 기능은 모두 잊어라. 버스에는 이런 기능이 하나도 없다. 역설적이게도 버스의 유일한 장점은 탈출 수단이 아니라 방어 수단으로서 유용하다는 점이다. 좀비 사냥 집단이 경찰 버스를 몰고 감염 지대로 들어가 이를 이동 요새로 이용한 사례가 두 건 있다. 당신도 이런 식으로 사용할 작정이 아니라면 버스는 아예 근처에도 가지 마라.

5. 무장 호송 차량

민간용 전차라고도 할 수 있는
이런 유형의 차량은 줄잡아 말한
다고 해도 그 수가 극히 적다. 사
설 경비 업체 직원이거나 갑부가
아니라면 아예 접근하기조차 어려

울 것이다. 무장 호송 차량은 연비도 낮고 험지 주행 능력도 부족하지
만, 대피하는 사람들에게는 몇 가지 장점을 제공한다. 차의 두꺼운 장
갑 덕분에 운전자는 사실상 무적이나 다름없다. 설령 고장이 난다고
해도 승객들은 식량이 떨어질 때까지 안에서 버틸 수 있다. 좀비 떼가
아무리 많이 몰려온다고 해도 무장 호송 차량의 강화 철판은 뚫지 못
한다.

6. 오토바이

감염 지대에서 달아날 때에는 그야말로 최고의 선택이다. 특히 오
프로드 전용 바이크는 사륜 차량이 접근하지 못하는 곳도 갈 수 있다.
속도와 기동성 덕분에 좀비 떼를 단숨에 뚫고 달릴 수도 있다. 또 무
게도 가벼워서 몇 킬로미터씩 밀고 걸어가도 지치지 않는다. 물론 단

점도 있다. 오토바이는 연료 탱크
가 작고 방어 수단이 전혀 없다.
그러나 통계를 보면 알 수 있듯
이, 이러한 단점은 미미한 수준
에 지나지 않는다. 오프로드 바

이크 탑승자들은 다른 유형의 차량을 타고 감염 지대에서 탈출하려한 사람들과 비교할 때 생존율이 무려 23배나 높다. 안타깝게도 오토바이 탑승자의 사망 원인 가운데 31퍼센트는 평범한 교통사고이다. 그러므로 오토바이를 몰며 무모한 짓을 하거나 으스댔다가는 좀비에게 물려죽는 것만큼이나 쉽게 죽을지도 모른다.

7. 부가 장비

- 타이어 펑크 수리 키트
- 공기 펌프
- 예비 연료(차 외부에 싣고 갈 수 있는 최대량)
- 예비 부품(공간이 허락하는 한도 내에서 최대량)
- 차량용 민간 대역 무전기
- 사용 설명서
- 정비 키트(점프 케이블, 잭 등)

8. 육로 이동 시 대체 이동 수단

(1) 말

말은 논쟁의 여지가 없을 정도로 확실한 탈출 수단이다. 말은 주유소에서 기름을 넣을 필요가 없다. 먹을 것과 담요, 약 몇 가지를 빼면 더 챙겨줄 필요도 없다. 굳이 도로가 아니어도 네 발로 달릴 수 있으므로 선택 가능한 지형의 폭도 넓어진다. 자동차라는 사치품이 등장하기 전까지 사람들은 이 빠르고 튼튼한 동물을 타고도 꽤 능률적으로 이동했다. 그러나 안장에 올라 길을 떠나기 전에 먼저 간단한 주의 사항 몇 가지를 명심해야 한다. 하다못해 어릴 적에 망아지라도 타 본 사람이라면 알 테지만, 말 타기에는 기술이 필요하다. 말 타기가 누워서 떡 먹기로 보이던 서부영화는 그냥 잊어버려라. 말을 타고 돌보는 기술을 익히기는 무척 어렵다. 이미 방법을 아는 사람이 아니라면 금방 배울 거라는 생각은 버려라. 좀비를 상대할 때 말이 지닌 또 하나의 단점은 놈들 앞에서 지독하게 겁에 질린다는 것이다. 거의 모든 말들은 바람에 실려 온 몇 킬로미터 바깥의 좀비 냄새만 맡아도 길길이 날뛴다. 이러한 특성은 말을 다룰 줄 아는 숙련된 기수에게는 조기 경보 체계나 다름없는 장점이 될 수도 있다. 그러나 보통 사람은 대개 땅바닥에 힘껏 내동댕이쳐져 다치거나 할 뿐이다. 이렇게 되면 말은 불행한 주인을 그냥 버려둘 뿐만 아니라 신들린 울음소리로 근처의 좀비들에게 신호까지 보낼 것이다.

(2) 자전거

자전거는 그 자체로서 좀비 발생 이전에도 이후에도 똑같이 최고의 탈것이다. 자전거는 보통 빠르고, 조용하고, 인간의 힘으로 움직이며, 관리하기도 쉽다. 게다가 이동 중에 너무 험한 지형을 만날 경우 들고 이동할 수 있는 유일한 탈것이라는 장점 또한 지니고 있다. 자전거를 타고 감염 지대에서 탈출한 사람들은 걸어서 탈출한 사람들보다 거의 예외 없이 생존율이 높다. 효율을 극대화하려면 경주용이나 여가용 자전거가 아니라 산악자전거를 택해야 한다. 그러나 속도와 기동성에만 정신이 팔리면 안 된다. 표준 안전 장비를 빠짐없이 장착하고, 속도를 올릴 때에는 주의를 기울여라. 도랑에 처박혀 다리가 부러지고 자전거는 부서진 와중에 좀비들의 발소리가 점점 더 크게 들려오는 상황만은 반드시 피해야 한다.

각종 지형

인류의 진화 과정은 상당 부분이 환경을 정복하려는 투쟁이었다. 그러다가 너무 멀리 가버렸다고 말하는 사람도 있을 것이다. 이는 진실일 수도 있고 아닐 수도 있다. 한 가지 분명한 것은 우리가 자연의 힘을 완벽하게 제어할 수 있다는 점이며, 이는 특히 산업화된 제1세계의 경우에 더욱 그러하다. 집에 머물러 있기만 하면 환경 요소들을 편안히 제어할 수 있다. 집 안의 온도와 습도를 언제 높이고 언제 낮출 것인지 결정하는 사람은 바로 당신이다. 창 가리개를 내려 햇볕을 사라지게 하는 것도, 전등 스위치 하나로 어둠을 내쫓는 것도 당신 손

에 달렸다. 심지어 냄새도, 경우에 따라서는 바깥세상의 소리마저도 당신이 '집'으로 부르는 인공 거품의 벽과 닫힌 창을 이용하면 모두 제거할 수 있다. 그 거품 속에서 환경은 당신의 명령을 받는다. 그러 나 세상으로 발을 내디며 사나운 좀비 떼한테 쫓길 때에는 그 반대가 진실이 된다. 당신은 자연의 처분에 목숨을 맡길 것이며, 전에는 당연 한 것으로 여기던 지극히 사소한 환경 요소조차도 바꾸지 못할 것이 다. 이때에는 적응이야말로 생존의 열쇠이며, 적응의 첫 걸음은 바로 당신이 있는 곳의 지형을 숙지하는 것이다. 당신이 부딪히는 모든 환 경은 저마다 일련의 규칙들을 지니고 있다. 그 규칙들을 연구하고 늘 지켜야 한다. 그 결과에 따라 지형은 당신의 아군이 될 수도 있고 적 군이 될 수도 있다.

1. 숲(온대림 또는 열대림)

큰 나무가 빽빽하게 자라 있어 엄폐하기가 쉽다. 위험이 다가오면 동물들이 소리를 내거나 반대로 숨을 죽이기 때문에 알아차리기가 쉽다. 땅바닥이 부드러워 발소리를 감출 수 있다. 이따금씩 천연 식품(견과류, 딸기류, 생선, 들짐승 등)을 구할 수 있으므로 짐에 든 식량을 아낄 수 있다. 큰 나무의 가지에 올라가서 자면 밤을 안전하게 보낼 수 있다. 신경에 거슬리는 단점 한 가지는 하늘이 가려진다는 점이다. 위쪽에서 헬리콥터 소리가 들려도 숲에 있으면 재빨리 알아차리기가 힘들다. 헬기 조종사가 당신을 발견한다고 해도 착륙하려면 넓은 공터가 필요하다. 구조하러 왔을지도 모르는 항공기가 머리 바로 위로 지나가는데 소리만 들리고 보이지 않는다면, 당신은 좌절감에 휩싸일 것이다.

2. 초원

탁 트인 공간에서는 아득히 멀리 있는 좀비도 당신의 위치를 포착할 수 있다. 이런 공간은 되도록 피하라. 피할 수 없다면 망을 철저히

봐야 한다. 좀비에게 들키기 전에 당신이 먼저 좀비를 발견해야 한다. 혹시라도 들키면 즉시 땅에 엎드려라. 엎드린 채로 놈들이 지나가기를 기다려야 한다. 꼭 이동해야 한다면 기어서 움직여라. 위험 구역에서 벗어날 때까지 엎드려 있어야 한다.

3. 밭

은폐를 해야 할 때에는 키 큰 작물만큼 좋은 것이 없다. 문제는, 과연 그것이 당신에게 유리한가 아니면 어슬렁거리는 좀비들에게 유리한가 하는 점이다. 이때 결정적인 요소는 바로 소음이다. 마른 작물 사이로 어슬렁어슬렁 걸을 때 나는 소리는 멀리 있는 좀비들까지 불러들일 만큼 요란하다. 따라서 밭을 통과할 때에는 작물이 축축하게 젖어 있을지라도 소리에 귀를 기울이고 천천히 걸으며 언제 벌어질지 모르는 근접전에 대비해야 한다.

4. 구릉지

경사진 지형을 따라 이동하다 보면 시야에 제한을 받는다. 높은 곳은 되도록 피하라. 골짜기로만 이동해야 한다. 좀비가 불시에 당신을 발견할 수도 있으니 주위의 언덕배기를 늘 살펴라. 방향을 파악할 때나 경로를 확인할 때, 근처에 있는 좀비들의 위치를 파악할 때에는 높은 곳이 도움이 될 수도 있다. 이런 곳에 가까이 갈 때에는 극히 주의해야 한다. 땅에 엎드려 낮게 이동하며 눈으로는 구부정한 인간 형상을, 귀로는 좀비 특유의 신음소리를 찾아라.

5. 습지대

가능하면 습지대는 모두 피하는 것이 좋다. 물속에서 철벅거리며 걷다 보면 몸을 숨길 기회가 전혀 없기 때문이다. 독이 있거나 사람을 잡아먹는 야생동물은 좀비만큼이나 무서운 위협이다. 또 부드러운 진흙땅에서는 걸음이 느려지게 마련이며, 무거운 짐을 지고 있을 때에는 더욱 그렇다. 단단하고 잘 마른 땅으로만 이동하라. 피치 못할 상황이라면 물이 가장 얕은 곳을 골라 건너야 한다. 거품 또는 물밑에서 일어나는 모든 움직임에 주의하라. 부드러운 진흙에 빠진 좀비가 수면 아래에 갇혀 있을지도 모른다. 발자국과 짐승 주검을 찾아라. 숲에서 그러했듯이 짐승 소리에 귀를 기울여라. 동물의 유무 또한 조기 경보로 이용할 수 있다. 습지에는 수백 종의 길짐승과 날짐승이 서식한다. 이 많은 동물들을 조용히  시킬 수 있는 것은 오로지 커다란 포식자뿐이다. 만약 습지 한복판에 서 있는데 갑자기 사방이 조용해진다면, 좀비가 가까이 있다는 뜻이다.

6. 툰드라 지대

북극 바로 아래의 툰드라 지대는 세상에서 가장 인간 친화적인 곳이다. 기나긴 겨울밤에는 기온이 극도로 낮아져서 쫓아오던 좀비들이 얼어붙기 때문에 안전하게 이동할 수 있다. 한편 여름에는 낮이 길기

때문에 시각에만 의존하는 인간도 모든 감각을 사용하여 쫓아오는 좀비와 동등하게 겨룰 수 있다. 따라서 이동할 수 있는 시간도 더 길어진다. 또한 역설적이게도, 인간은 극지대의 기나긴 백야 속에서 더 깊고 편히 잘 수 있다는 사실이 입증되었다. 이곳에서 밤을 보내려고 잠자리에 든 사람들은 악취를 풍기는 패거리가 어둠 속에서 갑자기 달려들까 불안해 할 필요 없이 편히 쉴 수 있었다고 잇달아 보고한 바 있다.

7. 사막

시가지를 제외하면 덥고 건조한 사막이야말로 세상에서 가장 위험한 곳이다. 좀비의 위협이 없더라도 탈수증이나 열사병에 걸려 단 몇 시간 만에 사망할 수 있기 때문이다. 이 치명적인 증상을 피하는 최선의 방법은 물론 밤에 이동하는 것이다. 불행히도 발생 사태가 지속되는 동안에는 야간 이동을 절대 피해야 하므로 이는 불가능하다. 따라서 사막에서는 일출 후 3시간 그리고 일몰 전 3시간 동안에만 이동해야 한다. 볕이 가장 뜨겁고 무더운 시간대에는 그늘에서 움직이지 말아야 한다. 완전히 캄캄한 시간대는 휴식을 취하는 데 이용하라. 이렇게 하면 이동 속도는 느려지지만 공격당할 위험은 줄어든다. 이동하는 동안 마실 물이 충분한지, 또는 물을 얻을 수 있는 곳이 어디인지에 대하여 다른 어떤 지형에서보다도 더 신중을 기해야 한다. 가능한 한 사막은 절대 피하라. 명심하라, 사막은 좀비만큼이나 쉽게 당신을 죽일 수 있다.

8. 시가지

앞서 말했듯이 피난하는 과정에서 인구 밀도가 높은 지역은 무슨 수를 써서든 피해야 한다. 이런 곳의 경계 안쪽은 이루 말할 수 없는 혼돈의 소용돌이이다. 한번 상상해 보라. 수많은 사람들, 줄잡아 약 50만 명쯤 되는 사람들이 수도, 전기, 전화, 식량 공급, 의료 지원, 쓰레기 수거, 화재 진압, 경찰 업무 등이 마비된 곳에 고스란히 방치되어 있다면 어떻게 되겠는가? 자, 이제 여기에 피로 물든 거리를 누비며 사람을 잡아먹는 인간형 포식동물 수천 마리를 더해 보라. 공포와 흥분과 좌절에 휩싸여 살아남으려고 발악하는 사람이 자그마치 50만 명이다. 좀비에 포위당한 도시는 악몽 그 자체이며 종래의 어떠한 전투나 폭동, 사회적 소요 사태도 그 악몽과 비교할 수 없다. 그래도 상식을 깡그리 무시하고 시가지를 통과해야겠다면, 다음의 규칙들이 살아남는 데 도움이 될 것이다(물론 그럴 거라는 보장은 전혀 없다.).

(1) 해당 지역을 숙지하라!

이 규칙은 다른 어떤 곳보다 시가지에서 가장 중요하므로 거듭 되새겨야 한다. 당신이 들어가고자 하는 도시의 면적은 얼마나 되는가? 그 도시의 도로 폭은? 다리나 터널 같은 정체 구역은 어디에 있는가? 막다른 골목이나 한쪽이 막힌 길이 어디인지 아는가? 위험 물질을 저장하는 화학 공장 같은 곳의 위치는? 장애물이 있을지도 모르는 공사 현장은? 운동장이나 공원처럼 이동 시간을 줄일 수 있는 평평하고 탁 트인 곳은? 병원, 경찰서, 교회처럼 좀비들이 숨어 있는 사람들을 찾아 몰려들 만한 곳은? 도시 지도 한 장은 필수이고 여행 가이드북이 있으면 더 좋지만, 최고는 역시 체험으로 습득한 지식이다.

(2) 자동차는 절대 타지 마라

도시 한쪽 끝에서 반대쪽 끝까지 뻥 뚫린 거리를 찾을 확률은 사실상 0에 가깝다. 그러한 경로의 정보를 실시간으로 계속 얻을 수 있는 상황이 아니라면 세단이나 트럭, SUV 등을 타고 길을 찾을 생각은 아예 하지도 마라. 오토바이를 타면 막힌 도로를 빙 둘러 갈 수 있지만, 이러한 장점도 소음 때문에 무용지물이 되고 만다. 그러므로 콘크리트 미로 속에서는 도보나 자전거로 이동해야 속도와 은신, 임기응변 같은 장점을 누릴 수 있다.

(3) 간선도로를 이용하라

발생 사태가 교전 국면에서 완전 감염 국면으로 접어든 후에는 간선도로가 가장 안전한 경로이다. 미국의 경우 1950년대부터 모든 대도시와 중간 크기 도시에 간선도로가 만들어지기 시작했다. 이러한 도로들은 대개 이동 시간을 줄일 수 있도록 직선 모양을 하고 있다. 길게 이어진 구간은 양 옆이 높은 장벽으로 막혀 있거나 고가 위에 만들어졌기 때문에 좀비들이 접근하기가 거의 불가능하다. 설령 좀비들이 고가 진입로를 발견하거나 벽을 부수고 들어온다고 해도 (타고 있는 자전거 또는 오토바이의) 속도를 높이거나 그냥 뛰어서 달아날 시간은 충분하다. 다시 한 번 말하지만 자동차는 거들떠보지도 마라. 멈춰 선 차들 때문에 도로는 온통 꽉 막혀 있을 것이다. 그중에는 안에 좀비가 탄 차도 많을 것이다. 좀비에게 물린 사람들이 도시를 빠져 나가려다 그만 상처 때문에 숨을 거두었다가 안전띠를 맨 모습 그대로 다시 살아나기 때문이다. 차량에 접근할 때에는 먼저 한 대 한 대 주의 깊게 살피고 창이 열려 있거나 깨진 차는 조심해야 한다. 느닷없이 덤벼드는 손을 내리칠 수 있게 마셰티는 늘 손닿는 곳에 두도록 하라. 소음기가 달렸든 안 달렸든 간에, 총을 쏠 때에는 극도로 주의해야 한다. 명심하라, 당신은 지금 가득 차거나 반쯤 찬 기름통이 즐비한 지뢰밭을 걷고 있는 중이다. 빗나간 총알 한 방 또는 잘못 튄 불똥 한 개가 좀비와 비교할 수 없을 만큼 커다란 문제를 일으킬 수도 있다.

(4) 지상에만 머물러라

빗물 배수관이나 지하철 선로, 하수도 같은 지하 구조물은 당신을 지상의 좀비 떼로부터 보호해 줄 수 있다. 그러나 간선도로가 그러했듯이 이러한 구조물에 들어가면 먼저 와 있던 좀비 떼에 둘러싸일 위험이 있다. 간선도로와 달리 이런 곳에서는 벽을 넘거나 고가에서 뛰어내리는 것처럼 간단히 피하지 못한다. 만일 좀비와 맞닥뜨리기라도 하면 피할 곳이 없다는 말이다. 게다가 지하는 늘 어둡기 때문에 처음부터 당신에게 불리하다. 터널 안은 지상보다 소리가 훨씬 더 잘 울린다. 이는 좀비가 당신의 위치를 파악할 수 없을지도 모른다는 뜻이지만, 한편으로는 당신이 지하에서 이동하는 동안 내내 발소리가 울린다는 뜻이기도 하다. 만약 지하 시설의 설계나 건설, 유지 작업 등에 참여할 만큼 전문적인 지식을 가진 사람이 아니라면 그런 곳에는 아예 가까이 가지도 마라.

(5) 오인 사격에 주의하라

도시 전체 또는 특정 구역이 '점령구역(좀비들이 완전히 차지한 곳)'으로 선포되었다고 하더라도, 사람들이 곳곳에 고립되어 있을 가능성은 여전히 남아 있다. 이 생존자들은 공격해 오는 무리를 보면 틀림없이 정체를 확인하기 전에 우선 총부터 쏠 것이다. 그러므로 오인 사격을 피하려면 좀비들이 모여드는 곳을 경계하라. 좀비가 모인다는 말은 곧 전투의 열기가 아직 식지 않았다는 뜻일 수도 있다. 시체가 쌓인 곳도 찾아보아야 한다. 이런 곳은 가까운 요새의 저격수가 설정해 둔 살상 구역일 수도 있다. 총성에 귀를 기울이고 소리가 들려온 곳을 확인한 다음, 그곳을 빙 돌아서 피해 가도록 하라. 연기나 창가의 불빛, 사람 목소리, 기계 소리 같은 기척을 잘 보고 잘 들어라. 다시 말하지만 시체들이 쌓여 있는 곳을 찾아야 한다. 특히 시체들이 한쪽 방향을 향하고 있다면, 이는 좀비 여럿이 한꺼번에 어떤 대상에 접근하려 했다는 뜻이다. 놈들이 한곳에 쓰러져 있다면 숙련된 저격수가 고정된 자리에서 하나씩 해치웠다는 의미일 수도 있다. 만약 사람이 있는 곳에 가까워진 기분이 든다면 그들과 접촉하려 하지 마라. 알아들을 만한 소리를 내거나 '쏘지 마시오!' 같은 소리를 지르며 이동했다가는 좀비들만 끌어들일 뿐이다.

(6) 해 뜰 녘에 들어가서 해 질 녘에 나와라

도시가 너무 커서 한 나절 만에 주파할 수 없는 경우가 아니라면 절대로 경계 안쪽에 멈춰서 쉬지 마라. 앞서 말했듯이 야간 이동은 시골에서도 위험하지만, 도시에서는 100배 더 위험하다. 도시에 들어가려고 보니 해 질 녘까지 몇 시간밖에 안 남았다면 다시 야외로 돌아가서 밤을 보내도록 하라. 반대로 몇 분만 가면 도시를 벗어날 수 있는데 해가 지려고 한다면, 걸음을 늦추지 말고 완전히 벗어난 후에 캠프를 차려라. 야간 이동이 용인되는 상황은 바로 이때뿐이다. 어두운 시골은 환한 시가지보다 (상대적으로) 늘 안전하다.

(7) 탈출로를 마련해 두고 자라

하루 만에 통과하기가 물리적으로 불가능한 도시도 있다. 특히 도시가 무분별하게 확장되다 못해 충진 지대(두 도심 사이의 개발 구역)까지 나타나는 오늘날에는 한 도시의 경계를 확정하기가 쉽지 않다. 이런 상황에서는 잠을 자거나 최소한 이튿날에 대비하여 휴식을 취할 장소를 물색할 필요가 있다. 이 경우 가능한 한 높이는 4층 이하이고 서로 가까이 위치한(그러나 맞닿지는 않은) 건물들을 고르는 것이 좋다. 가장 바람직한 임시 대피소는 지붕이 편평하고 출입구가 하나뿐인 건물이다. 첫째, 해당 건물의 지붕에서 다른 건물의 지붕으로 안전하게 뛸 수 있는지 확인하라. 둘째, 지붕과 통하는 문을 폐쇄하라. 그럴 수 없다면 가능한 한 큰 소리를 내는 물건들로 문을 막아 두어야 한다. 셋째, 단기 탈출 계획뿐 아니라 장기 탈출 계획도 미리 세워 두도록 하라. 좀비들이 지붕 위까지 비틀비틀 올라왔을 때 잠에서 깨어 가까스로 옆 건물 지붕으로 뛰었다고 가정해 보자. 어쩌면 다음 건물까지 무사히 뛸 수 있을지도 모른다. 하지만 결국에는 거리로 내려와야 할 텐데, 그다음은 어떻게 할 것인가? 장기 탈출 계획이 없으면 결국에는 기름을 붓고 불에 뛰어드는 셈이다.

대체 이동 수단

1. 항공기
통계에 따르면 비행이야말로 가장 안전한 이동 방법이다. 특히 감염 지대에서 탈출할 때에는 그야말로 진리나 다름없다. 비행기를 타면 이동 시간이 단 몇 분으로 줄어든다. 지형이나 다른 물리적 장애물도 문제가 안 된다. 우글거리는 좀비 떼의 대가리 위로 높이 날아오르고 나면 이 장에서 다룬 식량이나 생필품 등에 관한 조언은 까맣게 잊게 될 것이다. 그러나 비행 역시 나름의 단점이 있다. 이러한 단점들은 항공기의 유형과 직면한 상황에 따라 장점을 모두 상쇄할 만큼 커지기도 한다.

(1) 고정익 항공기

당신 일행 가운데 조종할 줄 아는 사람이 적어도 한 명 이상 있다면, 이 표준형 비행기는 속도와 편의성 면에서 최선의 선택이다. 이때 연료는 문자 그대로 생사의 문제가 될 것이다. 이동하는 도중에 멈춰서 연료를 채워야 한다면 중간 기착지가 어디인지, 또 그곳에 내려도 안전한지 반드시 확인하라. 발생 사태 초기에는 수많은 민간인들이 목적지도 정하지 않은 채 개인 항공기를 타고 이륙했다. 그중 대부분은 추락했고, 나머지는 재급유를 위해 감염 지대에 착륙했다. 한번은 전직 스턴트 파일럿이 자기 비행기를 몰고 위험 지대를 벗어났다가 연료가 떨어져 낙하산을 매고 탈출한 적이 있었다. 그가 지상에 닿을 무렵에는 반경 15킬로미터 안의 좀비들이 이미 추락한 비행기를 보고 슬금슬금 몰려드는 중이었다(다른 파일럿이 그의 최후를 알려 왔다.). 수상 비행기는 (당신이 물 위에 머무른다는 가정 하에) 이러한 잠재적 위험으로부터 자유롭다. 그러나 호수 또는 바다 한복판에 내릴 경우 좀비들로부터는 안전할지 모르지만, 자연으로부터는 그렇지 않다. 2차 세계대전 당시 격추되어 구명정을 타고 몇 주간 표류한 조종사들의 증언을 읽어 보면 수상 비행기를 탈 마음을 고쳐먹게 될지도 모른다.

(2) 헬리콥터

헬리콥터는 언제 어디서든 이착륙이 가능하기 때문에 고정익 항공기보다 훨씬 편리하다. 활주로가 없어도 착륙할 수 있으므로 연료가

떨어지는 사태를 즉각적인 사형선고로 받아들일 필요도 없다. 그러나 불리한 환경에 내려앉는다면? 로터 소음만으로도 당신의 존재가 들통 날 것이다. 재급유 문제는 고정익 항공기와 마찬가지라고 생각하라.

(3) 기구

가장 원시적인 비행 장치가 실제로는 가장 효율적이다. 기구는 열을 이용하든 헬륨 가스를 이용하든 간에 몇 주씩 하늘에 떠 있을 수 있다. 그러나 추진력이 부족한 것이 단점이다. 기구는 바람과 온난 기류에 크게 좌우된다. 숙련된 경험자가 아닌데도 기구를 타고 출발했다가는 적지 상공에 무력하게 떠 있는 처지가 될지도 모른다.

(4) 비행선

생김새도 우스꽝스럽고 찾기도 거의 불가능할 테지만, 만약 공중 이동 수단을 찾는 중이라면 헬륨 가스 비행선이야말로 최고의 선택이다. 비행선은 원래 제1차 세계대전 중에 이미 완성된 형태를 갖추어 비행기를 대신할 수단으로 각광받았지만, 1937년 힌덴부르크호 참사 이후 거의 버림받다시피 했다. 오늘날에는 기껏해야 떠다니는 광고판이나 스포츠 중계를 위한 항공 촬영 용도로밖에 쓰이지 않는다. 그러나 감염 사태 동안 비행선은 기구의 긴 체공 능력과 헬리콥터의 기동성 및 전천후 착륙 능력을 동시에 발휘했다. 발생 사태가 지속되는 동안 비행선은 네 차례 사용되었으며 내용은 각각 탈출 임무 1회, 조사 임무 1회, 수색 및 섬멸 임무 2회였다. 네 건 모두 대성공이었다.

2. 선박

좀비들에게 공격당할 때 선박은 그 형태를 막론하고 가장 안전한 이동 수단이다. 앞서 언급했다시피 좀비들은 폐를 사용하지 않기 때문에 수중에서도 이동할 수 있지만, 몸놀림을 조절하지 못하기 때문에 헤엄을 치지는 못한다. 따라서 수상 이동은 비행과 같은 장점을 지닌다. 바다나 강을 건너 탈출한 사람들이 물 밑바닥에서 올려다보는 좀비 떼를 목격한 사례는 여러 건 있었다. 배의 용골이 좀비의 손으로부터 한 치 위에만 있어도 선내에 있는 사람들은 아무것도 두려워할 필요가 없다. 연구 결과를 보면 수로를 이용하여 탈출한 사람들은 육로를 이용한 사람들보다 생존율이 다섯 배나 높다. 미국의 경우 국토 대부분이 강과 운하로 연결되어 있으므로 이론상 배를 타면 수백 킬

로미터 넘게 이동할 수 있다. 어떤 사람들은 호수나 작은 연못에 배를 띄워 인공 섬으로 만들어 놓고 기슭에서 우글거리는 좀비들에 맞서 몇 주씩이나 버티기도 했다.

(1) 추진력에 따른 분류

ㄱ. **모터:** 화석 연료를 이용한 추진 기관은 속도가 빠를 뿐 아니라 어떤 수로에서 나 조종하기가 쉽다. 그러나 동력선의 명백한 단점은 바로 연료 수급에 한계가 있다는 것이다. 명심하라, 이동을 끝낼 때까지 버틸 만큼 연료가 충분한지 확인해야 한다. 또 연료를 넉넉히 갖춘 안전지대가 어디인지도 확인해야 한다. 당신도 이미 눈치챘을 테지만 동력선은 문제가 한 가지 더 있는데, 바로 소음이다. 느린 속도로 이동하면 연료는 아낄 수 있지만 모터 소리가 들리는 거리 안의 물가에 있는 좀비들은 그 소리를 듣고 모조리 몰려올 것이다(천천히 가든 빨리 가든 모터 소리의 크기는 비슷하다.). 그럼에도 모터는 확실히 가치 있는 도구이다. 궁지에 몰렸을 경우 폭발적인 힘을 낼 수 있기 때문이다. 그러므로 필요할 때에만 사용하고 늘 주

의를 기울여라.

ㄴ. **돛**: 바람은 지치지 않는 에너지원이다. 따라서 이를 이용할 경우 재급유에 신경 쓰지 않고 이동할 수 있다. 늘어진 돛이 펄럭거리는 소리만 빼면 풍력을 이용하는 선박은 소음도 거의 내지 않는다. 그러나 아쉽게도 바람은 예측하기가 몹시 힘들다. 바람이 잔잔한 날에는 꼼짝도 못하지만 강풍이 부는 날에는 배가 뒤집힐 수도 있다. 풍향은 십중팔구 당신의 편이 아닐 것이다. 설령 바람이 제대로 불어준다고 해도 속도를 줄이거나 배를 세우는 일은 엔진을 끄는 것만큼 쉽지 않다. 명심하라, 모터보트라면 초보자도 포경선 선원처럼 능숙하게 몰 수 있지만 범선을 조종하려면 기술과 지혜와 다년간의 경험이 필요하다. 가까운 소형 요트로 달려가 무작정 돛을 올렸다가는 좀비들 쪽을 향해 똑바로 부는 바람을 찾아 출발하는 수가 있다.

ㄷ. **근력**: 노 젓기보다 간단한 일이 또 있을까? 조금만 연습하면 누구나 앞으로 나아갈 수 있고 배가 가는 방향도 조종할 수 있다. 노 젓기의 단점은 인간 그 자체만큼이나 단순하다. 즉, 하다 보면 지친다. 따라서 노를 챙겨 길을 떠날 때에는 이 점을 반드시 염두에 두어야 한다. 얼마나 멀리 가야 하는가? 함께 가는 사람은 몇 명인가? 돌아가며 노를 젓는다면 전원이 탈진하기 전에 목적지에 닿을 수 있는가? 예비 모터나 돛 없이 전적으로 근력만 믿고 길을 떠날 때에는 조심해야 한다. 명심하라, 인간은 휴식이 필요하지만 좀비들은 그렇지 않다. 우리의 가장 치명적

인 단점과 놈들의 가장 강력한 장점을 굳이 대결시킬 필요가 있을까?

| 일반 규칙 |

배에 오를 때 당신이 저지르는 가장 큰 실수는 이로써 위험에서 벗어났다고 믿는 것이다. 정신을 똑바로 차리고 경계했더라면 거뜬히 살아남았을 수백 명이 안전해졌다고 착각한 탓에 목숨을 잃었다. 수로를 이용한 탈출은 공중이나 육로로 탈출하는 것과 조금도 다르지 않다. 안전하고 성공적으로 여행하려면 경고에 주의를 기울여야 하고, 규칙을 철저히 지켜야 하며, 교훈을 빠짐없이 기억해야 한다.

1. 수로를 숙지하라.

혹시 암초가 있는가? 댐이나 다리, 급류, 폭포는 없는가? 육로로 이동할 때와 마찬가지로 수로 역시 출발 전에 미리 구석구석 파악해 두어야 한다.

2. 수심이 깊은 곳에 머물러라.

수심은 3.5미터 이상을 권장한다. 이보다 얕은 곳에서는 좀비가 배에 닿을지도 모른다. 특히 탁한 물에서는 수면에 둥둥 떠 있다가 뱃전에 기어오른 좀비에게 당하는 경우가 많다. 배의 스크루 또는 키가 물속에 가라앉은 좀비와 부딪혀 망가진 사례도 있다.

3. 물자를 버리고 출발하지 마라.

강이나 운하를 따라 이동하면 식량을 챙길 필요가 없다고 생각하는 사람이 많다. 하긴, 식량은 낚시로 조달하고 물은 바로 아래서 떠 마시면 되지 않을까? 그러나 맑은 강에 물고기가 한가득 뛰놀던 허클베리 핀의 시대는 지나도 한참 전에 지났다. 인간들이 수십 년에 걸쳐 산업 폐기물을 갖다 버린 결과 이제 고기가 사는 강은 거의 없다. 인위적으로 오염된 곳이 아니라고 해도 강물이나 호숫물에는 치명적인 질병을 일으키는 박테리아가 많이 서식한다. 결론은 간단하다. 이동이 끝날 때까지 충분히 버틸 만한 양의 식량과 물을 챙기도록 하라. 정수 필터가 달린 펌프는 취사뿐 아니라 세면 용도로도 써야 한다.

4. 닻줄을 잘 감시하라!

배 안에서 안도감에 젖은 나머지 밤이 되면 닻을 내리고 곯아떨어지는 사람들이 너무나 많다. 이들 중 일부는 절대 잠에서 깨지 않는다. 물 바닥에서 걸어 다니는 좀비들은 배가 다가오는 소리뿐 아니라 닻이 진흙을 때리는 소리까지 들을 수 있다. 놈들은 닻줄을 발견하자마자 붙잡고 올라와 당신의 배에 기어오를 것이다. 이를 막으려면 불침번을 적어도 한 명은 늘 세워 두고 문제가 생길 기미가 보이면 즉시 닻줄을 끊어야 한다.

공격요령

1887년 7월, 뉴질랜드 사우스아일랜드 섬의 오마라마 인근 농가에서 소규모 좀비 발생 사태가 일어났다. 당시 벌어진 대좀비 공격 작전의 초기 단계에 관해서는 알려진 바가 없지만, 보도에 따르면 해 질 녘에 무장한 남자 14명이 근처에서 좀비 세 마리를 처치한 다음 간단한 소탕 작전을 벌일 생각으로 해당 농가를 포위했다고 한다. 한 명이 수색 임무를 맡고 집으로 들어서자마자 비명과 신음, 총성이 들렸다. 그다음은 침묵뿐이었다. 뒤이어 한 명이 더 들어갔다. 처음에는 아무 소리도 들리지 않았다. 이윽고 두 번째 남자가 2층 창밖으로 몸을 내밀고 '반쯤 뜯어먹힌 시체 말고는 아무것도 없다'고 외치는 모습이 목격되었다. 갑자기 부패한 팔이 남자 뒤에서 쑥 튀어나오더니, 남자의 머리카락을 붙들고 안으로 끌어당겼다. 남은 일행들은 남자를 구하러 뛰어들었다. 그들이 집에 들어서자마자 좀비 다섯 마리가 사방에서 달려들었다. 도끼나 큰 낫처럼 기다란 타격 무기는 근접전에서 무용지물이었다. 총신이 긴 엽총 또한 마찬가지였다. 빗나간 권총탄에 세 명이 즉사하고 두 명이 부상을 입었다. 난투극이 최고조에 달했을 때 공황을 일으킨 생존자 한 명이 집 밖으로 뛰어나오다가 등불을 쥐고 창문 안쪽으로 집어던졌다. 뒤이은 수색 작업에서 발견된 것은 까맣게 탄 해골뿐이었다.

이 장에서는 민간인들이 수색 및 섬멸 작전을 세우는 데 도움이 되는 내용을 소개하고자 한다. 앞서 언급했다시피, 여러 정부기관들은 좀비를 상대로 비정규전을 벌이는 데 필요한 장비와 작전 계획을 저마다 갖추고 있다(부디 그러기를 바란다.). 만약 그들이 등장한다면 굉장할 것이다. 이 경우에는 당신이 낸 세금이 값지게 쓰이는 광경을 편히 앉아 느긋하게 구경하면 된다. 그러나 앞에서 또 한 번 언급했다시피, 우리를 지켜줄 거라 믿고 세금을 바쳤던 기관들이 모조리 자취를 감춘다면 어떻게 할 것인가? 그럴 경우 좀비들의 위협을 박멸할 책임은 고스란히 당신과 당신에게 설득당하여 함께 싸우기로 한 사람들의 몫이 된다. 이 장에 소개한 규칙과 전술, 도구, 무기는 하나같이 그러한 위기 상황에 맞추어 세심하게 준비한 것들이다. 또한 모두 실전을 참조하여 채택한 것들이다. 퇴각을 멈추고 마침내 사냥꾼들을 사냥할 순간이 왔을 때 그것들이 저마다 발휘할 전투력은 이미 실전에서 입증되었다.

| 일반 규칙 |

1. 집단으로 대응하라.

모든 유형의 전투가 그러하듯이 대좀비전 또한 혼자서 치르면 절대 안 된다. 앞에서도 언급했지만 서양, 특히 미국 문화에는 '고독한 초인'을 떠받드는 통념이 있다. 강력한 무장과 기술에 튼튼한 배짱까지 갖춘 남자 또는 여자가 혼자 힘으로 세상을 정복할 수 있다는 믿음이 바로 그것이다. 그러나 이렇게 믿는 사람은 사실상 홀딱 벗고 은쟁반에 누워 좀비들을 불러 모으는 셈이다. 혼자서 뛰어들었다가는 목숨을 잃을 뿐만 아니라 좀비를 한 마리 더 늘릴지도 모른다. 좀비 대군을 절멸시키려면 늘 함께 싸우는 것만이 유일한 성공 비결이다.

2. 규율을 지켜라.

만약 당신이 이 장에서 배울 것이 아무것도 없다면, 다시 말해 올바른 무장과 장비와 통신과 전술 모두 시간 낭비로 보인다면, 대좀비전에 뛰어들기 전에 단 한 가지만 챙기도록 하라. 그것은 바로 결코 흔들리지 않는 철저한 규율이다. 수가 많든 적든 간에 스스로를 통제할 수 있는 집단은 아무리 잘 무장한 폭도들보다도 더욱 막대한 타격을 입힐 수 있다. 이 책을 읽는 여러분은 군인이 아니라 민간인일 것이므로 규율을 엄격하게 유지하기가 힘들 것이다. 동료를 선택할 때에는 당신이 지휘할 남성 또는 여성이 명령을 잘 이해하는지 확인하라. 이때 명확하고 간결한 어휘를 사용해야 한다. 동료들 전원이 익숙한 경우가 아니라면 군사 용어나 약어처럼 알쏭달쏭한 말은 쓰면 안 된다. 대장은 단 한 명, 집단 전체가 인정하고 존경하는 사람이어야 한다. 구성원 사이에 개인적 격차를 완전히 없애거나 최소한 너무 뒤처지는 사람이 생기지 않도록 하라. 계급 차가 희미해지는 한이 있어도 그렇게 해야 한다. 당신의 부대는 한 몸이 되어 움직여야 한다. 이를 어길 시에는 생지옥이 펼쳐질지도 모른다. 잘 무장한 대규모 집단조차도 구성원들이 겁에 질려 뿔뿔이 흩어지거나 서로 미워하다가 완전히 무너진 사례가 적지 않다. 동네 사람들이 느슨하게 뭉쳐 한 손에는 맥주를, 다른 손에는 총을 들고 좀비들의 위협에 맞서 인류를 지키는 영화 내용 따위는 잊어버려라. 현실에서 그런 오합지졸은 총이 딸린 뷔페 테이블에 지나지 않는다.

3. 경계를 늦추지 마라.

어쩌면 전투에서 이기고 우쭐댈 날이 올지도 모른다. 아니면 며칠을 뜬눈으로 지새우고 파김치가 되는 날이 올지도 모른다. 아무 보람도 없는 수색을 몇 시간씩 계속하다 보면 신물이 날 만큼 지루해질 것이다. 이유야 어떻든 간에, 경계를 늦추면 절대 안 된다. 좀비는 소리를 죽이고 기척을 감춘 채 어디에나 도사리고 있다. 아무리 안전해 보이는 곳일지라도 경계하라, 경계하라, 또 경계하라!

4. 가이드를 활용하라.

전투가 당신네 집 앞마당에서만 벌어지라는 법은 없다. 낯선 지역에 들어설 때에는 먼저 그곳을 잘 아는 사람을 찾아야 한다. 그 사람은 해당 지역의 은신처와 장애물, 탈출로 등을 모두 가르쳐 줄 것이

다. 가이드가 없는 부대는 실수로 가스관이 묻힌 곳에 집중 사격을 퍼
붓거나 독성 화학 물질이 저장된 건물에 불을 지르는 등 재앙을 초래
하기도 한다. 역사상 성공을 거둔 군대들은 모두 정복하고자 하는 지
역의 주민들을 포섭하여 이용했다. 눈을 감은 채로 전진하는 군대는
패배하게 마련이다.

5. 기지를 설치하고 후방 지원을 확보하라.

안전지대를 설정하지 않고 전투에 뛰어들면 절대 안 된다. 안전지
대는 공격 목표로부터 멀리 떨어진 곳에 만들어야 한다. 이곳에 자리
잡은 후방 부대는 전투를 지원하는 데 필요한 자원을 완비해야 한다.
'기지로 귀환' 명령을 들었을 때 동료들의 머릿속에 요새, 병원, 보급
창, 지휘 본부 등이 즉각 떠오르도록 하라.

6. 일광 시간을 이용하라.

공포 영화가 대개 밤을 배경으로 만들어지는 것은 우연이 아니다.
어둠이 늘 공포를 불러일으키는 이유는 단 한 가지, 호모 사피엔스가
야행성 동물로 태어나지 않았기 때문이다. 인간은 밤눈이 어둡고 청
력과 후각도 약하므로 주행성 동물일 수밖에 없다. 야간 전투에 약하
기는 좀비도 사람과 다를 바가 없지만, 밤에 놈들을 상대할 때 아군의
생존율이 낮아지는 것은 이미 입증된 사실이다. 햇빛은 시야를 넓혀
줄 뿐 아니라 사람들의 용기까지 북돋는다.

7. 탈출로를 준비하라.

당신이 상대할 좀비의 수는 얼마나 되는가? 놈들의 머릿수를 정확히 파악할 수 없을 때에는 반드시 퇴로를 정하고 정찰한 다음 그곳에 보초를 세워 두어야 한다. 자신감이 넘친 사냥꾼들이 감염 지대에 어슬렁어슬렁 들어갔다가 예상 밖의 좀비 대군에 전멸당한 사례는 너무나 많다. 탈출로가 좀비로부터 안전한지, 전투 구역에서 가까운지, 무엇보다 장애물이 없는지 철저히 확인하라. 병력이 넉넉하면 탈출로에 몇 명을 배치하여 막히지 않도록 하라. 퇴각 시에 좀비 떼에 막혀 꼼짝 못하게 된 부대가 종종 있었다.

8. 적이 제 발로 다가오게 하라.

이 전술을 이용하면 정보의 이점을 가장 잘 활용할 수 있다. 인간 군대의 경우 공격을 미리 예측하면 꾹 참고 기다리며 안전한 방어 태세를 갖출 수 있다. 이 때문에 인간들끼리 정규전을 벌여 승리하려면 공격군의 병력이 방어군보다 최소한 세 배는 되어야 한다. 그러나 좀비들은 사정이 다르다. 놈들은 오로지 본능에 따라 움직이므로 어떠한 상황에서도 공격밖에 할 줄 모른다. 감염 지대 인근에서 기다리며 좀비들이 다가오도록 놔둘 수 있다는 것은 당신에게 유리한 점이다. 되도록 시끄러운 소리를 내고 모닥불을 피워라. 아예 발 빠른 정찰병 한둘을 보내어 유인해도 좋다. 좀비들이 나타나면 '적극적 방어' 태세에 돌입하여 본격적인 소탕전을 개시하기 전에 먼저 최대한 많이 사살하라. 이는 가장 효율적인 전술로 이미 입증된 바 있으므로 이 장에서는 그 실행 방법에 대해 더 자세히 살펴볼 것이다.

9. 노크는 필수 예절이다!

문이 잠겼든 안 잠겼든 간에 방에 들어가기 전에는 반드시 안쪽의 기척에 귀를 기울여라. 먹잇감이 나타나기만을 기다리는 좀비가 소리를 죽인 채 문 저편에 가만히 서 있을지도 모른다. 그런 일이 어떻게 가능한지 궁금한가? 좀비에게 물린 인간들이 문을 잠근 후에 사망했을 수도 있다. 어쩌면 멀쩡한 인간들이 사랑하는 가족을 보호하겠다는 생각으로 방에 몰아넣고 잠갔을지도 모른다. 이유야 어떻든 간에, 최소한 일곱 곳 가운데 한 곳에서는 이러한 시나리오가 펼쳐질 것이다. 처음에 아무 기척도 안 들리면 당신이 먼저 소리를 내 보도록 하라. 이렇게 하면 안에 숨죽이고 있는 좀비들을 자극하거나 방이 비었는지 확인할 수 있다. 어떤 결과가 나와도 경계를 늦추면 안 된다.

10. 철저히 소탕하라.

발생 사태 초기 국면에는 사람들이 생전에 아는 사이였던 좀비를 붙잡기만 하고 죽이지 않는 경향이 있었다. 이렇게 하여 감금된 좀비들은 자신을 붙잡은 이들이 달아나거나 잡아먹힌 후에도 몇 년씩 살아남았고, 감금 상태에서 벗어나면 좀비 짓을 계속했다. 그러므로 특정 지역의 좀비를 모조리 소탕했다면, 다시 한 번 소탕하라. 다 끝나면 또 한 번 소탕하라. 좀비는 어디에나 있다. 하수도, 다락방, 지하실, 차, 통풍관, 마루 밑, 심지어 벽 속이나 쓰레기 더미 아래에도 존재한다. 깊은 물 근처에서는 특히 주의하라. 안전지대로 선포된 지 한참 지난 곳에서도 강이나 호수 또는 저수지 바닥에서 어슬렁거리던 좀비들이 물 위로 올라온 사례가 있었다. 나중에 소개할 수중 수색 및 섬멸 요령을 참조하라.

11. 교신을 유지하라.

모든 부대원과 교신을 유지하는 것은 임무 완수에 필수 불가결한 요소 가운데 하나이다. 통신이 끊긴 공격 부대는 뿔뿔이 흩어져 좀비에게 당하거나 아군의 오인 사격에 쓰러질 수도 있다(이러한 사고는 정규전에서도 의외로 많이 일어난다.). 최고의 통신 장비는 소형 쌍방향 무전기이며 전자제품 매장에서 파는 싸구려 회사 제품도 무방하다. 휴대전화는 인공위성이나 기지국 같은 외부 지원에 의존해야 하므로 그보다는 차라리 워키토키가 낫다.

12. 사살 후에는 소리에 주의하라.

접전이 끝난 후에는 반드시 후속 공격에 주의해야 한다. 좀비가 쓰러지면 즉시 모든 움직임을 멈추고 주위의 소리에 귀를 기울여라. 총소리가 닿는 범위 안에 좀비가 있을 경우 소리를 듣고 당신 쪽으로 접근할지도 모른다.

13. 시체는 모두 소각하라.

해당 구역의 안전을 완전히 확보한 후에는 좀비뿐 아니라 전사한 대원들의 시체까지 모두 소각해야만 한다. 이렇게 하면 첫째, 감염된 시체가 좀비로 소생할 위험을 완전히 없앨 수 있다. 둘째, 부패한 시체가 초래하는 위생상의 위협을 막을 수 있다. 왜냐하면 죽은 지 얼마 안 된 시체는 썩은 고기를 먹는 짐승과 새는 물론 좀비에게도 인기 있는 메뉴이기 때문이다.

14. 화재에 주의하라.

불을 붙일 때에는 그것이 초래할 위험을 염두에 두어야 한다. 불길을 제어할 수 있는가? 실패하면 당신 부대가 위험에 처할 것이다. 사유 재산을 대량으로 훼손해도 정당화될 만큼 좀비의 위협이 심각한가? 당신이 보기에는 그 답이 명백할지도 모른다. 하지만 소총으로도 해치울 수 있는 좀비 세 마리를 잡으려고 동네의 절반을 태울 필요가 있을까? 앞서 말했다시피 불은 강력한 아군인 동시에 적군이기도 하다. 그러므로 꼭 필요할 때에만 사용하도록 하라. 부대원들이 거센 불길에서 쉽게 벗어날 수 있는지도 확인하라. 폭발물과 독성 화학물질을 저장한 곳의 위치를 파악하고 그곳을 파괴할 경우 부대가 위험에 처하는지도 확인해야 한다. 전투 구역에 들어가기 전에 발화 장비(화염방사기, 화염병, 신호탄 등)의 조작법과 성능을 숙지하라. 구멍 난 가스관 등에서 인화성 기체가 새어 나올 수 있으니 주의해야 한다. 불을 무기로 사용하는 경우가 아니더라도 누출된 가스나 화학물질, 자동차에서 새어 나온 기름 등의 위험 요인이 존재하므로 수색 및 섬멸 작전에서는 흡연을 금해야 한다.

15. 단독 행동을 삼가라!

한 명으로도 거뜬한 임무에 부대 전체를 투입하는 것은 종종 낭비로 보이기도 한다. 다섯 명을 따로 배치하면 한 단위로 움직일 때보다 더 넓은 구역을 방어할 수 있지 않을까? 시간과 효율을 따진다면 당연히 그렇다. 그러나 좀비 소탕 작전의 최우선 사항인 '안전'을 따진다면, 반드시 함께 움직여야 한다. 따로 행동하는 인간은 포위당하기도 쉽고 잡아먹히기도 쉽다. 심지어 어떤 사냥 부대는 몇 시간 전까지 아군이었다가 좀비가 되어 나타난 부대원과 마주친 경우도 있다!

무기 및 장비

민간인이 무기와 장비를 갖추고 대좀비 부대로 거듭나는 요령은 군대와 똑같다. 부대원들은 저마다 표준 장비 일습을 갖추고 단위 부대 차원에서 필요한 장비를 하나씩 맡아야 한다.

전원이 갖추어야 하는 표준 장비는 다음과 같다.

- 주무장(소총 또는 반자동 카빈)
- 주무장용 총알 50발
- 청소 키트
- 부무장(권총을 추천함)
- 부무장용 총알 25발
- 타격 무기(대형 또는 소형)
- 칼
- 손전등
- 비상용 신호탄 2개
- 신호용 거울
- 쌍방향 무전기
- 인화 도구 2종(성냥, 라이터 등)

- 1리터들이 물통
- 1일치 식량
- 개인 식기
- 등산화 또는 전투화
- 양말 2켤레
- 캠핑용 요 또는 침낭

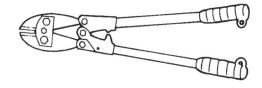

각 단위 부대(10명 또는 그 이하 규모) 장비는 다음과 같다.

- 무음 무기 2종(부무장으로 휴대할 수 있는 것)
- 폭발물 3개
- 갈고리 2개
- 150미터짜리 밧줄(재질은 나일론, 굵기는 1센티미터 이상, 인장 강도 3톤, 하중 지지력 1450풋파운드)
- 쌍안경 2조(렌즈 지름 최소 50밀리미터, 10배율)
- 건설용 배척 2개(육박전 무기로 휴대해도 무방함)
- 사슬 절단기 2개
- 공구 세트(필수 장비 목록은 다음과 같다. 장도리, 지름 22밀리미터짜리 볼 망치, 집게 길이 10센티미터짜리 플라이어, 10~16센티미터짜리 펜치, 십자드라이버(75밀리미터, 100밀리미터, 대형 각 1개), 일자드라이버(길이 10~15센티미터), 정밀 작업용 드라이버 세트, 쇠톱, 3M 절연 테이프, 만능 렌치, 지름 2~5밀리미터 송곳 세트)

- 대형 도끼 또는 손도끼(육박전 무기로 휴대해도 무방함)
- 구급상자(필수 장비 목록은 다음과 같다. 일회용 밴드, 면 붕대 및 약솜, 삼각건 2개, 가위, 의료용 반창고, 소독약, 소독용 면봉, 소독 및 세척용 물수건, 항균 비누, 멸균 거즈 및 안대, 바셀린, 멸균 랜싯)
- 예비 식수 10리터
- 지도 2개(작전 지역 지도와 인근 지역 지도)
- 나침반 2개
- 모든 전자 장비의 예비 배터리
- 비상용 신호탄 10개
- 야전삽 4개(육박전 무기로 휴대해도 무방함)

이동 수단

'피난 요령' 편에서 서술했던 예상 시나리오와 달리 이 장의 목표는 특정 지역에서 탈출하는 것이 아니라 그 지역의 좀비들을 소탕하는 것이다. 이때 좀비는 두려워할 대상이 아니라 유인해야 할 대상이다. 또한 앞장에서와 달리 앞으로 소개할 시나리오에서 당신은 혼자가 아닐 것이며, 지원 본부로 돌아가면 급유 및 차량 정비도 훨씬 쉬울 것이다. 이 점을 염두에 두고 차의 엔진 소리를 미끼로 활용하라 (205쪽의 '각종 공격 전술' 항목 참조). 이때 자전거 바퀴에서 타이어 부분을 제거해도 같은 소음을 낼 수 있다. 그러나 탈것에 너무 의존하면 안 된다. (뒤에 소개한) 특정 전술에 활용하는 경우가 아니면 차량은 전장으로 오고 갈 때에만 이용하라. 일단 목표 지점에 도착하면 차에서 내려 도보 수색을 실시하라. 이렇게 하면 상황에 더욱 유연하게 대처할 수 있으며 특히 시가지에서 큰 효과를 볼 수 있다.

각종 지형

이 항목은 얼핏 중복된 것으로 보일지도 모른다. 그러나 지형을 탈출 수단으로 이용하도록 가르쳤던 '피난 요령' 편과 달리, 여기서는 지형의 도움을 받아 좀비를 사냥하는 법을 설명할 것이다. 이번에는 당신이 처한 환경에서 가능한 한 빠르고 조용하고 간편하게 빠져나갈 필요가 없다. 한 사람의 사냥꾼으로서 당신은 그 땅을 개척해야 한다. 땅을 지키고, 좀비를 소탕하고, 좀비의 흔적이 완전히 사라질 때까지 청소해야 한다. 이 항목에서는 오직 그 목적을 이루는 데 필요한 정보만을 다룰 것이다.

1. 숲

좀비 사냥에 나설 때에는 죽은 지 얼마 안 된 시체에 유의하라. 시체가 짐승에게 당했는지 아니면 좀비에게 당했는지 주의 깊게 판단하라. 한편으로는 나무에 올라가 시야를 확보하라. 나무는 감시탑으로도 저격수의 은신처로도 활용할 수 있다. 이처럼 유용한 나무를 불쏘시개로 사용하는 것은 최후의 수단이다.

2. 초원

드넓고 평탄한 지형에서는 시야도 넓어지므로 장거리 타격 무기의 위력을 십분 발휘할 수 있다. 이때 다섯 명이 한 조가 되어 영점을 잘 잡은 소총과 대량의 탄약으로 무장하면, 단 하루 동안 수 제곱킬로미터를 평정하는 것도 가능하다. 물론 시야가 넓으면 당신이 좀비를 재빨리 발견하는 만큼 좀비도 당신을 금세 발견한다. 초원 지대에서 작전을 수행하는 사냥 집단의 경우 무려 15킬로미터 바깥의 좀비 떼가 자신들을 발견하고 쫓아왔다고 보고한 사례도 있다.

3. 밭

좀비를 쫓아 무심코 밭으로 들어가면 코앞에 숨어 있던 좀비에게 붙잡힐 뿐이다. 수확물을 지키라는 명령을 받았거나 식량이 관건인 상황이 아니라면, 밭에서는 일단 불을 지르고 봐야 한다. 비록 이 책의 다른 장에서는 화공을 펼 때 조심하라고 강조하고 있지만, 밭뙈기 한둘보다야 사람 목숨이 훨씬 더 중요하다는 것은 상식이다.

4. 툰드라 지대

다른 환경에서라면 겪을 일이 없는 툰드라 지대의 잠재적 위험 요소는 바로 몇 세대에 걸친 좀비 발생 사태이다. 기온이 낮으면 부패도 느리게 진행되기 때문에 어떤 좀비들은 얼어붙은 상태로 수십 년 씩 살아남기도 한다. 이들은 기온이 올라

가 몸이 녹을 경우 최근에 소생한 좀비들과 합류하며, 경우에 따라 한 지역 전체를 재감염시키기도 한다. 따라서 동절기의 툰드라 지대는 다른 어떤 환경보다 더 끈질기게 수색해야 하며, 이듬해 봄의 해빙기에는 경계 수준을 더욱 높여야 한다.

5. 구릉지

기복이 있는 지형은 인간인 적과 싸울 때와 마찬가지로 좀비와 싸울 때에도 불안정하고 위협적이다. 되도록 고지를 차지하고 그곳을 지켜라. 이렇게 하면 넓은 시야를 확보할 수 있다. 황당한 소리로 들릴 테지만 그래도 명심하라, 좀비들의 민첩성에는 한계가 있다. 이 특성을 등반 능력에 적용하여 한번 상상해 보라. 그러면 좀비 떼가 당신의 총알에 한 마리 또 한 마리 쓰러지면서도 비탈을 꾸역꾸역 기어오르려다 자빠지는 광경이 보일 것이다.

6. 사막

사막에서 공격 작전을 수행할 때 '피난 요령' 편에서 설명했던 문제점들은 두 배로 심각해진다. 대피할 때와 달리 당신의 공격 부대는 가장 환하고 뜨겁고 혹독한 낮 시간에 활동해야 한다. 전 대원이 물과 일사병 방지 장비를 충분히 갖추었는지 확인하라. 전투에서는 이동할 때보다 훨씬 많은 에너지를 소모하게 되므로 탈수의 위험도 그만큼 커진다. 탈수 증세가 보이면 절대 무시하지 마라. 쓰러진 대원 한 명이 부대 전체를 주저앉게 할 수도 있으며 이렇게 되면 좀비들이 금세 역습에 나설지도 모른다. 만일 지원 기지와 통신이 끊겨서 고립된다면, 고작 하루라고 해도 이 치명적인 환경에서는 전혀 새로운 의미로 다가올 것이다.

7. 시가지

오로지 시가지의 좀비들을 해치우는 것이 목적이라면 폭격을 퍼부어 잿더미로 만들어 버리면 그만이다. 이렇게 하면 도시를 '확보'할

수 있지만, 집이 쓰레기더미가 되어 버린 생존자들은 어디서 살란 말인가? 시가전은 여러 가지 이유 때문에 가장 까다로운 유형의 전투이다. 모든 건물과 방, 지하철 터널, 차, 하수도관 등 거대한 콘크리트 미로를 구석구석 수색해야 하기 때문에 초보자들의 경우에는 다른 어떤 환경보다 더 긴 시간이 걸린다. 도시의 중요성을 생각하면 정규군이 당신이 속한 민간인 부대와 합동 작전을 펼 가능성도 있다. 그러나 이러한 경우가 아니라면 극도로 주의해야 한다. 대원들의 인명과 시간과 보급품(식량, 물, 탄약)이 문제가 될 때에는 늘 보수적으로 생각하라. 도시는 그 나름의 방법으로 이들을 모두 집어삼킬 것이다.

8. 정글

정글은 근접전을 벌이기에 최악의 환경이다. 저격총과 석궁 같은 장거리 무기는 이곳에서 거의 무용지물이다. 대원들은 카빈총과 산탄총으로(또는 둘 다로) 무장시켜라. 마셰티는 나뭇잎을 쳐내거나 백병전에서 사용해야 하므로 한 명도 빠짐없이 휴대해야 한다. 정글은 습도가 너무 높기 때문에 아무리 불을 피워 봐야 헛일이다. 늘 부대 전체가 한 몸이 되어 이동하고, 최고 수준의 경계 태세를 유지하며, 근처

의 야생동물 소리에 귀를 기울여라. 숲과 습지대에서 그러했듯이 정글에서도 경보 시스템은 짐승 소리뿐이다.

9. 습지대

정글 전투의 여러 측면이 습지대에도 그대로 적용된다. 모든 습지대가 정글처럼 덥고 수풀이 울창한 것은 아니지만, 그렇다고 해서 정글보다 더 안전한 것도 아니다. 이곳에서는 물을 주의 깊게 살펴야 한다. 나중에 다룰 테지만 수중 전투에 적용되는 모든 장비와 전술은 습지대에서도 거의 그대로 사용할 수 있다.

각종 공격 전술

1. 유인 및 섬멸

감염 지대에 진입할 때에는 대형 픽업트럭 또는 SUV를 한 대 이상 몰고 가라. 일단 안에 들어서면 있는 힘껏 시끄러운 소리를 내어 당신

이 있는 곳으로 좀비들을 끌어들여라. 그런 다음 해당 지역을 빠져나가야 하는데 이때 뒤따라오는 좀비들과 속도를 맞추어야 한다. 잠시 후, 전설 속의 피리 부는 사나이가 그러했듯이 당신 또한 줄지어 비틀비틀 걸어오는 오싹한 좀비 행렬을 거느리게 될 것이다. 이렇게 되면 차량 뒤에 자리 잡은 저격수들이 좀비들을 하나씩 해치울 수 있다. 좀비의 원시적인 두뇌는 사방에서 동료들이 쓰러져도 알아차리지 못하므로 뒤따라오는 녀석들은 무슨 사태가 벌어지는지 파악하지 못할 것이다. 놈들을 감염 지대에서 계속 끌고 나오는 동안 하나씩 쓰러뜨려 남김없이 해치워야 한다. 이 전술은 시가지(길이 뺑 뚫려 있을 경우) 또는 차를 타고 오래 이동할 수 있는 지역에서 사용하도록 하라.

2. 장애물

이 전술은 '유인 및 섬멸'과 비슷하지만 좀비들을 몇 킬로미터씩 끌고 다니는 대신 고정 진지에 미끼를 놓고 끌어들이는 방식이다. 이 진지는 건물 잔해와 얼기설기 엮은 철조망, 부서진 차 또는 당신의 차량을 이용하여 지으면 된다. 고정 진지에 자리 잡은 부대는 이 장애물이 뚫리기 전에 좀비들을 사살하여 진지를 지켜야 한다. 이때 이상적인 무기는 바로 인화물질이다. 화염병 또는 (오직 이 전술에서만 효과적인) 화염방사기를 사용하면 좀비 떼를 전멸시킬 수 있을 것이다. 좀비들이 전진하지 못하게 막고 표적을 한곳으로 모으려면 철조망 같은 장애물을 설치해야 한다. 화공이 어렵다면 조준 사격만 퍼부어도 같은 효과를 거둘 수 있다. 사거리를 정확히 파악하고 총알을 아껴라. 늘 측면 공격에 대비하라. 가능하면 좁고 꽉 막힌 곳을 좀비들의 진입로로 설정하라. 탈출로는 항시 준비해 두어야 하지만 부대원들이 너무 일찍 퇴각하지 않도록 통제하라. 장애물 전술은 시가지 또는 시야가 탁 트인 곳에서 활용하라. 특히 정글과 습지대, 빽빽한 숲에서는 이를 피해야 한다.

3. 포탑

지상으로부터 높이 떨어진 곳(나무, 건물, 급수탑 등)을 찾아라. 장기전(전투가 하루 이상 이어질 경우)에 대비하여 충분한 양의 탄약과 보급품을 이곳에 옮겨 놓도록 하라. 작업을 모두 마치면 갖은 수단을 동원하여 좀비들을 끌어들여야 한다. 놈들이 주위로 몰려들면 학살을

시작하라. 화공을 퍼부을 때에는 포탑에 불이 번지거나 연기 때문에 건강을 해칠 수 있으니 주의해야 한다.

4. 이동 포탑

쓰레기 수거차나 트레일러처럼 커다란 차량을 몰고 감염 지대 한복판으로 가라. 시계가 양호한 살상 구역을 설정하고 그곳에 주차한 다음 공격을 시작하라. 이 전술의 장점으로는 고정 포탑에 묶여 있을 필요가 없는 점, 엔진 소리로 좀비들을 유인할 수 있는 점, (좌석이 비었다고 가정할 경우) 탈출 수단이 확실한 점 등이다.

5. 짐승 우리

동물을 학대할 자신이 없다면 소탕전에서 이 전술을 사용할 생각은 버려야 한다. 이 전술은 기본적으로 동물을 우리에 가두고 그 우리를 기준으로 유효 사거리 안에 부대원들을 배치한 다음, 갇힌 동물을 잡아먹으러 나타난 좀비 떼를 ˙한 마리씩 해치우는 방식이다. 물론 이 전술이 효과를 발휘하려면 몇 가지 요인을 고려해야 한다. 살아 있는 미끼 동물은 근처의 좀비들을 불러 모을 만큼 목청이 커야 한다. 우리는 좀비의 공격을 견딜 만큼 튼튼해야 하며 밀어도 쓰러지지

않도록 단단히 고정시켜야 한다. 대원들은 좀비에게 들키지 않도록 잘 숨어야 한다. 또한 우리에 갇힌 동물을 쏴죽이지 않도록 주의해야 한다. 동물이 죽어서 아무 소리도 내지 않으면 짐승 우리 전술은 실패로 돌아간다. 대원들이 숨을 곳이 거의 없거나 아예 없는 지형은 짐승 우리 전술을 활용하기에 최악의 환경이다. 그러므로 초원과 툰드라 지대, 탁 트인 사막 등에서는 활용을 삼가라.

6. 전차전

민간인 집단이 실제 탱크나 장갑차에 접근할 수 없다는 것은 명백한 사실이다. 민간인이 구할 수 있는 것은 귀중품 수송용 무장 호송 차량이 고작일 것이다. 대좀비전에서 귀중품은 곧 당신의 부대원들이다. 전차전은 좀비들을 특정 지점으로 유인하여 소총 사격으로 처치한다는 점에서 앞서 설명한 짐승 우리 전술과 매우 비슷하다. 그러나 짐승 우리와 달리 무장 차량 안에 있는 부대원들은 그저 산 미끼에 불과한 존재가 아니다. 이들은 차량 외벽에 뚫린 총안을 통해 사격을 가하여 외부의 저격수들에게 힘을 보탤 수 있다. 그러나 좀비들이 차량을 옆으로 밀어 전복시킬 수도 있으므로 주의하라.

7. 돌격전

이 전술은 아마도 좀비 사냥법 가운데 가장 호쾌한 방법일 것이다. 먼저 부대를 몇 개 조로 나누어 차량 여러 대에 태운 다음, 감염 지대로 돌진하여 좀비들을 눈에 띄는 족족 깔아뭉개라. 이 전술은 이름에서 알 수 있듯이 오늘날 쇼핑몰 등에서 종종 일어나는 압사 사고를 연상케 하는데, 사실 충분한 작전 능력을 갖춘 사냥 부대들은 이를 거의 사용한 적이 없다. 좀비를 차로 치어 죽일 가능성은 희박하기 때문이다. 차에 치인 살아있는 시체는 불구가 된 채 산산조각 난 척추와 쓸모없는 사지를 끌고 질질 기어 다니기 일쑤이다. 그러므로 한바탕 질주를 마친 후에는 반드시 대원들을 하차시켜 몇 시간 동안 소탕전을 벌이도록 하라. 돌격전을 꼭 해야 한다면 초원이나 사막, 툰드라 지대처럼 드넓은 개활지를 택해야 한다. 시가지에는 부서진 차나 버려진 방어벽 같은 장애물이 너무 많다. 돌격전을 펼치던 사냥 부대가 막다른 길에 부닥쳐 상황이 역전되는 경우는 너무나 흔하다. 늪과 습지대는 철저히 피해야 한다.

8. 차량을 이용한 소탕전

이 전술은 돌격전과 정반대로 느리고 조용하며 질서 정연하다. 우선 크고 강력하고 방어력도 뛰어난 차량에 부대원들을 탑승시킨 다음, 시속 15킬로미터 이하로 운행하며 감염 지대를 순찰하라. 저격수들은 서 있는 놈이 한 마리도 안 보일 때까지 좀비들을 한 번에 한 놈씩 해치워야 한다. 이때 저격수들이 차 지붕 위에 자리를 잡으면 조준하기도 쉽고 안전하므로 트럭을 이용하는 것이 가장 좋다. 이 전술을 사용하면 나중에 소탕전을 벌일 필요가 없으므로 돌격전 때보다 시간을 절약할 수 있지만, 그래도 좀비 시체는 한 구 한 구 살펴보고 처리해야 한다. 이 전술은 느린 속도로 전개되기 때문에 시가지에서도 제한적으로 활용할 수 있으나 이상적인 환경은 역시 탁 트인 지형이다. 자동차를 이용한 작전이 모두 그러하듯이 수풀이 빽빽한 열대 지역에서는 피해야 한다. 다시 한 번 강조하지만, 돌격전과 마찬가지로 작전이 끝나면 철저한 소탕 작업을 실시해야 한다. 쉐보레 SUV 지붕에서 아무리 저격을 해봤자 연못 바닥에 숨은 좀비나 옷장에 숨은 좀비, 하수도를 떠도는 좀비, 지하실에 어슬렁거리는 좀비 등은 해치우지 못한다.

9. 공수 소탕전

하늘에서 적을 공격하는 것보다 안전한 전술이 또 있을까? 헬리콥터 몇 기만 있으면 아무 위험도 없이 더 짧은 시간 동안 더 넓은 지역을 소탕할 수 있지 않을까? 이론상으로는 그렇지만, 실제로는 그렇지 않다. 정규전을 공부한 사람이라면 누구나 인정할 테지만 공군 전력이 아무리 강하다고 해도 지상군은 반드시 있어야 한다. 좀비 사냥에서는 더욱 그러하다. 시가지나 숲, 정글, 습지대 등 은폐물이 지상을 가리는 지형에서는 공중 공격을 아예 생각지도 말아야 한다. 이러한 지대에서는 명중률이 10퍼센트 이하로 떨어질 것이다. 시야가 넓은 곳이라 할지라도 깔끔하고 쾌적한 소탕전을 기대하면 안 된다. 지상이 아무리 안전해 보여도 당신 부대가 다시 가서 청소해야 하기 때문이다. 그럼에도 공중 지원은 확실히 쓸모가 있으며, 전방 수색과 수송 임무에서 특히 그러하다. 비행기나 헬리콥터를 이용하여 개활지를 정찰하면 좀비들의 위치 정보를 여러 사냥 부대에 동시에 제공할 수 있다. 광고용 소형 비행선은 감염 지대 상공에 하루 종일 머물며 혹시 있을지도 모르는 매복에 대한 정보와 경보를 지속적으로 제공할 수 있는 장점이 있다. 헬리콥터는 구조대를 태우고 위험에 처한 부대를 구하러 즉시 출동할 수 있다. 그러나 공중 정찰대를 본진보다 너무 앞서 파견할 경우에는 주의해야 한다. 기체가 고장 나면 감염 위험률이 높은 곳에 착륙할 수밖에 없기 때문이다. 이렇게 되면 승무원들뿐 아니라 구조대까지 위험에 처하게 된다.

사냥 부대를 감염 지대에 낙하산으로 투입하는 방법은 어떨까? 이 전술은 여러 차례 제기되었지만 실행된 적은 한 번도 없다. 겉보기에는 획기적이고 대담하고 웅장하지만, 실은 아무짝에도 쓸모가 없기 때문이다! 착지할 때의 충격으로 다치거나, 사망하거나, 나무에 걸리거나, 엉뚱한 곳에 떨어지는 등의 위험은 아무것도 아니다. 평상시의 공수 훈련에서 발생할 법한 사고는 그냥 무시해도 좋다. 대좀비 공수 작전의 진정한 위험을 알고 싶거든 개미가 우글거리는 개미굴에 1세제곱센티미터짜리 고기조각을 한번 떨어뜨려 보라. 아마 땅에 닿기도 전에 사라질 것이다. 한마디로, 공중 지원은 어디까지나 '지원'이다. 이를 필승 전략으로 믿는 사람들은 대좀비전의 작전 수립과 조직 운영, 병력 투입 등에 절대로 관여하면 안 된다.

10. 화공 작전

만약 화염을 통제할 능력이 있고 해당 지역이 불을 붙이기 쉬운 곳이며 재산 보호가 관건이 아닌 경우라면, 불을 지르는 것은 최고의 전술이다. 이때 태울 곳의 경계를 분명히 표시해야 한다. 또한 경계선 전체를 빙 둘러싸고 동시에 불을 붙여야 불길이 안쪽으로 꾸준히 타들어간다. 아무리 좁은 틈이라도 빠져나갈 곳을 남겨두면 안 된다. 불길을 뚫고 나오는 좀비가 있는지 계속 감시하라. 이론상으로는 화염

이 좀비들을 한데 몰아넣고 금세 재로 만들 것이다. 그러나 이 경우에
도 나중에 소탕 작업을 해야 한다. 특히 시가지에서는 지하실 같은 공
간에 숨어 불길을 피할 수 있으므로 더욱 꼼꼼히 살펴야 한다. 여느
때와 마찬가지로 경계를 늦추지 말고 불을 제2의 적으로 상대할 수
있게 준비하라.

11. 수중전

해당 지역을 안전지대로 선포하기 전에 먼저 좀비들이 가까운 물
속에 기어들어갔을 가능성을 생각하라. 소탕을 끝낸 곳에 다시 돌아
와 살던 사람들이 며칠, 몇 주, 심지어 몇 달 후에 뭍으로 돌아온 좀비
떼에게 공격당한 사례는 너무나 많다. 좀비들은 물속에서 살아 움직
이며 심지어 사람도 죽일 수 있으므로 놈들을 사냥할 때에는 간혹 수
중전이 벌어지기도 한다. 물은 인간에게 자연스러운 환경이 아니므
로 수중전은 극히 위험해질 수도 있다. 물속은 숨쉬기가 힘들뿐더러

교신, 기동성, 가시거리 모두 지상보다 열악하기 때문에 좀비 사냥에는 최악의 환경이다. 수로를 이용하여 탈출할 때에는 당신이 좀비들보다 더 유리하지만, 물속이라는 낯선 환경에서 수색 및 소탕 작전을 벌일 때에는 주도권이 좀비들 쪽으로 넘어간다. 그렇다고 해서 수중전이 아예 불가능한 것은 아니다. 전혀 그렇지 않다. 아이러니하게도, 사냥꾼들은 앞서 말한 어려움 때문에 익숙한 환경보다 오히려 물속에서 더욱 경계심을 갖고 집중력도 높아진다고 한다. 수중전에서 이기려면 어떤 경우에든 다음에 소개하는 일반 규칙들을 따라야 한다.

(1) 작전 지역을 숙지하라

문제가 되는 곳의 물은 얼마나 깊은가? 얼마나 넓은가? (연못, 호수, 저수지처럼) 육지로 둘러싸인 곳인가? 아니라면 더 넓은 물로 나가는 출구는 어디인가? 물속의 시계는 양호한가? 가라앉은 장애물은 없는가? 사냥에 나서기 전에 앞의 질문들에 답하도록 하라.

(2) 먼저 수면 위에서 잘 살펴라

잠수 장비를 걸치고 좀비들이 득시글대는 물에 무작정 뛰어드는 것은 어릴 적에 경험했던 잡아먹히는 공포와 물에 빠지는 공포를 동시에 맛볼 수 있는 멋진 방법이다. 해변이나 독, 보트 위에서 해당 수역을 철저히 수색하기 전에는 절대 물에 뛰어들지 마라. 물속이 어둡거나 수심이 너무 깊어서 맨눈으로 살피기 힘들다면 반드시 장비의 힘을 빌려야 한다. 사람 몸뚱이만 한 물체는 민간 어선에 장착된 일반형 음파 탐지기로도 쉽게 잡아낼 수 있다. 수상 탐색만으로는 물속에 좀비가 우글거리는지 어떤지 알아내기가 힘들 때도 있다. 나무, 암초, 가라앉은 잔해 등 수중 장애물이 좀비의 형체를 가릴 수도 있다. 그러나 단 한 마리라도 잡힐 경우에는 다음의 규칙을 따라야 한다.

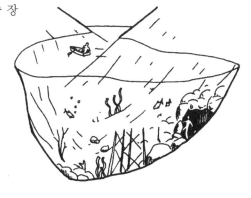

(3) 배수를 고려하라

만약 불리한 환경 자체를 제거할 수 있다면, 당신의 대원들을 굳이 그러한 환경에 내버려둘 필요가 있을까? 스스로에게 이렇게 물어보라. '이 물을 다 없애는 일이 가능할까?' 만약 가능하다면 수중전보다 더 힘들고 오래 걸린다 하더라도 모든 수단을 동원하여 실행에 옮겨야 한다. 그러나 대개는 불가능하게 마련이다. 물속의 위협을 제거하려면 대원들이 직접 내려가서 추적해야 한다.

(4) 전문가를 찾아라

대원들 중에 스쿠버 다이빙 자격증 소지자가 있는가? 수중 호흡기를 사용한 경험이 있는 사람은? 하다못해 휴가 때 스노클링을 해본 사람이라도 괜찮다. 전혀 경험이 없는 사람이 물속에 들어갔다가는 좀비를 구경하기도 전에 죽을 수도 있다. 익사, 질식, 질소 중독, 저체온증은 우리 인간들처럼 공기로 숨 쉬는 동물이 물속에서 최후를 맞는 갖가지 방법들 가운데 극히 일부에 지나지 않는다. 시간이 넉넉하다면, 예를 들어 좀비를 육지로 둘러싸인 물속에 몰아넣은 상황이라면, 대원들을 훈련시키거나 인도할 수 있는 사람을 찾든지 아니면 아예 그 사람에게 임무를 맡기도록 하라. 그러나 강에 빠진 좀비가 곧 근처 마을에 등장할지도 모르는 상황이라면 전문가를 기다릴 시간이 없다. 이 경우에는 물에 뛰어들 준비를 하되 그 결과에도 대비해야 한다.

(5) 장비를 준비하라

지상전과 마찬가지로 수중전에서도 적절한 장비와 무기가 당신의 생존 여부를 결정지을 것이다. 가장 일반적인 호흡 보조 장치는 스쿠버, 즉 수중 호흡기이다. 수중 호흡기가 하나도 없다면 항해용 압축펌

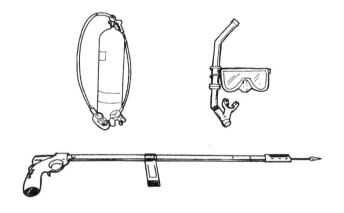

프와 고무호스가 완벽하지는 않더라도 쓸 만한 대용품이 될 것이다. 휴대용 탐조등은 필수품이다. 물이 아무리 맑다고 해도 어둡고 가려진 곳에 좀비가 숨어 있을지도 모르기 때문이다. 주무장으로는 늘 수중총을 염두에 두도록 하라. 수중총의 두개골 관통 능력을 능가하는 수중 무기는 아무것도 없다. 강력한 무기를 하나 더 꼽자면 잠수부용 '폭발봉'이 있다. 특히 끄트머리에 12게이지 산탄이 달린 금속봉을 추천한다. 그러나 이 두 가지 모두 해안 지대가 아니라면 찾아보기 힘든 무기들이다. 이를 구할 수 없을 때에는 그물, 갈고리, 직접 만든 작살 등을 이용하라.

(6) 협동 공격을 펴라

'물속에서 올라와 보니 좀비들이 배를 차지하고 있네?' 이것이야말로 최악의 상황이다! 그러므로 수면 위에 있는 부대와 늘 함께 행동해야 한다. 만약 부대원이 열 명이라면 다섯 명은 물속으로 내려 보내고 나머지는 수면 위에 머물게 하라. 이렇게 하면 전황이 뒤집혔을 때 곧장 구조하러 갈 수 있다. 수면 위에 있는 대원들은 정찰을 하거나 공격에 가세하거나 지상 부대에 원조를 요청하는 식으로 도움을 줄 수 있다. 전장 환경이 위험할수록 지원의 필요성이 더 크다는 것은 모든 전술에 적용되는 일반 규칙이다.

(7) 수중 생물을 관찰하라

앞에서 이미 살펴보았듯이, 날짐승과 길짐승은 좀비가 접근할 때 신호를 보낸다. 이는 물고기도 마찬가지이다. 솔라눔에 감염된 살점이 좀비의 몸뚱이에서 떨어져 나올 경우, 그 흔적이 아무리 미미할지라도 수중 생물이 이를 감지할 수 있다는 것은 이미 입증된 사실이다. 수중 생물들은 일단 좀비의 흔적을 감지하면 즉시 해당 지역에서 벗어나며 이러한 움직임은 멈추지 않고 지속된다. 수중 공격 부대의 보고서에는 으레 좀비와 조우하기 직전 물고기가 한 마리도 없는 수역을 지나갔다는 내용이 나오게 마련이다.

(8) 공격 전술

아래에 소개하는 전술 가운데 어떤 것도 허황되거나 못 미더운 것으로 여기고 무시하지 마라. 개중에는 우스꽝스럽게 들리는 것도 있겠지만, 모두 대좀비 수중전에서 여러 차례 시도한 전술이며 하나같이 놀라운 성공을 거둔 것들이다.

ㄱ. **저격**: 소총을 수중총으로, 공기를 물로 대치하면 기본적으로는 지상전과 동일하다. 수중총은 소총보다 사거리가 짧기 때문에 잠수부가 더 큰 위험에 처하게 된다. 초탄이 빗나갔을 경우 그 자리에서 재장전을 하면 절대 안 된다! 안전한 곳까지 헤엄쳐서 이동한 다음 작살을 재장전하고 다시 표적을 노려라.

ㄴ. **작살 사냥**: 머리를 단번에 명중시키기가 힘들 때 사용하는 방법이다. 작살 끄트머리에 금속 실을 연결한 다음 좀비의 가슴을 조준하라. 일단 좀비가 작살에 꿰

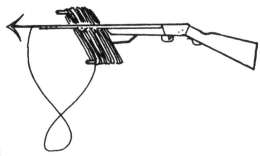

이면 수상 부대가 끌어올려 처리하면 된다. 좀비는 작살을 맞고 나서도 공격할 수 있으니 주의하라. 가능하면 좀비가 수면에 떠오르자마자 소총으로 머리를 쏴야 한다. 이렇게 하려면 잠수부와 수상 부대가 손발을 딱딱 맞추어야 한다. 한번은 부주의한 수상 부대가 작살에 꿰인 좀비를 이미 죽은 것으로 착각하고 수면으로 끌어올린 적이 있었다. 물속에 있던 무능한 잠수부는 수상 부대의 비명을 듣지도 못했다.

ㄷ. **밧줄로 잡아당기기**: 작살 끄트머리에 기다란 밧줄을 연결하라. 표적이 된 좀비에 작살을 발사한 다음 수상 부대에 신호를 보내어 좀비를 끌어올리도록 하라. 작살과 연결된 밧줄을 배 또는 인력으로 잡아당기면 좀비가 중간에 빠져나갈 위험이 줄어든다. 물이 맑고 충분히 얕은 곳이라면 처음부터 끝까지 배에 머물면서 작살을 쏠 수도 있다. 다시 말하지만, 작살 사냥 때 그러했듯이 밧줄로 끌어당긴 좀비는 공격 거리에 들어오기 전에 처치해야 한다.

ㄹ. **그물 던지기**: 이 전술을 사용할 경우 잠수부들은 정찰 임무만 맡고 공격은 주로 수상 부대가 맡을 것이다. 표적이 된 좀비 위로 어업용 그물 또는 화물 포장용 그물을 던진 다음 그물을 수면 위로 끌어당겨라. 이 전술의 주요 장점 가운데 하나는 수면 위로 끌어올린 좀비가 그물에 꽁꽁 묶여서 결코 공격하지 못한다는 점이다. 물론 '결코'는 위험한 말이다. 결코 위험해 보이지 않는 좀비들에게 치명상을 입은 사냥꾼은 수없이 많다.

(9) 수중전의 개별 규칙

각각의 수역을 서로 다른 지형으로 생각하라. 사막과 늪이 서로 다르듯이 수역들도 저마다 다른 환경을 갖추고 있다. 갖가지 수역의 유일한 공통점은 물로 뒤덮여 있다는 점이다. 당신에게는 이미 좀비라는 무시무시한 적이 있다. 그러므로 물까지 적으로 만들지 마라.

ㄱ. **강**: 쉬지 않고 흐르는 강물은 축복인 동시에 저주이기도 하다. 강은 그 흐름의 세기에 따라 좀비들을 원래 감염 지대에서 멀리 떨어진 곳까지 쓸고 갈 수도 있다. 미네소타 주 위노나 근처에서 강에 빠진 좀비가 일주일 만에 뉴올리언스 중심가의 강변에 떠오른 적도 있다. 이는 육지로 둘러싸인 수역에서 찾아볼 수 없는 위협이다. 가능하면 강폭이 가장 좁은 곳에 그물을 쳐라. 이 그물은 늘 주의 깊게 살펴야 하며, 조사할 목적으로 잠수부를 내려 보낼 때에는 극도로 주의해야 한다. 거센 물살이 잠수부들을 쓸고 가 좀비 떼의 주둥이로 몰아넣을 수도 있기 때문이다.

ㄴ. **호수 및 연못**: 호수나 연못은 (대개) 육지로 둘러싸여 있기 때문에 좀비가 탈출할 위험이 적다. 이런 곳에서 물가로 돌아온 좀비를 발견하고 사살하기란 어렵

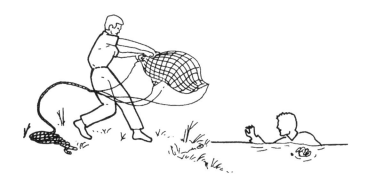

지 않다. 물속에 남아 있는 좀비들도 결국에는 붙잡혀 처치당할 것이다. 또한 물이 흐르지 않기 때문에 잠수부들에게는 이상적인 환경이다. 그러나 호수나 연못이 얼어붙을 경우 훗날 발생 사태가 다시 일어날 위험이 있다. 물이 꽁꽁 얼어붙으면 물속의 좀비는 얼음에 파묻힌 채 겨울을 나기 때문에 발견하기가 거의 불가능하다. 수면만 얼어붙을 경우 얼음 아래의 좀비들은 어두컴컴한 물밑을 자유로이 이동할 수 있다.

ㄷ. 늪: 늪은 수중전을 벌이기에 가장 절망적인 장소이다. 이곳의 탁한 물에 잠수하기란 거의 불가능에 가깝다. 바닥에는 나무뿌리가 얼기설기 얽혀 있어서 음파 탐지기도 무용지물이 된다. 늪은 대개 수심이 얕기 때문에 좀비가 바닥에 숨으면 그저 손을 뻗기만 해도 사냥꾼을 붙잡거나 보트를 뒤집을 수 있다. 늪 소탕전에서 효과가 입증된 전술은 병력을 대대적으로 동원하여 탐조등과 탐침으로 꼼꼼하게 조사하는 것뿐이다. 이런 식의 고된 전투를 한바탕 치르고 나면 늪지대에서 비롯된 괴담이 왜 그리도 많은지 깨닫게 될 것이다.

ㄹ. **바다**: 부두 또는 절반쯤 폐쇄된 만 같은 곳이 아니라 넓은 바다라면, 좀비를 편히 사냥할 생각은 버려야 한다. 제대로 소탕하기에는 공간이 너무나 방대할 뿐 아니라 수심이 깊은 곳을 뒤지려면 구하기도 힘들고 비용도 많이 드는 잠수정까지 동원해야 하기 때문이다. 적극적인 사냥 작전을 펼 때 발생하는 이러한 문제들과 비교하면 바다 밑에 숨은 좀비들의 위험은 사소한 수준이다. 이들은 그저 바다 밑바닥만 헤맬 뿐, 다시는 육지로 올라오지 못하고 결국 썩어서 사라질 것이다. 그렇다고 해서 이들의 위협을 아예 무시해도 좋다는 뜻은 아니다. 일단 좀비들이 바다로 쓸려간 것을 확인하면 해당 수역의 심해 조류를 조사하여 좀비들이 과연 해변으로 밀려올지, 온다면 어디로 올지 파악해야 한다. 그다음에는 해변에 거주하는 모든 이들에게 경보를 발령하고 상당한 기간 동안 감시 체제를 유지해야 한다. 믿기 힘들겠지만 발생 사태로부터 수개월이 지난 후에 수천 킬로미터나 떨어

진 곳에서 좀비들이 파도를 뚫고 기어 나온 사례가 있다.

자, 이 장에 소개한 모든 지침들을 당신이 제대로 따랐다고 가정해 보자. 전투는 끝났고, 전역은 안전해졌으며, 희생자들은 추모를 받고 좀비들은 불태워졌다. 부디 다시는 좀비의 몸뚱이에 손을 댈 일이 없기를 바란다. 하지만 그렇게 되지 않는다면? 당신이 이제껏 벌였던 투쟁이 인류와 좀비 사이의 전면전에 앞서 벌어진 사소한 전초전일 뿐이라면? 혹시라도 그 전쟁에서 인류가 진다면, 어떻게 할 것인가?

좀비 천지에서 살아남기

상상도 할 수 없는 일이 실제로 일어난다면? 만일 좀비 패거리가 온 지구를 점령할 정도로 커진다면 어떻게 할 것인가? 이는 4종 발생 사태 또는 최종 발생 사태, 즉 인류가 멸망의 위기에 몰린 상황을 가리킨다. 말 같지도 않은 소리라고? 그렇다. 아예 불가능하다고? 그렇지는 않다. 어떠한 형태의 정부도 결국에는 인간을 모아놓은 집단에 지나지 않는다. 그들도 겁 많고 근시안적이고 콧대 높고 완고하며, 대개는 우리 자신처럼 무력한 인간인 것이다. 피에 굶주린 송장들이 비척비척 공격해 와도 인류의 대부분은 이를 인정하지 않고 대처할 생각도 하지 않을 것이다. 정부라고 해서 다를 리가 있겠는가? 1종 또는 2종 발생 사태 앞에서는 다를 바 없을 거라고 주장하는 사람도 있다. 그러나 좀비의 위협이 단 수백 마리 규모로만 커져도 정부 지도자들은 틀림없이 화들짝 놀라 대응에 나설 것이다. 어떻게 안 그럴 수가 있겠는가? 권력을 쥔 이들, 특히 오늘날처럼 고도로 문명화된 시대의 권력자들이, 치명적인 질병이 확산되어 전염병 수준으로 발전할 때까지 무시할 수 있겠는가? 세계 여러 나라 정부들이 에이즈 확산에 어떻게 대처하는지를 보면 그 답을 알 수 있을 것이다. 그러나 '당국'이 위협을 실제로 파악하고도 이를 통제할 수 없다면? 대대적인 경제 불황과 세계 대전, 민간 소요 사태, 자연 재해 등은 급속도로 확산되는 발생 사태에 대처할 정부 자원을 간단히 빼앗아갈 것이다. 사회가 최적의 상태에 있다 하더라도 2종 이상의 발생 사태를 통제하기란 극히 어렵다. 시카고나 로스앤젤레스 같은 대도시에서 방역 작업을 실시한다고 가정해 보라. 도시에서 탈출하려는 수백만 명 가운데 이미 물린 사람은 수도 없이 많을 것이며, 그들은 방역 경계선 너머 아득히 멀리까지 감염을 확산시킬 것이다.

설령 그렇다 할지라도 지구 표면의 대부분을 뒤덮은 드넓은 바다가 우리를 구해 주지 않을까? 북아메리카에 좀비가 창궐한다고 해도 유럽과 아프리카, 아시아, 오스트레일리아에 사는 이들은 안전하지 않을까? 어쩌면 그럴지도. 이는 모든 국경을 봉쇄하고, 모든 항공편을 금지하고, 세계 모든 나라의 정부가 발생 사태를 파악한 다음 이를 멈추기 위해 노력한다고 가정할 때의 이야기이다. 그렇다고 한들 좀비들이 수천만 인구 속에 이미 파고든 상황에서 감염된 승객이 탄 비행기를 모조리 공항에 묶어두고, 감염된 선원이 탄 배를 모두 항구에 붙잡아두는 일이 과연 가능할까? 물속에 숨은 좀비를 찾아 바닷가 한 뼘 한 뼘을 모조리 순찰할 수 있을까? 아쉽게도 지금으로서는 아니라고 대답할 수밖에 없다. 시간은 좀비들의 편이다. 좀비들의 수는 하루가 다르게 불어날 것이며 감염 확산을 억누르고 놈들을 처치하기는 점점 더 힘들어질 것이다. 인간과 달리 좀비 떼에게는 후방 지원이 전혀 필요하지 않다. 놈들은 식량도, 탄약도, 의료 지원도 원치 않는다. 낮은 사기도, 전투 후유증도, 지도부의 부족한 역량도 걱정할 필요가 없다. 공황 사태, 탈영, 대규모 항명 사태도 일어나지 않는다. 애초에 좀비에게 생명을 준 바이러스가 그러하듯이, 놈들은 먹잇감이 하나도 남지 않을 때까지 쉬지 않고 수를 불려 온 지구를 뒤덮으려 할 것이다. 자, 이제 어디로 가야 할까? 무엇을 해야 할까?

좀비들이 점령한 세상

좀비들이 승리한 순간 세계는 완전한 혼돈으로 퇴보한다. 모든 사회 질서는 흔적도 없이 사라진다. 권력자들은 가족과 패거리들을 챙겨 전국 각지의 벙커와 안전지대에 틀어박힐 것이다. 그들은 원래 냉전시대에 건설된 이 벙커 속에 안전히 틀어박혀 살아남을 것이다. 어쩌면 허울뿐인 정부 지휘 계통을 계속 유지할지도 모른다. 어쩌면 최신 기술을 이용하여 다른 정부 기관 또는 안전하게 보호받는 외국 정상들과 교신할지도 모른다. 그러나 그들은 사실상 망명 정부에 지나지 않는다. 이처럼 법질서가 완전히 무너진 상황에서는 개인들이 뭉쳐 만든 소규모 집단이 권력을 쥐고자 일어서게 마련이다. 약탈자와 도적과 불량배 패거리가 생존자들을 덮쳐 원하는 것을 빼앗고 마음껏 욕구를 채우려 할 것이다. 어떠한 문명이든 마지막 숨을 거두는 순간에는 늘 거대한 축제가 벌어지는 법이다. 역겹게 들릴 테지만, 오늘이 마지막 날이라고 믿는 사람들이 전국 방방곡곡에서 난교 파티를 벌일 것이다.

남아 있는 경찰과 군대는 꼭꼭 숨은 정부를 지키는 개가 되거나, 자기 식구들을 챙기려고 탈영하거나, 아니면 그들 스스로 도적 떼가 되는 지경까지 타락할 것이다. 통신 및 교통이 완전히 끊기는 사태가 전 지구를 뒤덮을 것이다. 고립된 도시들은 탁 트인 전장으로 바뀌고, 뿔뿔이 흩어진 시민 집단들은 요새를 지키기 위해 좀비와 인간 배신자들 모두에 맞서 싸울 것이다. 버려진 기계들은 결국 부서지거나 경우에 따라 폭발할 것이다. 원자로가 녹아내리는 등 산업 사고가 빈발하여 유독한 화학 부산물이 땅을 오염시킬 것이다. 시골에는 좀비가 창궐할 것이다. 인간이 모두 빠져나간 도시에서는 좀비들이 먹이를 찾아 사방을 훑으며 돌아다닐 것이다. 시민들이 달아나거나 맞서 싸우거나 아니면 자신들을 먹어치우려고 느릿느릿 다가오는 좀비 떼를 무력하게 기다리는 동안, 농가와 교외 주택지는 파괴되어 가루로 변할 것이다. 인간들만 살육당하는 것은 아니다. 우리에 갇힌 가축들의 비명과 주인을 지키고자 분연히 일어선 반려 동물들의 포효가 온 하늘을 뒤덮을 것이다.

시간이 흐르면 불은 꺼지고, 폭발은 멈출 것이며, 비명도 잦아들 것이다. 요새의 보급품이 바닥을 드러내면 거주자들은 어쩔 수 없이 식량을 구하러 나가거나 대피하거나, 아니면 절박해진 나머지 광기에 휩싸여 총을 들고 뛰어나가 좀비들과 맞설 것이다. 안전한 곳에서 풍족한 생활을 누리던 사람들조차 오로지 절망에 굴복하여 스스로 목숨을 끊다 보면 사망자 수는 계속 늘 것이다.

앞서 말한 약탈자들도 사정이 어렵기는 마찬가지이다. 이 현대판 야만인들이 그러한 삶을 택한 까닭은 법을 우습게 알고 단체 생활을 경멸하며 창조 대신 파괴를 선호하기 때문이다. 이 염세적인 기생충들은 스스로 생산하는 대신 남의 재산을 빼앗으며 살아간다. 이러한 정신 상태 때문에 그들은 한 곳에 정착하여 새 삶을 일구지 못한다. 그들은 늘 도망을 다니며, 멈추는 곳마다 좀비와 싸운다. 그렇게 싸워서 외부의 위협을 막는 데 성공한다 해도 혼돈을 추구하는 본성 때문에 결국에는 서로 반목하게 된다. 이러한 집단들은 대개 강인한 두목 한 사람에 의해 유지되게 마련이다. 그 두목이 사라지면 집단을 하나로 묶을 힘은 존재하지 않는다. 이런 식으로 와해된 불량배 집단은 불리한 환경 속에서 목적 없이 떠돌기 때문에 오래 살아남지 못한다. 몇 해만 지나면 이 잔인무도한 약탈자들은 거의 자취를 감출 것이다.

자투리만 남은 정부가 어떻게 될지는 예측하기 힘들다. 이는 우리가 얘기하는 나라가 어디인지, 좀비 위기 발생 전에 그 나라에 어떤 자원이 있었는지, 또한 그 나라 정부가 어떤 체제였는지에 따라 크게 좌우될 것이다. 민주주의 또는 종교적 근본주의를 추구하는 사회는 살아남을 가능성이 매우 높다. 이러한 사회의 생존자들은 지도자의 개인적 매력(또는 위협)에 의존할 필요가 없다. 제3세계의 몇몇 독재자는 자신의 끄나풀들을 규합할 테지만 그것도 살아 있을 때의 이야기일 뿐이다. 야만인 약탈자들과 마찬가지로 독재자들은 죽거나 아니면 조그마한 약점만 노출해도 정부 전체의 종말을 초래할 것이다.

그러나 살아남은 인간들에게 어떤 일이 일어나든, 좀비들은 늘 그 자리에 있을 것이다. 눈을 희번덕거리고 주둥이를 헤 벌린 채로, 썩어가는 몸뚱이로 온 지구를 뒤덮고 손닿는 곳에 있는 생물들을 모조리 사냥할 것이다. 동물들 가운데 몇몇 종은 여지없이 멸종할 것이다. 종 말을 면한 다른 종들은 급격하게 변한 생태계에서 적응할 방법을 찾 을 테고 어쩌면 번창할지도 모른다.

이 종말 후의 세계에는 초토화된 풍경이 펼쳐질 것이다. 까맣게 불 탄 도시, 인적이 끊긴 도로, 무너진 집들, 해변에 버려진 채 녹슬어가 는 배들, 갉아먹은 자국이 남은 새하얀 뼈 따위가 이제 살아있는 시체 에 의해 지배당하는 세상 곳곳에 널려 있을 것이다. 다행히 당신은 그 풍경을 못 볼 것이다. 왜냐하면 그때가 오기 전에 이미 머나먼 저 세 상에 가 있을 테니까!

다시 시작하기 위하여

'방어 요령' 편에서 당신은 구조대가 올 때까지 오랜 포위 공격에 견딜 공간을 마련하는 법을 배웠다. '피난 요령' 편에서는 안전지대까 지 머나먼 길을 이동하는 법에 관해 배웠다. 이제 최악의 시나리오를 가정하고 이에 대비할 차례이다. 이 시나리오에서 당신과 당신의 절 친한 친구들과 식구들은 문명 세계에서 완전히 벗어나 아무도 살지 않는 외진 곳을 찾아야 한다(지구에는 이런 곳이 생각보다 많다.). 그리고 그곳에서 만신창이가 된 삶을 재건해야 한다. 섬에 좌초한 생존자들, 아니면 인류가 새로 발견한 행성에 식민지를 건설하는 이들을 상상해 보라. 살아남고 싶으면 이들과 똑같은 마음 자세를 가져야만 한다. 당 신을 위해 와 줄 사람은 아무도 없다. 정해진 구조 계획 따위도 없다.

도움을 청하러 달려와 줄 아군도, 당신을 후방에 안전하게 숨겨줄 전선도 없다. 예전의 삶은 완전히 끝났다! 새 삶을 얼마나 풍요롭게, 또 얼마나 오랫동안 일굴지는 오로지 당신에게 달렸다. 듣기만 해도 소름이 끼치는 전망이지만 그래도 명심하라, 우리 인간은 역사의 첫 아침부터 적응과 재건을 시작했다. 심지어 사회가 인간을 구제불능 수준으로 유약하게 만든 것처럼 보이는 오늘날에도, 살아남고자 하는 의지는 우리 유전자 속에 깊숙이 박혀 있다. 아이러니하게도 당신이 최악의 시나리오에서 마주할 가장 심각한 도전은 좀비가 아니라 바로 하루하루 연명하는 일이다. 사실 생존 전략을 완벽하게 준비했다면 좀비는 아예 구경할 일도 없을 것이다. 당신의 목표는 안전하고 조그마한 소우주를 창조하는 것이다. 거기에는 당신이 살아남는 데 필요한 물자뿐만 아니라 쥐꼬리만 하게나마 문명을 이어가는 데 필요한 모든 것을 갖추어야 한다.

그렇다면 언제 시작하는 것이 가장 좋을까? 답은 '지금 당장'이다! 전면전은 결코 일어나지 않을지도 모른다. 어쩌면 몇 년 후의 일일 수도 있다. 그러나 그날이 머지않았다면? 1종 발생사태가 이미 시작되어 아무도 모르게 진행되는 중이라면? 언론이 삼엄하게 검열당하는 전체주의 체제 국가에서 2종, 심지어 3종 발생 사태가 이미 시작되었다면? 그렇다면 고작 몇 개월 후에 전면전이 벌어질지도 모른다. 십중팔구는 이런 식으로 진행되지 않을 것이다. 하지만 그렇다고 해서 미리 대비하지 말아야 할 이유는 없지 않은가? 포위전에 대비하여 물자를 비축하는 일과 달리 문명의 씨앗을 뿌리는 데에는 오랜 시간이 필요하다. 더 많이 준비할수록 당신의 삶은 더 풍요로워질 것이다. 그렇다면 지금의 삶을 통째로 포기하고 오로지 세상의 종말에만 대비해야 할까? 물론 그렇지는 않다. 이 책은 평범한 시민이 통상적인 생활 방식을 유지하면서 따라할 수 있도록 씌어졌다. 그러나 최소 준비 시간은 아무리 짧게 잡아도 1500시간 이상이 되어야 한다. 이는 몇 년에 걸쳐 준비한다고 해도 적지 않은 시간이다. 만약 종말이 임박했을 때 벼락치기로 모든 것을 준비할 수 있다고 믿는다면, 지금은 손가락 하나 까딱할 필요 없다. 그러나 비가 내리기 시작한 후에 방주를 만들기 싫다면 다시 생각하는 편이 좋을 것이다.

| 일반 규칙 |

1. 집단을 조직하라.

앞에서 자세히 설명했다시피 혼자 시도하기보다는 여럿이 대응하는 편이 낫다. 집단을 이루면 재정도 풍족해지고 땅과 장비도 훨씬 더 많이 구입할 수 있다. 농성 편에서 살펴보았듯이 사람이 많으면 이용할 수 있는 기술도 많아질 것이다. 한편으로는 어떤 기술을 지닌 사람이든 찾기만 하면 다행인 농성전 때와 달리, 최악의 시나리오에 대비할 때에는 집단 구성원들에게 필요한 기술을 습득시킬 시간이 충분하다. 예를 들어, 당신은 대장장이를 몇 명이나 아는가? 야생에서 약을 찾을 수 있는 의사가 몇 명이나 되겠는가? 도시에서만 살던 사람들 가운데 농사짓기에 관하여 조금이라도 아는 이가 과연 몇 명이나 있을까? 전문화가 이루어지면 (한 조가 땅을 알아보는 동안 다른 조는 장비를 준비하는 식으로) 더 빨리 준비할 수 있다. 위기가 지속되는 동안에는 일행 가운데 한 명 또는 몇 명을 미리 정한 안전지대로 먼저 파견하여 상황이 악화될 때를 대비할 수도 있다. 물론 잠재적 위험은 존재한다. 안전한 곳에서 비교적 짧은 시간 동안 벌어지는 포위전과 달리, 장기전에서는 현대 사회에서 찾아보기 힘든 사회적 문제들이 발생하곤 한다. 구조대가 반드시 오리라고 믿는 사람들은 미래가 자기 손에 달렸다는 사실을 아는 이들보다 성실하게 살아갈 확률이 훨씬 더 높다. 장기전에서는 불평과 항명, 심지어 유혈극이 벌어질 가능성 또한 상존한다. 그러므로 이 책에 주문처럼 자주 나오는 말을 또 되풀이하나니, 대비하라! 리더십과 집단 역학에 관한 강의를 몇 가지 찾아 수강하라. 인간 심리의 기초를 다루는 책과 강의는 필수 과목이다. 여기서 배운 지식은 집단 구성원들을 뽑고 나중에 그들을 지휘할 때 유용하게 쓰일 것이다. 앞에서도 말했지만 서로 다른 사람들을 모아 오랜 시간 동안 협력하게 하는 일은 세상에서 가장 힘든 임무이다. 그러나 성공하기만 하면 이 집단은 어떤 일도 너끈히 해낼 것이다.

2. 공부하라, 공부하라, 또 공부하라!

당신이 아무것도 없는 원점에서 시작할 거라는 말은 정확한 표현이 아니다. 우리 선조들이 그 원점에서 출발한 까닭은 지식이란 것을 발견하고 축적하고 교환하기가 너무나 어렵기 때문이다. 인류 최초로 '사고'라는 활동을 시작한 유인원 선조들과 비교할 때 당신이 지닌 커다란 이점은 바로 지난 수천 년 동안 축적된 지혜를 손쉽게 이용할 수 있다는 점이다. 설령 이렇다 할 연장 하나 없이 황폐하고 위험한 환경에 놓인다고 해도, 머릿속에 저장된 지식이 있는 한 당신은 누구보다 훌륭한 장비를 갖춘 네안데르탈인보다 몇 광년은 더 앞선 셈이다. 따라서 일반적인 생존 지침서 말고도 갖가지 최악의 시나리오를 다룬 여러 책들을 섭렵해야 한다. 핵전쟁이 닥쳤을 때 야생에서 살아남는 법을 가르쳐 주는 책은 많다. 이때 가능한 한 최신 정보를 담은 책인지 확인해야 한다. 실제 생존기를 담은 책도 큰 도움이 된다. 조난 사고 또는 비행기 추락사고 경험담, 심지어 식민지 초기 유럽인들의 정착기 또한 해야 할 일과 하지 말아야 할 일을 가르쳐 주는 귀중한 교재이다. 선조들에 대해 공부하고 그들이 어떻게 환경에 적응했는지 연구하라. 현실에 바탕을 둔 내용이라면 『로빈슨 크루소』 같은 소설도 도움이 될 것이다. 실제이든 허구이든 가리지 않고 섭렵하다 보면 당신보다 앞서 이 고된 일을 감당한 사람들이 있었음을 깨닫는 데 도움이 된다. 새 삶을 시작할 때 '누군가 이미 했던 일'이라고 생각하면 분명히 마음이 편해질 것이다.

3. 사치재와 작별하라.

사람들은 대개 단순하면서도 영양가는 더 높은 식단을 꿈꾸게 마련이다. 우리는 일상생활에서 툭하면 '커피를 줄이는 중이야' 또는 '설탕을 좀 적게 먹어야겠어', '녹색 채소를 더 먹으려고 해' 같은 말을 직접 하거나 남의 입을 통해 듣는다. 그러나 4종 발생 사태 속에서 살아가다 보면 선택의 여지 같은 것은 거의 없다. 설령 이상적인 환경을 마련했다 하더라도 당신이 지금 탐닉하는 음식이나 인공 기호품을 그대로 즐기기는 불가능할 것이다. 그것들을 양껏 누리다가 하루아침에 뚝 끊으려면 몸에 심각한 무리가 갈지도 모른다. 그러므로 새 보금자리에서 얻지 못할 음식과 사치재들은 당장 끊는 대신 조금씩 줄여 나가야 한다. 당신은 새로운 환경이 어떤 곳이며 그곳에서 무엇을 생산할 수 있는지를 반드시 깨달아야 한다. 살아가는 데 꼭 필요한 것과 그렇지 않은 것이 무엇인지는 굳이 여기서 길게 소개하지 않아도 상식선에서 추론할 수 있다. 예를 들어 당신이 사랑해 마지않는 담배와 술은 없어도 살 수 있는 것들이다. 비타민과 무기질, 당분 등에 대한 열망은 자연 식품으로 달랠 수 있다. 약한 진통제는 지압이나 마사지 기술 또는 간단한 명상으로 대신하면 된다. 실용적인 보통 서양 사람에게는 이 제안들이 너무 낯설거나, 심지어 '채식주의자 행동 강령' 쯤으로 보일지도 모른다. 그러나 이러한 식단과 치료법은 캘리포니아에 사는 사회 부적응자들이 아니라 과거에도 그리고 지금도 물자가 부족한 제3세계 사람들이 만든 것들이다. 당신은 다른 나라 사람들과 비교할 때 미국인들이 얼마나 지독한 응석받이인지를 늘 명심해야 한다. 이른바 '덜 혜택받은 사람들'에 관하여 연구하다 보면 그리 안락하지는 않더라도 훨씬 간단한 해결책이 무엇인지 깨닫는 직관을 얻게 될 것이다.

4. 늘 깨어 있어야 한다.

4종 발생 사태에 대처하기 위한 계획은 1종 발생 사태의 초기 단계에 만들기 시작해야 한다. 발생 사태의 첫 징후, 즉 엽기적인 살인 사건이나 실종 사건, 특이한 질병, 상반된 언론 보도, 정부 개입 등을 감지하면 즉시 동료들에게 연락하라. 그들과 함께 피난 계획을 짜야 하기 때문이다. 여행, 총기 소지 허가증, 각종 기계 조작 면허증을 챙기

고 관련 법규가 바뀌지 않았는지 확인하라. 만일 사태가 2종으로 악화되면 이동할 준비를 해야 한다. 장비 목록을 작성하고 짐을 꾸려라. 선발대를 안전지대로 파견하여 준비를 마치도록 하라. 이때부터 자리를 비울 핑계를 슬슬 마련해야 한다(나중에 가족 장례식에 간다고 둘러댈 작정이라면 가족이 아프다는 말을 미리 퍼뜨려라.). 언제든 바로 떠날 수 있도록 준비하라. 발생 사태가 3종으로 악화되면, 출발하라!

5. 세상 끝으로 떠나라!

아마도 당신은 야생으로 떠나는 대신 당신의 집 또는 새로 구축한 대좀비 요새에 영원토록 머물고 싶을 것이다. 이는 추천할 만한 자세가 아니다. 물자가 풍부하고 방어도 튼튼한 복합 시설에 산다고 해도, 심지어 식량과 물을 향후 수십 년간 생산할 수단이 있는 곳일지라도, 거기서 살아남는 데에는 한계가 있다. 도회지는 머지않은 장래에 인간과 좀비가 벌이는 처절한 전쟁의 중심지가 될 것이다. 당신의 요새는 설령 이 시가전을 버텨낸다 하더라도 결국에는 융단폭격 같은 극단적인 군사 작전에 희생되고 말 것이다. '방어 요령' 편에서 살펴보았듯이 도심은 산업 재해나 대형 화재 등이 일어나기에 가장 알맞은 환경이다. 한마디로, 도시에 머무르면 살아남을 가능성이 거의 없다.

교외 또는 시골 주택가의 사정 역시 마찬가지이다. 좀비들은 수가 계속 늘 테고 그러다 보면 당신의 거주지를 반드시 찾아낼 것이다. 처음에는 수십 마리가 포위전을 시작할 테지만 잠깐 사이에 수백 마리, 수천 마리, 수십만 마리로 불어날 것이다. 놈들은 일단 당신을 발견하면 결코 내버려두지 않을 것이다. 오히려 수천 마리가 함께 질러대는 비명과 신음이 수백 킬로미터 저편에 있는 놈들을 불러들이는 신호가 될 것이다. 이론상으로 따지자면 당신은 백만 마리가 넘는 좀비 떼에 포위당할지도 모른다.

물론 그렇게 되지 않을 수도 있다. 당신의 요새가 미국 중서부의 그레이트플레인스나 로키 산맥 인근에 있다면 백만 좀비에게 포위당할 확률은 매우 낮다(아예 불가능한 것은 아니다!). 그러나 이런 곳에는 도적 떼가 설칠 위험이 있다. 이 미래의 약탈자들이 오토바이를 탈지 아니면 말을 탈지, 칼을 휴대할지 아니면 군용 총기를 휴대할지 정확히 알 방법은 없다. 확실한 것은 그들이 약탈할 건수를 찾아 혈안이 되어 있으리라는 점이다. 시간이 흐르다 보면 약탈의 대상은 여성이 될 것이다. 나중에는 노예로 팔거나 신병으로 키우려고 아이들을 노릴지도 모른다. 그러다가 결국에는, 마치 좀비들의 위협만으로는 부족하기라도 하다는 듯이, 이 흉포한 악당들은 자신과 같은 인간을 마지막 식량 공급원으로 삼으려 들 것이다. 만일 당신의 주거지가 눈에 띄면 그들은 곧장 쳐들어올 것이다. 공격을 막아낸다고 해도 그들 가운데 단 한 명만 살아남으면 당신의 위치는 지도에 영원토록 표시된다. 이 악당들이 모조리 자멸할 때까지 당신은 늘 표적이 되는 셈이다. 그러므로 대피할 때에는 문명 세계로부터 멀리 떨어진 곳으로 가야 한다. 오로지 길밖에 안 보이는 곳까지 달아나는 것만으로는 부족하다. 길은 물론이거니와 전력선도, 전화선도, 아무것도 없어야 한다! 그곳은 지구의 끄트머리, 사람이 아무도 안 사는 장소여야 한다. 좀비들이 이주하기 힘들 만큼 먼 곳, 도적 떼가 습격하기조차 불가능한 곳, 공장 참사로 인한 부산물과 폭격의 위험조차 대수롭지 않을 만큼 먼 곳으로 피해야 한다. 다른 행성으로 날아가거나 바다 밑바닥으로 이주하지는 못할지언정 적어도 인간들의 중심지로부터는 가능한 한 멀어지도록 하라.

6. 당신의 위치를 파악하라.

마침내 달아나야 할 시간이 왔을 때, 캐나다 주 유콘쯤에 가면 안전하고 쾌적한 피난처를 찾을 수 있으리라고 기대하며 지프에 짐을 싣고 북쪽을 향해 덜렁 출발하면 안 된다. 좀비를 피하려고 대피 계획을 짤 때에는 어디로 갈 것인지 정확히 알아야 한다. 특히 사람이 안 사는 곳으로 향할 때에는 더욱 그렇다. 가장 최근에 만든 지도를 구하여 찬찬히 검토하라. 오래된 지도에는 도로나 파이프라인, 개척촌 같은 구조물이 안 나와 있을지도 모른다. 목적지를 정할 때에는 다음의 질문에 충분히 대답할 수 있는지 확인하라.

(1) 문명 세계로부터 적어도 수백 킬로미터는 떨어져 있을 만큼 외진 곳인가?

(2) 당신뿐 아니라 당신이 데려가기로 결정한 가축도 충분히 살아갈 만큼 물이 풍부한 곳인가? 명심하라, 물은 마시는 용도 말고도 세탁, 취사, 농사 등 갖가지 용도로 사용된다.

(3) 식량을 생산하기에 적합한 곳인가? 작물이 자랄 만큼 지력이 양호한가? 가축을 기르거나 낚시를 할 수 있는가? 수렵 및 채집 활동만으로도 굶주리지 않고 꾸준히 버틸 수 있는가?

(4) 천연 방어벽이 존재하는가? 높은 봉우리 위에 있는 곳인가, 아니면 절벽이나 강으로 둘러싸인 곳인가? 좀비나 도적 떼에게 공격당하는 상황에서 그 지형은 당신에게 유리한가, 아니면 적에게 유리한가?

(5) 천연자원은 어떤 것이 있는가? 나무, 돌, 금속 같은 건축 자재가 있는가? 연료로 쓸 만한 석탄, 석유, 이탄, 나무 등이 있는가? 대피 시설을 지으려면 건축 자재를 얼마나 많이 가져가야 하는가? 약초로 쓸 만한 식물은 얼마나 많은가?

오래 머물 피난처를 정할 때에는 먼저 위의 질문들에 빠짐없이 답해야 한다. 건축 자재와 천연 방어벽은 타협할 여지가 있다. 그러나 식량과 물과 아득히 먼 거리는 절대 포기하면 안 된다! 이 세 가지 기본 요소 가운데 하나라도 포기한다면 오래 살아남겠다는 마음가짐 자체가 별로 진지하지 않다는 뜻이다. 새 거주지를 택할 때에는 후보지를 최소한 다섯 군데는 찾아야 한다. 가능하면 다섯 군데 모두 가장 혹독한 계절에 돌아보라. 각 후보지에서 기본 장비만 지닌 채 캠프를 치고 적어도 일주일 동안 두문불출해야 한다. 그렇게 해야 비로소 당신이 원하는 바를 가장 잘 충족하는 곳이 어디인지 알 수 있을 것이다.

7. 전문가가 되어라.

당신의 새 보금자리가 될 곳을 속속들이 조사하라. 책이든 기사이든 그곳과 관련된 글은 문장 하나하나까지 찾아서 읽어라. 지도와 사진도 빼놓지 말고 챙겨야 한다. 당신이 선택한 곳의 지형에 특화된 생존 지침서가 있을 것이다. 모조리 사서 연구하라. 또한 당신보다 앞서 비슷한 환경에 살았던 토착민들의 증언에도 귀를 기울여야 한다. 다시 강조하지만, 현장은 여러 번 방문해야 하며 철마다 빼놓지 말고 가보아야 한다. 적어도 몇 주 동안 머무르며 구석구석 캠프를 치고 훑어보도록 하라. 나무 한 그루, 바위 한 개, 모래언덕 한 곳과 유빙 한 덩어리까지 속속들이 알아야 한다. 가장 효율적인 식량 수급 방식(농업, 어업, 수렵, 채집 등)이 무엇인지, 또 해당 토지에서 그 방식으로 몇 명을 부양할 수 있을지 계산하라. 집단의 수를 정할 때 그 계산 결과를 반드시 고려해야 한다. 법률상 매입이 가능한 토지라면 사도록 하라. 그러면 실제로 거주할 곳의 공사를 (형편이 되는 대로) 시작할 수 있다. 이 거처는 나중에 허물어야 할지도 모르지만, 그래도 장차 들어가 살 곳을 짓는 동안 지낼 만한 수준은 되어야 한다. 이곳을 작고 튼튼하게 만들어 두면 물자를 쟁여둘 창고로 쓸 수도 있다. 크고 안락하게 만들면 별장이나 휴가지로도 쓸 만하다. 냉전 시절에는 혹시라도 핵전쟁이 일어날 경우 피난처로 삼으려고 휴양용 별장을 짓는 사람들이 많았다. 가장 가까이 사는 현지 주민과 안면을 익혀라. 만약 그들이 낯선 언어를 사용하면 해당 언어뿐 아니라 현지 관습과 그들의 개인사까지 미리 숙지해야 한다. 현지인들은 살아 있는 지식과 기술로 당신이 책에서 배운 정보를 보완해 줄 것이다. 당신이 왜 왔는지는 절대 털어놓지 마라(이 점은 뒤에서 더 자세히 다루기로 한다.).

8. 피난 경로를 미리 설정하라.

'피난 요령' 편에서 경로 설정과 관련하여 소개한 규칙을 따르면 된다. 단, 이 단계에서는 100배 더 주의해야 한다. 당신을 가로막는 것은 꽉 막힌 길과 험난한 자연 지형뿐만이 아니다. 좀비, 도적 떼, 엉망진창이 된 사회의 모든 혼란 요소들로 가득한 풍경을 뚫고 나아가야 한다. 그것도 계엄령이 선포되기 전에! 일단 계엄령이 선포되면 앞서 언급한 모든 문제는 사라지고 정규군의 위협만이 남을 것이다. 그저 좀비 창궐 지대에서 벗어나려 할 때와 달리 이 단계에서는 목적지를 고를 여유가 없다. 갈 곳은 오직 한 곳뿐이고, 살아남으려면 그곳에 도착해야만 한다. 앞서 여러 차례 언급했다시피, 미리 계획했다고 해서 그대로 될 거라고 생각하면 절대 안 된다! 이는 피난 장소를 고를 때에도 명심해야 할 사항이다. 예를 들어 사하라 사막 한복판의 외진 오아시스는 멋진 피난처이지만, 항공편이 끊기면 무슨 수로 간단 말인가? 해변에서 고작 몇 킬로미터 떨어진 섬이라고 해도 배가 없으면 사하라 사막만큼 멀어진다. '피난 요령'의 모든 지침은 이 상황에도 그대로 적용된다. 예외가 있다면 국경을 넘는 경우이다. 예를 들어 시베리아 벌판에 땅을 사놓았는데 항공편이 아직 열려 있다고 가정해 보자. 그런데 러시아가 국경을 폐쇄했다면? 이는 시베리아에 땅을 사지 말라는 뜻이 아니다. 입국할 방법을 (합법이든 불법이든) 미리 준비해 놓으라는 말이다.

9. 대안은 2차, 3차, 4차, 5차까지 준비하라!

만일 1차 이동 수단이 고장 나면 어떻게 할 것인가? 도로 또는 수로가 봉쇄된다면? 미리 준비한 피난처가 좀비나 도적 떼, 군대 아니면 다른 피난민들에게 점령당했다면? 그 밖의 온갖 것들이 엉망진창이 되어 버린다면, 어떻게 할 것인가? 대안을 준비하라. 이동 경로에 혹시 모를 위험 요소를 표시하고 일행 한 사람 한 사람의 대처 방안을 맞춤식으로 준비하라. 이동 수단, 경로, 더 나아가 피난처까지도 대안을 마련하라. 처음 구상한 것보다는 아쉽고 부족할지라도 최소한 새 전략을 짤 때까지는 연명할 수 있을 것이다.

10. 장비 목록을 만들고 구입할 준비를 하라.

내용이 알찬 재난 대비용 생존 지침서에는 당신이 새 삶을 시작하는 데 필요한 모든 것이 담겨 있다. 상세 목록 세 개를 만들고 늘 최신 상태로 유지하라. 이는 (1) 생존에 반드시 필요한 물품 목록, (2) 거처 및 부대시설을 짓는 데 필요한 연장 목록, (3) 집만큼 편하지는 않더라도 최소한 비슷한 수준의 편의 기구 목록이다. 재정이 넉넉하다면 하나도 빼놓지 말고 당장 구입하라. 사정이 여의치 않으면 해당 물품을 파는 곳이 어디인지 알아 두어야 한다. 물품 가격과 상점 위치를 자주 확인하라. 해당 상점이 이사를 가면 위치를 지속적으로 추적하고, 문을 닫으면 대신할 곳이 어디인지 확인하라. 1차 공급처에 재고가 없을 경우를

대비하여 대체 공급처를 최소한 두 곳 이상 준비해야 한다. 공급처는 아무리 멀어도 차로 몇 시간 거리 이내에 있어야 한다. 통신 판매나 온라인 상점에 의존할 생각은 버려라. 이른바 '특급 배송'으로 불리는 서비스는 평소에도 믿을 만한 것이 못 된다. 비상사태에서는 어떨 것 같은가? 이러한 정보들은 모두 목록에 적어 두고 바뀐 것이 있으면 그때그때 수정하라. 현금은 필수 항목을 구입할 수 있도록 늘 챙겨 두어야 한다(총액은 장비 가격에 맞추어 조정하라.). 상황이 걷잡을 수 없이 악화되기 전에도 현금은 수표나 신용카드와 비교할 수 없을 만큼 편리하다.

11. 방어 시설을 구축하라.

방어에 도움이 되는 구조물은 무엇보다도 중요하다. 일단 일행과 함께 외진 곳에 자리를 잡으면 즉시 요새화 작업을 시작하라. 혼자 돌아다니는 괴짜 좀비가 아무도 모르는 새에 캠프에 기어 들어와 신음 소리로 동료들을 불러 모을지도 모르기 때문이다. 방어 계획은 꼼꼼하게 작성해야 한다. 피난처의 지형을 미리 탐색하고 건축 자재는 구입해 두거나 현지에서 조달하라. 건축 자재, 연장, 보급품 등은 도착하자마자 작업을 시작할 수 있도록 현장에 미리 준비해 두어야 한다. 명심하라, 방어벽은 좀비뿐만 아니라 도적 떼도 막을 수 있어야 한다. 또한 적어도 발생 사태 초기에는 도적 떼가 총기와 폭발물까지 갖추고 있을지도 모르니 주의하라. 방어벽이 뚫릴 경우에 대비하여 퇴각 지점을 마련해 두어야 한다. 2차 방어 거점은 요새화된 주택이나 동굴, 아니면 벽 뒤라도 괜찮다. 늘 관리하며 언제라도 전투를 시작할 수 있는 상태로 유지하라. 튼튼한 퇴각 지점은 승패의 갈림길이 될지도 모른다.

12. 탈출로를 준비하라.

공격을 당하는 와중에 방어벽이 무너지면 어떻게 할 것인가? 대원들 모두 탈출로의 위치를 숙지하고 그곳까지 자력으로 이동할 수 있어야 한다. 비상용 보급품과 무기는 언제든 들고 출발할 수 있도록 준비하라. 공격당하는 와중에 뿔뿔이 흩어질 경우에 대비하여 집합 장소를 정해 두어야 한다. 새 '보금자리'를 버리고 떠나기란 심리적으로도 감정적으로도 쉽지 않을 것이며, 특히 그곳을 짓는 데 들인 시간과 노력을 생각하면 더욱 그럴 것이다. 세계 각지의 분쟁지대에 사는 사람들은 그것이 얼마나 힘든 일인지를 잘 알고 있다. 새 보금자리에 아무리 정이 들었다 할지라도 그곳을 지키다 죽느니 차라리 버리고 달아나는 편이 훨씬 낫다. 그러므로 새 집에 눌러앉기 전에 먼저 2차 피난처를 정하라. 이는 좀비나 약탈자들이 따라오지 못할 만큼 멀리 떨어진 곳이어야 하지만, 동시에 아무리 가혹한 상황에서도 육로로 이동할 수 있을 만큼 가까운 곳이어야 한다(언제 1차 피난처를 버리게 될지는 아무도 모른다.). 다시 한 번 강조한다, 피난처는 발생 사태 전에 미리 정해 두어야 한다. 발생 사태가 시작된 후에 새 보금자리를 찾기란 쉽지 않을 것이다(이와 관련하여 아래 항목을 참조하라.).

13. 경계를 늦추지 마라.

자리 잡기와 방어벽 세우기, 거처 짓기, 작물 심기, 업무 분담하기 등을 모두 마쳤다고 해도 마음을 놓으면 절대 안 된다. 보초는 24시간 세우도록 하라. 이들은 눈에 띄지 않게 위장해야 하며 다른 대원들에게 알릴 수 있도록 확실한 경보 수단을 휴대해야 한다. 이때 적들은 파악하지 못하는 수단을 이용해야 한다. 고정 방어벽 바깥에는 튼튼한 경계선을 설치하라. 이 경계선은 밤낮으로 순찰해야 한다. 건물 바깥으로 나갈 때에는 절대 혼자서 움직이지 말고 늘 무기를 휴대하라. 캠프 안에 머무는 사람들도 무기고 가까이에 상주하며 늘 공격에 대비해야 한다.

14. 엄폐 상태를 유지하라.

발각될 위험이 미미한 곳에 있다 하더라도 언제 좀비나 약탈자가 쳐들어올지 모른다. 야간에는 불빛이 새어 나가지 않도록 유의하라. 해가 뜨면 연기가 탄로 날 수 있으므로 일출 전에 불을 꺼야 한다. 자연 환경만으로 건물을 가리기 힘들다면 인공 위장막을 설치하라. '소음 관제' 훈련은 주야간 구별 없이 실시해야 한다. 고성은 꼭 필요할 때에만 내도록 하라. 음악 소리나 대화하는 소리뿐 아니라 어떠한 소리도 새어 나가지 않도록 모든 건물에 차음 설비를 갖추도록 하라. 새로 공사를 시작하거나 일상적인 정비 활동을 할 때에는 소리가 닿는 한계선에 추가로 보초를 세워야 한다. 명심하라, 실낱같은 소리조차도 바람을 타고 흘러가 당신의 위치를 노출할 수 있다. 바람이 어느 쪽으로 부는지, 즉 혹시 있을지도 모를 촌락(당신이 온 방향) 쪽으로 부는지 아니면 안전이 입증된 지형(깊은 물 또는 넓은 사막) 쪽으로 부는지 늘 관찰해야 한다. 만일 화석 연료를 이용한 발전기처럼 소음이 심한 동력원을 이용해야 한다면 차음 설비를 갖추고 이따금씩만 사용하라. 처음에는 이처럼 높은 수준의 경계 태세를 유지하기가 힘들 테지만 시간이 흐르면 제2의 천성으로 자리 잡게 될 것이다. 중세 유럽과 중앙아시아 사람들은 수백 년 동안이나 이런 식으로 살았다. 인류역사의 대부분은 혼돈의 바다 위에서 질서를 유지해 온 작은 섬들, 즉침략의 위협에 끊임없이 시달리며 살아남고자 발버둥친 사람들의 이야기이다. 그들이 까마득히 오랜 세월 동안 대를 이어 이런 식으로 살아남았다는 말은 곧 조금만 연습하면 당신도 할 수 있다는 뜻이다.

15. 고립 상태를 유지하라.

어떠한 상황에서도 호기심에 굴복하지 마라. 흔적을 지우는 능력이 뛰어난 고참 정찰병조차도 실수로 좀비 떼거리를 뒤에 달고 기지로 돌아오곤 한다. 만일 정찰병이 도적들에게 붙잡혀 고문을 당하면당신의 위치는 탄로 나고 말 것이다. 좀비나 도적 떼처럼 극단적인 위협 말고도 정찰병이 통상적인 질병에 감염된 채로 돌아와 다른 사람들에게 전염시킬 위험도 늘 존재한다(쓸 만한 약이 얼마 안 되는 상황에서는 어떠한 전염병도 궤멸적인 결과를 불러일으킬 수 있다.). 조용히 지내라는 말은 바깥 사정을 완전히 무시하고 살라는 뜻이 아니다. 발전기또는 태양열로 가동하는 무전기는 가장 안전하게 정보를 모을 수 있는 도구이다. 그러나 명심하라, 듣기만 해야 한다! 혹시라도 송신 버튼을 눌렀다가는 아무리 조잡한 방향 탐지장치를 지닌 사람이라도 당신의 위치를 파악할 수 있다. 곁에 있는 사람들을 신뢰하는 것은 좋은일이지만, 그래도 무전기와 신호탄을 포함하여 모든 신호 발송 장비는 자물쇠로 잠가 두는 편이 낫다. 잠시라도 마음이 약해지면 집단 전체가 궤멸할 수도 있다. 이처럼 민감한 문제를 처리할 때에는 리더십 훈련에서 배운 내용이 도움이 될 것이다.

각종 지형

세계지도를 펼쳐놓고 최적의 지형과 가장 온난한 기후를 찾아라. 그곳에 인구분포도를 겹쳐 보면 완벽한 조합을 얻을 수 있을 것이다. 우리 인류는 일찍부터 공동체를 만들 때 무엇이 필요한지를 잘 알았다. 바로 온난한 기후, 비옥한 토양, 풍부한 담수, 넉넉한 천연자원이다. 인류는 맨 먼저 이러한 노다지 땅을 중심으로 모여 살다가 점차 퍼져 나가 오늘날 우리가 아는 여러 인구 밀집지대를 형성했다. 당신이 새 보금자리를 선택할 때 버려야 할 것은 바로 이러한 사고방식, 이처럼 완벽하게 논리적인 사고의 흐름이다. 다시 지도로 돌아가 보자. 한눈에 봐도 매력적인 장소를 찾았다고 가정해 보자. 좀비를 피해 달아나야 할 때가 오면 아마도 수백만 명이 똑같은 곳을 떠올릴 것이다. '힘든 곳일수록 더 안전하다'라는 구호를 되뇌며 그 유혹에 맞서 싸워라. 가능한 한 안전한 곳을 찾으려면 지구상에서 가장 혹독하고 극단적인 환경으로 향해야 한다. 너무나 볼품없고 너무나 황량한 곳, 그래서 결코 '보금자리'로 부르고 싶지 않은 곳이야말로 당신이 찾아야 할 장소이다. 믿을 만한 정보를 토대로 지형을 택할 수 있도록 여러 가지 환경과 각각의 특징을 아래에 소개해 두었다. 해당 환경의 기후 및 식량, 물 공급원, 천연자원 등은 더 상세한 자료를 구하여 참조하도록 하라. 이 장에서는 좀비로 뒤덮인 세상에서 각각의 환경이 어떠한 특징을 지니는지 살펴볼 것이다.

1. 사막

극지방을 제외하면 사막은 세상에서 가장 혹독한, 따라서 가장 안전한 환경이다. 우리가 영화에서 보는 것과 달리 가도 가도 모래뿐인 사막은 드물다. 일반적인 사막에 널려 있는 자갈은 쉽게 부서뜨려 안락한 집을 지을 수 있으며 방어벽을 지을 때에는 더욱 요긴하다. 외진 곳에 캠프를 칠수록 도적 떼를 피할 가능성은 더 높아진다. 이 인간 하이에나들은 사막 깊숙한 곳에 큼지막한 먹잇감이 없다는 것을 이미 알기 때문에 넓은 사막을 가로지를 생각은 아예 하지도 않을 것이다. 뭐 하러 그런 수고를 하겠는가? 간혹 사막에 들어서는 놈들이 있다 하더라도 작열하는 태양과 갈증 때문에 당신 캠프에 도착하기 전에 숨이 끊어질 것이다. 반면 좀비들은 이러한 문제를 겪지 않는다. 열기와 갈증이 아무 영향도 끼치지 않기 때문이다. 오히려 이미 느려진 부

패 속도가 건조한 공기 덕분에 더욱 느려질 것이다. 당신이 미국 서남부 사막 지대처럼 인구 밀집 지역 사이에 위치한 사막에 자리를 잡았을 경우에는 좀비에게 들키는 사태가 현실로 나타날 가능성이 더욱 커진다. 요새를 지은 곳이 언덕 꼭대기나 넓은 암반층 위가 아니라면 편평한 지형 때문에 인공 방어벽이 더욱 절실할 것이다.

2. 산지

산은 그 위치와 고도 덕분에 좀비에 맞서는 최고의 환경을 제공한다. 산비탈은 가파르면 가파를수록 좀비가 기어오르기 힘들다. 만약 해당 산지에 도로나 넓은 길이 없다면 인간 도적 떼도 진입하기 힘들 것이다. 다만 고도가 높으면 주위의 임야를 더 잘 내려다볼 수 있지만, 동시에 위장하기가 힘들다는 단점이 있다. 눈에 띄지 않도록 엄폐하는 일, 특히 빛과 연기를 감추는 일이 가장 중요하다. 고지의 전략적 단점을 하나 더 들자면 보급 거리가 길다는 점이다. 식량과 물, 건축 자재 등을 구하려고 평지까지 내려갈 때에는 위험을 감수해야만 한다. 따라서 가장 높은 고지 또는 방어하기 쉬운 고지를 택하기보다는 필요한 물자를 모두 갖춘 고지를 택하는 편이 더 낫다.

3. 정글

사막과 정반대로 정글이나 열대 우림 지대에서는 물과 식량, 건축 자재뿐 아니라 약용 식물과 땔감, 즉석 위장 재료 등 당신에게 필요한 모든 물자를 손쉽게 구할 수 있다. 또한 빽빽한 나뭇잎이 차음 장치 역할을 하기 때문에 탁 트인 곳에서는 몇 킬로미터나 퍼져 나갈 소리도 쉽게 차단된다. '공격 요령' 편에서는 시계가 불량하고 땅이 질척거려서 사냥 부대에 불리했던 지형이 방어 국면에서는 거꾸로 최적의 환경이 되는 셈이다. 약탈 집단이 습격할 경우에는 매복 작전으로 쉽게 섬멸할 수 있다. 혼자 흘러든 좀비들은 동료들에게 신호를 보내기 전에 처치하면 그만이다. 물론 적도 생태계 특유의 단점도 존재한다. 습도가 높으면 미생물이 번식하기 쉬우므로 정글에는 미생물 수백만 종이 서식한다. 따라서 질병은 늘 곁에 있는 위협이다. 살짝 베이거나 긁힌 상처도 급속히 썩어갈 것이다. 식량도 건조한 환경에서보다 몇 배나 빨리 변질될 것이다. 금속 장비는 녹이 슬지 않도록 주의해야 한다. 고무 코팅이나 기타 가공 처리가 안 된 옷은 말 그대로 썩어 문드러져서 맨살이 훤히 비칠 것이다. 곰팡이는 어디에나 널려 있다. 정글 특유의 벌레들은 당신과 더불어 사는 숙적이 될 것이다. 그저 짜증만 일으키는 벌레도 있지만 독을 지닌 것들은 고통뿐 아니라 죽음을 불러올 수도 있다. 개중에는 황열병이나 말라리아, 뎅기열처럼 무서운 병을 옮기는 놈들도 있다. 정글의 자연적 특성 가운데 그나마 긍정적인 것을 들자면 높은 습도와 다양한 미생물들 덕분에 좀비가 더욱 빨리 부패한다는 점이다. 현지 조사 결과에 따르면 정글에 서식하는 좀비들은 부패 속도가 적어도 10퍼센트 이상 빠르다. 어떤 경우에는 25퍼센트나 빨리 부패하기도 했다! 위의 사항들을 종합해 보면, 최악의 시나리오에서 살아남고자 할 때 정글은 여러 가지 자연적 위협에도 불구하고 최적의 조건 한 가지를 갖춘 환경이라는 결론이 도출된다.

4. 온대림

세계 각지에 퍼져 있는 온대림은 아마도 오랫동안 살아남기에 가장 쾌적한 환경일 것이다. 그러나 이처럼 매력적인 땅에도 여러 가지 문제가 존재한다. 캐나다 북부의 야생 지대는 틀림없이 피난민들로 북적일 것이다. 아무 준비도 없이 발생 사태와 맞닥뜨린 수많은 사람들이 공황 상태에 빠진 채 북으로 향할 것이 뻔하기 때문이다. 그들은 적어도 1년 동안은 대자연을 헤매며 땅에서 자라는 식량을 싹쓸이할 것이다. 폭력배로 돌변하여 남의 장비를 빼앗을 것이고, 추운 겨울이 오면 아예 식인종으로 변할지도 모른다. 약탈 집단은 그들 속에서 스스로 생겨나거나, 아니면 몇 년이 지난 후에 안전한 정착지를 만들기로 결심한 사람들이 일구어 놓은 땅을 노리고 어딘가에서 불쑥 나타날 것이다. 물론 좀비의 위협은 늘 존재한다. 온대림은 문명 지대로부터 비교적 가까울 뿐 아니라 개척민들의 군락지 또한 숲 곳곳에 존재한다. 따라서 다른 환경과 비교하면 좀비와 맞부딪힐 가능성이 열 배는 높다. 피난민들이 몰려들면 좀비 떼가 그 뒤를 따라오는 것은 당연한 이치이다. 또 한 가지 명심할 점은 겨울에 얼어붙은 좀비들이 여름이 되면 다시 깨어난다는 사실이다. 그러므로 산이나 강 같은 자연적 경계로 고립된 지역만을 선택해야 한다. 조금이라도 열려 있는 곳은 설령 문명 지대로부터 멀리 떨어졌다 하더라도 큰 위험을 초래할 수 있다. 광활한 시베리아 벌판이 캐나다 북부보다 안전할 거라고 믿으면 절대 안 된다. 명심하라, 시베리아 야생 지대는 사람 그림자도 구경하기 힘든 곳이지만 그 아래에는 중국과 인도, 즉 세상에서 제일 인구가 많은 두 나라가 버티고 있다.

5. 툰드라 지대

툰드라 지대는 얼핏 황무지처럼 보이기 때문에 피난민들의 눈에는 살 만한 곳으로 보이지 않는다. 실제로 넉넉한 보급품과 전문 장비와 환경에 대한 방대한 지식 없이 이곳에 도전하는 사람들은 전멸하고 말 것이다. 도적 떼조차도 살아남기 힘든 곳이 바로 툰드라 지대이다. 따라서 이 정도 위도까지 올라오는 사람은 사실상 전무할 것이다. 그러나 좀비들은 당신의 캠프까지 도착할지도 모른다. 피난민들을 따라 북쪽으로 올라온 좀비, 아니면 앞서 피난민이었다가 좀비로 소생한 사람들이 당신의 소재를 파악하고 동료들에게 신호를 보낼지도 모른다. 이들의 숫자는 얼마 되지 않을 것이며 당신 일행들의 손으로 충분히 대처할 수 있을 것이다. 그럼에도 방어벽을 튼튼하게 짓고 늘 보초를 서야 한다. 온대림에서와 마찬가지로 계절이 바뀌면서 깨어나는 좀비들에 대비하라.

6. 극지방

이곳은 의심할 여지 없이 지구상에서 가장 혹독한 곳이다. 기온이 극도로 낮고 바람도 차갑기 때문에 사람이 맨몸으로 노출되면 단 몇 초 만에 사망에 이를 수도 있다. 건축 자재는 주로 얼음과 눈으로 충당해야 할 것이다. 연료 또한 거의 없다고 보면 된다. 약용이든 아니든 간에 극지방에서 자라는 식물은 아예 알려진 바가 없다. 식량은 풍부하지만 기술과 경험이 있어야 얻을 수 있다. 저체온증은 하절기에도 사라지지 않는 위험이다. 이곳에서는 하루하루를 생사의 경계선 위에서 살아가야 한다. 의식주뿐 아니라 위생 문제에서도 단 한 번의 실수가 죽음을 불러오기도 한다. '알라카리알락'이라는 이름을 들어본 사람은 많을 것이다. 그는 캐나다 동북부의 허드슨 만 근처 빙하지대에 살던 이누이트 족으로서 유명한 다큐멘터리 영화 「북극의 나누크」에 그 삶이 소개된 바 있다. 그러나 알라카리알락이 영화를 찍은 지 1년 만에 굶어죽었다는 사실을 아는 사람은 드물다.* 그렇다고 해서 극지방에서 살아남기가 아예 불가능하다는 말은 아니다. 인류는 지난 수천 년간 그곳에서 멀쩡하게 살아왔다. 지구의 북쪽 끝이나 남쪽 끝에서 살아갈 마음을 먹으려면 다른 곳에서보다 10배의 지식과 각오가 필요하다는 말이다. 이러한 환경에서 적어도 겨울 한 철을 보낼 각오가 되어 있지 않다면, 달아날 때가 왔을 때 극지방으로 향할 생각은 아예 하지도 말아야 한다. 그렇다면 왜 가는가? 목숨을 부지하는 것이 목적인 상황에서 왜 이토록 혹독한 환경을 택한단 말인가? 왜냐하면, 이곳에서는 당신이 걱정해야 할 것이 오로지 '환경' 하나뿐이기 때문이다. 피난민과 도적 떼는 그렇게 먼 곳까지 따라오지 못한다. 좀비가 그토록 높은 위도까지 우연히 흘러들 확률은 3500만 분의 1에 지나지 않는다(이는 통계로 입증된 수치이다.). 그러나 온대림 및 툰드라 지대와 마찬가지로 우연히 흘러든 좀비가 겨울에 얼어붙었다가 여름에 깨어날 위험은 극지방에도 존재한다. 만약 바닷가 가까이에 캠프를 친다면 조류나 난파선에 실려 떠내려 오는 좀비에 주의해야 한다. 발생 사태 초기 단계에 바닷가에 머물면 해적 때문에 곤란해질 수도 있다(해적에 관해서는 아래의 '도서 지역' 항목 참조). 따라서 다

---

* 위키피디아의 「북극의 나누크(Nanook of the North)」 항목에 따르면 알라카리알락은 영화에 출연하고 나서 2년 후에 자기 집에서 사망했으며, 사인은 결핵이었다고 한다.

른 어떤 환경과 비교해도 안전한 지역이기는 하지만 그래도 고정 방어 시설을 갖추고 늘 경계해야 한다.

7. 도서 지역

사방이 물로 둘러싸인 땅보다 안전한 곳이 또 있을까? 좀비들은 헤엄을 못 친다. 그렇다면 최악의 시나리오에서 선택해야 할 곳은 단연코 섬이 아닐까? 이는 부분적으로는 옳은 말이다. 섬은 지리적으로 고립되어 있기 때문에 좀비들이 대규모로 옮겨올 가능성을 무시해도 좋다. 지구상의 모든 대륙에 좀비 수십억 마리가 바글거리는 상황에서 이는 큰 장점이다. 해안에서 단 몇 킬로미터 떨어진 섬이라고 해도 사지를 뒤틀며 아우성치는 무리로부터 목숨을 건지기에는 충분하다. 다른 곳이 아니라 섬을 고를 이유는 그것만으로도 충분하다. 그러나 단지 물로 둘러싸인 바위덩어리에서 살기로 결심했다고 해서 목숨이 보장되지는 않는다. 육지에서 가까운 섬에는 틀림없이 다른 피난민들도 몰려들 것이다. 보트나 뗏목을 소유한 사람은 누구나 그리로 향할 것이다. 악당들은 섬을 기지로 삼고 육지에 나가 약탈을 자행할 것이다. 앞바다의 섬들은 어쩌면 산업 폐기물 때문에 초토화될지도 모른다. 내륙 깊숙한 곳에서 강에 오염물질을 버리는 사람들이 있기 때문이다. 이처럼 직접적인 위험을 피하려면 튼튼한 배와 숙련된 항해술을 갖추어야만 접근할 수 있는 섬을 택해야 한다. 그러므로 자연적으로 만들어진 항구나 발을 디딜 만한 해변이 적은 섬을 찾아라. 당신과 마찬가지로 바다로 나간 피난민들은 이런 곳에 눈길을 주지 않을 것이다(명심하라, 섬을 통째로 사들여 봤자 사람들이 접근하지 못하게 막는 일은 위기가 닥치기 전에나 가능하다! 굶주리고 절박한 피난선이 '접근 금지' 팻말을 보고 순순히 물러날 리는 만무하다.). 높다란 절벽이 있는 섬, 가능하면 넓고 험한 산호초로 둘러싸인 섬을 찾아라.

섬처럼 자연적 경계로 둘러싸인 곳이라 할지라도 방어벽을 쌓고 엄폐 상태를 유지해야 한다. 바깥에는 아직도 위험이 도사리고 있다! 위기의 초기 국면에는 해적 떼가 생존자들을 털 생각으로 이 섬 저 섬 돌아다닐 것이다. 항시 보초를 세워 두고 수평선에 해적선이 나타나는지 감시하라. 좀비들 또한 갖가지 형태로 나타날지도 모른다. 온 세상이 좀비 천지가 되면 틀림없이 바다 밑바닥에서 헤매는 놈들이 숱하게 나올 것이다. 실현될 확률은 낮지만, 어쩌면 당신 섬의 짤따란 해안선으로 이어진 개펄을 터벅터벅 걸어 올라오는 놈이 눈에 띌지도 모른다. 구명조끼를 입은 채 죽었다가 소생한 놈들이 조류를 타고 흘러들 수도 있다. 좀비로 가득한 배가 떠내려 올 가능성도 무시할 수 없다. 최악의 시나리오를 가정하자면, 좀비 유령선이 당신 섬의 해안에 좌초하여 무시무시한 화물을 풀어놓을지도 모른다. 따라서 무슨 일이 있어도 탈출 수단을 파괴하면 안 된다. 당신의 배는 해변 위로 끌어올리거나 위장한 채 앞바다에 띄워 놓아야 한다. 배를 잃으면 당신의 요새는 감옥으로 바뀔 것이다.

8. 바다 위

적당한 배와 선원들을 갖춘 집단은 최악의 시나리오가 지속되는 동안 내내 바다 위에 머물며 살아남을 수 있다는 주장이 제기된 바 있다. 이론상으로는 가능한 이야기이지만 성공할 확률은 천문학적으로 낮다. 발생 사태가 일어나면 수많은 사람들이 2인승 쪽배에서 8만 톤급 화물선까지 온갖 배를 타고 바다로 나갈 것이다. 이들은 배에 탈 때 들고 온 식량을 먹으며 버티거나 좀비가 득시글거리는 세계 각지의 항구를 습격하거나 물고기를 잡거나, 할 수만 있으면 바닷물을 증류하여 식수를 얻으며 살아남을 것이다. 해적들은 민간용 쾌속선에 무기를 갖추고 바다를 누빌 것이다. 이러한 현대판 해적들은 오늘날에도 제3세계 여러 나라의 해안선과 전략적 요충지에서 화물선과 요트를 습격하고 있다. 최악의 시나리오에서 이 해적들은 수천 명으로 늘어나 모든 배를 표적으로 삼을 것이다. 군항이 좀비들에게 점령당한 상황에서 지상군 작전을 지원하지 않는 군함들은 안전한 기항지를 찾아 떠날 것이다. 그렇게 찾아간 외진 기지에서 전 세계 해군 부대들은 위기가 지나가기를 기다리고, 기다리고, 또 기다릴 것이다.

그렇게 몇 년이 흐르고 나면 바다 위에 임시로 거처를 잡은 이들은 시간의 풍화 작용을 겪을 것이다. 화석 연료에 의존하는 배들은 결국 동력원을 잃고 무력하게 떠내려 갈 것이다. 버려진 항구와 연료 저장소를 습격한 이들은 좀비의 식량이 되어 최후를 맞을지도 모른다. 의약품과 비타민이 바닥을 드러내면 괴혈병 같은 질병이 기승을 부릴 것이다. 수많은 배가 거친 바다를 못 이기고 부서질 것이다. 해적들은 내분을 겪다가, 또는 순순히 당하지 않으려는 사람들과 싸우다가, 그도 아니면 이따금씩 맞닥뜨린 좀비 때문에 결국에는 자멸할 것이다. 마지막 시나리오의 경우 바이러스에 감염된 해적이 다른 집단을 습격하는 사태로 이어져 바다 위에 떠도는 좀비들의 수가 늘어날 위험이 있다. 이렇게 버려진 좀비 유령선이 전 세계의 대양을 떠돌면 그들의 신음 소리는 바닷바람을 타고 퍼져 나갈 것이다. 그 바람은 결국 해수 탈염 설비와 발전기 같은 정밀 기계류를 부식시킬 것이다. 그렇게 몇 년이 흐르고 나면 파도를 가를 수 있는 배는 오로지 특수 목적으로 만든 범선뿐일 것이다. 다른 배들은 모조리 가라앉거나 부서지거나 유령선으로 부활하거나, 그도 아니면 그저 어느 외진 바닷가에 닻을 내린 채 뭍에 머물기를 고집할 것이다.

바다 위의 삶을 그저 공상으로라도 꿈꾸는 사람은 아래에 소개한 자산들을 반드시 갖추어야 한다.

(1) 상선이든 군함이든 배를 탄 경험이 최소한 10년은 되어야 한다. 같은 기간 동안 대형 모터보트를 그저 소유만 한 사람은 이에 해당되지 않는다.

(2) 배는 튼튼해야 하고 풍력으로 항해할 수 있어야 하며, 길이가 최소한 30미터 이상 되어야 한다. 배의 장비는 부식에 강한 인공 소재여야 한다.

(3) 빗물에 의존할 필요가 없도록 항시 운용 가능한 해수 탈염 설비를 갖추어야 한다! 전체 설비 및 도구들은 손쉽게 수리할 수 있도록 단순해야 하고, 부식 방지 처리가 되어 있어야 하며, 배에는 이를 대체할 수 있는 설비도 함께 탑재해야 한다.

(4) 일회성 연료를 사용하지 않고도 식량을 마련하고 요리할 수 있는 능력이 필요하다. 바꾸어 말하면 프로판가스를 사용하는 가스레인지 따위는 배에 싣지 말라는 뜻이다.

(5) 수생 식물 및 동물에 관하여 완벽한 지식을 갖추어야 한다. 육지에서 나는 비타민과 무기질은 바다에서 나는 것으로 모두 대체할 수 있다.

(6) 배를 버려야만 할 경우에 일행 전원이 이용할 수 있는 탈출 장비를 완벽히 갖추어야 한다.

(7) 안전한 피신처의 위치를 알아야 한다. 아무리 원시적인 배라고 해도 항구는

반드시 필요하다. 이는 캐나다 해안의 바위섬일 수도 있고 태평양의 산호섬일 수도 있다. 항구가 어디에 있든 간에 폭풍이 닥쳤을 때 그 위치를 모른다면, 당신은 실제로도 비유로도 물고기 밥일 뿐이다.

위의 모든 사항을 제대로 갖추면 어떻게 살아야 할지 감을 잡기가 쉬울 것이다. 조그만 섬에서 섬으로, 아니면 해안에서 해안으로 이동하며 식량을 구할 때에는 배를 이동 주택으로 삼아야 한다. 이렇게 하면 외해에 머물 때보다는 더 편하고 안전하게 지낼 수 있을 것이다. 그럴 경우에도 얕은 물에 사는 좀비는 늘 경계해야 한다. 또한 닻줄은 항시, 항시 눈여겨봐야 한다! 이런 식의 삶은 이론상으로는 가능하지만 권장할 만한 것은 아니다.

지속 기간

과연 얼마나 오랫동안 이렇게 원시적으로 살아야 할까? 얼마나 오랜 시간이 흘러야 좀비들이 저절로 먼지가 되어 사라질까? 세상이 정상 비슷한 상태로라도 돌아오려면 얼마나 걸릴까? 아쉽지만 정확히 알 방법은 어디에도 없다. 최초로 발생한 좀비는 냉동 상태이든 미라 상태이든 아니면 다른 어떤 방법으로 보존되었든 간에, 완전히 부패하는 데 5년이 걸릴 것이다. 그러나 좀비들이 세상을 정복할 즈음에는 이미 10년이라는 시간이 흘렀을 것이다(명심하라, 당신이 달아나는 시점은 대좀비 전쟁이 끝나는 순간이 아니라 시작되는 순간이다.). 좀비들이 지구를 완전히 뒤덮어서 마침내 감염시킬 인간이 한 명도 안 남았다고 가정할 경우, 거의 대부분의 좀비가 썩어 문드러지려면 이때부터 꼬박 5년이 더 걸린다. 건조한 곳과 추운 곳에서는 여러 마리가 생체 기능을 유지한 채 보존될 텐데 그 기간은 아마도 수십 년에 이를 것이다. 어쩌면 도적 떼나 피난민, 아니면 당신 같은 생존자들이 좀비의 먹잇감이 되어 썩어가는 앞 세대 좀비들에게 소수의 신세대 좀비들을 공급할지도 모른다. 이들마저 흙으로 돌아갈 무렵에는 오로지 인공적으로 보존 처리한 좀비나 매년 얼고 녹기를 반복하는 좀비들만 남을 것이다. 그날이 오는 것을 보려면 당신은 수십 년을 기다려야 한다. 당신의 자녀, 심지어 손자들까지도 좀비 걱정에 시달려야 할 것이다. 그런데 안심하고 바깥에 나갈 수 있는 날은 도대체 언제 오는 걸까?

발생 후 1년: 비상사태가 선포된다. 당신은 피난을 간다. 방어벽을 세우고 피난처를 완성한다. 분업 체계도 마련한다. 새 삶이 시작된다. 이 기간 동안 내내 당신은 무전기와 텔레비전을 확인하며 분쟁이 확대되는 과정을 주의 깊게 살핀다.

발생 후 5~10년: 이 기간 동안의 어느 시점에 대좀비 전쟁이 끝난다. 좀비들이 이겼다. 무선 신호는 모두 끊긴다. 당신은 세상이 모두 점령당했다고 짐작한다. 그래도 계속 살아가며 혹시 도적 떼나 피난민들이 침입하지는 않는지 주의 깊게 살핀다.

발생 후 20년: 당신은 20년 동안 고립 생활을 한 후에 비로소 정찰대를 내보낼까 고민한다. 그렇게 하면 들킬 위험이 있다. 만약 정찰대가 정해진 날짜에 돌아오지 않으면 당신은 그들이 죽었으리라고, 어쩌면 당신의 위치를 누설했으리라고 짐작할 것이다. 당신은 계속 숨어 지낼 것이다. 2차 수색대는 보내지 않고 대신 전투를 준비할 것이다. 다음 정찰대는 최소한 5년 후에야 내보낼 것이다. 정찰대가 돌아오면 그들이 무엇을 발견했는가에 따라 당신의 다음 행동이 결정될 것이다.

정찰대가 발견한 새로운 세상의 모습은 다음의 세 가지 시나리오 가운데 하나일 것이다.

1. 좀비들이 계속 지상을 활보한다. 인공 보존 처리된 좀비들과 매년 얼어붙는 좀비들 말고도 수백만 마리가 살아 있다. 어쩌면 눈에 잘 안 띌지도 모르지만 놈들은 2.5제곱킬로미터당 한 마리씩 서식하며 여전히 지구에서 가장 강력한 육식동물의 지위를 차지하고 있을 것이다. 인류는 거의 전멸했다. 살아남은 이들은 계속 숨어 있다.

2. 남아 있는 좀비는 몇 마리뿐이다. 부패 작용과 계속 이어진 전쟁이 효과를 발휘했다. 좀비는 아마도 수백 킬로미터에 한 마리꼴로 목격될 것이다. 인류는 다시 제자리를 찾기 시작한다. 생존자 집단들이 저마다 힘을 모아 사회를 재건하고자 노력한다. 이는 법을 지키며 조화롭게 모여 사는 시민 사회부터 군벌이 야만인들을 지배하는 혼돈스러운 봉건 사회까지 갖가지 형태로 나타날 것이다. 후자는 당신이 여전히 숨어 있어야 하는 이유가 되기에 충분하다. 또한 가능성이 극히 낮기는 하지만, 모든 나라 또는 몇몇 나라의 망명정부가 뒤늦게 얼굴을 드러낼지도 모른다. 이들은 잔존하는 군대 및 경찰의 보호 아래 자신들이 보존한 기술과 그간 쌓은 지식을 토대로 인류가 다시금 지구를 지배할 수 있도록 느리지만 꾸준한 재건 작업을 시작하는 데 성공할 것이다.

3. 아무것도 살아남지 못했다. 좀비들은 끝내 흙으로 돌아갔지만 그 전에 인류의 자취를 송두리째 지워 버렸다. 피난민들은 모두 잡아먹혔다. 도적들은 서로 죽이다가 자멸했거나 좀비의 공격에 굴복했다. 생존자들의 캠프는 좀비의 공격이나

질병, 내부 항쟁, 아니면 단순한 무료함 때문에 무너지고 말았다. 좀비도 인간도 돌아다니지 않으므로 세상은 고요하다. 나뭇잎 사이로 살랑거리는 바람과 해변에 부서지는 파도와 살아남은 동물들이 지저귀고 우는 소리를 빼면, 지구는 수백만 년 동안 잊고 지내던 오싹한 평화를 되찾은 셈이다.

인류가(또는 좀비가) 어떤 처지에 놓였든 간에, 동물계는 저만의 변환 과정을 계속할 것이다. 미처 탈출하지 못한 동물들은 모두 좀비에게 잡아먹힐 수밖에 없다. 대형 육식동물의 주된 먹잇감인 방목 가축들은 거의 멸종될 것이다. 맹금류 또한 굶주림에 시달릴 텐데 이는 썩은 고기를 먹는 새들도 예외가 아니다(명심하라. 좀비가 죽은 후에도 그 살은 여전히 독성을 띤다.). 곤충 역시 크기와 속도에 따라 떠돌이 좀비들의 먹이가 될 것이다. 어떤 야생 동물들이 지구를 물려받게 될지는 확실치 않다. 분명한 것은 좀비들이 지배한 세상이 지구 전체 생태계에 마지막 빙하기만큼의 충격을 끼치리라는 점이다.

그래서 그다음은?

종말 후를 다룬 소설을 보면 대개 새 시대의 생존자들이 극적인 진보를 통해, 예를 들면 한 도시를 통째로 되찾는 식으로 세상을 재건해 가는 모습이 그려진다. 이는 재미있는 상상의 소재이며 영화로 보면 그 재미가 더욱 커지지만, 재건을 시작하기에 안전하거나 효율적인 방법은 아니다. 조지 워싱턴 다리를 당당히 건너 맨해튼을 다시 사람 사는 곳으로 만들기보다는 오히려 당신이 살던 곳의 면적을 넓히거나, 아니면 상태가 양호하고 비교적 고립된 곳으로 옮기는 것이 더 안전하고 영리하고 신중한 선택이다. 예를 들어 당신이 작은 섬에 보금자리를 꾸렸다면 그보다 더 크고 전에 사람이 살았던 섬으로 옮겨 간 다음, 남아 있는 좀비들을 쓸어버리고 버려진 건물들을 새 보금자리로 삼는 것이 최선의 선택이다. 육지를 예로 들면 외진 사막이나 얼어붙은 툰드라 지대에서 가까운 무인 촌락으로 옮겨가는 경우가 이에 해당한다. 재건 작업을 완벽히 수행하려면 최악의 시나리오에 대비한 생존 지침서와 여러 역사 자료들이 최고의 길잡이가 될 것이다. 이때 그 길잡이에 실려 있지는 않지만 당신이 반드시 해야 하는 일이 한 가지 있다. 바로 새로 찾은 안락한 보금자리의 안전을 확인하는 일이다! 명심하라, 당신은 유일한 정부이자 유일한 경찰이며, 그 일대의 유일한 군대이기도 하다. 안전을 책임져야 할 사람은 바로 당신이다. 눈앞의 위험이 사라졌다고 해도 그 상태를 당연한 것으로 여기면 안 된다. 무엇을 발견하든, 어떠한 도전에 직면하든, 이 사실을 가슴에 새기도록 하라. 당신은 공룡 멸종 이후 단 한 번도 일어난 적 없었던 대재앙에서 살아남았다. 좀비들이 지배하는 세상에서 말이다.

기록에 남은 좀비 공격 사례

이 목록은 역사상의 모든 좀비 공격 사례를 망라한 것이 아니다. 관련 정보가 기록되고 보존되어 이 책의 필자에게까지 전해진 사례들만을 연대순으로 정리한 것에 지나지 않는다. 구술사에 의존하는 공동체에서는 자료를 얻기가 더욱 힘들었다. 전쟁이나 노예 제도, 천재지변, 외국에 의한 강제적 근대화 등의 결과로 해당 사회가 무너져 기록이 소실된 경우는 너무나 많다. 오랜 세월이 흐르는 사이에 얼마나 많은 이야기들이, 얼마나 소중한 정보들이(어쩌면 좀비 치료법까지 포함하여) 사라져 버렸는지는 아무도 모른다. 정보가 넘쳐나는 현대 사회에서도 발생 사태의 극히 일부만이 보고되었다. 이는 부분적으로 여러 정치 및 종교 단체들이 좀비에 관한 지식을 비밀에 부치기로 결의했기 때문이다. 또한 사람들이 좀비 발생 사태를 무시한 탓도 있다. 사태의 진상을 알아차린 이들이 대개의 경우 자신의 신용을 걱정하여 정보를 숨겼기 때문이다. 그 결과 우리에게 남은 것은 짧지만 잘 정리된 목록이다. 아래의 사례들은 발견순이 아니라 발생 연대순으로 정리했다는 점에 유의하라.

기원전 6만 년경, 중앙아프리카 카탄다

최근 셈리키 강 상류 둑의 고고학 발굴 현장에서 해골 13구가 들어 있는 동굴이 발견되었다. 해골은 모두 산산조각 난 상태였다. 근처에는 화석화된 재가 한 무더기 쌓여 있었다. 분석 결과 이 재는 호모사피엔스 13명의 잔해로 판명되었다. 동굴 벽에는 사람 형상이 그려져 있었는데 마치 위협하듯 두 손을 쳐들고 악령에 씐 듯 두 눈을 부라리는 모습이었다. 벌어진 입 속에는 조그마한 사람 몸뚱이가 들어 있었다. 이 발견은 순수한 좀비 발생 사태로 받아들여지지 않았다. 일군의 학자들은 부서진 해골과 불탄 시체가 좀비 처치법의 증거이며, 동굴 벽의 그림은 경고의 의미라고 주장한다. 이에 대해 다른 학자들은 화석화된 솔라눔 바이러스 같은 물적 증거를 요구한다. 논쟁의 결론은 아직 나오지 않았다. 만약 카탄다 발굴 현장이 그 진실성을 인정받으면 이 첫 번째 발생 사태와 두 번째 발생 사태 사이에 왜 그토록 긴 시간차가 있었는가 하는 의문이 제기될 것이다.

기원전 3000년경, 이집트 히에라콘폴리스

1892년 영국 조사단의 발굴 현장에서 정체를 알 수 없는 무덤 1기가 발견되었다. 무덤의 주인이 누구인지, 또 어떤 신분이었는지 알 만한 단서는 아무것도 나오지 않았다. 시신은 열려 있는 묘실 바깥에서 발견되었으며 일부만 부패한 채로 구석에 웅크린 상태였다. 마치 시신이 무덤을 탈출하려고 손으로 긁어대기라도 한 듯, 무덤 안쪽 벽은 온통 긁힌 자국으로 가득했다. 법의학 전문가들이 밝혀낸 바에 따르면 긁힌 자국들은 무려 수년에 걸쳐 만들어진 것이었다! 시신은 오른쪽 아래팔의 노뼈에 물린 자국 몇 개가 남아 있었다. 인간의 치열과 일치하는 자국이었다. 전체 부검을 실시한 결과 일부만 부패한 채로 건조된 뇌가 솔라눔에 감염된 뇌(전두엽이 완전히 녹아 없어진 상태)와 일치할 뿐 아니라, 바이러스 자체의 흔적 또한 남아 있는 것으로 밝혀졌다. 고대 이집트 말기의 시신 처리 전문가들이 미라에서 뇌를 제거하기 시작한 까닭이 바로 이 시신 때문이 아닌가를 놓고 현재 열띤 논쟁이 벌어지는 중이다.

기원전 500년경, 아프리카

고대 서양 문명에서 가장 위대한 항해자 가운데 한 명이었던 카르타고의 한노 2세는 식민지를 개척하고자 아프리카 서부 해안을 탐험하는 동안 항해 일지에 다음과 같은 기록을 남겼다.

드넓은 밀림 가장자리의 해안, 푸른 언덕들이 구름 위에 꼭대기를 감춘 그곳에서, 나는 탐험대를 뭍으로 보내 마실 물을 찾도록 했다. ……우리 예언자들은 그러지 말라고 경고했다. 그들이 보기에 이곳은 저주받은 땅, 신에게 버림받은 악마들의 땅이었다. 나는 그 경고를 무시하고 이루 말할 수 없이 큰 대가를 치렀다. ……서른하고도 다섯 명을 보냈건만, 돌아온 것은 일곱 명뿐이었다. ……살아남은 자들은 흐느끼며 밀림에서 온 괴물 이야기를 들려주었다. 뱀의 독니와 표범의 발톱과 지옥불이 이글거리는 눈을 지닌 인간들의 이야기였다. 그것들은 청동 칼날에 살이 갈라져도 피가 흐르지 않는다고 했다. 우리 선원들이 잡아먹히는 동안 바람은 놈들의 포효를 실어 날랐고…… 예언자들은 부상을 입고 살아 돌아온 선원들이 건드리는 모든 사람에게 비탄을 안기리라 경고했다. ……우리는 서둘러 배로 돌아와 그 가여운 영혼들을 이 짐승 같은 인간들의 땅에 버리고 떠났다. 부디 신들께서 이 몸을 용서하시기를.

독자들도 잘 알다시피 한노 2세의 기록은 역사학자들 사이에서 논란의 대상이다. 한노 2세가 원숭이처럼 생긴 커다란 생물을 보고 '고릴라'로 명명했다는 기록 또한 남아 있음을 감안하면(사실 고릴라는 아프리카 서부에 서식한 적이 없다.), 두 가지 사건 모두 한노 2세 또는 후대 역사가들이 상상으로 지어낸 것이라고 추측할 수도 있다. 이 점을 염두에 둔다 하더라도, 또한 독니와 표범 발톱과 이글거리는 눈 등의 표현이 분명한 과장임을 인정한다 하더라도, 한노 2세의 기록에 나온 괴물들은 기본적으로 좀비와 매우 닮았다.

기원전 329년, 아프가니스탄

아프가니스탄 침공 이후 이곳에 주둔하던 소련군 특수부대 대원들은 마케도니아의 전설적인 정복자 알렉산더 대왕이 세운 이름 없는 원주(圓柱)를 자주 찾아가곤 했다. 그들 중 한 부대가 이 원주로부터 10킬로미터쯤 떨어진 곳에서 고대 그리스 군대의 막사로 추정되는 유적을 발견했다. 출토된 유물들 가운데 조그마한 청동 꽃병이 있었

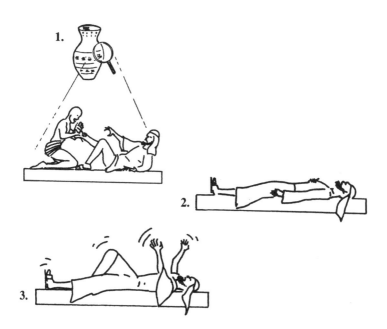

다. 그 꽃병에는 다음과 같은 그림이 새겨져 있다. (1) 한 남자가 다른 남자를 문다. (2) 물린 남자가 죽은 채 누워 있다. (3) 그 남자가 다시 일어나 (1)로 돌아가서 또 다른 남자를 문다. 그림 자체뿐 아니라 그 그림이 꽃병을 빙 둘러 반복되는 점을 보면 이는 곧 알렉산더 대왕이 좀비 발생 사태를 직접 목격했거나 토착민에게 설명을 들었다는 증거인지도 모른다.

기원전 212년, 중국

진나라의 시황제는 위험한 사상이 퍼지는 것을 막아야 한다며 농업이나 건축처럼 실용적인 주제에 관한 것을 제외하고 모든 책을 불태우라고 명령했다. 이때 좀비 공격에 관한 자료도 그 불길 속에서 함께 타 버렸는지 어떤지는 확인할 길이 없다. 아래에 소개된 모호한 단락은 당시 처형당한 학자가 집 벽에 숨겨 둔 의학서에서 발췌한 것으로서, 이를 좀비 공격의 증거로 볼 수 있을지도 모른다.

영원토록 깨어 있는 악몽의 희생자들을 구제하는 유일한 방법은 몸을 도막내어 불에 태우는 것이다. 이때 환자의 몸을 단단히 구속하고 입에는 짚을 채워 꽁꽁 묶어야 한다. 사지와 내장을 반드시 제거하되, 흘러나온 체액에 닿으면 절대 안된다. 절단한 토막들은 모두 불태워 재로 만든 다음 최소한 사방 12리에 걸쳐 흩뿌려야 한다. 이 병은 치료법이 없으므로 다른 어떠한 방법으로도 고칠 수 없으며…… 인육을 탐하는 열망은 결코 채워지지 않으니…… 만일 환자가 여럿이라서 붙잡을 가망이 없다면 즉시 목을 쳐야 한다. ……이때 가장 빠른 효과를 보이는 무기는 바로 월아산이다.

'영원토록 깨어 있는 악몽'의 희생자들이 실제로 죽은 상태인지 어떤지는 적혀 있지 않다. 다만 건강한 사람의 살을 탐한다는 내용이나 현실적인 '구제법' 등을 보면 고대 중국에도 좀비가 있었으리라 추측할 수 있다.

서력 121년, 칼레도니아의 파눔 코키디(오늘날의 스코틀랜드)

이는 발생 사태의 원인은 알려지지 않았으나 사건 개요만은 충실히 기록된 사례이다. 현지 야만족의 추장이 좀비들을 단순히 미친 사람으로 착각하고 3000명이 넘는 전사를 파견하며 '미치광이들의 반란'을 끝내라고 명령했다. 그 결과 600명이 넘는 전사가 잡아먹혔고, 나머지는 부상을 입은 후에 결국 살아있는 시체로 변하고 말았다. 섹스투스 셈프로니오스 투베로라는 이름의 로마 상인이 이 지역을 여행하다가 전투를 목격했다. 투베로는 좀비가 무엇인지조차 몰랐지만, 그 와중에도 오로지 목이 잘린 좀비만이 위험하지 않다는 것을 알아차릴 만큼 눈치가 빨랐다. 전장에서 간신히 달아나 목숨을 건진 투베로는 그곳에서 가장 가까운 로마령 브리타니아의 군 주둔지로 달려가 사령관 마르쿠스 루시우스 테렌티우스에게 자신이 본 것을 보고했다. 채 하루도 안 걸릴 만큼 가까운 곳에 9000마리가 넘는 좀비 떼가 있었다. 놈들은 길게 이어진 피난 행렬을 따라 꾸준히 남쪽으로 이동하며 로마 점령 지역 쪽으로 점점 가까워지는 중이었다. 테렌티우스가 거느린 병력은 보병 1개 대대(480명)뿐이었다. 지원 병력이 도착하려면 3주가 걸리는 상황이었다. 테렌티우스는 먼저 깊이 2미터짜리 참호를 두 곳 파되, 참호의 형태는 남쪽으로 내려올수록 점점 좁아지다가 나중에는 길이가 1.5킬로미터에 이르는 직선 회랑이 되도록 만들라고 명령했다. 완성된 참호의 모양은 북쪽으로 열린 깔때기와 비슷했다. 두 참호의 바닥에는 비투멘 리퀴둠(당시 이 지역에서 난방용 연료로 흔히 쓰던 원유)을 한가득 뿌렸다. 좀비들이 접근하는 동안 병사들은 기름에 불을 붙였다. 참호에 굴러 떨어진 좀비들은 좁은 흙벽 사이에 갇혀 모두 불탔다. 나머지는 로마 병사들에게 밀려 깔때기 입구로 들어갔으나 그곳은 채 300마리도 나란히 서지 못할 만큼 비좁았다. 테렌티우스는 부하들에게 칼을 뽑고 방패를 들고 적을 향해 진격하라고 명령했다. 아홉 시간에 걸친 전투가 끝나고 나서 좀비들은 모조리 목이 잘렸다. 병사들은 여전히 입을 옴짝거리는 좀비 대가리들을 참호로 걷어차 불태웠다. 로마군이 입은 피해는 사망자 150명뿐, 부상자는 한 명도 없었다(병사들은 동료가 좀비에게 물리면 가차 없이 죽였다.).

이 발생 사태를 계기로 역사적으로 중요한 여러 변화들이 즉시 일어나기 시작했다. 하드리아누스 황제는 발생 사태와 관련된 정보를 모두 모아 한 권의 책으로 상세히 기록하도록 명령했다. 이 지침서에는 좀비의 행동 양식과 효과적인 처치법뿐만 아니라 '일반 백성들 사이에서 필연적으로 발생할 공황 사태에 대비하여' 압도적인 수의 병력을 투입하라는 지침도 함께 담겨 있다. '군령 제37조'로만 알려진 이 문서는 제국 각지의 전 군단에 배포되었다. 덕분에 로마 지배하에 있던 지역에서는 좀비 발생 사태가 일어나도 위험 수준에 이른 적이 한 번도 없었으며, 따라서 세부 사항도 자세히 알려지지 않았다. 칼레도니아 북부와 로마령 브리타니아를 갈라놓은 '하드리아누스의 벽'

또한 위의 사태를 계기로 만들어졌으리라 추측된다. 이는 본서의 기준에 따르면 3종 발생 사태에 해당하며 아마도 역사에 기록된 사례들 가운데 가장 규모가 큰 사건이었을 것이다.

140년~141년, 누미디아의 타무가디(오늘날의 알제리)

이 지역의 로마 총독 루키우스 발레리우스 스트라보는 사막 유목민들 사이에서 일어난 소규모 발생 사태 여섯 건을 기록으로 남겼다. 아프리카 북부에 주둔하던 제3 아우구스타 군단의 기지에서 보병 2개 대대가 출격하여 각각의 발생 사태를 모두 진압하였다. 처치한 좀비 수는 총 134마리였다. 로마군 전사자는 5명이었다. 공식 보고서 말고도 한 공병단원이 남긴 일기에 중요한 발견 사항이 기록되어 있다.

어느 원주민 가족은 적어도 12일 동안 집 안에 갇혀 있었다. 그 사나운 괴물들은 그동안 내내 집의 잠긴 문과 창문을 아무 보람도 없이 할퀴고 긁어댔다. 우리가 괴물들을 해치우고 구해 주었을 때 그 가족은 거의 미친 사람들처럼 보였다. 미루어 짐작컨대 괴물들이 우는 소리를 며칠 밤낮에 걸쳐 들으면 가혹한 고문을 받은 것과 다름없는 듯하다.

이 기록은 좀비 공격으로 인한 심리적 피해를 맨 처음 인식한 사례로 알려져 있다. 발생 사태 여섯 건이 잇달아 일어난 점을 감안하면 적어도 한 마리 이상의 좀비가 이전의 공격 사태에서 살아남아 주민들을 재감염시켰으리라고 추측된다.

156년, 게르마니아의 카스트라 레기나(오늘날의 독일 남부)

좀비 17마리가 유명한 성직자를 습격하여 감염시킨 사례이다. 이 지역의 로마군 사령관은 성직자가 좀비로 소생할 징후를 눈치채고 부하들에게 그를 처치하라고 명령했다. 이 명령에 분노한 토착민들이 폭동을 일으켰다. 처치한 좀비 수는 성직자를 포함하여 총 10마리였다. 로마군 전사자 17명은 모두 폭동 진압 과정에서 사망했다. 로마군의 칼에 죽은 주민 수는 총 198명이었다.

177년, 아퀴타니아의 톨로사 인근 촌락(오늘날의 프랑스 서남부)

여행 중이던 상인이 카푸아에 사는 형제에게 보낸 편지에 그를 습격한 자의 이야기가 등장한다.

숲에서 튀어나온 그자한테서는 썩은 내가 풍겼단다. 회색 살갗이 온통 생채기투성이였는데도 피가 흐르는 곳은 한 군데도 없었어. 비명 지르는 아이를 보며 몸을 꺼떡거리는 모양새가 퍽 즐거워하는 것 같더구나. 놈은 그 아이 쪽으로 고개를 틀더니, 입을 벌리고 길게 울부짖었고…… 역전의 노장인 다리우스가 그리로 다가…… 겁에 질린 아이 엄마를 한쪽으로 밀고 아이의 팔을 잡은 다음, 검을 뽑아 휘둘렀단다. 놈의 머리는 발치에 툭 떨어진 다음 제 몸뚱이가 따라오기도 전에 언덕 아래로 데굴데굴 굴러갔지. ……다리우스는 놈의 시체를 불에 던져 넣기 전에 일행들에게 가죽을 뒤집어쓰라고 재촉했어. ……놈의 대가리는 불길의 먹이로 던져지는 동안에도 징그럽게 무는 시늉을 했단다.

이 기록은 좀비에 대처하는 로마인의 전형적인 자세를 보여준다. 그들은 좀비를 실용적인 대책이 필요한 하나의 문제로 보았을 뿐, 어떠한 두려움도 미신도 품지 않았다. 로마 제국 시대에 일어난 공격 사태의 기록은 이것이 마지막이다. 이후의 발생 사태는 앞서와 달리 효율적인 전투로 이어지지도 않았고 명확히 기록되지도 않았다.

700년, 프리지아(오늘날의 네덜란드 북부)

이 사건은 서력 700년경에 일어났으리라고 추측되지만 그 물적 증거는 암스테르담 국립 미술관의 금고에서 최근에 발견된 그림 한 점뿐이다. 위에 언급한 연대는 그림의 재료를 분석한 결과 도출된 것이다. 이 그림에는 전신을 갑옷으로 감싼 기사들이 회색 살갗에 넝마를 걸친 남자들 한 무리를 공격하는 광경이 그려져 있다. 남자들의 몸은 화살과 수많은 상처로 뒤덮여 있고 입에서는 피가 뚝뚝 떨어진다. 두 무리가 그림 한복판에서 격돌하는 가운데 기사들이 칼을 뽑아 적의 목을 자르려 한다. 오른쪽 아래 구석을 보면 좀비 세 마리가 쓰러진 기사 위에 웅크리고 있다. 기사는 갑옷이 여기저기 벗겨지고 한쪽 팔이 잘린 모습이다. 좀비들은 갑옷 사이로 드러난 살을 뜯어먹고 있다. 그림에 화가의 서명이 없기 때문에 이 그림이 어디에서 왔는지, 또 어쩌다가 미술관에 보관되었는지는 아무도 모른다.

850년, 작센의 어느 마을(오늘날의 독일 남부)

로마로 순례를 떠난 수도사 베아른트 쿤첼이 자신의 일기장에 기록한 사건이다. 슈바르츠발트의 숲에서 좀비 한 마리가 튀어나와 현지에 살던 농부를 물어 감염시켰다. 희생자는 물린 지 몇 시간 만에 소생하여 자기 가족을 덮쳤다. 발생 사태는 이때부터 마을 전체로 확산되었다. 영주의 성 안으로 도망쳐 살아남은 이들은 미처 알아차리지 못했지만 그들 중에도 물린 사람이 있었다. 바이러스가 더욱 널리 퍼지면서 이웃한 여러 마을의 주민들이 감염 지대를 향하여 떼 지어 몰려들었다. 현지의 주교는 좀비를 악령에 씐 사람으로 착각한 나머지 성수와 기도문으로 악령을 내쫓을 수 있으리라 믿었다. 이 '성스러운 임무'는 주민 전체가 잡아먹히거나 좀비로 변하는 대량 학살극으로 끝을 맺었다.

절박해진 인근의 영주와 기사들은 '악마의 끄나풀들을 불로 정화하고자' 하나로 뭉쳤다. 이렇게 모인 오합지졸 연합군은 반경 80킬로미터 이내의 마을과 좀비들을 모조리 불태웠다. 감염되지 않은 사람들조차 학살을 피하지 못했다. 피난민들이 좀비와 함께 틀어박혔던 원래 영주의 성은 200마리가 넘는 좀비를 가둔 감옥으로 변한 후였다. 성 안의 피난민들이 좀비에게 당하기 전에 성문을 걸어 잠그고 도개교를 올린 탓에 기사들은 안으로 들어갈 수 없었다. 그 결과 이 성은 '악령이 출몰하는 곳'으로 선포되었다. 이후 10년이 넘도록 그 주위를 지나는 농민들은 성 안에 갇힌 좀비들의 신음 소리를 들어야 했다. 쿤첼이 계산한 바에 따르면 좀비의 수는 573마리였고 잡아먹힌 사람은 900명이 넘었다. 일기에는 근처 유대인 마을이 대대적인 보복을 당했다는 기록도 남아 있는데 이는 유대인들의 '신앙심'이 부족했기 때문에 발생 사태가 일어났다는 이유에서였다. 쿤첼의 일기는 1973년에 우연히 발견될 때까지 교황청 서고에 남아 있었다.

1073년 예루살렘

좀비 생리학 분야에서 가장 중요한 개척자 가운데 한 명인 랍비 이브라힘 오베이달라의 이야기를 보면, 좀비를 과학적 관점으로 이해하려 한 사람들이 이룬 커다란 진보와 아쉬운 퇴보가 전형적으로 드러난다. 팔레스타인 해변에 위치한 도시 자파에서 원인을 알 수 없는 발생 사태가 일어나 좀비 15마리가 출현했다. 현지 민병대는 히브리어로 번역된 로마군 군령 제37조를 참조하여 최소한의 희생만 치르고 위협을 완전히 제거하는 데 성공했다. 이름난 외과 의사이자 생물학자였던 오베이달라는 좀비에게 물린 여인을 거두어 치료했다. 군령 제37조에 따르면 물린 사람은 누구든 즉시 목을 자르고 불태워야 했지만, 오베이달라는 그 죽어가는 여인을 연구하게 해달라고 민병대를 설득했다(어쩌면 뇌물로 매수했을지도 모른다.). 민병대와 타협한 오베이달라는 여인을 도시 감옥으로 옮기고 연구 장비도 함께 가져갔다. 법관들이 유심히 지켜보는 감방 안에서 오베이달라는 줄에 묶인 여인을 숨이 끊어질 때까지 관찰했고, 시체가 소생한 후에도 연구를 멈추지 않았다. 줄에 묶인 좀비는 갖가지 실험의 대상이 되었다. 생명을 유지하는 데 필요한 모든 기능이 더 이상 작동하지 않는 것을 발견한 오베이달라는 실험체가 물리적으로 사망했음에도 여전히 움직인다는 가설을 과학적 사실로 입증했다. 이후 그는 중동 지역을 여행하며 좀비 발생 사태로 추정되는 여러 사건의 정보를 수집했다.

오베이달라의 연구 결과에는 좀비의 생리학에 관한 모든 정보가 수록되어 있다. 그가 남긴 기록 중에는 좀비의 신경계와 소화 기관, 심지어 환경에 따라 달라지는 부패 속도에 관한 보고서도 포함되어 있다. 또한 좀비의 행동 양식을 철저히 밝힌 연구 결과도 들어 있는데 이것이 사실이라면 실로 놀라운 성과이다. 아이러니하게도 이 천재적인 과학자는 십자군이 예루살렘에 진격한 1099년 사탄 숭배자로 몰려 목이 잘렸고, 그의 연구 성과는 거의 모두 불태워졌다. 기록 가운데 몇몇 대목만이 이후 수백 년 동안 바그다드에 보존되었는데 소문에 따르면 남아 있는 양은 원본의 극히 일부라고 한다. 그러나 실험의 세부 사항을 제외한 오베이달라의 인생 역정은 (유대 사학자이자 동료였던) 그의 전기 작가 덕분에 십자군의 살육을 견디고 후대에 전해졌다. 그 작가가 페르시아로 탈출하여 출판한 책은 중동 지역의 여러 왕가에서 적지 않은 성공을 거두었다. 이 책은 텔아비브 국립 문서 보관소에 한 부가 남아 있다.

1253년, 그린란드의 피스쿠르호픈

아이슬란드의 바이킹 추장 군비에른 룬데르고르트는 북유럽 정복 민족의 위대한 전통에 따라 외딴 만의 입구에 식민지를 건설했다. 알려진 바에 따르면 개척민 수는 153명이었다. 룬데르고르트는 이곳에서 한 차례 겨울을 난 다음 배를 타고 아이슬란드로 돌아왔는데 아마도 보급품을 마련하고 추가로 개척민을 모집하기 위해서였으리라고 추정된다. 5년 후, 룬데르고르트가 다시 찾은 식민지는 온통 폐허가 되어 있었다. 개척민들은 간데없고 해골 서른 구만이 남아 있었으며, 그나마도 살은 깨끗이 발라진 상태였다. 기록에 따르면 룬데르고르트는 이곳에서 여인 둘과 아이 한 명을 만났다고 한다. 세 사람은 살갗이 얼룩덜룩한 회색이었고 군데군데 살을 뚫고 나온 뼈가 보였다. 상처가 분명한데도 피가 흐른 자국은 전혀 없었다. 이들은 룬데르고르트 일행을 발견하자마자 몸을 돌려 다가오기 시작했다. 그러더니 물어보는 말에 대꾸 한마디 없이 다짜고짜 습격하여 바이킹들을 고기 토막으로 만들었다. 룬데르고르트는 원정이 송두리째 저주받았다고 생각한 나머지 시체와 건물들을 모조리 불태우라고 명령했다. 해골들 가운데서 자신의 가족을 발견한 룬데르고르트는 부하들에게 그 자신도 죽이고 토막 내어 함께 불태우라고 명령했다. 아이슬란드 레이캬비크의 국립 기록원에는 아일랜드의 수도사 일행이 여행 도중에 룬데르고르트의 부하들에게서 전해 듣고 기록으로 남긴 '피스쿠르호픈 이야기'가 남아 있다. 이는 고대 북유럽 문명에서 일어난 좀비 공격 사례를 가장 자세히 설명한 기록일 뿐 아니라 14세기 초 그린란드의 바이킹 정착지가 모조리 사라져 버린 이유를 알려주는 증거이기도 하다.

1281년, 중국

베네치아의 탐험가 마르코 폴로의 일기를 보면 상도(上都)에 있는 쿠빌라이 칸의 여름 궁전을 방문했을 때 항아리 속에 투명한 알코올 용액으로 보관된 좀비 머리를 본 일화가 나온다(마르코 폴로의 설명에 따르면 이 용액은 '본질은 술과 같지만 빛깔이 맑고 코를 찌르는 냄새가 났다.'). 쿠빌라이 칸은 자신의 할아버지 칭기즈 칸이 서양을 정복하고 돌아오는 길에 그 머리를 가져왔다고 말했다. 마르코 폴로의 기록에는 그 머리가 사람들의 기척에 반응했다고 나와 있다. 심지어 거의 다 썩은 눈으로 그들을 바라보기까지 했다고 한다. 마르코 폴로가 손을 뻗어 항아리를 건드리자 잘린 머리가 입을 다물어 손가락을 물려 했다. 쿠빌라이 칸은 이 어리석은 행동을 꾸짖으며 궁정의 하급 관리가 똑같은 짓을 했다가 그 잘린 머리에게 손가락을 물어 뜯겼다는 이야기를 들려주었다. 그 관리는 '며칠 만에 죽은 듯했으나 다시 살아나' 하인들을 공격했다. 그 머리는 마르코 폴로가 중국에 머무는 동안 내내 살아 있었다고 한다. 이 유물이 어떻게 되었는지는 아무도 모른다. 아시아에서 돌아온 마르코 폴로의 이야기는 교황청의 검열을 받았고, 따라서 잘린 대가리 이야기는 그의 모험담을 수록한 공식 출판물에서 삭제되었다. 역사학자들은 몽골 원정군이 바그다드에까지 이르렀던 점에 착안하여 그 잘린 머리가 이브라힘 오베이달라의 표본 가운데 하나였으리라고 추정한다. 이 추정이 사실이라면 그 머리는 좀비 표본 가운데 가장 잘 보관되었을 뿐 아니라 가장 오랫동안 살아남은 표본인 셈이다.

1523년, 멕시코 오악사카

원주민들은 내게 사람의 영혼을 검게 물들여 형제의 피를 탐하게 하는 병에 대해 들려주었다. 남자, 여자, 심지어 아이들 중에도 살이 썩어서 검게 물들어 지독한 냄새를 풍기는 이들이 있다고 한다. 일단 영혼이 물들면 죽음밖에 고치는 방법이 없다고 하며, 이때 인간이 지닌 무기로는 죽일 수 없기에 불로 태우는 수밖에 없다고 한다. 나는 이것이 이교도들의 비극이라고 믿는다. 그들은 우리 주 예수 그리스도를 몰랐기에 병을 고칠 방법 또한 몰랐던 것이다. 이제 우리가 주님의 빛과 진리로 이들을 축복하였으니, 마땅히 나아가 그 검은 영혼들을 찾고 천국의 모든 권세를 빌어 그들을 깨끗이 씻어야 하리라.

위 대목은 에스파냐의 성직자 바르톨로메 데 라스카사스의 제자였던 에스테반 네그론 신부의 이야기로 추정되며, 원래 문서에서 발췌된 일부만이 최근 도미니카의 산토도밍고에서 발견되었다. 이 문서의 진위에 대해서는 의견이 엇갈린다. 어떤 학자들은 이 문서를 해당 사건에 대한 모든 정보를 틀어막으려 한 교황청 교서의 일부로 추정한다. 다른 이들은 '히틀러 일기'와 마찬가지로 교묘하게 위조한 가짜일 것으로 추정한다.

1554년, 남아메리카

돈 라파엘 코르도사가 이끄는 에스파냐 원정대가 전설 속의 황금 도시 엘도라도를 찾아 아마존 정글로 들어갔다. 안내를 맡은 투피 족은 코르도사에게 '영면의 골짜기'로 알려진 곳에는 절대로 들어가지 말라고 경고했다. 피에 굶주린 괴물들이 그곳에서 바람소리를 내며 울부짖기 때문이라고 했다. 투피 족에 따르면 수많은 사람들이 그곳에 발을 들였다. 돌아온 이는 단 한 명도 없었다. 대원들은 거의 모두 이 경고에 겁을 먹고 해안으로 돌아가자고 애원했다. 그러나 코르도사는 투피 족이 황금 도시를 감추려고 거짓말을 한다고 의심한 나머지 원정대에게 전진 명령을 내렸다. 해가 진 다음, 좀비 수십 마리가 원정대 캠프를 습격했다. 그날 밤에 일어난 일은 지금도 수수께끼로 남아 있다. 코르도사를 남아메리카에서 산토도밍고 섬까지 태우고 온 산바로니카 호의 승객 명부를 보면 살아서 해안까지 도착한 이는 그 혼자였다. 그가 끝까지 싸웠는지 아니면 부하들을 버리고 달아났는지는 아무도 모른다. 1년 후, 에스파냐에 도착한 코르도사는 마드리드의 왕궁과 로마의 교황청 종교 재판소에서 공격 사건에 관하여 상세히 증언했다. 왕궁에서는 왕의 재산을 탕진한 죄로, 교황청에서는 신성을 모독하는 언행을 저지른 죄로 기소당한 코르도사는 작위를 박탈당하고 처절한 가난 속에서 숨을 거두었다. 그의 이야기는 에스파냐의 당대 역사에 관한 여러 문헌을 짜깁기한 것이었다. 원본은 발견된 적이 없다.

1579년, 태평양 중부

해적 출신으로 영국의 국가적 영웅이 된 프랜시스 드레이크 경은 세계 일주 항해 도중에 식량과 물을 보급하려고 어느 무인도에 정박했다. 인근 섬의 원주민들이 드레이크 경에게 경고하길, 근처의 조그만 바위섬에 '죽음의 신들'이 살고 있으니 가까이 가지 말라고 했다. 죽은 이의 시신과 불치병에 걸린 환자들을 이 섬에 버리는 것이 현지 풍습이었다. 섬에 사는 신들은 이렇게 버려진 사람과 시체를 먹고 영원토록 살아간다고 했다. 그 이야기에 매혹된 드레이크 경은 섬을 조사하기로 마음먹었다. 그가 배 위에서 지켜보는 가운데 원주민들이 죽어가는 남자 한 명을 섬 해안에 내려놓았다. 원주민들은 소라 나팔을 몇 번 분 다음 바다로 물러났다. 잠시 후, 사람 형상 몇 개가 정글에서 천천히 걸어 나왔다. 드레이크 경은 그들이 시체를 뜯어먹는 광경을 지켜보다가 황급히 몸을 감추었다. 놀랍게도, 반쯤 뜯어 먹힌 시체가 일어서더니 절뚝거리며 괴물들 뒤를 따라갔던 것이다. 드레이크 경은 이 사건을 평생토록 입 밖에 내지 않았다. 그가 죽을 때까지 감춰두었던 비밀 일기가 발견되면서 이 사실도 공개되었다. 그 일기는 개인 수집가들 사이에서 전해지다가 결국에는 현대 영국 해군의 아버지인 재키 피셔 제독의 서고로 들어갔다. 1907년, 피셔 제독은 일기를 복사하여 몇몇 친구들에게 크리스마스 선물로 주었다. 드레이크 경은 섬의 정확한 좌표를 기록해 두고 그곳을 '저주받은 자들의 섬'으로 명명했다.

1583년, 시베리아

악명 높은 코사크 족 지도자 예르마크 티모페예비치 휘하의 한 정찰 부대가 동토에서 길을 잃고 굶주리다가 아시아계 원주민 마을에 신세를 지게 되었다. 이 백인들은 기운을 회복하기가 무섭게 마을의 지배자를 자처하며 눌러앉는 것으로 원주민들의 호의를 되갚았고, 예르마크의 본대가 도착할 때까지 이곳에서 겨울을 나기로 마음먹었다. 몇 주에 걸쳐 마을의 식량을 모조리 먹어치운 코사크 부대는 결국 마을 사람들까지 잡아먹기 시작했다. 끔찍한 식인 축제 속에서 열세 명이 잡아먹혔고, 나머지 주민들은 황무지로 달아났다. 코사크 부대는 며칠 동안이나 이 새로운 식량들을 찾아 헤맸다. 그러다가 굶주림에 절박해진 나머지 마을 묘지로 향했는데 이는 아마도 날씨가 추워서 죽은 지 얼마 안 된 시체들이 고스란히 보존되어 있으리라 믿었기 때문이었을 것이다. 맨 처음 파낸 시체는 20대 초반 여성으로서 팔다리가 꽁꽁 묶이고 입에는 재갈이 물린 채로 매장되어 있었다. 죽은 여인은 얼었던 상태가 녹자마자 되살아났다. 코사크 부대는 혼비백산했다. 그들은 어떻게 그런 묘기를 부렸는지 물어볼 요량으로 여인의 재갈을 벗겨 주었다. 여인이 대원 한 명의 손을 물었다. 그때까지도 무슨 일이 벌어지는지 까맣게 몰랐던 대원들은 무지와 잔혹함에 눈이 멀어 여인을 토막 내고 그 살을 불에 구워먹었다. 절제심을 발휘한 사람은 단 두 명, 미신에 깊이 빠진 나머지 그 고기에 저주가 걸려 있다고 믿은 대원과 여인에게 물렸던 대원뿐이었다(그의 동료들은 죽어가는 이에게 식량을 주는 것은 낭비라고 생각했다.). 어떤 의미에서는 그 미신이 옳았다. 좀비의 살을 먹은 대원들은 그날 밤에 모두 죽었다. 물린 대원은 이튿날 아침에 숨을 거두었다.

홀로 살아남은 대원은 동료들의 시체를 태우려고 했다. 그가 화장용 장작을 쌓는 사이, 여인에게 물렸던 남자의 시체가 되살아났다. 살아남은 대원은 끈질기게 쫓아오는 좀비를 피해 초원을 가로질러 달아났다. 좀비는 추적을 시작한 지 겨우 한 시간 만에 통째로 얼어붙었다. 달아난 생존자는 며칠 동안 초원을 헤매다가 예르마크가 보낸 다른 정찰대에게 구조되었다. 러시아의 역사학자이자 신부인 피에트로 게오르기아비치 바투틴이 그의 증언을 문서로 남겼다. 이 문서는 라도가 호수의 발람 섬에 있는 외딴 수도원에 보관된 채 오랜 세월 동안 먼지를 뒤집어쓰고 있다가 최근에야 영어로 번역되었다. 그 마을의 아시아계 주민들이 어떻게 되었는지, 또 그들의 정체가 무엇인지에 대해서는 아무것도 알려지지 않았다. 이후 예르마크가 저지른 잔혹한 학살극에서 살아남은 이가 거의 없기 때문이다. 과학적 관점에서 보면 바투틴 신부의 기록은 좀비가 통째로 얼어붙는다는 사실을 보여준 최초의 증거이다.

1587년, 미국 노스캐롤라이나 주의 로노크 섬

로노크 섬의 영국 식민지 주민들은 본국의 지원이 끊기자 식량을 구할 사냥 부대를 정기적으로 육지에 파견했다. 그중 한 부대가 3주 동안 실종되었다. 마을로 돌아온 유일한 생존자는 다음과 같이 증언했다. "야만인 무리한테 공격당했소…… 벌레 먹은 살갗에서 썩은 내를 풍기는 놈들이었는데, 어찌된 일인지 총알을 맞아도 끄떡없었소!" 부대원 11명 가운데 죽은 사람은 1명뿐이었지만 나머지 대원 중 4명이 중상을 입었다. 이들은 이튿날 모두 사망하여 땅에 묻혔다가, 몇 시간 만에 되살아나 얕은 무덤을 뚫고 나왔다. 살아 돌아온 대원은 나머지 대원들이 이 부활한 동료들에게 산 채로 잡아먹혔으며, 탈출한 사람은 자신뿐이라고 증언했다. 식민지 치안 판사는 이 남자를 거짓말쟁이이자 살인자라고 판결했다. 남자는 이튿날 아침에 교수형을 당했다.

'남아 있는 시신이나마 이교도들에게 더럽혀지지 않도록' 전멸한 부대의 유해를 찾으러 2차 수색대가 출발하였다. 다섯 명으로 구성된 수색대는 물린 자국과 긁힌 상처로 뒤덮인 채 거의 정신이 나간 상태가 되어 돌아왔다. 그들은 뭍에 도착한 후 이미 처형당한(그러나 이제는 결백이 입증된) 남자가 말했던 '야만인' 무리뿐 아니라 전멸한 줄 알았던 부대원들한테도 공격을 당했다고 증언했다. 새로 등장한 이 생존자들은 의사에게 검사를 받은 후 몇 시간 간격을 두고 잇달아 사망했다. 장례식은 이튿날 아침에 치를 예정이었다. 그날 밤, 이들은 되살아났다. 자세한 사정은 이야기의 나머지 부분과 마찬가지로 명확하지 않다. 결국 바이러스가 퍼져 온 마을이 초토화되었다는 이야기도 있다. 원주민인 크로아탄 족이 위험을 알아차리고 섬을 포위하여 개척민들을 모조리 태워 죽였다는 이야기도 있다. 또 다른 이야기에 따르면 이 원주민들이 살아남은 개척민들을 구조한 다음 좀비와 부상자를 모조리 처치했다고도 한다. 위의 세 이야기 모두 민담과 사료에 기록되어 지난 200년간 전해 내려왔다. 그러나 그중 어느 것도 북아메리카에 맨 처음 건설된 영국인 정착지가 어째서 흔적도 없이 사라졌는지를 명확히 설명하지는 못한다.

1611년, 일본의 에도

일본에서 사업을 하던 포르투갈 상인 엔리케 데 실바가 형제에게 보낸 편지에 다음과 같은 대목이 있다.

멘도사 신부님께서는 오랜만에 맛보는 카스티야산 와인을 음미하시며 얼마 전 우리 주님을 영접한 남자의 이야기를 들려주셨다. 그 야만인 사내는 이 신비하고 미개한 땅에서 가장 은밀하게 전해 내려온 비밀 결사인 '생명회(命の会)'의 회원이었다더구나. 신부님께서 말씀하시길 이 비밀 결사는 암살자들을 키우는 곳으로서…… 내 한 점 거짓 없이 말하건대, 그들의 목적은 악마를 처단하는 것이란다. 그 남자의 설명에 따르면 그 괴물들도 한때는 인간이었다. 그런데 죽은 후에 보이지 않는 악령에 씌어 다시 일어나서는…… 산 사람의 살을 탐한다는구나. 멘도사 신부님께서 말씀하시길 생명회는 이 공포에 맞서고자 쇼군이 직접 만든 조직으로…… 지원자들은 어린 나이에 조직에 뽑혀…… 살인 기술을 연마한다. 그들은 신기한 맨손 격투술을 사용하는데 악마들에게 잡히지 않도록 피하는 기술, 또 뱀처럼 몸을 틀어 빠져나가는 기술을 오랫동안 배운단다. 또 날이 기이하게 휜 언월도도 있는데 이는 목을 베는 용도로 사용하며…… 그 위치가 철저히 감춰진 그들의 본부에는 잘린 후에도 여전히 살아서 울부짖는 괴물들의 목이 줄줄이 놓인 방이 있다. 어느 정도 나이를 먹고 회원이 되기를 갈망하는 지원자들은 이 사악한 머리들이 놓인 방에서 홀로 한 밤을 지새워야 한다는구나. 만일 멘도사 신부님의 말씀이 진실이라면…… 우리가 늘 의심한 바와 같이, 이 나라 역시 주님께 버림받은 악마들의 땅인 것 같다. 비단과 향료에 눈이 멀지만 않았던들 무슨 일이 있어도 이런 곳에는 오지 않았을 터인데……. 나는 그 개종한 남자의 입으로 자초지종을 직접 듣고 싶어서 신부께 그가 어디에 있는지 물었다. 신부님께서는 그 남자가 거의 2주 전에 살해된 채로 발견됐다고 하시더구나. 생명회는 자신들의 비밀

이 새어 나가는 것도, 조직원이 충성을 저버리는 것도 원치 않았던 거야.

봉건 시대 일본에는 수많은 비밀 결사가 존재했다. 생명회는 과거와 현재를 막론하고 어떠한 사료에도 등장하지 않는다. 데 실바의 편지에는 일본도를 언월도로 지칭하는 등 군데군데 오류가 보인다(당시 유럽인들은 일본 문화에 대하여 배울 생각을 거의 하지 않았다.). 좀비의 머리는 일단 잘리면 가로막도 허파도 성대도 없기 때문에 소리를 내지 못하므로 울부짖는 머리 또한 부정확한 표현이다. 그러나 만약 사실이라면, 그의 이야기는 다른 지역과 달리 일본에서 왜 그렇게 발생 사태가 적게 보고되었는지 설명하는 자료가 된다. 이는 곧 일본 문화 자체가 좀비 발생 사태를 감쪽같이 은폐하는 벽 역할을 했거나, 아니면 생명회가 목적을 달성했다는 뜻이다. 어느 쪽이 사실이든 일본에서는 20세기 중반까지 좀비 발생 사태가 단 한 건도 보고되지 않았다.

1690년, 대서양 남부

포르투갈 상선 마리알바 호는 아프리카 서해안의 비사우에서 노예들을 싣고 브라질로 출발했다. 이 배는 목적지에 도착하지 못했다. 3년 후, 남대서양 한복판에서 덴마크 상선 지브루그 호의 선원들이 표류 중이던 마리알바 호를 발견했다. 구조를 위해 선원들 한 무리가 마리알바 호에 올랐다. 그들이 발견한 것은 좀비가 된 아프리카 노예들이었다. 이들은 그때까지도 침대에 사슬로 묶인 채 꿈틀거리며 신음하고 있었다. 선원은 한 명도 보이지 않았고, 좀비들의 몸에는 하나같이 물린 자국이 한 군데 이상 남아 있었다. 덴마크인 선원들은 이 배가 저주에 걸렸다고 믿은 나머지 서둘러 자기 배로 돌아가 선장에게 자신들이 본 것을 보고했다. 선장은 즉시 대포 발사 명령을 내려 마리알바 호를 격침했다. 바이러스가 어떻게 이 배에 침투했는지는 정확히 알 수 없기 때문에 다만 추측만이 가능할 뿐이다. 배에는 구명정이 한 척도 남아 있지 않았다. 시체는 선장의 것밖에 발견되지 않았으며 그마저도 선장실을 잠그고 머리에 총을 쏴 자살한 상태였다. 아프리카인들은 모두 사슬에 묶여 있었으므로 최초 감염자는 포르투갈 선원이었으리라고 추측하는 이들이 많다. 그렇다면 불운한 노예들은 자신들을 붙잡은 인간 사냥꾼들이 서로를 감염시키거나 잡아먹는 과정을, 또 그러는 동안 바이러스에 신경이 지배당하여 천천히 좀비로 변신해 가는 과정을 고스란히 지켜봐야 했을 것이다. 더욱 끔찍한 것은 그 선원들 중 한 명이 사슬에 묶인 노예를 공격하여 감염시켰으리라는 가능성이다. 그 결과 새로 태어난 좀비는 비명을 지르는 옆자리 동료를 물었을 것이다. 이렇게 줄줄이 물고 물리다가 결국에는 비명이 잦아들고 온 배 안이 좀비로 가득 찼을 것이다. 줄 끄트머리의 노예들은 자신을 향하여 천천히 다가오는 미래를 바라보고 있었을 것이다. 그 광경을 상상만 해도 소름 끼치는 악몽이 찾아올 것만 같다.

1762년, 카리브 해의 섬나라 세인트루시아의 캐스트리스

이 발생 사태에 관한 이야기는 카리브 해 섬 주민들과 영국으로 건너온 이민자들 사이에서 지금까지도 전해 내려오고 있다. 이 이야기는 좀비의 위력뿐 아니라 좀비들 앞에서 하나로 뭉치지 못하는 인간들의 절망적인 무능함까지 잘 보여주는 강력한 경고이다. 캐스트리스는 세인트루시아의 수도로서 면적은 좁지만 인구 밀도는 터무니없이 높은 도시였다. 이 도시의 백인 빈민가에서 원인을 알 수 없는 좀비 발생 사태가 일어났다. 흑인 자유민과 혼혈계 주민들 가운데 일부는 이 '괴질'의 원인을 눈치채고 관계 당국에 신고했다. 당국은 이들의 신고를 무시했다. 괴질은 광견병의 일종이라는 진단이 나왔다. 맨처음 감염된 주민들은 감옥에 갇혔다. 이들을 붙잡으려다 물린 사람들은 아무 치료도 받지 않고 집으로 돌아갔다. 48시간도 안 되어 캐스트리스 전체가 수라장으로 바뀌었다. 학살극을 어떻게 막아야 할지 몰랐던 지역 민병대는 단숨에 전멸했다. 살아남은 백인들은 도시를 벗어나 외딴 농장으로 피신했다. 이들 가운데 물린 사람이 여럿 있었기 때문에 감염 사태는 결국 온 섬으로 확산되었다. 열흘 동안 전체 백인 인구 가운데 50퍼센트가 사망했다. 40퍼센트에 해당하는 수백 명은 좀비로 소생하여 섬을 휘젓고 다녔다. 나머지 백인들은 아무 배나 잡아타고 섬을 탈출하거나 비외 항구와 로드니 만에 있는 요새에 틀어박혔다. 덕분에 적잖은 수의 흑인 노예들이 자유를 되찾았지만 그들의 목숨은 좀비의 손에 달려 있었다.

백인들과 달리 한때 노예였던 그들은 적에 대한 문화적 이해도가 매우 높았는데 이는 공포 대신 결단력을 불러일으킨 훌륭한 자산이었다. 모든 농장의 노예들이 스스로 뭉쳐 잘 훈련된 사냥 부대를 결성했다. 이들은 (총은 백인들이 모조리 들고 달아났으므로) 횃불과 마셰티로 무장한 다음 섬에 남아 있던 흑인 자유민 및 혼혈계 주민들과 힘을 합쳐(두 집단은 규모는 작지만 결속력이 강했다.) 섬을 북쪽에서 남쪽으로 샅샅이 훑었다. 각 부대는 북소리를 신호 삼아 정보를 교환하고 합동 공격을 펼쳤다. 느리지만 세심한 소탕전을 벌인 그들은 7일 만에 세인트루시아 섬을 탈환했다. 그때까지도 요새에 남아 있던 백인들은 인종적 편견만큼이나 겁도 많았던 까닭에 함께 싸우기를 거부했다. 마지막 좀비를 처치한 지 열흘째 되던 날, 영국군과 프랑스군이 도착했다. 해방된 노예들은 한 명도 빠짐없이 다시 사슬이 채워졌다. 반항하는 자는 교수대에 매달렸다. 사건 자체가 노예 반란으로 보고된 탓에 흑인 자유민과 혼혈계 주민들은 반란에 가담한 죄로 모두 노예 신세가 되거나 교수형에 처해졌다. 이 사건의 문서 기록은 한 점도 남지 않았지만 이야기 자체는 입에서 입을 통해 오늘날까지 전해지고 있다. 소문에 따르면 섬의 모처에 기념비가 남아 있다고 한다. 그 위치를 발설하는 사람은 한 명도 없을 것이다. 캐스트리스 사건에서 긍정적인 교훈을 찾자면 바로 이것이다. 원시적인 무기와 통신 장비를 갖춘 민간인 집단이라고 해도 사기가 높고 훈련이 잘되어 있으면 어떠한 좀비 공격도 상대할 만큼 위력적이다.

1807년, 프랑스 파리

한 남자가 샤토 로비네에 수감되었다. 이곳은 범죄를 저지른 정신 이상자들을 수용하는 병원이었다. 병원장 레이나르 부아즈 박사가 작성한 공식 보고서에는 다음과 같이 기록되어 있다. '그 환자는 인사불성일 뿐 아니라 거의 짐승처럼 흉포했고, 폭력에 대한 욕구가 채울 수 없을 만큼 강렬했으며…… 공수병에 걸린 개처럼 무는 시늉을 하다가 결국 다른 환자 한 명을 물고 나서야 제압당했다.' 그 뒤에는 '부상당한' 환자가 간단한(상처에 붕대를 감고 럼 한 잔을 마시는) 치료만 받은 다음 50명이 넘는 남녀 환자가 수용된 단체 병실로 돌아갔다는 내용이 이어진다. 며칠 후, 병원은 폭력의 도가니로 변했다. 교도관과 의사는 병실에서 들려오는 비명 소리에 겁을 먹은 나머지 일주일이 지나서야 병실 문을 열고 들어섰다. 안에 남은 것은 군데군데 뜯어 먹힌 좀비 다섯 마리와 갈가리 찢긴 수십 명의 시체뿐이었다. 부아즈 박사는 즉시 원장 직을 사임하고 은둔 생활에 들어갔다. 나중에 그 좀비들이 어떻게 되었는지, 또 맨 처음 병원에 실려 온 좀비가 어떻게 되었는지에 대해서는 알려진 바가 거의 없다. 병원은 나폴레옹 보나파르트가 직접 내린 명령에 따라 폐쇄된 다음 '소독 처리'를 거쳐 퇴역 군인들을 위한 요양소로 다시 문을 열었다. 최초의 좀비가 어디서 왔는지, 어쩌다가 감염되었는지, 또 샤토 로비네에 갇히기 전에 다른 사람을 감염시켰는지에 대해서도 전혀 알려지지 않았다.

1824년, 남아프리카

아래에 소개한 기록은 영국의 여행가이자 무역상인 헨리 프랜시스 핀의 일기에서 발췌한 내용이다. 핀은 줄루 족의 왕 샤카를 만나 함께 여행하며 교섭을 진행한 영국 탐험대의 일원이었다.

울타리 안은 생동하는 활기로 가득했다. ……젊은 왕자가 가축우리 한복판으로 걸어 나왔고…… 왕의 가장 용맹스러운 전사 넷이 한 남자의 손발을 꽁꽁 묶어 들고 왔다. ……남자의 머리에는 신성한 소가죽으로 만든 부대가 씌워져 있었다. 전사들의 손과 팔뚝도 그 소가죽으로 싸여 있었는데 이는 그 저주받은 남자에게 살이 닿지 않도록 하기 위함이었다. ……왕자는 자신의 아세가이(1.2미터 길이의 찌르는 창)를 쥐고 우리 안으로 뛰어들었고…… 왕은 전사들에게 들고 온 짐을 울타리 안에 던져 놓으라고 외쳤다. 저주받은 남자는 단단한 땅에 부딪치자 마치 술취한 사람처럼 으르렁거렸다. 그의 머리에서 가죽 부대가 벗겨지자…… 실로 처참하게 망가진 얼굴이 드러났다. 남자의 목은 맹수에게 물어 뜯기기라도 했는지 큼지막한 살덩어리가 축 늘어져 있었다. 두 눈은 이미 뽑혀 나가 없었고, 빈 눈구멍은 지옥을 들여다보는 듯 퀭했다. 양쪽 상처 모두 피 한 방울 흐르지 않았다. 왕은 손을 들어 술렁거리는 군중을 진정시켰다. 울타리 안에 정적이 흘렀다. 어찌나 고요했던지 새들조차도 왕의 명령을 좇는 듯했다. ……왕자가 아세가이를 가슴께로 들어 올리더니 뭐라고 중얼거렸다. 목소리가 너무 작고 가냘퍼서 내 귀에는 들리지 않았다. 그러나 그 저주받은 남자는 틀림없이 왕자의 고독한 말을 들었을 것이다. 남자는 천천히 머리를 들고 입을 벌렸다. 그 멍들고 갈라진 입술 새로 터져 나온 외침이 어찌나 우렁찼던지, 뼈가 다 울릴 지경이었다. 그 괴물은(이제 확실히 알 수 있었다. 그 남자는 괴물이었다.) 왕자를 향해 비틀비틀 다가갔다. 왕자가 아세가이를 쳐들었다. 앞으로 힘껏 내지른 창의 시커먼 날이 괴물의 가슴팍에 박혔다. 괴물은 쓰러지지도, 숨이 끊어지지도 않았다. 심장이 꿰뚫린 기척도 보이지 않았다. 그저 묵묵히, 아무것도 아랑곳하지 않고 걸어올 뿐이었다. 왕자는 바람에 날리는 잎사귀처럼 떨며 물러섰다. 그러다가 발을 헛디디며 넘어졌다. 땀으로 번들거리던 몸이 흙투성이가 되었다. 모여든 군중은 모두 검은 석상이 된 듯 숨을 죽인 채 이 비극적인 광경을 바라보았고…… 마침내 샤카 왕이 우리 안으로 뛰어들어 이렇게 외쳤다. '손델라! 손델라!' 괴물은 쓰러진 왕자를 내버려두고 왕 쪽으로 돌아섰다. 왕은 총알처럼 빠른 속도로 괴물의 가슴에 박힌 아세가이를 뽑아 퀭한 눈구멍에 박아 넣었다. 그러고는 마치 펜싱 챔피언처럼 창을 휘저어 괴물의 두개골 속에서 창날을 회전시켰다. 흉측한 괴물은 마침내 무릎을 꿇었고, 이내 앞으로 넘어져 그 징그러운 낯짝을 아프리카의 붉은 흙 속에 파묻었다.

핀의 설명은 여기서 갑작스럽게 끝난다. 그 불행한 왕자와 처치당한 좀비가 어떻게 되었는지는 나오지 않는다. 이 통과 의례에 관한 설명을 읽고 나면 자연스레 몇 가지 의문이 불처럼 일어난다. 좀비를 이런 식으로 이용하는 의례는 과연 어디서 비롯되었을까? 줄루 족은 이통과 의례에 사용할 목적으로 좀비를 여러 마리 보유하고 있었을까? 그렇다면 무슨 수로 좀비들을 손에 넣었을까?

1839년, 동아프리카

제임스 애슈턴 헤이즈 경은 나일 강의 수원을 찾아 나선 수많은 무능한 유럽인들 가운데 한 명이었다. 그의 여행기를 보면 좀비 공격으로 보이는 사례와 이를 문화적으로 이해하고 나아가 조직적으로 대응한 원주민들의 이야기가 등장한다.

젊은 흑인 남자 한 명이 팔에 상처를 입은 채 아침 일찍 마을에 나타났다. 이 조그만 야만인은 틀림없이 짐승을 노리고 창을 던졌으나 빗나갔을 것이다. 상처는 저녁거리로 삼으려던 그 짐승이 남긴 작별 인사였으리라. 이처럼 얼핏 보면 우스꽝스러운 상황이었기에, 뒤이어 벌어진 일들이 내게는 너무도 야만스럽고 충격적이었다. ……마을 추장과 주술사는 젊은이의 상처를 살펴보고 그의 이야기를 들은 다음 암묵적인 결정을 내린 듯 고개를 끄덕였다. 상처 입은 남자는 눈물을 글썽이며 아내와 식구들에게 작별을 고했는데…… 관습에 따라 식구들의 몸은 결코 건드리지 않고 추장 앞에 무릎을 꿇었다. ……나이 지긋한 추장은 끝에 쇠가 달린 커다란 곤장을 들고 남자의 머리를 내리쳐 검은 달걀처럼 쪼개 놓았다. 마을 전사 열 명이 즉시 창을 들어 남자의 몸을 꿰뚫더니 무딘 칼을 칼집에서 뽑아 들고 이렇게 외쳤다. '나감바 에콰가 나 에레아 엥게.' 그들은 이 말만 남기고 초원으로 뛰어갔다. 불행한 남자의 몸뚱이는 소름 끼치게도 조각조각 잘려 불태워졌고, 마을 여자들은 뭉게뭉게 피어오르는 연기를 보며 울부짖었다. 어찌된 일인지 설명해 달라는 나의 말에 안내인은 야윈 어깨를 으쓱하며 대답했다. '그럼 오늘밤에 되살아나게 놔둘까요?' 참으로 기이한 야만인들이었다.

헤이즈 경은 이 부족의 이름을 정확히 밝히지 않았으며, 후대 학자들의 연구에 따르면 그의 지리 정보는 하나같이 엉터리였다(그가 나일강의 수원을 찾지 못한 것도 놀랄 일이 아니다.). 다행히 전사들의 외침은 후에 '냠바 에고아가 나 에라 엥게'로 밝혀졌는데 이는 키쿠유 족 말로 '우리는 함께 싸운다, 이기든 죽든 우리는 함께한다.'라는 뜻이다. 따라서 이 말은 역사학자들에게 헤이즈 경이 오늘날의 케냐에 있었다는 최소한의 단서를 제공하는 셈이다.

1848년, 미국 와이오밍 주의 아울크리크 산맥

이 사건은 미국 최초의 좀비 공격 사례는 아닐지도 모르지만, 기록
에 남은 사례로는 최초의 것이다. 크누드한센 일족으로 알려진 개척
민 56명이 캘리포니아로 향하던 길에 로키 산맥 중부에서 실종되었
다. 1년 후, 2차 수색대가 그들이 마지막으로 쉬었던 곳으로 보이는
베이스캠프를 발견했다.

전투의 흔적이 또렷이 남아 있었다. 불탄 마차들 사이로 갖가지 연장들이 부서진
채 널려 있었다. 발견된 시체는 적어도 45구였다. 모두 상처투성이였으며 하나같
이 두개골이 부서져 있었다. 개중에는 총알에 뚫린 것으로 보이는 흔적도 있었으
며 망치, 심지어 돌 같은 둔기에 찍힌 자국도 있었다. ……안내인은 인근 야생 지
대에서 오랜 세월을 보낸 경험자였는데, 그가 보기에 인디언들이 저지른 짓은 아
니었다. 결국 그는 이렇게 주장했다. '말도 소도 빼앗아가지 않은 인디언들이 무
엇 때문에 이들을 죽였겠소?' 뼈만 남은 가축들의 수를 세어 보니 그의 말이 옳았
다. ……그중에서도 가장 괴로웠던 것은 각각의 시체에 남아 있는 물린 자국의 수
였다. 늑대에서 개미에 이르기까지 그 어떤 짐승도 시체를 건드리지 않았으므로
우리는 짐승의 이빨 자국일 가능성을 배제했다. 개척 지대에 식인 풍습이 존재한
다는 소문은 늘 있었지만, 그토록 사악한 이야기가 사실이라고 생각하니 너무도
끔찍했다. 더욱이 캘리포니아로 가던 도중 눈 속에 갇혀 서로를 잡아먹은 도너 일
족 사건이 고작 1년 전 일이었으니……. 어쨌거나 우리가 도저히 알 수 없었던 것
한 가지는, 식량이 아직 충분히 남은 상황에서 그들이 왜 서로를 잡아먹었는가 하
는 점이었다.

위 기록은 전직 교사 출신 개척 농부 아니 스벤슨이 2차 수색대에 참가했을 때 남긴 것이다. 기록 자체에는 솔라눔 바이러스의 증거로 볼 만한 단서가 딱히 남아 있지 않다. 확실한 물적 증거는 이로부터 40년 후에야 발견되었다.

1852년, 멕시코의 치아파스

보스턴 출신의 미국인 보물 사냥꾼 제임스 밀러와 루크 맥나마라, 윌러드 더글러스는 마야 유적을 약탈하러 치아파스의 외딴 정글 지대를 찾았다. 세 사람은 친틸이라는 마을에 머물다가 한 남자가 '사탄의 피를 마신 죄'로 매장당하는 광경을 목격했다. 몸이 꽁꽁 묶인 채 입에 재갈까지 채워진 그 남자는 아직 살아 있는 상태였다. 세 미국인은 이 광경을 일종의 야만적인 처형으로 간주하고 그 사형수를 구출하는 데 성공했다. 남자는 밧줄과 재갈에서 벗어나기가 무섭게 자신을 구해준 사람들에게 덤벼들었다. 그에게 총알은 아무 소용도 없었다. 맥나마라는 살해당했고 나머지 둘은 경상을 입었다. 한 달 후, 그들 가족에게 사건 이튿날의 소인이 찍힌 편지가 배달되었다. 편지에서 두 사람은 자신들의 모험 이야기를 상세히 기술했을 뿐 아니라 살해당한 친구가 후에 '되살아났다'라고 적었으며, 맹세컨대 이는 틀림없는 사실이라고 덧붙였다. 또한 살짝 물린 상처가 곪는 중이며 이 때문에 고온에 시달리는 중이라고도 적었다. 그들은 멕시코시티에서 치료를 받으며 몇 주 동안 휴양한 다음 가능한 한 빨리 미국으로 돌아오겠노라고 했다. 그 후로는 영영 소식이 없었다.

1867년, 인도양

죄수 137명을 태우고 오스트레일리아로 향하던 영국 우편선 로나호는 모래톱에 좌초한 것으로 보이는 정체불명의 선박을 구조하고자 비주티에 섬에 닻을 내렸다. 해안에 내린 선원들이 좀비 한 마리를 발견했는데, 이 좀비는 등이 부러진 채로 아무도 없는 배의 갑판을 질질 기어가는 중이었다. 선원들이 도움의 손길을 내밀자 좀비는 냉큼 달려들어 선원 한 명의 손끝을 물었다. 동료 한 명이 칼을 뽑아 좀비의 머리를 쪼개는 동안 다른 이들은 물린 선원을 데리고 배로 돌아왔다. 그날 밤, 부상당한 선원은 선의에게 날이 밝으면 다시 보자는 말을 듣고 럼 한 잔을 받은 다음 자기 침대로 돌아갔다. 그러고는 좀비로 소생하여 동료들을 공격했다. 혼비백산한 선장은 짐칸을 널빤지로 막으라고 명령하여 좀비와 죄수들을 한데 가둔 채 오스트레일리아로 항해를 계속했다. 남은 항해 기간 동안 짐칸에서 울려 퍼지던 비명은 차츰 신음 소리로 잦아들었다. 몇몇 선원들은 짐칸의 죄수들이 산 채로 잡아먹히며 질러대는 비명 소리를 들었다고 맹세했다.

배는 6주간의 항해를 마치고 퍼스 항에 도착했다. 선장과 선원들은 보트를 타고 뭍에 도착하여 행정관에게 그간의 사정을 보고했다. 아무도 이들의 말을 믿지 않았을 것으로 추정된다. 정규군 한 부대가 파견된 것을 보면 틀림없이 죄수들을 호송하러 갔을 것이다. 로나 호는 닷새 동안 항구에 묶여 군대가 도착하기를 기다렸다. 엿새째 되던 날, 배는 폭풍에 닻줄이 끊기는 바람에 해안선 수 킬로미터 위까지 밀려가 암초에 부딪혀 침몰했다. 주민들과 앞서 하선한 선원들은 좀비의 증거를 전혀 찾지 못했다. 남은 것은 해골과 내륙 쪽으로 이어진 발자국뿐이었다. 로나 호 이야기는 19세기 말과 20세기 초에 걸쳐 선원들 사이에 널리 퍼졌다. 영국 해군의 공식 기록에는 이 배가 바다에서 난파했다고 적혀 있다.

1882년, 미국 오리건 주의 피드먼트

이 사건은 두 달 동안 고립된 은광 일대 마을을 조사하러 간 구조대에 의해 그 증거가 발견되었다. 구조대가 찾은 피드먼트는 난장판이었다. 가옥 여러 채가 불타 무너져 있었다. 아직 서 있는 집들은 총알구멍으로 너덜너덜했다. 이상하게도, 마치 모든 전투를 집 안에서 치른 듯 총알구멍이 하나같이 안쪽에서 바깥쪽으로 뚫려 있었다. 더욱 충격적인 것은 짓뭉개지고 반쯤 뜯어 먹힌 모습으로 발견된 시체 27구였다. 마을 창고에서 겨울을 너끈히 날 만큼 많은 식량이 발견되었으므로 식인 행위가 벌어졌을 가능성은 배제되었다. 광산을 조사하러 간 구조대는 그곳에서 가장 결정적이고 끔찍한 광경을 발견했다. 입구의 수직굴이 안쪽에서 일어난 폭발로 막혀 있었던 것이다. 남성과 여성, 아이들까지 포함된 58구의 시체가 모두 굶어죽은 모습으로 발견되었다. 갱도 안에서는 몇 주 동안 버틸 만한 양의 식량을 쟁여 두었다가 모두 먹어치운 흔적이 나왔다. 이는 곧 그들이 이보다 훨씬 오랫동안 갱도 안에 갇혀 있었다는 뜻이었다. 짓뭉개진 시체와 아사한 시체들을 꼼꼼히 세어 보았더니 마을 인구 가운데 적어도 32명이 부족했다.

모종의 이유로 좀비 한 마리 또는 여러 마리가 야생 지대에서 나타나 피드먼트를 덮쳤으리라는 가설이 가장 널리 받아들여졌다. 짧지만 격렬한 전투가 끝난 후, 생존자들은 식량을 힘닿는 대로 챙겨 광산으로 달아났으리라고 추정된다. 이들은 갱도를 스스로 봉쇄하고 구조대가 오기를 기약 없이 기다렸을 것이다. 어쩌면 광산으로 후퇴할 마음을 먹기 전 한 명 또는 여러 명의 생존자가 가장 가까운 군부대에 도움을 청하고자 들판을 가로질러 달아났을지도 모른다. 그러나 누가 탈출했다는 기록도, 주민의 시체도 발견되지 않았으므로 구조를 청하러 간 주민이 있다면 야생 지대에서 죽었거나 좀비들에게 당했다고 추측하는 편이 타당하다. 이곳에 좀비가 있었는지 어떤지 여부는 흔적이 발견되지 않았기 때문에 정확히 알 수 없다. 당국이 피드먼트 사건을 공식적으로 은폐하려 한 적은 없다. 그 원인에 대해서는 돌림병부터 산사태, 내부 항쟁, '떠돌이 인디언(피드먼트와 그 인근에는 아메리카 원주민 부족이 전혀 살지 않는데도)'까지 갖가지 소문이 난무했다. 광산은 영영 폐쇄되었다. 패터슨 광업 회사(은광 및 광산촌의 소유주)는 피드먼트 주민의 친척들에게 입을 다무는 대가로 1인당 보상금 20달러를 지급했다. 거래의 증거는 회사의 회계장부에 남아 있다. 이러한 사정은 회사가 파산을 신청한 1931년에야 공개되었다. 후속 조사는 없었다.

1888년, 미국 워싱턴 주의 헤이워드

이 기록에는 미국 최초의 좀비 전문 사냥꾼 이야기가 등장한다. 사건은 게이브리얼 앨런스라는 덫 사냥꾼이 팔에 깊은 상처를 입고 마을로 비틀비틀 돌아오면서 시작되었다. '앨런스는 악령에 씐 사람처럼 방황하는 사내의 이야기를 들려주었다. 그 사내의 살갗은 바위처럼 희끄무레했고 두 눈은 한 점의 빛도 없이 앞만 바라보았다. 앨런스가 다가서자 사내는 끔찍한 신음을 웅얼거리며 앨런스의 오른쪽 팔뚝을 물었다.' 앞의 내용은 앨런스를 치료한 마을 의사 조너선 월크스의 일기에서 발췌한 것이다. 첫 번째 희생자가 어떻게 다른 주민들에게까지 바이러스를 전염시켰는지는 거의 알려지지 않았다. 뜨문뜨문 흩어진 정보를 모아 보면 두 번째 희생자는 월크스 박사였고, 박사를 붙잡으려 한 세 남자가 그 뒤를 이은 듯하다. 첫 공격 이후 6일째 되던 날, 헤이워드 마을은 포위당했다. 좀비 떼가 집요하게 방어벽을 두드리는 동안 주민들은 자기 집이나 마을 교회로 몸을 숨겼다. 총은 충분했지만 좀비의 머리를 쏴야 한다는 생각은 아무도 하지 못했다. 식량과, 물, 탄약은 삽시간에 바닥났다. 엿새를 더 버틸 수 있으리라고 생각한 주민은 아무도 없었다.

7일째 되던 날 새벽, 일라이저 블랙이라는 물개 사냥꾼이 마을에 도착했다. 블랙은 말에 앉은 채로 미 육군 제식 세이버를 휘둘러 단 20분 만에 좀비 12마리의 목을 날렸다. 뒤이어 마을 급수탑을 빙 돌며 숯으로 원을 그린 다음 탑 위로 올라갔다. 블랙은 그곳에서 고함을 지르고 낡은 육군 나팔을 불며 자기 말을 미끼로 삼아 온 마을의 좀비들을 불러들이는 데 성공했다. 숯으로 그린 원에 발을 들인 좀비는 저마다 블랙의 윈체스터 소총에 머리를 맞고 나자빠졌다. 이처럼 세심하고 체계적인 방식으로 블랙은 여섯 시간 만에 59마리나 되는 좀비 떼를 전멸시켰다. 살아남은 주민들이 사태를 파악했을 즈음, 그들의 구세주는 이미 사라지고 없었다. 나중에 여러 사람의 증언들을 한데 모은 결과 일라이저 블랙의 신상이 밝혀졌다. 블랙은 열다섯 살이던 해에 할아버지와 함께 사냥을 나섰다가 크누드한센 일족의 학살 현장과 마주쳤다. 일족의 구성원들 가운데 한 명 이상이 감염된 상태로 길을 나섰다가 좀비로 부활하여 일행들을 공격하는 중이었다. 블랙과 그의 할아버지는 토마호크를 사용하여 좀비 떼의 목을 자르고 불태워 죽였다. 그러고 나서 생존자들 가운데 서른 살 먹은 여인이 두 사람에게 감염 사태가 확산된 과정과 좀비 떼 절반이 들판으로 달아났다는 이야기를 들려주었다. 여인은 자신과 일행들의 상처가 결코 씻을 수 없는 저주라고 고백했다. 그들은 하나같이 죽여달라고 애원했다.

생존자들을 안락사시키고 나서, 블랙의 할아버지는 손자에게 자신이 좀비에게 물린 상처를 전투 내내 감추고 있었노라고 털어놓았다. 그날 일라이저 블랙이 마지막으로 죽인 적은 자신의 할아버지였다. 그날의 일을 계기로 블랙은 크누드한센 일족 가운데 달아난 좀비들을 찾아 죽이는 데 평생을 바쳤다. 전투를 벌일 때마다 블랙의 지식과 경험은 늘어갔다. 또한 피드먼트 광산촌에 도착하지는 못했지만 마을에서 달아난 좀비 아홉 마리를 처치하기도 했다. 헤이워드에 도착할 즈음 블랙은 이미 좀비에 관한 한 세계 최고의 학자이자 추격자이자 처형자였다. 블랙의 남은 생애와 최후에 관해서는 알려진 바가 거의 없다. 1939년에는 블랙의 전기가 책으로 출판되었고 영어권의 여러 신문에 연재되기도 했다. 지금은 어떤 자료도 남아 있지 않기 때문에 블랙이 얼마나 많은 전투를 경험했는지는 알 수 없다. 현재 많은 사람들이 남아 있는 블랙의 전기를 찾고자 백방으로 노력하는 중이다.

1893년, 프랑스령 북아프리카의 루이필리프 요새

프랑스 외인부대의 어느 초급 장교가 남긴 일기에는 사상 최악의 좀비 발생 사태 가운데 한 건이 기록되어 있다.

일출 후 세 시간쯤 지났을 무렵, 아랍인 사내 한 명이 작열하는 태양과 갈증 때문에 숨이 넘어갈 지경이 된 채 터벅터벅 걸어왔다. ……치료를 받고 물을 마시며 꼬박 하루를 쉬고 나서 사내는 사람을 식인종으로 만드는 돌림병 이야기를 들려주었다. ……마을로 파견한 수색대가 말에 오르기도 전에, 남쪽 벽의 초병들이 지평선에서 짐승 떼로 보이는 무리를 발견했다. ……망원경으로 살펴보니 짐승이 아니라 사람들이었다. 살갗에는 혈색이 전혀 없었고 옷은 다 떨어져 너덜너덜했다. 바람의 방향이 바뀌자 먼저 가느다란 신음 소리가, 뒤이어 살이 썩는 악취가 우리 쪽으로 풍겨 왔다. ……그 가여운 괴물들은 우리 요새에 찾아든 생존자의 뒤를 쫓아온 모양이었다. 어떻게 그 먼 거리를 식량도 물도 없이 걸어왔는지는 모를 일이었다. ……소리쳐 부르고 경고를 해 봐도 반응이 없었고…… 대포를 쏴도 흩어지지 않았다. ……원거리 소총 사격으로는 끄떡도 하지 않았다! ……우리는 스트롬 상병이 말을 타고 비르엘크사이브로 출발하자마자 요새 문을 잠그고 공격 준비를 시작했다.

이 공격은 기록에 남은 전투 가운데 가장 긴 농성전이었다. 외인부대 대원들은 적이 좀비인 줄 몰랐기 때문에 몸통을 쏘느라 탄약을 낭비했다. 어쩌다 머리를 맞히더라도 그 전술적 효과를 깨닫기에는 부족했다. 지원을 요청하러 간 스트롬 상병은 영영 소식이 끊겼다. 아마도 적대적인 아랍 부족 또는 험난한 사막 자체에 당했을 것으로 추측된다. 한편 요새에 남은 상병의 동료들은 그 안에서 자그마치 3년 동안이나 포위를 견뎌냈다! 다행히 보급품을 실은 수송대가 막 왔다 간 참이었다. 물은 요새를 세우는 토대가 되었던 우물 덕분에 해결할 수 있었다. 수송 수단이었던 당나귀와 말은 결국 도살되어 최후의 식량으로 배급되었다. 그러는 동안 500마리가 훨씬 넘는 좀비 군단은 요새 벽의 포위를 결코 풀지 않았다. 일기에 따르면 시간이 흐른 후에는 대원들이 급조한 폭발물이나 화염병으로, 심지어는 방어벽 위에서 바위를 던지는 식으로 좀비 여러 마리를 해치웠다고 한다. 그러나 포위를 풀기에는 역부족이었다. 쉴 새 없이 들려오는 좀비의 신음 소리 때문에 대원 몇 명이 실성했고 두 명은 결국 자살했다. 몇몇 대원은 요새 벽을 넘어 안전한 곳으로 달아나려 했다. 그들은 모두 포위되어 갈가리 찢겼다. 항명 사태까지 일어난 끝에 병력이 마침내 27명으로 줄었다. 상황이 이렇게 되자 부대장은 마지막 작전을 시도하기로 결심했다.

전 대원은 수통을 가득 채우고 얼마 안 남은 식량을 배급받았다. 방어벽으로 올라가는 사다리와 계단은 모조리 파괴했다. ……남쪽 벽에 집합한 대원들이 소리쳐 부르자 거의 모든 적들이 즉시 문 앞으로 몰려들었다. 마치 신들린 사람처럼 용감해진 드레이크스 대령은 연병장으로 내려와 직접 문의 빗장을 열었다. 썩은 내를 풍기는 무리가 순식간에 요새 안으로 들이닥쳤다. 미끼를 충분히 깔았다고 확신한 대령은 놈들을 뒤에 단 채로 연병장을 가로질러 막사로 뛰어들었고, 식당과 의무실을 거쳐 뛰어다니다가…… 간신히 안전지대로 뛰어들고 나서 보니 썩은 손 몇 개가 군화에 들러붙어 있었다. 우리는 쉬지 않고 괴물들에게 소리를 질러댔다. 경멸과 야유를 퍼부으며 야생 원숭이처럼 펄쩍펄쩍 뛰었다. 그러나 이제 우리는 바깥에, 놈들은 요새 안에 있었다! ……북쪽 벽을 타고 내려간 도셋과 오툴이 입구로 뛰어가 요새 문을 닫았다! ……안에 갇힌 괴물들은 화가 나서 어쩔 줄을 몰랐는지, 문을 열 생각조차 하지 못했다! 안으로 열리는 문을 바깥으로 밀어대며, 놈들은 스스로 요새 안에 갇히는 데 성공한 것이다!

이윽고 사막으로 뛰어내린 외인부대원들은 벽 바깥에 남은 좀비 몇 마리를 처절한 육박전 끝에 처치한 다음, 가장 가까운 오아시스인 비르오난까지 380킬로미터를 걸어갔다. 군 공식 기록에는 이 전투의 기록이 남아 있지 않다. 정기 보고가 끊긴 루이필리프 요새에 왜 조사반을 파견하지 않았는지도 설명되지 않았다. 사건에 관련된 인물들 가운데 공식적으로 인정받은 사람은 군사재판을 받고 투옥된 드레이크스 대령뿐이다. 대령의 혐의는 물론 재판 속기록까지도 봉인된 채로 남아 있다. 이후 수십 년간 외인부대는 물론이고 육군과 온 프랑스 사회에 좀비 발생 사태를 둘러싼 소문이 떠돌았다. '악마의 포위전'을 소재로 씌어진 소설도 많았다. 프랑스 외인부대는 이 사건을 부인했으면서도 루이필리프 요새에 조사단을 파견한 적이 한 번도 없다.

1901년, 타이완 섬의 루산

미 해군 아시아 함대에서 복무한 수병 빌 워코스키에 따르면 루산의 농민 몇 명이 죽은 후에 되살아나 마을을 공격했다고 한다. 루산은 통신선이(전화도 전보도) 없는 외진 마을이었기 때문에 타이페이까지 소문이 전해지기까지 꼬박 이레가 걸렸다.

앨프리드 목사가 이끄는 미국인 선교단이 보기에 이 사태는 하느님께서 당신의 말씀을 받아들이지 않는 중국인들에게 내리신 벌이었다. 그들이 믿음을 받아들이면 하늘에 계신 아버지께서 악마를 쫓아내실 터였다. 우리 선원은 선교단에게 무장한 호위대를 데려올 때까지 기다리라고 말했다. 앨프리드 목사는 그 말을 듣지 않았다. 그 늙은 선원이 연락을 취하는 사이에 선교단은 강 상류 쪽으로 올라갔다. ……아군 상륙 부대가 국민당군* 1개 소대와 함께 마을에 도착한 때는 정오 무렵이었다. ……시체와 토막 난 팔다리가 사방에 즐비했다. 땅바닥은 온통 피바다였다. 게다가 그 냄새, 맙소사, 그 지독한 냄새! ……안개 속에서 나타난 것은 끔찍한 괴물, 인간의 탈을 쓴 악마들이었다. 우리는 100미터도 안 되는 거리에서 놈들에게 총을 발사했다. 아무 소용도 없었다. 크라그 소총도, 개틀링 기관총도 통하지 않았다. ……라일리는 아마도 실성했던 것 같다. 착검한 소총을 치켜들고 괴물 한 놈을 찔러 죽이겠다고 달려들었던 것이다. 여남은 마리가 모여들어 라일리를 둘러쌌다. 놈들은 번개처럼 움직이며 그 친구의 팔다리를 찢어발겼다. 놈들이 뜯어먹은 살 사이로 뼈가 보였다! 그 끔찍한 광경이라니! ……그리고 그가 나타났다. 자그마한 키에 머리가 벗어진, 마을 주술사인지 수도승인지 모를 사내였다. ……사내는 양 끝에 평평한 삽날과 초승달 모양 날이 달린 몽둥이 같은 것을 휘둘렀는데…… 발치에 흩어진 시체가 10구, 20구는 되어 보였다. ……사내는 헐레벌떡 뛰어오면서 미친 사람처럼 뭐라고 지껄이며 먼저 자기 머리를, 다음으로 괴

---

* 원문의 'Nationalist Troops'는 중국 국민당군을 의미하지만 이때는 국민당이 등장하기 전이므로 저자의 착오로 보인다. 만약 1901년 당시 타이완에서 미 해군 아시아 함대와 합동 작전을 수행한 부대가 있었다면 아마도 1884년 청프 전쟁으로 괴멸되다시피 한 청나라 남양함대의 잔존 부대, 또는 1895년 시모노세키 조약 이후 타이완을 영구 할양받은 일본이 지원한 해군 분견대 정도였을 것이다.

물들의 머리를 가리켰다. 늙은 선원이 그 중국인 사내의 말을 어떻게 알아들었는지는 알 길이 없지만, 어쨌든 그는 우리에게 괴물들의 대가리를 겨누라고 했다. ……우리는 지근거리에서 놈들의 대가리에 총을 발사했다. ……시체들을 수습하다 보니 중국인들 사이에 백인 몇 명이 보였다. 우리 선교단이었다. 한 대원이 총알에 등뼈가 박살난 괴물을 발견했다. 놈은 그때까지도 죽지 않고 팔을 휘저으며, 피 묻은 입으로 무는 시늉을 하며, 그 소름 끼치는 신음 소리를 흘리고 있었다! 늙은 선원이 자세히 보니 그 괴물은 앨프리드 목사였다. 선원은 주기도문을 외우고 나서 목사의 관자놀이에 총알을 박아 넣었다.

워코스키는 싸구려 잡지인 《피 튀기는 이야기들》에 자세한 이야기를 제공하는 대가로 돈을 받았고, 그 결과 즉시 해임되어 투옥 판결을 받았다. 워코스키는 출소한 후에 인터뷰를 일절 거부했다. 미 해군은 오늘날까지도 이 사건을 부인한다.

1905년, 독일령 동아프리카의 탕가니카 호수 인근 타보라

'사이먼'이라는 이름으로만 알려진 원주민 가이드가 유명한 백인 엽사 칼 지크트를 목 베어 살해한 혐의로 체포되어 법정에 선 사건의 재판 기록이다. 사이먼의 변호를 맡은 네덜란드인 농장주 기 부어스터는 피고인이 자신의 범죄를 영웅적 행위로 생각한다고 설명했다. 부어스터의 변론 내용은 다음과 같다.

사이먼네 부족 사람들은 사람에게서 생기를 훔쳐내는 병이 존재한다고 믿습니다. 그 병에 걸리면 오로지 몸뚱이만 남게 되는데 이 몸뚱이는 죽은 상태에서도 살아 있으며, 자신도 주위 환경도 알아보지 못하고 오로지 식인 욕구에 따라 움직입니다. ……게다가 이 죽지 않는 괴물에게 당한 희생자는 무덤에서 일어나 더 많은 희생자를 만듭니다. 이 악순환은 지상의 모든 인간이 사라지고 식인 괴물만 남을 때까지 멈추지 않고 계속된다고 합니다. ……피고인에 따르면 이번 사건의 피해자는 일정보다 이틀 늦게 베이스캠프로 돌아왔으며, 당시 인사불성 상태였던 데다 팔에는 원인 모를 상처까지 나 있었다고 합니다. 피해자는 그날 늦게 숨을 거두었습니다. ……피고인은 숨을 거둔 지크트 씨가 병상에서 일어나 동료들을 물었다고 진술했습니다. 그래서 전통 무기인 칼로 지크트 씨의 머리를 잘라 불에 태웠다고 합니다.

부어스터는 변론에 이어 자신은 사이먼의 진술에 동의하지 않으며, 그의 진술을 제출하는 이유는 다만 그가 정신 이상임을 입증하고 사형을 면할 수 있도록 돕기 위해서라고 재빨리 덧붙였다. 그러나 정신 이상으로 형사 책임을 면할 수 있는 대상은 오직 백인뿐이었기 때문에 아프리카인이었던 사이먼은 사형 판결을 받고 교수형에 처해졌다. 재판 기록은 보관 상태가 극히 열악하기는 하지만 지금도 탄자니아의 다르에스살람에 남아 있다.

1911년, 미국 루이지애나 주의 비트레

흔한 도시 전설 가운데 하나인 이 사건은 미국 최남단 지역의 술집이나 고등학교 탈의실 같은 곳에서 쉽게 들을 수 있지만, 실은 기록으로 남은 역사적 사실에 그 뿌리를 두고 있다. 핼러윈 날 밤, 프랑스계 아이들 몇 명이 해안의 조그마한 만에서 밤을 새우는 담력 시험을 벌이기로 했다. 이 일대에는 어느 농장 주인과 그 식구들이 좀비로 변하여 늪지대를 배회하며, 자신들 앞에 나타나는 인간을 잡아먹거나 아니면 좀비로 만든다는 전설이 전해 내려왔다. 담력 시험에 나선 아이들은 이튿날 정오가 될 때까지 한 명도 돌아오지 않았다. 주민들은 수색대를 꾸려 늪지대를 이 잡듯이 뒤졌다. 적어도 30마리가 넘는 좀비들이 수색대를 공격했는데 그중에는 전날 돌아오지 않은 아이들도 끼어 있었다. 수색대는 비트레로 퇴각하면서 자신들도 모르는 사이에 좀비들을 달고 돌아왔다. 주민들은 모조리 문을 막고 집 안에 틀어박혔지만 헨리 들라크루아라는 남자는 좀비들에게 당밀을 끼얹으면 벌레가 모여 놈들을 죄다 먹어치우리라는 망상에 사로잡혔다. 계획은 실패했고, 들라크루아는 간신히 목숨만 건져 달아났다. 뒤이어 마을 주민들이 좀비들에게 등유를 끼얹고 불을 질렀다. 자신들이 저지른 짓이 어떤 결과를 불러올지 아직 몰랐던 비트레 주민들은 겁에 질린 채 좀비들이 온 사방에 불을 옮기는 과정을 지켜보았다. 장애물로 막은 건물 안에 숨어 있던 사람들이 불에 타 죽어가는 동안 나머지 주민들은 늪지대로 달아났다. 며칠 후, 자원 봉사 구조대가 집계한 생존자 수는 총 58명이었다(사건 발생 전 마을의 총 인구는 114명이었다.). 비트레 마을은 완전히 잿더미로 변했다. 좀비와 인간 희생자의 숫자에 대해서는 의견이 갈렸다. 비트레 마을의 희생자 수와 좀비 시체 수를 모두 더한 결과 15구가 모자랐던 것이다. 배턴루지에 남아 있는 주정부 공식 기록은 이 공격 사례를 '흑인들이 저지른 폭동'으로 설명하고 있는데 비트레 주민들이 모두 백인이었던 점을 감안하면 이는 매우 흥미로운 사실이다. 이 좀비 발생 사태와 관련된 증거는 당시 생존자의 후손들이 보관하고 있는 개인 서신과 일기뿐이다.

1913년, 남아메리카 수리남의 파라마리보

랍비 이브라힘 오베이달라 박사는 좀비에 대한 인류의 과학적 지식을 확장시킨 최초의 학자이지만, (다행히도) 최후의 학자는 아니다. 나병 연구로 유럽에서는 이미 존경받는 학자였던 얀 반데르하벤 박사는 이 친숙한 질병의 이상 발생 사태를 조사하고자 남아메리카의 네덜란드 식민지 수리남에 도착했다.

감염자들은 발열, 반점, 피부 괴사 등 세계 각지의 환자들과 비슷한 증상을 보인다. 그러나 종래의 나병과 비슷한 점은 여기까지이다. 이 가여운 환자들은 완전히 실성한 듯이 보이며…… 이성적으로 사고하는 기색도, 익숙한 것을 인식하는 기미도 전혀 보이지 않는다. ……심지어 잠도 안 자고 물도 안 마시며…… 살아 있는 것이 아니면 어떤 음식도 거부한다. 어제는 병원 간호사 한 명이 그저 장난을 칠 생각으로 내 명령을 어기고 병실 철창 사이로 다친 쥐를 던져 넣었다. 환자 한 명이 냉큼 그 쥐를 잡더니 통째로 삼켰다. ……감염자는 맹렬한 적개심을 드러내는데…… 누가 다가오든 짐승처럼 이를 드러내고 물려고 덤빈다. ……현지 권력층인 한 여인은 병원 절차를 모두 무시하고 면회를 강행하다가 감염된 남편에게 물리고 말았다. 알려진 치료법을 모두 시도해 봤지만 그 여인은 상처가 악화되어 이튿날 숨을 거두었고…… 시신이 되어 가족 농장으로 돌아갔다. ……검시를 해야 한다고 애원했지만 미관상 안 좋다는 이유로 기각되었다. ……그날 밤 사체를 도난당했다는 신고가 접수되었다. ……알코올과 포르말린으로 소독하고 섭씨 90도로 가열하는 등 갖가지 실험을 거친 결과 박테리아로 인한 전염일 가능성은 사라졌다. ……따라서 병원균은 전염성 체액이라는 결론을 내릴 수밖에 없으며……

이를 '솔라눔'으로 명명한다.

'전염성 체액'은 라틴어에서 기원한 단어인 '바이러스'가 정식으로 채택되기 전까지 흔히 쓰이던 의학 용어이다. 위의 기록은 반데르하벤 박사가 새 바이러스를 발견하고 1년에 걸쳐 연구한 끝에 작성한 200쪽짜리 보고서에서 발췌한 것이다. 박사는 이 보고서에서 좀비의 여러 특징, 즉 고통을 견디는 능력, 호흡을 하지 않는 특성, 천천히 부패하는 성질, 느린 이동 속도, 민첩성의 한계, 치유 능력 부재 등을 열거했다. 실험 대상의 폭력성으로 인해 병원 직원들이 겁을 먹은 기색이 뚜렷했기 때문에 본격적인 검시는 불가능했다. 이러한 이유로 반데르하벤 박사는 자신의 환자들이 좀비임을 밝혀내지 못했다. 1914년에 네덜란드로 돌아온 박사는 연구 결과를 책으로 발표했다. 아이러니하게도 이 책은 박사에게 학계의 칭송도 조롱도 안겨 주지 않았다. 다른 연구자들이 그러했듯이 박사의 연구 성과 또한 제1차 세계대전의 개전 소식에 완전히 묻히고 말았던 것이다. 그 책들은 까맣게 잊힌 채 암스테르담에 방치되었다. 박사는 네덜란드령 동인도(오늘날의 인도네시아)로 돌아가 의업에 종사하다가 말라리아에 걸려 사망했다. 반데르하벤 박사의 가장 큰 업적은 좀비의 발생 원인이 되는 바이러스를 규명한 것, 특히 그 바이러스에 최초로 '솔라눔'이라는 이름을 붙인 것이다. 그가 왜 이런 이름을 골랐는지는 알려지지 않았다. 비록 유럽의 동료 학자들은 그의 성과를 축하하지 않았지만, 그가 발견한 사실을 끔찍한 용도로 사용한 나라가 한 곳 있었다(316쪽의 '1942년~1945년, 만주국 하얼빈' 항목 참조).

1923년, 실론 섬의 콜롬보

이 사건은 인도양 식민지에 살던 영국인들을 위해 발행한 영자 신문 《디 오리엔탈》에 게재되었다. 영국 제국 항공 소속 부조종사 크리스토퍼 웰즈가 소형 구명정을 타고 14일간 표류한 끝에 구조되었다. 탈진하여 숨을 거두기 전, 웰즈는 영국 탐험대가 에베레스트 산에서 발견한 시체를 수송하는 중이었다고 증언했다. 시체는 유럽인이었고 걸친 옷은 약 100년 전의 것이었으며, 신분을 증명할 만한 서류는 전혀 없었다고 한다. 탐험대장은 추가 조사를 위해 그 꽁꽁 언 시체를 비행기에 실어 콜롬보까지 보내기로 결정했다. 시체는 비행 도중에 녹아 되살아난 후 비행기 승무원들을 공격했다. 승무원 세 명이 힘을 합쳐 소화기로 두개골을 박살낸 끝에 가까스로 시체를 처치했다(세 사람은 상대의 정체를 몰랐으므로 그저 무력화할 생각으로 머리를 공격했을 것이다.). 그리하여 일단 눈앞의 위험에서는 벗어났지만, 다음은 고장 난 비행기와 씨름할 차례였다. 조종사는 무전으로 조난 신호를 보냈으나 위치를 알릴 틈이 없었다. 세 사람은 낙하산을 메고 바다로 뛰어내렸다. 좀비에게 물린 기장은 그 상처가 불러올 끔찍한 사태를 까맣게 모르는 상태였다. 이튿날,

기장은 숨을 거두었다가 몇 시간 만에 되살아나 대뜸 동료들에게 덤벼들었다. 조종사가 좀비로 변한 기장과 씨름하는 동안 겁에 질린 웰즈는 그만 동료들을 발로 차 바다에 빠뜨리고 말았다. 그는 어떻게 보면 자백이라고 할 수도 있는 증언을 수사 관계자들에게 들려준 다음 혼수상태에 빠졌다가 이튿날 숨을 거두었다. 그가 들려준 이야기는 일사병에 걸린 광인의 헛소리로 치부되었다. 뒤이어 벌어진 조사에서 비행기와 승무원, 좀비 등에 관한 증거는 하나도 발견되지 않았다.

1942년, 태평양 중부

일본이 선제공격을 펴던 태평양 전쟁 초기, 일본 제국 해군 육전대가 캐롤라인 제도에 있는 아툭 기지로 한 소대를 파견하였다. 상륙하고 나서 며칠 후, 소대는 섬 안쪽의 정글에서 몰려나온 좀비 떼에게 습격당했다. 최초의 공격으로 사상자가 여러 명 나왔다. 육전대 병사들은 적의 특징이나 올바른 처치 방법을 몰랐기 때문에 섬 북쪽의 고지에 위치한 요새로 퇴각했다. 아이러니하게도 퇴각하면서 부상자를 버리고 간 덕분에 감염된 동료에게 공격당할 위험은 덜 수 있었다. 소대는 산꼭대기의 요새에 며칠 동안 발이 묶였다. 물도 식량도 없이 외부 세계로부터 완전히 고립된 것이다. 좀비들은 그 며칠 동안 내내 요새를 포위하고 있었다. 놈들은 가파른 산비탈을 기어오르지는 못했지만 동시에 소대가 탈출할 틈도 주지 않았다. 요새에 갇힌 상태로 2주가 지났을 무렵, 소대 저격수 나카무라 아시가 머리를 쏘면 좀비에게 치명상을 입힐 수 있다는 사실을 발견했다. 일본군 사병들은 이 지식

덕분에 마침내 적과 싸울 수 있었다. 그들은 요새를 포위한 좀비들을 소총 사격으로 처치하고 나서 섬을 완전히 탈환하고자 정글로 들어갔다. 목격자 증언에 따르면 소대장인 도모나가 히로시 중위는 군도 한 자루로 좀비 11마리의 목을 쳤다고 한다(이 무기를 실제로 사용했는지에 대해서는 논란이 있다.). 종전 후에 실시한 현지 조사 및 기록 비교 작업의 결과를 보면 아툭 섬은 십중팔구 프랜시스 드레이크 경이 '저주받은 자들의 섬'으로 묘사한 바로 그 섬이었을 것으로 추정된다. 도모나가 중위는 전쟁이 끝나고 나서 미군 당국에 이렇게 증언했다. '도쿄와 무선 통신이 재개된 후, 대본영에서 상세한 지시가 내려왔다. 좀비가 아직 남아 있으면 죽이지 말고 생포하라는 지시였다.' 소대가 명령을 완수하자(좀비 네 마리를 결박하고 입에 재갈을 물리는 데 성공했다.) 생포한 좀비들을 수송하기 위해 제국 해군 소속 이(伊)-58 잠수함이 파견되었다. 도모나가 중위는 그 네 마리 좀비가 어떻게 되었는지는 모른다고 자백했다. 중위와 소대원들은 위반 시 사형을 조건으로 그 일을 절대 입 밖에 내지 말라는 명령을 받았다.

1942년 ~ 1945년, 관동군 지배하의 만주국 하얼빈

미 육군의 정보 장교였던 데이비드 쇼어는 1951년에 출판한 책 『지옥에 떠오른 태양』에서 '흑룡 부대*'로 알려진 일본군 부대가 전시에 자행한 일련의 생물학 실험들을 상세히 묘사했다. 그중 '벚꽃 작

---

* 이름을 보면 20세기 초에 결성된 극우 조직 흑룡회와 관계가 있는 듯하지만 실제로는 인간 생체 실험으로 악명을 떨친 관동군 731부대를 모델로 삼은 것으로 보인다.

전'으로 명명된 실험의 목적은 오로지 좀비들을 사육하고 훈련시켜 군대로 만드는 것이었다. 쇼어에 따르면 일본군은 네덜란드령 동인도를 침공한 1941년부터 1942년 사이의 기간에 자바 섬 북쪽 수라바야의 병원 도서관에서 얀 반데르하벤 박사의 책을 발견했다. 책은 추가 조사를 위해 하얼빈의 흑룡 부대 본부로 보내졌다. 본부의 명령으로 이론적 조사가 이루어졌지만 솔라눔 바이러스의 표본은 결코 찾을 수 없었다(이는 일본의 비밀 결사인 생명회가 일 처리를 너무 잘했다는 증거이다.). 이러한 상황은 6개월 후 아툭 섬에서 일어난 사건 때문에 급변했다. 생포된 좀비 네 마리가 하얼빈으로 이송된 것이다. 세 마리는 각종 실험의 대상이 되었고 한 마리는 좀비를 배양할 목적으로 이용되었다. 쇼어는 일본인 비국민(군국주의 정부에 반대하는 모든 국민)들이 인간 모르모트로 이용되었다고 적었다. 흑룡부대 공작원들은 좀비 40마리를 배양하여 '소대'를 완성한 후, 이 소대를 고분고분한 일벌 부대로 훈련시키려고 했다. 결과는 참담했다. 교관 16명 가운데 10명이 물려서 좀비로 변신했다. 흑룡 부대 본부는 아무 보람도 없는 시도를 2년 간 계속한 끝에 이제 50명으로 늘어난 좀비 소대를 무조건 적진에 투입하기로 결정했다. 좀비 10마리가 낙하산을 메고 미얀마의 영국군 주둔지에 투하될 예정이었다. 이들을 태운 수송기는 투하 지점에 도착하기도 전에 대공포에 맞는 바람에 불덩어리로 변해 사라졌고, 안에 탔던 좀비들은 흔적조차 남지 않았다. 2차 시도는 좀비 10마리를 잠수함에 태워 미국이 점령한 파나마 운하 지대에 침투시키는 것이었다(미국이 대서양에서 건조한 군함을 태평양으로 이송하지 못하도록 혼란을 초래하는 것이 작전의 목표였다.). 이 잠수함은 이동 중에 격침되었다. 3차

시도는 미국 서부 해안 앞바다에 좀비 20마리를 (이번에도 잠수함을 이용하여) 풀어놓는 것이었다. 북태평양을 절반 정도 지났을 무렵, 잠수함 함장이 좀비 떼가 구속 장치를 풀고 탈출하여 승조원들을 공격하므로 배를 버릴 수밖에 없다는 무전 연락을 보내왔다. 전쟁이 막바지로 접어들면서 흑룡 부대는 네 번째이자 마지막이 된 작전을 시도했다. 바로 산시 성 옌안의 중국 공산군 사령부에 남은 좀비들을 모조리 투하하는 작전이었다. 낙하산을 메고 뛰어내린 좀비들 가운데 9마리는 중국군 저격수의 총에 머리를 맞고 무력화되었다. 이때 저격수들은 자신이 얼마나 중요한 성과를 거두었는지 미처 깨닫지 못했다. 그들은 늘 머리를 노리도록 명령받았기 때문이었다. 마지막 남은 좀비는 생포되어 꽁꽁 묶인 채 후속 조사를 위해 마오쩌둥의 개인 집무실로 이송되었다. 소련이 만주국에 진군한 1945년, 벚꽃 작전과 관련된 기록 및 증거는 모조리 사라졌다.

쇼어는 자신이 흑룡 부대 공작원 두 명으로부터 직접 들은 증언을 토대로 책을 집필했으며, 그 공작원들은 종전 무렵 한반도 남부에 주둔한 미군에 투항한 이들이라고 밝혔다. 쇼어가 책을 출간하고자 맨 처음 접촉한 곳은 소규모 독립 출판사인 그린브러더스 출판사였다. 책이 서점에 깔리기 직전, 모든 책을 압수한다는 미국 정부의 명령이 내려왔다. 조지프 매카시 상원의원은 '외설적이고 체제 전복적인 출판물'을 발간한다는 혐의로 그린브러더스 출판사를 직접 고발했다. 출판사는 소송비용을 감당하지 못하고 파산을 신청했다. 데이비드 쇼어는 국가 안보를 위협한 죄로 종신형을 받고 캔자스 주 포트리븐워스 군교도소에 투옥되었다. 그는 1961년에 특별 사면을 받고 풀려났지만 출옥 후 2개월 만에 심장마비로 사망했다. 그의 아내인 세라 쇼어는 1984년에 사망할 때까지 남편이 남긴 불법 원고를 몰래 보관하고 있었다. 그들의 딸인 해나 쇼어는 얼마 전 아버지의 책을 재출간할 권리를 요청하는 소송에서 승소했다.

1943년, 프랑스령 북아프리카

아래의 기록은 미 육군 항공대 소속 B-24 폭격기의 후미 기관총 사수인 앤서니 마노 일병의 보고서에서 발췌한 것이다. 마노 일병이 탄 폭격기는 이탈리아의 독일군 집결지에 야간 폭격을 퍼붓고 돌아오다가 알제리 사막 상공에서 추락할 위기에 처했다. 조종사는 연료가 다 떨어져 가는 상황에서 사막에 서 있는 건물 비슷한 물체를 발견했고, 불시착한 후에 부하들에게 조사해 보도록 지시했다. 승무원들이 찾은 것은 루이필리프 요새였다.

꼭 어릴 적에 꾸던 악몽에서 튀어나온 곳 같았습니다. ……문에 빗장도 걸쇠도 없어서 쉽게 열 수 있었습니다. 안마당에 들어가 보니 온통 해골 천지였습니다. 농담이 아니라 정말로 산더미 같았습니다! 무슨 공포영화처럼 온 사방에 해골이 쌓여 있었습니다. 저희 기장님은 고개를 절레절레 흔들며 이렇게 말했습니다. '여기 무슨 보물이라도 묻혀 있나 보군, 안 그래?' 다행히 우물에 빠진 시체는 한 구도 없었습니다. 저희는 수통에 물을 채우고 이런 저런 물건을 조금 챙겨 그곳을 떠났습니다. 식량은 하나도 없었지만, 그런 곳에서 누가 밥을 먹고 싶겠습니까? 안 그렇습니까?

마노 일병과 동료 승무원들은 요새로부터 80킬로미터 떨어진 지점에서 아랍 상인들에게 구조되었다. 요새에 관한 질문을 받았을 때 상인들은 입을 굳게 다물었다. 당시 미 육군은 사막 한복판에 버려진 요새를 조사할 여력도, 신경 쓸 여유도 없었다. 추가 조사는 이루어진 바 없다.

1947년, 캐나다 브리티시컬럼비아 주의 자비

캐나다의 이 조그마한 마을에서 벌어진 끔찍한 사건과 한 사람의 영웅적 행위는 다섯 개 신문에 따로 게재된 일련의 기사를 통해 밝혀졌다. 발생 사태의 원인은 거의 알려진 바가 없다. 역사학자들은 현지 사냥꾼인 매슈 모건이 최초의 보균자였으리라고 추정한다. 모건은 어느 날 밤 정체를 알 수 없는 짐승에게 목이 물린 채 마을로 돌아왔다. 이튿날 새벽, 좀비 21마리가 자비의 거리를 누비고 있었다. 주민 9명이 흔적도 없이 잡아먹혔다. 남은 주민 15명은 보안관 사무실의 입구를 장애물로 봉쇄하고 안에 틀어박혔다. 포위당한 주민 한 명이 다행히 총으로 좀비의 머리를 명중시킨 덕분에 뇌를 파괴하는 전술의 효율성이 입증되었다. 그러나 이 무렵에는 이미 거의 모든 창문이 막혀 있었기 때문에 누구도 바깥의 좀비들을 조준할 수 없었다. 주민들은 지붕으로 올라간 다음 전신전화국까지 이동해서 빅토리아에 있는 경찰서에 연락을 취하기로 했다. 생존자들이 반쯤 이동했을 때, 근처의 좀비들이 이들을 발견하고 쫓아왔다. 생존자들 가운데 레지나 클라크라는 여성이 나서서 일행들에게 자신이 좀비 떼를 막을 테니 어서 가라고 말했다. 무기라고는 M1 카빈 소총 한 정이 전부였던 클라크는 좀비들을 막다른 골목으로 유인했다. 목격자들은 네 개 이상의 표적이 한 번에 몰려들지 않도록 클라크가 일부러 좀비들을 좁은 공간으로 끌어들였다고 주장했다. 침착하게 조준하고 놀랄 만큼 빨리 재장전한 덕분에 클라크는 좀비들을 남김없이 해치울 수 있었다. 몇몇 목격자에 따르면 15발짜리 탄창을 단 한 발도 빗맞히지 않고 비우는 데 고작 12초밖에 안 걸렸다고 한다. 더욱 놀라운 사실은 클라크가 맨 먼저 처치한 좀비가 바로 그녀의 남편이었다는 점이다. 공식 기록을 보면 이 사건은 '차마 설명할 수 없을 만큼 끔찍한 집단 폭력 사태'로 남아 있다. 신문 기사는 모두 자비 주민들의 증언을 토대로 작성되었다. 레지나 클라크는 인터뷰를 거절했다. 클라크가 남긴 회고록은 가족만이 아는 비밀로 전해지고 있다.

1954년, 프랑스령 인도차이나의 타니호아

아래 기록은 예전 프랑스 식민지에 거주하던 사업가 장 베아르 라쿠투르의 편지에서 발췌한 것이다.

그 경기의 이름은 '악마의 춤'이다. 먼저 살아 있는 사람 한 명과 괴물 한 마리를 우리에 함께 가둔다. 그 사람의 무기는 날 길이가 기껏해야 8센티미터쯤 될 법한 조그마한 칼 한 자루뿐이다. ……그가 과연 살아있는 시체와 왈츠를 추고 살아남을 수 있을까? 살아남지 못한다면 과연 얼마나 버틸까? 두 가지 가능성을 비롯하여 갖가지 경우의 수를 두고 판돈이 오갔다. ……우리는 이 구린내 나는 검투사들을 말처럼 사육했다. 대개는 경기에서 지고 괴물로 변한 이들이었다. 길에서 데려오는 경우도 있었는데⋯⋯ 가족들에게는 섭섭지 않게 챙겨 주었다. ⋯⋯그토록 끔찍한 죄를 짓다니, 부디 하느님께서 용서하시기를.

호찌민이 이끄는 공산 게릴라가 프랑스령 인도차이나를 함락하고 나서 3개월 후, 위의 내용을 담은 편지가 적잖은 돈과 함께 프랑스의 라로셸에 도착했다. 라쿠투르가 벌인 '악마의 춤'이 어떻게 되었는지는 알려지지 않았다. 추가로 밝혀진 정보도 없다. 1년 후, 머리에 총알이 박힌 라쿠투르의 시체가 심하게 부패한 상태로 프랑스에 도착했다. 북베트남의 검시관이 적은 사인은 자살이었다.

1957년, 케냐의 몸바사

아래 기록은 마우마우 봉기 당시 영국 육군 장교가 생포한 키쿠유 족 반란군을 심문하며 작성한 조서에서 발췌했다(답변은 모두 통역을 거쳐 전달되었다.).

질문: 몇 명이나 봤나?

답변: 다섯.

질문: 그들에 대해 설명하라.

답변: 백인들이었다. 피부는 잿빛이었고, 갈라져 있었다. 몇 명은 몸 여기저기에 물린 자국이 보였다. 모두 가슴에 총알 자국이 있었다. 하나같이 비틀거렸고, 신음 소리를 냈다. 눈에 전혀 생기가 없었다. 이는 모두 피로 물들어 있었다. 살 썩는 냄새가 그들이 온다고 알려주었다. 동물들은 달아났다.

포로와 마사이 족 통역 사이에 언쟁이 벌어졌다.

포로는 점점 말수가 적어졌다.

질문: 무슨 일이 일어났나?

답변: 놈들이 우리에게 다가왔다. 우리는 올알렘(마셰티와 비슷한 칼)을 뽑아 들고 놈들의 머리를 자른 다음 땅에 묻었다.

질문: 머리를 땅에 묻었다고?

답변: 그렇다.

질문: 어째서?

답변: 불을 피우면 우리 위치가 드러나니까.

질문: 당신은 다치지 않았나?

답변: 다쳤으면 여기 있지도 않을 거다.

질문: 무섭지 않았나?

답변: 우리가 무서워하는 건 산 사람뿐이다.

질문: 그럼 그들은 악령이었나?

포로가 웃음을 터뜨렸다.

질문: 왜 웃나?

답변: 악령은 애들을 겁주려고 만든 거다. 그놈들은 걸어 다니는 죽음이다.

남은 심문 기간 동안 포로는 추가 정보를 거의 제공하지 않았다. 좀비가 더 있었느냐고 물었을 때 그는 입을 꾹 다물었다. 그해 말, 영국의 한 가십 전문지에 심문 기록 전체가 게재되었다. 기사는 어떠한 반향도 일으키지 못했다.

1960년, 소련의 비엘고란스크

만주에 진공한 소련군이 관동군 흑룡 부대의 특별 계획에 연루된 과학자들과 실험 자료, 실험체(좀비) 등을 모두 압수했다는 소문은 2차 세계대전 종전 직후부터 떠돌았다. 최근 공개된 정보에 따르면 그 소문은 사실이었다. 소련이 새로 추진한 계획의 목표는 필연적으로 닥칠 3차 세계대전에 대비하여 살아있는 시체로 이루어진 비밀 부대를 만드는 것이었다. '벚꽃 작전'은 '철갑상어 작전'이라는 새 이름을 부여받았고, 연구소를 제외하면 다른 건물이라고는 대규모 정치범 수용소 한 채뿐인 시베리아 동부의 조그마한 마을 비엘고란스크에서 실험이 진행되었다. 이곳의 지리적 이점은 비밀을 엄수할 수 있을 뿐 아니라 실험체를 얼마든지 구할 수 있다는 것이었다. 최근 밝혀진 바에 따르면 실험은 모종의 이유로 실패했고, 그 결과 좀비 수백 마리가 발생했다. 한 줌밖에 남지 않은 과학자들은 간신히 정치범 수용소로 대피했다. 그들은 안전한 수용소 벽 뒤에 몸을 숨기고 곧 도착할 구조대를 기다리며 짧은 농성전에 대비하고자 했다. 그들 가운데 살아남은 사람은 아무도 없었다. 일부 역사학자들은 이 마을이 (도로가 없어서 보급품을 공수해야 할 만큼) 외진 곳에 있었기 때문에 즉각 대응이 불가능했으리라고 본다. 반면 이오시프 스탈린이 발의한 철갑상어 작전이 니키타 흐루시초프에게 알려지는 것을 케이지비(KGB)가 원치 않았으리라고 믿는 학자들도 있다. 또 소련 공산당 지도부가 이 참사를 알고 있었으면서도 확산 사태를 막으려고 군대를 동원하여 해당 지역을 봉쇄한 다음, 농성전의 결과를 가만히 주시했다는 제3의 의견도 있다.

당시 수용소 안의 과학자와 군인, 재소자 들은 다 함께 힘을 모아 꽤 편안한 나날을 보내는 중이었다. 그들은 작물을 키울 온실을 짓고 우물도 팠으며, 풍차와 인력을 동원하여 전기까지 생산했다. 날마다 외부에 무전 신호까지 보낼 정도였다. 생존자들은 현재 상황으로 미루어 보건대 겨울까지는 버틸 수 있을 듯하며, 겨울이 오면 부디 좀비들이 꽁꽁 얼어붙기를 바란다고 했다. 그해 가을 첫 서리가 내리기 사흘 전, 소련군 폭격기 한 대가 비엘고란스크 상공에서 조잡한 핵폭탄을 투하했다. 1메가톤의 위력을 지닌 핵폭풍이 마을과 수용소, 인근 지대 전체를 휩쓸었다.

소련 정부는 수십 년 동안 이 참사를 통상적인 핵실험으로 위장했다. 진실은 각종 정보가 서방 세계로 유출되기 시작한 1992년에야 밝혀졌다. 또한 자유를 얻은 러시아 언론이 나이 든 시베리아 주민들과 처음으로 인터뷰를 하면서 발생 사태와 관련된 소문이 돌기 시작했다. 구소련 고위 관료들의 회고록에도 참사의 진상과 관련된 실마리가 등장했다. 비엘고란스크가 실제로 존재했다고 인정한 관료도 많았다. 그곳이 정치범 수용소이자 생물학전 연구소였다고 증언한 이들도 있었다. 심지어 어떤 이들은 모종의 '발생 사태'가 일어났다고 인정했지만 그 성격을 정확히 밝힌 사람은 한 명도 없었다. 결정적인 증거는 케이지비 기록 담당관 출신인 러시아 마피아 아르티옴 제노비에프가 구소련 정부의 공식 보고서를 모조리 복사하여 서유럽의 모 정보원에게 유출했을 때 드러났다(제노비에프는 이 행위의 대가로 상당한 금액을 챙겼다.). 보고서에는 무전 통신문과 (발생 사태 전후에 촬영한) 항공사진을 비롯하여 지상군 및 폭격기 승무원의 증언, 철갑상어 작전을 지휘한 이들의 서명이 첨부된 자술서까지 포함되어 있었다. 뿐만 아니라 좀비 실험체들의 행동 양식 및 생리적 특성에 관한 643쪽짜리 연구 자료도 함께 들어 있었다. 러시아 정부는 폭로된 자료가 모두 날조된 것이라며 부인했다. 만약 소련 정부의 입장이 진실이라면, 또한 제노비에프가 눈부시게 창의적인 기회주의자일 뿐이라면, 그가 제공한 철갑상어 작전 책임자 명단과 비엘고란스크가 재로 변한 날로부터 한 달 사이에 처형당한 최고 과학자들 및 군 지휘관들, 공산당 정치국 임원들의 명단이 정확히 일치하는 이유는 무엇일까?

1962년, 미국 네바다 주의 어느 마을

비교적 안정된 지역에서 20세기 후반에 일어난 점을 감안하면, 이 사건의 세부 사항은 놀랍도록 적게 알려졌다. 사후 목격자들의 증언과 가십 전문지의 기사, 수상쩍을 만큼 모호한 경찰 보고서 등을 종합해 보면 행크 데이비스라는 현지 농부가 고용인 세 명과 함께 소규모 좀비 떼에게 습격당하여 5일 밤낮을 창고에 갇혀 지낸 것으로 보인다. 주 경찰이 좀비들을 처치하고 창고에 들어섰을 때 안에 있던 이들은 모두 사망한 후였다. 추후 조사에서 네 사람은 서로 죽인 것으로 밝혀졌다. 더 정확히 말하면 세 사람은 살해당했고 네 번째 사람은 자살했다. 정확한 원인은 밝혀지지 않았다. 창고는 좀비들의 공격을 너끈히 버티고도 남을 만큼 튼튼했고 얼마 안 되는 식량과 물도 겨우 반쯤 먹어치운 상태였다. 최근에 제기된 의견에 따르면 네 사람은 좀비들의 집요한 신음 소리에 시달린 데다 완전히 고립되었다는 무력감까지 더해져 심리 상태가 붕괴된 것으로 보인다. 발생 사태에 대한 공식 설명은 이루어지지 않았다. 이 사건은 여전히 '조사 중'으로 남아 있다.

1968년, 라오스 동부

이 사건은 전직 미군 특수부대 저격수이자 마약 중독자인 피터 스타브로스에 의해 알려졌다. 스타브로스는 1989년 로스앤젤레스의 재향군인 병원에서 정신 감정을 받던 도중에 담당 정신과 의사에게 다음과 같이 털어놓았다. 당시 그는 동료들과 함께 베트남 국경을 따라 통상적인 수색 및 섬멸 작전을 벌이던 중이었다. 원래는 라오스의 공산 게릴라 조직인 파테트 라오의 활동 무대로 추정되는 마을이 표적이었다. 대원들이 마을에 들어섰을 때, 그곳 주민들은 좀비 수십 마리에게 포위되어 농성전을 벌이는 중이었다. 부대장은 무슨 까닭에선지 부하들에게 퇴각 명령을 내린 다음 아군에게 폭격을 요청했다. 네이팜탄을 실은 A-1 스카이레이더 편대가 그 일대를 초토화하는 바람에 좀비뿐 아니라 마을 주민들까지 몰살당했다. 스타브로스의 이야기를 입증할 기록은 전혀 남아 있지 않다. 그의 동료들은 전사했거나 전투 중에 실종됐거나 미국에 돌아온 후에 종적을 감추었고, 생존이 확인된 경우에는 인터뷰를 거절했다.

1971년, 르완다의 농오나 계곡

《더 리빙 어스》의 야생 동물 전문 기자인 제인 매시는 멸종 위기에 처한 수컷 고릴라의 삶을 취재하고자 르완다를 방문했다. 아래의 기록은 그 진귀한 유인원의 유명한 이야기들 가운데 비교적 덜 알려진 일화에서 발췌한 것이다.

가파른 골짜기를 지나는 동안 저 아래쪽의 수풀에서 부스럭거리는 움직임이 보였다. 가이드인 켕게리도 그 기척을 느꼈는지 우리에게 서두르라고 재촉했다. 바로 그때, 현지에서는 몹시 듣기 힘든 소리가 내 귀에 들려왔다. 바로 완전한 정적이었다. 새소리도, 짐승 울음소리도, 심지어 벌레 소리도 들리지 않았다. 그곳에 사는 벌레들은 꽤 시끄러운데도 말이다. 켕게리에게 무슨 일이냐고 물었더니 그저 조용히 하라는 대답만 돌아왔다. 골짜기 아래쪽에서 오싹한 신음소리가 들려왔다. (취재단에 참가한 사진가) 케빈은 여느 때보다 더욱 창백해진 낯빛으로 그냥 바람소리일 거라고 연방 중얼거렸다. 보르네오, 스리랑카, 아마존 강, 심지어 네팔의 바람소리까지 들어본 내 귀로 판단하건대 그 소리는 결코 바람소리가 아니었다! 켕게리는 허리의 칼을 쥐며 우리에게 입을 다물라고 했다. 나는 그에게 골짜기 아래로 내려가 무슨 일인지 살펴보자고 말했다. 그는 거절했다. 내가 밀어붙이자 그는 이렇게 말하며 자리를 떴다. '저 아래에는 시체가 걸어 다녀요.'

매시는 골짜기를 살펴보지 않았고 신음 소리의 근원도 찾지 않았다. 어쩌면 가이드의 설명은 현지의 미신이었는지도 모른다. 어쩌면 신음이 아니라 그저 바람소리였을지도 모른다. 그러나 지도를 보면 이 골짜기는 사방이 가파른 암벽으로 둘러싸여 좀비가 빠져나갈 수 없는 구조이다. 이론만 놓고 따지면 이 골짜기는 좀비를 가두기만 하고 죽이려 하지 않는 인근 부족들의 수용소일 수도 있다.

1975년, 이집트의 알마르크

이 발생 사태와 관련된 정보는 직접 목격한 현지 주민들의 인터뷰, 이집트군 하급 병사 아홉 명의 증언, 가심 파루크(최근 미국으로 이주한 전 이집트 공군 정보 장교)의 고백, 익명을 요구한 외신 기자 몇 명의 제보 등 다양한 경로를 통하여 입수되었다. 이들 모두 알 수 없는 이유로 발생한 좀비들이 이집트의 조그만 마을 알마르크를 쑥대밭으로 만들었다고 증언한다. 인근 마을의 경찰들도, 고작 56킬로미터 떨어진 가발가리브에 주둔한 이집트 육군 제2기갑사단도 알마르크 주민들의 구조 요청을 무시했다. 게다가 잔혹한 운명의 장난인지, 하필이면 가발가리브의 전화 교환원으로 위장하고 있던 모사드 요원이 텔아비브의 이스라엘 방위군 사령부로 이 첩보를 유출했다. 그러나 모사드 본부와 이스라엘 군 참모부는 그 첩보를 날조된 것으로 보고 무시했다. 골다 메이르 수상의 부관이었던 제이컵 코선스키 대령이 없었더라면 아무도 이를 기억하지 못했을 것이다. 미국 태생의 유대인이었던 코선스키 대령은 이미 사망한 데이비드 쇼어와 함께 근무한 적이 있었기 때문에 좀비의 존재뿐 아니라 이를 무시했을 때 어떤 참사가 벌어질지도 잘 알고 있었다. 놀랍게도, 코선스키는 메이르 수상을 설득하여 알마르크 정찰대를 조직했다. 감염 사태가 14일째로 접어들 때의 일이었다. 살아남은 주민 아홉 명은 한 줌밖에 안 되는 물과 식량을 지니고 마을 모스크에 숨어 농성을 벌이는 중이었다. 코선스키가 이끄는 공수부대 1개 소대는 알마르크 한복판에 낙하하여 12시간에 걸친 전투 끝에 좀비 떼를 전멸시켰다. 이 사건의 결말에 대해서는 온갖 추측이 난무한다. 어떤 이들은 알마르크를 포위한 이집트군이 이스라엘 특수부대를 붙잡아 현지에서 처형하려 했다고 주장한다. 그러다가 살아남은 주민들이 좀비 시체를 보여주며 자비를 호소하자 이스라엘 군인들을 풀어주고 돌려보냈다는 것이다. 한편 이 가능성을 더 밀고 나아가 이집트와 이스라엘 사이의 군사적 긴장이 이 사건을 계기로 누그러지기 시작했다고 주장하는 이들도 있다. 이러한 주장을 뒷받침할 확실한 증거는 아무것도 없다. 코선스키는 1991년에 사망했다. 그의 회고록과 개인 기록, 군대의 공식 성명서, 이에 대한 신문 기사, 심지어 모사드 소속 카메라맨이 촬영했다고 전해지는 알마르크 전투 기록 필름까지도 이스라엘 정부에 의해 봉인되었다. 만약 앞서 언급한 주장이 사실이라면 흥미롭고도 불안한 의문 한 가지가 제기된다. 이집트 육군이 과연 목격자들의 증언과 겉으로 보기에 인간과 똑같은 시체만으로 좀비의 존재를 믿으려 했을까? 그토록 믿기 힘든 이야기를 뒷받침하려면 멀쩡한 형태로 살아 있는 표본(들)이 필요하지 않았을까? 만약 그렇다면, 그 표본들은 지금 어디에 있을까?

1979년, 미국 앨라배마 주의 스페리

이 지역 집배원이었던 척 버나드는 여느 때와 마찬가지로 마을을 돌다가 헨릭스 씨네 농장 우편함에 그대로 남아 있는 전날 우편물을 발견했다. 전에는 한 번도 이런 일이 없었기 때문에 버나드는 우편물을 그 집 식구들에게 직접 갖다 주기로 마음먹었다. 현관 15미터 앞까지 갔을 때 총성 비슷한 소리와 고통스러워하는 비명 소리, 그리고 도움을 외치는 소리가 들렸다. 버나드는 그 집을 빠져나와 트럭을 몰고 16킬로미터 떨어진 가장 가까운 공중전화로 달려가 경찰에 신고를 했다. 부보안관 두 명이 구급차와 함께 도착하여 발견한 것은 무참히 살해당한 헨릭스 가족의 시신들이었다. 유일한 생존자인 프리다 헨릭스는 감염 말기의 증상이 뚜렷이 나타난 상태였다. 프리다는 구급대원 두 명을 물고 나서야 부보안관들에게 제압당했다. 현장에 마지막으로 도착한 세 번째 부보안관은 당황한 나머지 그만 프리다의 머리를 총으로 쏘고 말았다. 프리다에게 물린 두 사람은 읍내 병원으로 이송되어 치료를 받다가 이내 숨졌다. 세 시간 후, 검시 도중에 되살아난 두 남자의 시신이 부검의와 그의 조수를 공격하고 거리로 나섰다. 그날 자정 무렵에는 온 마을이 수라장이 되었다. 줄잡아 22마리나 되는 좀비들이 멋대로 돌아다니다가 주민 15명을 깨끗이 먹어치웠다. 생존자들 중에는 자기 집에 틀어박힌 이들이 많았다. 개중에는 마을을 벗어나려 발버둥친 이들도 있었다. 마을 학생 3명은 간신히 급수탑 위로 기어 올라갔다. 이 아이들은 좀비 떼에게 포위당하고도(그중 몇 마리는 급수탑을 기어오르려다 아이들에게 차여 떨어졌다.) 무사히 살아남아 구조되었다. 할란드 리라는 남자는 개조한 우지 기관단총과 총신을 자른 쌍열식 산탄총, 44구경 권총 2정(리볼버 1정과 자동권총 1정) 등으로 무장하고 집을 나섰다. 목격자들에 따르면 리는 좀비 12마리를 공격하면서 먼저 우지 기관단총을 연사하고 나서 다른 무기들을 차례로 사용했다. 그때마다 리는 좀비의 몸통을 조준했고, 좀비들은 상당한 충격을 받기는 했지만 쓰러진 놈은 한 마리도 없었다. 총알이 다 떨어진 리는 부서진 채로 줄줄이 늘어선 차들을 등지고 선 다음, 양손에 권총을 들고 좀비들의 머리를 노렸다. 그러나 손을 너무 심하게 떨었기 때문에 명중한 총알은 거의 없었다. 마을의 구원자를 자처한 남자는 그렇게 좀비의 일용할 양식이 되었다. 날이 밝을 무렵, 이웃 마을의 보안관들이 주 경찰 및 급조한 민병대와 함께 스페리에 모였다. 그들은 조준경을 단 사냥용 라이플과 머리를 쏴야 죽일 수 있다는 새 지식(이는 마을 사냥꾼이 자기 집을 지키다가 발견한 사실이었다.)으로 무장하고 빠른 속도로 좀비들을 처치했다. (농산부에서 발표한) 공식 성명에 따르면 스페리 참사는 '마을 사람들이 살충제에 오염된 지하수를 마시고 일으킨 집단 발작'이었다. 시체들은 민간 부검의가 조사하기 전에 질병 관리 본부에서 모조리 수거해 갔다. 무전 기록, 뉴스 자료, 개인이 촬영한 사진 등은 즉시 관계 당국에 압수당했다. 여러 생존자들이 제기한 소송은 175건에 이른다. 그중 92건은 합의로 끝났고 48건은 아직 진행 중이며, 나머지는 알 수 없는 이유로 취하되었다. 최근 압수된 뉴스 기록을 보게 해달라는 소송이 제기된 바 있다. 법원의 판결이 나오려면 몇 년이 걸릴 전망이다.

1980년 10월, 브라질의 마리셀라

이 사건에 관한 소식은 환경보호 단체 그린 마더에 의해 최초로 알려졌다. 이들의 원래 목적은 땅을 빼앗기고 쫓겨나는 현지 원주민들의 참상을 외부 세계에 알리는 것이었다. 폭력을 동원하여 땅을 빼앗으려던 현지 목장주들이 어느 날 무장을 하고 원주민 마을을 향해 출발했다. 열대 우림에 깊숙이 들어갔을 때, 그들은 원주민보다 더 무시무시한 제3의 적과 마주쳤다. 바로 30마리가 넘는 좀비 떼였다. 목장주들은 모조리 잡아먹히거나 좀비로 소생했다. 일행 중 두 명만이 가까운 산테렘 마을로 간신히 피신했다. 그들의 경고는 묵살당했고, 이 전투는 공식 보고서에 원주민 봉기로만 기록되었다. 육군 1개 여단이 마리셀라에 진주했다. 좀비의 흔적을 전혀 찾지 못한 군인들은 뒤이어 원주민 마을로 이동했다. 좀비 공격 사례가 으레 그러하듯이 브라질 정부는 뒤이어 벌어진 일을 공식적으로 부인했다. 직접 목격한 사람들은 말 그대로 학살이었다고 증언한다. 군인들이 좀비와 인간을 가리지 않고 걸어 다니는 것이라면 모조리 죽였다는 것이다. 아이러니하게도 그런 마더 회원들조차 이들의 증언을 부인했다. 좀비 발생 사태는 브라질 정부가 원주민 학살을 덮으려고 꾸며낸 거짓말이라는 것이었다. 브라질 육군 병기국에서 근무했던 어느 퇴역 장교는 흥미로운 증거 한 가지를 제시했다. 그에 따르면 전투가 벌어지기 며칠 전부터 온 나라의 화염방사기가 모조리 현지로 동원되었다고 한다. 작전이 끝나고 돌아온 화염방사기는 연료통이 텅 비어 있었다.

1980년 12월, 브라질의 주루티

마리셀라에서 강을 타고 480킬로미터 내려간 곳에 위치한 이 외딴 개척촌은 위에 기록된 사건으로부터 5주가 지나서 좀비들에게 몇 차례 공격당했다. 강에서 솟아오른 좀비들이 보트에 탄 어부들을 습격하거나 곳곳의 강둑으로 기어 올라온 것이다. 좀비들의 숫자, 대응 방법, 사상자 수 등 이곳에서 벌어진 발생 사태의 결과는 아직까지도 알려진 바가 없다.

1984년, 미국 애리조나 주의 카브리오

이 사건은 공간과 인원을 고려하면 1종 발생 사태의 기준을 간신히 충족할 정도로 사소한 경우이지만, 결과를 놓고 보면 솔라눔 바이러스 연구사에서 가장 중요한 사건 가운데 하나이다. 현지 초등학교에서 화재가 일어나 어린이 47명이 연기를 들이마시고 사망했다. 유일한 생존자였던 9세 소녀 엘렌 에임스는 깨진 창문으로 뛰어내려 목숨을 건졌지만 유리에 심하게 베여 피를 많이 흘렸다. 살려면 서둘러 수혈을 해야 할 상황이었다. 엘렌은 수혈 후 30분 만에 솔라눔 감염 증세에 시달리기 시작했다. 의료진은 혈액이 다른 병원균에 오염됐으리라고 추측한 나머지 솔라눔 바이러스일 가능성을 의심조차 하지 않았다. 엘렌은 각종 검사를 진행하던 도중에 숨을 거두었다. 그리고는 의료진과 목격자들과 부모가 지켜보는 가운데 되살아나 곁에 있던 간호사를 물었다. 엘렌은 사람들에게 제압당했고 물린 간호사는 소독 처치를 받았으며, 담당 의사는 피닉스에 있는 동료 의사에게 사건의 세부 사항을 알렸다. 두 시간 후, 질병 관리 본부 소속 의사들이 현지 경찰과 소속을 밝히지 않은 연방 요원들의 경호를 받으며 도착했다. 엘렌은 감염된 간호사와 함께 '추가 진료'를 받기 위해 비밀 장소로 공수되었다. 병원의 모든 기록뿐만 아니라 저장된 혈액 전량이 압수당했다. 딸과 동행하게 해달라는 에임스 부부의 청원은 기각되었다. 아무런 소식도 없이 꼬박 1주일이 지난 후, 그들은 딸이 이미 '사망'했으며 시신은 '위생상의 이유'로 소각했다는 통보를 받았다. 이 사건은 기록된 것들 가운데 솔라눔이 보존 혈액을 통해 전염된다는 사실을 입증한 최초의 사례이다. 그 결과 다음과 같은 의문이 제기되었다. 감염된 혈액을 기증한 사람은 누구인가? 그는 어쩌다가 자신이 감염된 줄도 모른 채 헌혈을 하게 되었는가? 그 기증자의 신상은 왜 전혀 알려지지 않았는가? 게다가 질병 관리 본부는 어떻게 에임스 사건의 정보를 그토록 빨리 입수했으며(맨 처음 소식을 전해들은 피닉스의 의사는 인터뷰를 거절했다.), 또 정체를 밝히지 않은 정부 기관은 어떻게 그토록 신속하게 대응할 수 있었는가? 이 사건을 둘러싸고 수많은 음모론이 횡행하는 것도 당연한 일이다. 엘렌의 부모는 질병 관리 본부를 상대로 오로지 진실 규명을 요구하는 소송을 제기했다. 그들의 증언은 저자가 이 책의 자료를 수집하는 과정에서 큰 도움이 되었다.

1987년, 중국의 허톈

1987년 3월, 중국의 반체제 운동가들이 신장 성의 원자력 발전소에서 벌어진 재앙에 가까운 참사를 서양 언론에 제보했다. 중국 정부는 몇 달 동안 이를 부인하다가 마침내 해당 시설에서 '고장 사태'가 일어났다는 공식 성명을 발표했다. 이 성명은 채 한 달도 안 되어 '반혁명 테러분자들이 시도한 파괴 행위'로 바뀌었다. 그해 8월, 스웨덴

신문 《티카!》에 미국 첩보위성이 허톈 상공에서 촬영한 위성사진이 있으며, 사진에는 인민해방군 탱크 부대가 발전소에 진입하려 한 비조직적 민간인 시위대를 향해 지근거리에서 발포하는 장면이 찍혔다는 기사가 실렸다. 추가로 공개된 사진에는 이 '민간인'들이 몇몇 사람을 둘러싸고 갈가리 찢어발긴 다음 그들의 살을 먹는 장면도 담겨 있었다. 미국 정부는 첩보위성이 그러한 사진을 찍었다는 사실을 부인했고 《티카!》는 기사를 철회했다. 만일 허톈 사건이 좀비 발생 사태였다면 몇 가지 의문이 미제로 남게 된다. 발생 사태는 어떻게 시작되었는가? 사태는 얼마나 오랫동안 지속되었는가? 어떤 방법으로 마침내 진압되었는가? 발생한 좀비의 수는? 좀비들이 실제로 발전소 안까지 진입했을까? 발전소가 입은 피해의 규모는? 체르노빌 급의 노심 용융 사태가 일어나지 않은 이유는 무엇인가? 발전소에서 빠져나간 좀비는 없었을까? 그 후에 보고된 좀비 습격 사례는 없는가? 사건 발생 이후 미국으로 망명한 반체제 운동가 광저우 교수는 좀비 발생 사태 설에 무게를 실을 만한 정보를 제공해 주었다. 광 교수는 사건에 관련된 군인들 중 한 명과 아는 사이였다. 그 군인은 다른 목격자 전원과 함께 교정 수용소로 보내지기 전에 그 작전의 이름이 '영원토록 깨어 있는 악몽'이었다고 털어놓았다. 그래도 한 가지 의문이 남는다. 이 발생 사태의 근원은 무엇이었을까? 데이비드 쇼어가 쓴 책, 그중에서도 흑룡 부대의 좀비가 중국 공산당군에 붙잡혔다는 대목을 읽고 나면 중국 정부가 나름의 벚꽃 작전과 철갑상어 작전을 진행했거나, 지금도 진행하고 있다는 가설이 자연스레 떠오른다. 좀비 군대를 만들기 위해서 말이다.

1992년 12월, 미국 캘리포니아 주의 조슈아트리 국립공원

　도보 여행 또는 당일치기 여행을 즐기러 이 사막의 국립공원을 찾은 사람들로부터 큰길 근처에 버려진 텐트와 각종 장비를 보았다는 신고가 몇 건 들어왔다. 신고 내용을 조사하러 출동한 경비대원들은 아무도 없는 캠프장으로부터 2.5킬로미터쯤 떨어진 곳에서 끔찍한 현장을 발견했다. 20대 중반으로 보이는 여성의 시체였다. 시체는 커다란 돌에 찍혀 머리가 움푹 패고 전신이 사람 이 자국으로 뒤덮여 있었다. 현지 경찰 및 주 경찰이 추가 조사를 벌인 결과 사망자의 신원은 캘리포니아 주 옥스나드에 거주하는 샤론 파슨스로 밝혀졌다. 샤론은 남자 친구인 패트릭 맥도널드와 함께 그 전주까지 공원에서 캠핑을 하고 있었다. 패트릭의 지명 수배 전단이 즉시 전국에 배포되었다. 한편 샤론을 전신 부검한 의사는 충격적인 사실을 발견했다. 몸통과 뇌 조직의 부패 진행 속도가 제각각이었던 것이다. 게다가 샤론의 식도에는 인간의 근육 조직이 남아 있었는데 이 조직의 혈액형은 맥도널드의 신상 정보에 기록된 혈액형과 일치했다. 그러나 샤론의 손톱 밑에서 나온 피부 조직은 데빈 마틴이라는 제삼자의 것이었다. 자연 전문 사진가인 마틴은 사건 발생 1개월 전에 혼자서 자전거를 타고 국립공원을 횡단했다. 친구도 적고 가족도 없고 일마저도 자유 계약직이었기 때문에 사라져도 실종 신고를 한 사람이 없었던 것이다. 경찰이 국립공원을 샅샅이 뒤졌지만 아무것도 나오지 않았다. 다이아몬드바에 있는 주유소의 감시 카메라를 조사해 보니 그곳에 잠시 들렀던 패트릭 맥도널드의 모습이 나왔다. 당시 근무하던 직원에 따르면 패트릭은 초췌한 낯빛에 매우 흥분한 상태였으며, 피 묻은 천으로 어깨를 감싸고 있었다고 한다. 마지막으로 눈에 띈 패트릭은 서쪽으로 향하는 중이었다. 로스앤젤레스 방향이었다.

1993년 1월, 캘리포니아 주 로스앤젤레스 상업지구

이 사건이 처음에 어떻게 시작되었는지, 또 어떻게 하여 인접 지역으로 퍼져 나갔는지는 지금도 여전히 조사 중이다. 좀비 발생 사태를 맨 먼저 알아차린 이들은 일명 '베니스 해변 빨갱이파'로 불리는 청소년 폭력 조직이었다. 이들은 원래 '로스페로스 검둥이파'에게 사살당한 조직원의 복수를 하기 위해 상업지구로 모여들었다. 새벽 1시경, 빨갱이파는 검둥이파의 본거지인 문 닫은 공장 지대로 들어섰다. 그들의 머릿속에는 무엇보다 노숙자들의 모습이 안 보인다는 생각이 맨 먼저 떠올랐다. 원래 공터에 만들어진 판자촌으로 악명 높은 곳이었는데도 그랬다. 포장용 종이상자와 쇼핑 카트 같은 노숙자용 가재도구들이 거리에 널려 있었지만, 인기척은 없었다. 운전을 맡은 빨갱이파 조직원이 딴데 정신을 팔다가 그만 느릿느릿 걸어가던 행인을 치고 말았다. 그들이 탄 기다란 세단은 운전자가 핸들을 놓치는 바람에 건물 벽을 들이받고 멈춰 섰다. 조직원들이 차를 고치기는커녕 운전자를 야단치기도 전에, 차에 치였던 행인이 그들 쪽으로 다가오기 시작했다. 조직원 한 명이 쏜 9밀리미터 구경 권총탄이 행인의 가슴을 관통했다. 총알은 기어오는 행인을 막지 못하고 사방 몇 블록에 요란한 총성만 퍼뜨렸다. 빨갱이파는 총알 몇 발을 더 발사했고 이는 모두 행인의 몸에 명중했지만, 아무 소용도 없었다. 행인은 마지막 한 발이 두개골에 명중하고 나서야 마침내 숨을 거두었다. 빨갱이파는 자신들이 해치운 상대의 정체를 파악할 겨를이 없었다. 갑자기 사방에서 신음 비슷한 소리가 들려왔기 때문이었다. 가로등이 드리운 그림자로 보였던 것들은 40마리가 넘는 좀비 떼였고, 이제 놈들이 그들을 향해 다가오는 중이었다.

차를 잃어버린 빨갱이파는 좀비들이 가장 적게 늘어선 곳을 돌파하여 거리를 내달렸다. 몇 블록을 달려간 후, 아이러니하게도 그들은 똑같이 좀비들에게 습격당하여 차를 잃고 도망가던 로스페로스 검둥이파와 맞닥뜨렸다. 두 폭력조직은 살아남기 위해 적대 관계를 청산하고 탈출로 또는 안전한 피난처를 찾기로 협정을 맺었다. 거리에 늘어선 창고들은 구조도 튼튼하고 창문도 없어서 훌륭한 요새였지만, 모두 출입구가 잠겼거나 (문을 닫은 창고의 경우에는) 널빤지로 막혀 있어서 들어갈 수가 없었다. 자신들의 본거지에서 길 안내를 맡은 검둥이파는 디소토 중학교로 피하자고 제안했다. 이곳은 그들이 뛰어갈 수 있는 거리에 있는 2층짜리 학교였다. 좀비들이 몇 분이면 들어닥칠 상황에서 두 조직원들은 2층의 창문을 깨고 학교에 들어가는 데 성공했다. 이때 도난 경보가 울리는 바람에 인접 지역의 좀비들이 모조리 몰려와 그 수가 100마리를 넘어섰다. 그러나 좀비의 수가 늘어난 것만 빼면 이들이 찾은 요새는 그야말로 난공불락이었다. 요새의 관점에서 볼 때 디소토 중학교는 최선의 선택이었다. 2층 건물에 단단한 콘크리트 구조였고 창문에는 방범용 덧창과 철망이 붙어 있었으며, 원목으로 만든 문에는 철판이 덧대어져 방어하기가 쉬웠다. 일단 안에 자리를 잡은 두 조직은 감탄스러울 만큼 침착하게 행동했다. 먼저 퇴각 지점을 설정한 다음 모든 문과 창문의 안전을 점검했고, 눈에 띄는 그릇은 모조리 물을 받아 놓았으며, 조직원들이 지닌 개인 무기와 탄약을 한데 모아 수량을 확인했다. 좀비보다 경찰이 더 끔찍한 적이라고 생각했던 그들은 학교 전화를 이용하여 경찰서 대신 동맹 관계에 있던 여러 폭력 조직에 연락을 돌렸다. 연락을 받은 조직들은 그들의 말을 믿지 않았으면서도 되도록 빨리 가겠노라고 약속했다.

또 한 가지 아이러니한 사실은, 이들의 마지막 행동 때문에 여느 좀비 발생 사태 기록에서는 드물게 보이는 불필요한 희생자들이 너무나 많이 생겨났다는 점이다. 튼튼한 요새에 틀어박힌 두 조직은 충분한 화력과 지도력에 힘입어 사기가 충천한 상태였고, 덕분에 단 한 명의 희생도 없이 2층 창문을 통해 좀비들을 처치할 수 있었다. 나중에는 지원 병력(도와주기로 약속한 동맹 조직들)도 도착했지만 운 나쁘게도 로스앤젤레스 경찰이 이들과 함께 등장했다. 그 결과 사태에 연루된 조직원들은 모조리 체포되었다.

경찰은 이 사건을 '지역 조폭들 간의 총격전'으로 공식 발표했다. 빨갱이파와 검둥이파 모두 자기들의 말에 귀 기울여 줄 사람을 찾아 진실을 알리려고 애썼다. 이들의 증언은 당시 유행하던 마약인 '아이스'를 복용한 상태에서 본 환각으로 치부되었다. 경찰과 동맹 조직은 총에 맞은 시체만 보았을 뿐 좀비는 한 마리도 못 봤기 때문에 목격자가 될 수 없었다. 좀비들의 시체는 모조리 수거되어 소각되었다. 거의 모든 좀비가 노숙자였으므로 신원을 확인할 방법도, 이들을 찾는 사람도 없었다. 처음부터 현장에 있었던 조직원들은 각각 1급 살인 혐의로 기소되어 종신형 판결을 받고 캘리포니아의 주립 교도소 가운데 한 곳에 수감되었다. 이들은 수감된 지 1년도 안 되어 모두 살해당했으며 대립 관계에 있던 조직 출신 수감자들이 범인으로 추정되었다. 만약 익명을 요구한 로스앤젤레스 경찰청 소속 형사의 제보가 없었더라면 이 사건은 그대로 묻히고 말았을 것이다. 해당 사건이 일어나기 며칠 전에 샤론 파슨스와 패트릭 맥도널드 사건의 보고서를 읽은 그 형사는 두 사건 사이의 기이한 유사성이 마음에 걸렸다. 이 때문에 조직원들의 증언을 부분적으로나마 믿게 되었던 것이다. 가장 강력한 심증은 샤론 파슨스의 부검 보고서와 완벽히 일치하는 노숙자 부검 보고서였다. 그러나 결정적인 단서는 여느 노숙자와 달리 옷차림이 깔끔한 30대 초반의 시체가 갖고 있던 지갑이었다. 그 지갑의 주인은 패트릭 맥도널드였다. 그러나 시체는 12게이지 구경 슬러그탄에 얼굴을 맞았기 때문에 신원을 확인할 방법이 없었다. 익명을 요구한 그 형사는 이 건으로 상부에 이의를 제기했다가 제재를 받을 만큼 어리석은 사람이 아니었다. 그는 상부에 보고하는 대신 사건 자료를 모두 복사하여 이 책의 저자에게 제보했다.

1993년 2월, 캘리포니아 주 로스앤젤레스 동부

새벽 1시 45분, 동네 정육점 주인인 옥타비오 멜가와 로자 멜가 부부가 2층 침실에서 자던 도중 아래층에서 들려오는 요란한 비명 소리를 듣고 깨어났다. 도둑이 들었을까 봐 겁이 난 옥타비오가 권총을 들고 뛰어 내려간 사이에 아내 로자는 경찰에 신고를 했다. 뚜껑이 열린 맨홀 옆에 한 남자가 쓰러져 덜덜 떨며 흐느끼고 있었다. 남자가 입은 환경미화원 제복은 너덜너덜하게 찢긴 데다 진흙투성이였고, 오른발이 있던 자리에는 짓뭉개진 살덩이뿐이었다. 신원이 영영 밝혀지지 않은 그 남자는 옥타비오에게 맨홀 뚜껑을 덮으라고 거듭 외쳤다. 어찌할 바를 몰랐던 옥타비오는 남자가 시키는 대로 했다. 묵직한 쇠뚜껑을 제자리로 돌려놓기 전, 옥타비오는 언뜻 나직한 신음 비슷한 소리가 들린다고 생각했다. 로자가 내려와 잘린 다리를 동여매는 동안 그 남자는 울음 섞인 목소리로 정신없이 외쳤다. 동료 다섯 명과 함께 빗물 배수관을 점검하러 내려갔는데 웬 '미치광이'들이 떼로 나타나 덤벼들었다는 것이다. 그에 따르면 공격자들은 누더기 차림에 온몸이 상처투성이였고 말 대신 신음 소리만 웅얼거렸으며, 팔다리의 움직임이 매우 부자연스러웠다고 한다. 남자는 말이 점점 느려지다가 이내 알아듣기 힘든 소리로 구시렁거리고 흐느끼더니, 결국 의식을 잃었다. 순찰차와 구급차는 1시간 반이 지나서야 도착했다. 남자는 사망 판정을 받았다. 구급차가 시체를 싣고 돌아간 다음 경찰이 멜가 부부의 증언을 청취했다. 옥타비오는 맨홀 아래에서 신음 소리가 들렸다고 말했다. 경찰관들은 그 말을 기록만 할 뿐 아무것도 묻지 않았다. 6시간 후, 멜가 부부가 듣던 아침 뉴스에서 시체를 싣고 병원으로 향하던 구급차가 도중에 사고를 당하여 폭발했다는 소식이 흘러나왔다. 구급차의 무전 기록은 겁에 질린 대원들이 시체가 자루를 찢고 기어나오려 한다고 외치는 내용으로 가득했다(방송국에서 어떻게 무전 기록을 입수했는지는 밝혀지지 않았다.). 방송이 나가고 나서 40분 후, 경찰 트럭 네 대와 구급차 한 대, 주 방위군 트럭 한 대가 멜가 정육점 앞에 멈춰 섰다. 멜가 부부가 지켜보는 가운데 로스앤젤레스 경찰이 그 일대를 출입금지 테이프로 봉쇄했고, 군대는 먼저 맨홀 위에 국방색 텐트를 친 다음 같은 색 비닐로 덮인 통로를 만들어 트럭까지 연결했다. 멜가 부부와 구경꾼 몇 명은 맨홀에서 울려 퍼진 총소리를 또렷이 들었다. 채 한 시간도 안 되어 텐트와 출입금지 테이프가 철거되었고 차들도 재빨리 자리를 떴다. 이 사건은 의심할 여지 없이 로스앤젤레스 상업지구의 좀비 발생 사태와 연관이 있었다. 정부의 대응 과정 가운데 세부 사항, 특히 미로 같은 하수도에서 무슨 일이 벌어졌는지는 영원히 드러나지 않을 것이다. 멜가 부부는 '법률과 관련된 일신상의 사유'로 추가 증언을 거부했다. 로스앤젤레스 경찰청은 해당 사건을 '통상적인 위생 점검 업무'로 발표했다. 로스앤젤레스 환경 관리국은 실종된 직원이 있다는 주장을 부인했다.

1994년 3월, 미국 캘리포니아 주의 산페드로

만약 남캘리포니아 선적항의 크레인 기사 앨리 굿윈과 그녀의 24장짜리 일회용 카메라가 없었다면 이 사건은 세상에 영영 알려지지 않았을 것이다. 필리핀의 다바오에서 출항한 파나마 선적 화물선 마레카리브 호가 이곳에 아무 표시도 없는 컨테이너 한 개를 내려놓았다. 이 컨테이너는 적재장에 며칠째 방치된 채 출하를 기다렸다. 어느 날 밤, 적재장 야간 경비원이 컨테이너 안에서 나는 소리를 들었다. 불법 이민자들이 가득 들어 있으리라 추측한 경비원은 동료 몇 명과 함께 컨테이너를 열었다. 좀비 46마리가 쏟아져 나왔다. 컨테이너 바로 앞에 있던 경비원들은 잡아먹혔다. 살아남은 이들은 창고나 사무실 같은 건물 안으로 달아났다. 어떤 건물은 적절한 피난처가 되어 주었지만 개중에는 죽음의 덫이 된 경우도 있었다. 앨리 굿윈을 비롯한 용감한 크레인 기사 네 명이 저마다 맡은 기계로 올라간 다음 컨테이너를 옮겨 쌓아 임시 요새를 만들었다. 작업장 인원 13명은 이 조립식 요새 덕분에 날이 밝을 때까지 목숨을 간수할 수 있었다. 기사들은 크레인을 무기로 이용했다. 좀비가 눈에 띄는 족족 그 위로 컨테이너를 떨어뜨려 깔아뭉갰던 것이다. 경찰이 도착했을 때(잠긴 문 여러 개를 여느라 적재장에 도착하는 데 시간이 걸렸다.) 남은 좀비는 고작 11마리뿐이었다. 이들은 경찰의 집중 사격에 쓰러졌다(개중에는 운 좋게 머리를 꿰뚫은 총알도 있었다.). 사망자는 총 20명이었다. 사살당한 좀비는 39마리였다. 발견되지 않은 7마리는 바다로 떨어져 조류에 쓸려 갔으리라고 추측된다.

언론 매체들은 하나같이 이 사태를 절도 미수 사건으로 보도했다. 주 정부와 연방 정부 모두 공식 성명을 한 번도 발표하지 않았다. 적재장 관리 회사와 산페드로 경찰, 심지어 직원 8명을 잃은 경비 회사조차도 침묵으로 일관했다. 마레카리브 호의 선원들과 선장은 물론 배를 소유한 선박 회사마저도 사건 이후 홀연히 사라진 컨테이너에 대해 전혀 모른다고 증언했다. 선적항에는 우연찮게도 사건 발생 다음 날 화재가 일어났다. 산페드로 항구가 미국에서 가장 인구가 많은 지역에 위치한 대형 선적항이라는 점을 감안하면 이 같은 위장 조치는 실로 놀라운 일이었다. 정부가 어떻게 거의 모든 정보를 차단했는지 생각해 보면 그야말로 망연자실할 정도이다. 사건 관계자들은 한 목소리가 되어 굿윈의 사진과 증언을 날조된 것으로 치부했다. 굿윈은 정신 이상을 이유로 해고되었다.

1994년 4월, 미국 캘리포니아 주의 산타모니카

짐 황과 앤서니 조, 마이클 김 등 팔로스버데스 주민 세 명이 만에서 낚시를 하다가 습격을 당했다며 경찰에 신고를 했다. 세 사람의 증언에 따르면 만 바닥까지 드리운 황의 낚싯바늘에 굉장히 크고 무거운 고기가 걸렸다고 한다. 줄을 당겼을 때 수면 위로 올라온 것은 벌거벗은 남자의 몸뚱이였다. 그 남자는 몸이 반쯤 불타고 군데군데 썩은 상태였는데도 살아 있었다. 남자는 세 낚시꾼에게 덤벼들어 황을 붙잡더니, 목을 물려고 달려들었다. 조가 친구 황을 잡아당기는 사이에 김이 보트의 노로 그 남자의 얼굴을 힘껏 갈겼다. 세 사람은 남자가 물에 빠진 틈을 타 서둘러 해변으로 돌아왔다. 이들은 팔로스버데스 경찰서에 도착하자마자 약물 및 알코올 반응 검사를 받고(검사 결과는 모두 음성이었다.) 하룻밤 동안 조사를 받은 다음 이튿날 아침에 석방되었다. 이 사건은 공식적으로는 지금도 '수사 중'이다. 시기와 장소를 감안하면 그 괴물은 원래 산페드로 발생 사태에서 나타난 좀비들 가운데 한 마리일 것이다.

1996년, 인도 스리나가르의 국경 지대

아래 기록은 인도 국경 수비대의 타고르 중위가 제출한 전투 결과 보고서에서 발췌한 것이다.

적은 병자 또는 술 취한 사람처럼 느리게 비틀거리며 다가왔습니다. (쌍안경으로) 가만히 봤더니 파키스탄 레인저 부대의 군복을 착용했는데, 그 일대에서 작전을 수행한다는 첩보가 없었기 때문에 무척 이상하다는 느낌이 들었습니다. 저희는 적이 300미터 앞까지 다가왔을 때 그 자리에 정지하여 신원을 밝히라고 명령했습니다. 적은 응답하지 않았습니다. 두 번째 경고를 발령했습니다. 적은 알아듣지 못할 소리를 웅얼거리는 듯했습니다. 오히려 저희가 외치는 소리를 듣고 더 빨리 다가왔습니다. 200미터 앞까지 다가온 적이 첫 번째 지뢰를 건드렸습니다. 미국제 M16 도약식 대인지뢰였습니다. 저희가 지켜보는 가운데 적의 몸통은 위아래 모두 파편으로 너덜너덜해졌습니다. 적은 비틀거리다가 얼굴을 처박고 쓰러지더니, 이내 다시 일어나 계속 전진했습니다. ······그 모습을 보니 일종의 방탄복을 입은 듯했습니다. ······150미터 지점에서 똑같은 상황이 벌어졌습니다. 이번에는 지뢰 파편에 적의 턱이 날아갔습니다. ······이 거리에서는 부상을 당하고도 피한 방울 흘리지 않는 적의 모습이 똑똑히 보였습니다. ······바람이 저희 쪽으로 방향을 바꾸자 적이 있는 곳에서 고기 썩는 냄새가 확 풍겨 왔습니다. 적이 100미터 앞까지 접근했을 때 저는 소대 저격수인 틸락 이병에게 사살 명령을 내렸습니다. 틸락 이병이 쏜 총알은 적의 이마를 관통했습니다. 적은 즉시 쓰러졌습니다. 다시 일어나거나 움직이는 모습은 보이지 않았습니다.

보고서의 뒷부분에는 스리나가르 군 병원에서 벌어진 조사 및 부검 과정이 담겨 있다. 시체는 부검이 끝난 직후에 대테러 특수부대인 국가 보안대(NSG)가 압수했다. 그들이 무엇을 발견했는지에 관하여 추가로 알려진 사항은 전혀 없다.

1998년, 시베리아의 자브로프스트

캐나다 국영 방송국 CBC의 이름 난 다큐멘터리 감독 제이컵 테일러는 온전한 상태로 발굴되어 유전자 복제가 가능할 것으로 보이는 검치호 주검을 촬영하고자 시베리아의 작은 마을 자브로프스트로 향했다. 검치호와 함께 발견된 20대 후반 남자의 시체는 16세기 코사크족의 전통 의상과 일치하는 옷을 입고 있었다. 촬영은 7월에 시작할 예정이었으나 테일러는 현지 적응 및 사전 조사를 위해 선발대와 함께 2월에 이곳에 도착했다. 남자의 시체는 다큐멘터리에서 단 몇 초 등장할 예정이었지만, 테일러는 자신이 7월에 돌아올 때까지 그 시체를 검치호와 함께 보관해 달라고 부탁했다. 쉬고 싶은 생각이 간절했던 테일러와 선발대는 얼마 후 캐나다로 돌아왔다. 그해 6월 14일, 촬영팀 가운데 일부가 발굴 현장 및 촬영 대상을 점검하려고 자브로프스트에 미리 도착했다. 이것이 그들의 마지막 소식이었다.

7월 1일, 테일러가 나머지 촬영팀과 함께 헬리콥터를 타고 발굴 현장에 도착해 보니 건물 열두 채가 모두 비어 있었다. 싸운 흔적과 문을 억지로 따고 들어간 자국을 비롯하여 깨진 유리창, 쓰러진 가구, 벽과 바닥에 점점이 흩어진 핏자국과 살점 등이 눈에 띄었다. 비명 소리를 듣고 헬리콥터로 돌아간 테일러가 발견한 것은 36마리나 되는 좀비 떼였다. 현지 주민과 사라진 선발대까지 포함된 좀비들이 헬리콥터 조종사를 잡아먹는 중이었다. 테일러는 눈앞의 광경을 이해하지 못했지만 살고 싶으면 달아나야 한다는 것쯤은 잘 알고 있었다.

상황은 자못 심각해 보였다. 테일러와 함께 달아난 카메라맨, 음향 기사, 현장 조사원 등은 무기와 보급품커녕 시베리아의 황무지 한복판에 있다 보니 도움을 청할 곳조차도 없었다. 이들 일행은 마을의 2층짜리 농가로 피신했다. 테일러는 문과 창문을 널빤지로 막는 대신 2층으로 올라간 다음, 1층과 이어진 계단 두 곳을 허물기로 결정했다. 일행은 먼저 식량을 있는 대로 챙기고 우물에서 길어 올린 물을 양동이에 담아 2층에 쟁여 놓았다. 그리고 나서 도끼와 망치, 그보다 작은 연장 몇 개를 동원하여 첫 번째 계단을 무너뜨렸다. 두 번째 계단은 좀비 떼가 들이닥치는 바람에 허물지 못했다. 테일러는 2층 침실의 방문을 뜯어다가 재빨리 계단 입구에 못질했다. 이렇게 만들어진 진입 방지 턱 때문에 좀비들은 한꺼번에 들이닥칠 수가 없었다. 한 마리씩 턱을 넘어 올라온 좀비는 테일러 일행에게 떠밀려 아래층으로 떨어졌다. 이런 식의 저강도 전투는 이틀 동안 계속되었다. 일행 절반이 계단참에서 적과 싸우는 동안 나머지 절반은 (신음 소리를 막으려고 귀에 솜을 틀어박고) 잠을 잤다.

셋째 날, 기묘한 사건 하나가 테일러에게 구원의 실마리를 안겨 주었다. 촬영팀은 발로 직접 걷어차면 붙잡힐까 봐 두려워한 나머지 그때껏 기다란 빗자루를 이용하여 좀비들을 아래로 밀기만 했다. 빗자루 손잡이는 너무 오래 쓰다 보니 약해졌고, 결국 이날 쳐들어오던 좀비의 손에 붙잡혀 부러지고 말았다. 테일러는 간신히 좀비를 걷어차 떨어뜨리고 나서 놀란 눈으로 멍하니 계단 아래를 내려다보았다. 좀비가 손에 꾹 쥔 채로 떨어졌던, 부러져서 뾰족한 빗자루 손잡이 끄트머리가, 데굴데굴 굴러 떨어진 좀비의 오른쪽 눈을 정확히 꿰뚫었던 것이다. 이때 테일러는 자신도 모르는 사이에 처음으로 좀비를 해치웠을 뿐 아니라 올바른 좀비 처치법도 함께 깨우쳤다. 촬영팀은 이때부터 좀비를 걷어차는 대신 적극적으로 유인했다. 공격 거리 안까지 다가온 좀비는 촬영팀의 도끼에 머리를 강타당했다. (죽은 좀비의 두개골에 박혀 떨어지는 바람에) 도끼를 빼앗긴 후에는 망치를 사용했다. 망치 자루마저 부서지고 나서는 배척을 동원하여 싸웠다. 전투가 끝날 때까지 꼬박 일곱 시간이 걸렸지만, 이 캐나다 출신 다큐멘터리 촬영팀은 마침내 자신들을 덮친 좀비 떼를 전멸시켰다.

러시아 정부는 오늘날까지도 자브로프스트 사건에 대한 공식 성명을 발표하지 않았다. 관료에게 사건에 대해 논평해 달라고 요청하면 모두 '조사 중'이라는 답으로 일관한다. 그러나 신생 러시아 연방처럼 경제, 정치, 사회, 환경, 국방 등 온갖 문제를 안고 있는 나라에서라면 외국인 몇 명과 시베리아 촌사람 몇 명이 죽은 일쯤은 별 문제가 아닌지도 모른다.

놀랍게도 테일러는 사태가 진행되는 동안 내내 카메라 두 대로 촬영을 계속했다. 그 결과 역사상 가장 흥미진진한 42시간짜리 디지털 영상이 만들어졌다. 이 영상과 비교하면 1965년 로슨 필름은 말 그대로 새 발의 피에 지나지 않는다. 지난 몇 년간 테일러는 이 영상의 일부만이라도 일반 대중에게 공개하려고 애썼다. 그러나 전 세계의 전문가들은 이 영상을 잘 만든 가짜로 낙인찍었다. 한때 최고로 칭송받던 테일러는 업계에서 완전히 신용을 잃고 말았다. 그는 현재 이혼 절차를 밟는 중이며 소송 몇 건도 함께 진행 중이다.

2001년, 모로코의 시디무사

이 사건을 뒷받침할 증거는 현지 프랑스어 신문의 마지막 면에 실린 기사 한 건이 유일하다.

모로코 어촌에 집단 공황 사태 발생 — 제보자는 이 마을 주민 5명이 이제껏 알려진 바 없는 신경학적 원인 때문에 가족과 친구들을 습격하여 살을 뜯어먹으려 했다고 말했다. 마을 주민들은 이 지방 관습에 따라 피해자들을 밧줄로 묶고 돌을 매단 다음, 배에 싣고 나가 바다에 빠뜨렸다. 정부는 현재 이 사건을 조사하는 중이다. 주민들의 혐의는 고의적 살인에서 과실치사에 이를 전망이다.

실제로는 재판도, 추가 보도도 없었다.

2002년, 미국령 버진아일랜드의 세인트토머스

피부가 완전히 벗겨진 채로 물에 퉁퉁 불은 좀비 한 마리가 조류를 타고 섬 북쪽 해변에 떠내려 왔다. 어떻게 해야 좋을지 몰랐던 현지 주민들은 멀찍이 서서 경찰에 신고를 했다. 바닷가에 닿은 좀비가 비틀비틀 일어서더니, 구경하던 주민들 쪽으로 다가오기 시작했다. 주민들은 호기심에 끌리면서도 슬슬 물러서며 점점 가까워지는 좀비로부터 거리를 유지했다. 세인트토머스 경찰서 소속 경관 두 명이 '신원 불명의 용의자'에게 멈추라고 명령했다. 반응이 없자 두 경관은 경고 사격을 했다. 좀비는 아랑곳하지 않았다. 한 경관이 좀비의 가슴에 총알 두 발을 발사했지만 아무 소용도 없었다. 경관들이 사격을 퍼붓기 전, 여섯 살배기 사내아이가 떠들썩한 분위기에 들뜬 나머지 겁도 없이 좀비에게 뛰어가더니, 막대기로 찌르기 시작했다. 좀비는 냉큼 아이를 잡고 주둥이로 들어 올리려고 했다. 경관들이 아이를 좀비의 손에서 떼어내려고 달려왔다. 그 순간, 얼마 전 도미니카에서 이민 온 제러마이어 듀잇이라는 남자가 경관의 권총을 빼들고 좀비의 머리에 발사했다. 놀랍게도 이 와중에 다친 사람은 한 명도 없었다. 듀잇은 형사 재판에서 정당방위를 인정받고 모든 혐의를 벗었다. 사진에 찍힌 좀비 시체는 끔찍할 정도로 부패된 상태였지만 입고 있는 옷은 중동 또는 북아프리카 지역의 것으로 보였다. 너덜너덜한 옷과 밧줄은 앞서 모로코 해안에 버려진 좀비들 가운데 한 마리로 보기에 충분한 근거였다. 기록으로 남은 경우는 이 건이 유일하지만, 이론상으로는 좀비가 조류를 타고 대서양을 건너는 것도 가능하다. 좀비 발생 사태를 은폐하고 조작하려다가 기묘한 오해를 낳은 사례는 여러 건 있었는데 그중에서도 이 사건은 유명세를 톡톡히 치렀다. 미국 서북부에서 전설처럼 전해지는 괴물 빅풋이나 스코틀랜드 네스 호의 괴생물이 그러하듯이 '세인트토머스 좀비'의 모습을 담은 사진과 티셔츠, 조각상, 탁상시계, 손목시계 등이 만들어졌고, 관광객들은 이를 사 갔다. 심지어 섬의 행정 수도 샬럿에메일리에는 아동용 좀비 그림책을 파는 가게도 많았다. 섬의 버스 운전사 수십 명은 유명한 좀비가 떠내려 온 해변을 구경하고자 시릴 E. 킹 공항에 내린 관광객들을 서로 태우려고 (때로는 거칠게) 경쟁하기도 했다. 제러마이어 듀잇은 재판이 끝난 후에 새 삶을 찾아 미국으로 떠났다. 이후 세인트토머스의 친구들과 도미니카의 가족들은 듀잇의 소식을 두 번 다시 듣지 못했다.

역사적 관점에서 본 발생 사태

지난 20세기까지만 해도 좀비를 연구하는 학자들은 발생 사태가 오랜 세월 동안 끊이지 않고 일어났으리라고 확신했다. 다른 곳보다 유독 자주 공격당한 사회는 단순히 기록을 잘 보존했기 때문에 그렇게 보일 뿐이었다. 이를 뒷받침하는 사례 중에서는 고대 로마 사회를 초기 중세 사회와 비교하는 논의가 가장 널리 힘을 얻었다. 이 가설은 위험을 과장하는 '비관주의자'들에게 찬물을 끼얹는 데에도 이용되었다. 즉, 인류 전체가 점점 더 문자 기록에 의존하게 되면서 좀비 발생 사태 또한 점점 더 자주 발생하는 것처럼 보인다는 말이다. 이 같은 생각은 오늘날에도 널리 퍼져 있지만 때로는 냉대를 받은 것도 사실이다. 세계 인구는 점점 늘고 있다. 세상의 중심은 전원에서 도시로 이동했다. 각종 교통수단이 눈부신 속도로 지구 곳곳을 이어 놓았다. 이 모든 변화 덕분에 온갖 전염성 질병이 다시금 전성기를 누리게 되었고, 그중 대부분은 몇 세기 전에 이미 사라졌다고 여겨진 것들이었다. 이처럼 무르익은 환경에서 솔라눔이 확산되리라는 추측은 지극히 논리적이다. 오늘날 우리는 전에 없이 많은 정보를 기록하고 공유하고 또 보존하고 있지만, 이와 별개로 좀비 공격이 점점 잦아지는 것은 감출 수 없는 사실이다. 그 발생 빈도는 지구의 '발전' 속도를 그대로 반영한다. 이대로 간다면 좀비 공격은 점점 더 잦아질 것이며, 끝내는 두 가지 가능성 가운데 하나가 실현될 것이다. 첫째, 세계 각국의 정부가 나라 안팎으로 좀비의 존재를 인정하고 그 위협에 맞설 특수 조직을 창설한다. 이 시나리오에서 좀비는 일상의 한 부분으로 받아들여겨 소외될 것이고, 간단히 제압당할 것이며, 어쩌면 예방 접종의 대상이 될지도 모른다. 둘째, 인간과 좀비 사이에 전면전이 벌어지는 암울한 시나리오가 펼쳐질 것이다. 당신이 뛰어들 준비를 마친 바로 그 전쟁 말이다.

발생 사태 일지

이 장은 좀비 발생 사태일지도 모르는 수상쩍은 사건들을 기록하도록 마련한 것이다(수상쩍은 징조는 52쪽의 '발생 사태 파악하기' 편 참조). 명심하라, 일찍 파악하고 미리 준비해야 살아남을 가능성이 커진다. 일지의 예는 다음과 같다.

날짜: 2005년 7월 14일

시각: 오전 3시 51분

장소: 미국의 어느 작은 마을

우리 집으로부터 거리: 약 450킬로미터

사건 개요: 아침 뉴스(채널 5번 지역 방송국)에서 '정신 이상자' 한 명 또는 여러 명이 한 가족을 무참히 살해하고 시체의 일부를 먹은 사건을 보도했다. 모든 시체에 멍과 자상, 골절 등 격렬하게 싸운 흔적이 보인다. 몸에는 하나같이 큼지막한 잇자국이 남아 있다. 모두 머리에 총을 맞고 사망했다. 그들의 말에 따르면 사이비 종교 집단의 살해 방식이라고 한다. 이유는? 사이비 종교? 어디서 온 집단일까? 게다가 '그들'이라니? 기자는 '관계 당국의 정보원'이 들려준 설명이라고만 말했다. 현재 범인 색출 작전이 벌어지는 중이다. 가만히 보니 작전에 참가한 인원은 (민간인은 한 명도 없고) 모두 경찰뿐이며 그중 절반은 명사수이다. 경찰은 '안전을 보장할 수 없다'며 취재진의 동행을 불허했다. 기자는 '정밀 부검'을 실시하기 위해 피해자들의 시선을 현지 시체 보관소가 아니라 큰 도시로 이송한다고 했다. 시체가 안치될 병원은 우리 집에서 **고작 80킬로미터** 떨어져 있다!

대처 방안: 발생 사태 시 점검 목록을 확인. 톰과 그레그, 헨리에게 연락. 오늘 저녁 7시 30분 그레그네 집에서 만나기로 약속. 마셰티 날을 갈았다. 카빈총을 청소하고 기름칠한 다음 내일 출근 전에 들러 연습하기로 사격장에 예약. 자전거 타이어에 바람을 채웠다. 국립공원 관리 공단에 전화해 강의 수위가 정상인지 확인. 만일 병원 영안실에서 사건이 터지면 더 본격적인 준비를 시작해야겠다.

날짜:

시각:

장소:

우리 집으로부터 거리:

사건 개요:

대처 방안:

날짜:

시각:

장소:

우리 집으로부터 거리:

사건 개요:

대처 방안:

날짜: _____

시각: _____

장소: _____

우리 집으로부터 거리: _____

사건 개요: _____

_____

_____

_____

_____

_____

_____

_____

_____

_____

_____

대처 방안: _____

_____

_____

_____

_____

날짜:

시각:

장소:

우리 집으로부터 거리:

사건 개요:

_____

_____

_____

_____

_____

_____

_____

_____

_____

_____

_____

대처 방안:

_____

_____

_____

_____

날짜:

시각:

장소:

우리 집으로부터 거리:

사건 개요:

대처 방안:

경고

1. 이 책은 맥스 브룩스의

『The Zombie Survival Guide : Complete Protection From The Living Dead』를

저본으로 삼아 번역 출간되었다. 때문에 내용 중 일부는 한국의 상황에 적용할 수 없으나,

좀비로부터 살아남기 위해서는 적절히 국내 사정에 맞게 변형하여 적용하여야만 한다!

2. 이 책에서 소개하고 있는 내용(역사적, 기술적, 사회적)들은

저자의 최초 출간본을 그대로 번역하였기 때문에,

내용상의 사실 여부는 본 출판사에서 확인해 줄 수 없다.

옮긴이 장성주

고려대 동양사학과를 졸업하고 출판 편집자로 일했다. 번역서로는 로버트 커크먼의 『워킹 데드』, 스티븐 킹의 『언더 더 돔』, 『다크타워』, 레이 브래드버리의 『일러스트레이티드 맨』, 데즈카 오사무의 『아돌프에게 고한다』 등이 있다.

좀비 서바이벌 가이드

1판 1쇄 펴냄 2011년 10월 28일
1판 24쇄 펴냄 2023년 3월 8일

지은이 | 맥스 브룩스
옮긴이 | 장성주
발행인 | 박근섭
편집인 | 김준혁
펴낸곳 | 황금가지

출판등록 | 2009. 10. 8 (제2009-000273호)
주소 | 06027 서울 강남구 도산대로 1길 62 강남출판문화센터 5층
전화 | 영업부 515-2000 편집부 3446-8774 팩시밀리 515-2007
홈페이지 | www.goldenbough.co.kr

도서 파본 등의 이유로 반송이 필요할 경우에는 구매처에서 교환하시고
출판사 교환이 필요할 경우에는 아래 주소로 반송 사유를 적어 도서와 함께 보내주세요.
06027 서울 강남구 도산대로 1길 62 강남출판문화센터 6층 민음인 마케팅부

ⓒ (주)민음인, 2011. Printed in Seoul, Korea

ISBN 978-89-6017-249-4 03840

* (주)민음인은 민음 그룹의 자회사입니다
* 황금가지는 (주)민음인의 픽션 전문 출간 브랜드입니다.